Leef
La Vida Loca

Belinda Jones

BLOEMENDAL UITGEVERS

Oorspronkelijke titel: Living la Vida Loca
Copyright © Belinda Jones, 2010
First published in the United Kingdom by
Hodder & Stoughton, Hachette UK

Copyright © 2011 voor de Nederlandse uitgave:
Bloemendal Uitgevers bv, Amersfoort
Redactie en productie Nederlandstalige editie: Studio Imago, Amersfoort
Vertaling: Studio Imago, Ammerins Moss-De Boer
Omslagillustratie: Hester van de Grift

ISBN 978 90 774 6268 3
NUR 343

Voor Jonathan Aseibiri Gbenekama
(mijn favoriete danspartner)

Dansen is ontdekken, ontdekken, ontdekken.
Dansgoeroe Martha Graham

Muziek in La Vida Loca

Argentinië
La Cumparsita – The Tango Project
Hernando's Hideaway – Alfred Hause's Orchestra
Whatever Lola Wants – Sarah Vaughn & Gotan Project
Jealousy – 101 Strings Orchestra
Santa Maria – Gotan Project

Spanje
La Dona – Gipsy Kings
Espana Cani – Ballroom Latin-dans
A Boy from Nowhere – Tom Jones (live of YouTube)
Halo – Beyoncé
Habanera uit Carmen – Bizet

Cuba
Everything I Can't Have – Robin Thicke
Cuba – Gibson Brothers
I Still Haven't Found What I'm Looking For – Coco Freeman en U2
Un Montan de Estrellas – Polo Montanez
La Vida Es Un Carnaval – Lucy of Celia Cruz

Voorwoord

Maak kennis met Carmen en Beth, twee meisjes van acht jaar oud. Het zal nog twintig jaar duren voordat ze elkaar leren kennen, maar op deze zaterdagavond, ver na hun bedtijd, hebben ze beiden dezelfde droom: ontsnappen uit hun saaie wereldje en de glinsterende, wondere dansvloer opstappen die *Come Dancing* heet.

Beth kijkt uit naar de dag dat ze met een nummer op haar rug gespeld, de trofee omhoog kan houden. Carmen kan niet wachten tot ze mooi genoeg is om een zuurstokroze jurk te dragen, aan de onderkant afgezet met maraboeveren die tegen je kuiten kriebelen, hoewel ze vermoedt dat aquamarijn eigenlijk meer haar kleur is.

Met nog een paar minuten te gaan voor het programma begint, zijn beide meisjes bezig met hun voorbereidingsritueel: Beth zwaait de armen van haar Barbies nog een paar keer rond, duwt hun neus naar hun tenen en beweegt hun nek heen en weer. Ze weet heel goed dat het reuze makkelijk is om je nek te verrekken bij de foxtrot, bij die ene positie waarbij het net is alsof je door de chiropractor onder handen wordt genomen en dan wordt bevroren...

Beth vindt het erg lastig om de juiste houding aan te nemen, totdat haar moeder het als volgt uitlegt: 'Stel je voor dat je armen de rand volgen van een groot martiniglas en je hoofd de olijf is die op het randje van het glas balanceert.'

Mevrouw Hardings metaforen zijn niet altijd even geschikt voor kinderen. Wel bezit ze een uitgebreide verzameling parfums in ouderwetse flesjes met pompjes en franjes en daarom krijgt elke pop nog even een geurtje opgespoten voordat ze in de spotlights stappen.

Op hetzelfde moment, elders in de stad, sluipt Carmen de trap af, biddend dat ze het slapende monster dat de tv bewaakt – oftewel haar in jeneversluimer verkerende vader – niet wakker maakt.

Elke week klopt haar hart weer in haar keel en is ze ervan overtuigd dat hij elk moment wakker kan schrikken van het geluid van haar voeten op het tapijt. Heel, heel voorzichtig zet ze het geluid zachter, in de hoop dat de overgang van het opgewonden voetbalcommentaar naar de serene klanken van de Weense Wals niet te veel opvalt. Nog een keer luistert ze naar het ritmische gesnurk van haar vader, waarna ze haar tekenblok en set viltstiften op tafel neerlegt: een regenboog van kleuren zo lang als het klavier van een piano. Haar vingers hangen aarzelend boven de stiften, onzeker welke kleur ze zal pakken tussen de zachte limoengele viltstift helemaal links en het diepdonkere violet rechts...

De dansers zijn nu zo dichtbij dat ze de haarlak bijna kan ruiken.

'Oooo!' verzuchten beide meisjes onwetend in koor wanneer een perfect gesynchroniseerde massa chiffon door het beeld zwiert.

Terwijl Carmens viltstiften over het papier krassen, danst Beth de kamer door, de dips en skips imiterend, om vervolgens als streng jurylid de koppels hun punten te geven.

Voor de duur van het programma is het leven perfect. Niemand gilt, niemand huilt en iedereen ziet eruit als een prinses.

Beide jonge meisjes begrijpen heel goed dat het leven een stuk aantrekkelijker is als je eenmaal volwassen bent.

'Ik kan niet wachten!' verzuchten ze allebei wanneer hun hoofd later hun kussen raakt. 'Ik kan niet wachten tot ik oud genoeg ben om mijn droom te laten uitkomen!'

1

'AAAAAAUUUUU!' gilt Aurelia. 'Dit is een pasbeurt, geen acupunctuursessie! Je doet dit bijna elke week, Carmen!'

Ik wil de hoofdrolspeelster van dit West End-stuk het liefst vertellen dat het niet nodig zou zijn om zo vaak haar zwarte tafzijden jurk te vermaken als haar gewicht niet zo op en neer schoot, maar ze heeft gelijk, het is mijn schuld. Sinds Lee en ik uit elkaar zijn, schieten op de meest onmogelijke momenten de tranen in mijn ogen, en dan is het lastig om huid en stof uit elkaar te houden.

'Misschien is het nodig om zo nu en dan onze ogen met tranen te wassen, zodat we het leven helderder kunnen zien.' Met dat troostende citaat kwam mijn beste vriendin Beth laatst aanzetten.

Een fijn idee, maar feit is dat ik me onzekerder en beroerder voel dan ooit. Zou ik me nu niet opgelucht moeten voelen? Was dit niet de juiste keuze, de *enige* keuze? Ik weet niet hoe, maar ik ben me er alleen maar ellendiger door gaan voelen.

Gelukkig loopt de show nog maar een week. Het kost zoveel energie om elke avond die glimlach weer op mijn lippen te toveren, al ben ik met al die spelden in mijn mond blij dat niemand van me verwacht dat ik breeduit ga zitten grijnzen.

'AAAAAUU!'

Ik doe het weer. Dit keer met opzet. Ik wil dat Aurelia zo snel mogelijk uit mijn naaikamer verdwijnt, zodat ik eindelijk de laatste hand kan leggen aan Beths dansjurk. Hij is niet zo oogverblindend geworden als ik had gewild, maar het is alweer een tijdje geleden dat ik aan een kleurige en schitterende productie heb gewerkt, dus moest ik het doen met het vrij saaie kleurenpalet van dit historische toneelstuk.

'Oké, laat me eens kijken!'

Ik stap achter de naaimachine vandaan en houd een met strak korset gepimpt kostuum van een Victoriaans kamermeisje omhoog.

Het moet een verrassing worden voor Beth, maar ik ken haar maten zo goed dat ik weet dat de kokette ruches precies op haar heupen zullen vallen en met elke pas op en neer zullen dansen. Sexy en schattig. Perfect!

Ik graai onder de tafel naar een tas om mijn creatie tegen de elementen te beschermen wanneer Toby, een van de kleders, mijn kamer binnenkomt.

'O mijn hemel, speelt er een dwerg mee volgende week?'

'Sst, deze is voor Beth,' sis ik, terwijl ik de ruches wegstop voor hij de jurk kan pakken.

'O, jammer. Ik had Dame Judi graag in die jurk gezien!' Hij drapeert zijn billen op mijn naaitafel. 'Heeft ze een nieuw baantje?'

Mijn ogen beginnen te glimmen. 'Denk fluwelen bankjes, een live band en een vrouw die op het toneel staat te dansen en langzaam een handschoen uittrekt...'

'Burleske?' Hij slaakt een kreetje.

'Ja!'

'*Beth*?!'

Ik moet toegeven dat ik eerst ook zo reageerde. Het is wel duidelijk waarom ze haar zoveel betalen – het komt niet vaak voor dat je een echte platinablonde pin-up tegenkomt die ook nog eens de elegantie en souplesse heeft van een klassiek opgeleide danseres – maar ze is altijd vreselijk tegen alles geweest waar ook maar een zweempje striptease aan kleeft.

'Weet je nog, vorig jaar? Ze weigerde uit de verjaardagstaart te springen, ook al bood die voetballer haar een smak geld om één keer 'tadaaaaa' te roepen!' weet Toby zich te herinneren.

'Ja, maar ze wilden ook dat ze een beha aantrok die bestond uit twee halve voetballen. Dit is veel chiquer,' verzeker ik hem, net zoals Beth mij verzekerde dat het wel goed zat. 'Alle vrouwen krijgen een corsage bij binnenkomst, alle mannen dragen een smoking en de dirigent ziet eruit als George Clooney!' Dat heeft Beth mij verteld. 'Het is een en al roze champagne en iedereen heeft plezier – zo zouden alle nachtclubs in Londen eruit moeten zien!'

'Klinkt geweldig!' Tony is verkocht. 'Je moet echt een outfit voor haar maken in zachtblauw satijn, dat staat haar vast geweldig. Hoe heet die club?' Hij pakt zijn iPhone om het op te zoeken.

'Peep!' piep ik. 'Klinkt dat niet schattig?'

Toby's gezicht vertrekt. 'Peep in Pimm Street?'

'Ja!' jubel ik verder, terwijl ik mijn jas pak. 'Ik ga er nu naartoe om haar te verrassen.'

'Meid, ik denk dat jij degene bent die verrast gaat worden.' Toby schuift zijn telefoon weer in zijn zak en loopt naar buiten.

'Hoho, wacht even!' Ik trek hem aan zijn kraag weer naar binnen. 'Wat weet jij dat ik niet weet?'

Hij twijfelt.

'Toby...?' Ik kijk hem met mijn strengste moederogen aan.

'Nou, ik wil je droom niet lekprikken, of die van Beth, maar die club...' Hij kijkt me verontschuldigend aan. 'Eerder Dita von Vies dan Dita von Teese!'

'O jakkes!' Ik duw hem weg. 'Je bent vast in een war met een andere club.'

'Je weet dat er maar drie gebouwen in Pimm Street staan?' vraagt hij. 'En dat ik deze club niet verwar met die elegante bar ernaast, want, geloof me, er zit geen elegante bar naast.'

'Is het echt zo erg?'

'Plakkerige vloer, waterige drankjes... Eigenlijk niet anders dan die vele andere tenten in Soho, behalve dat hier de deejay de meeste klappen uitdeelt.'

Ik snap er niets van. 'Maar ze heeft een contract van acht maanden op een cruiseschip laten schieten voor deze baan!'

Hij lijkt niet onder de indruk. 'Misschien was dat een veerboot van P&O?'
Ik kijk hem met samengeknepen ogen aan. 'Het was een luxe cruise door
het Caribisch gebied.' Weet je nog die foto's van haar vorige reis? 'Het was net
een drijvend kasteel!'
'Dan weet ik het ook niet. Behalve dat je er vanavond maar niet naartoe
moet gaan. Als zij jou wil laten denken dat...'
'Ben je gek?' Ik onderbreek hem en duw hem uit de weg. 'Als het echt zo'n
obscure tent is als jij zegt, dan ga ik haar nu halen.'
'Vergeet je antiseptische handgel niet,' roept Toby me na. Alsof dat helpt.
Terwijl ik me door de stromende regen een weg baan door de drukte in het
West End, probeer ik een rationele verklaring te bedenken waarom Beth zou
kiezen voor een armoedige nachtclub in plaats van Saint Kitts. Waarom zou
ze hebben gelogen over een beter aanbod hier in de stad? En hoe lang dacht
ze nou echt dat ze die leugen vol had kunnen houden? Ze zei dat ik pas moest
langskomen als ze haar nummer onder de knie had, maar ze leert altijd zo
snel dat dat haar op zijn hoogst een week uitstel had gegeven.
Natuurlijk, als ik iets zo totaal onverwachts had gedaan, zou er waarschijnlijk een man in het spel zijn, maar dat is bij Beth nooit het geval. Haar moeder
moest haar danscarrière opgeven toen ze ging trouwen en kinderen kreeg, en
drinkt al dertig jaar haar berouw weg. (Ze drinkt het liefst wodka uit
Oekraïne, waar ze vandaan komt.) Beth heeft daarom gezworen dat ze zich
niet door de liefde zou laten strikken voordat ze de top heeft gehaald.
En omdat ze daar nog steeds niet is, houdt Beth bewonderaars buiten de
deur.
Natuurlijk heeft ze wel eens iets met een jongen, maar negen van de tien
keer laat ze die met een gebroken hart en het bos bloemen nog in de hand
zitten, zonder ze ook maar terug te bellen. Ik denk dat ze hard is geworden
doordat ze zelf zo vaak is afgewezen in haar carrière. Maar hoe graag ik ook
zou willen dat ze de mannen meer kans gaf, dat maakt het nog ondenkbaar-
der dat ze haar lichaam aan een of andere pooier heeft gegeven.
'Do you love me?' Een groepje meisjes komt het theater uit rollen waar ze
net Dirty Dancing: the musical hebben gezien en huilt naar de maan.
Ik mis die show. En niet alleen omdat Beth en ik elkaar daar hebben leren
kennen...

'Jiha!' giechel ik wanneer de laatste revuedanseres voor haar pasbeurt de
kleedkamer binnen komt huppelen, met dezelfde witte gymschoenen als ik.
'Vind je ze niet geweldig?' Beth draait haar hakken naar buiten en duwt
haar knieën tegen elkaar. 'Het ziet er zo onschuldig uit!'
'Wacht maar tot je de watermeloenenstof hebt gezien die ik heb gevonden!'
Ik zoek de rol tussen alle stofjes.
'Wat je me ook aantrekt, het staat vast geweldig,' zegt ze enthousiast. 'Ik
ben zo blij dat ik eindelijk die minimizer-beha uit kan trekken!'
Ze heeft gelijk; bij deze voorstellingen mag ze haar weelderige lichaam
laten zien. Ze hoeft er niet net zo uit te zien als de andere danseressen; deze

choreograaf wilde juist dat de achtergronddanseressen er zo echt en eigen mogelijk uitzagen.

'Je gelooft amper hoe moeilijk het tot nu toe is geweest,' vertrouwt Beth me toe terwijl ik mijn meetlint om haar bovenlichaam vouw. Ze vertelt hoe ze zich aan de dansschool had ingeschreven voor de balletopleiding en in de zomervakantie, net voordat ze zou beginnen, haar hoekige tienerlichaam ineens opzwol als een reddingsvest.

'Tja, en in zo'n roze balletpakje kun je ze moeilijk verbergen.' Ik schud meelevend mijn hoofd.

'Precies!' bevestigt ze. 'Madame Celeriac keek mij met grote ogen aan en duwde me snel weer de dansstudio uit, alsof mijn decolleté besmettelijk zou kunnen zijn!'

'Echt waar? En dat was het?'

Beth knikte. 'Ze zei dat ik meer "op mijn plek" was bij jazz en tapdansen. Toen ik protesteerde, zei ze: *"Je lichaam heeft voor je besloten!"'*

Ze deed nu misschien wel lachend de strenge stem van haar lerares na, maar ik kon me amper voorstellen hoe verpletterend het nieuws moest zijn geweest. Om na jaren intensief trainen zo hard te worden afgewezen.

'Weet je hoe ik het heb volgehouden?'

Ik verwacht dat ze haar moeder als idool gaat noemen, maar ze zegt dat ze alles te danken heeft aan de Canadese danslegende Miriam Gilbert.

'Ken jij Miriam Gilbert?' Mijn mond valt open. 'Ze is geweldig!'

Ze is nu bijna zestig en de laatste keer dat ik haar zag, een paar jaar terug, was ze jurylid bij een dansprogramma op televisie waar de dansers scènes uit haar beroemdste films moesten nadoen.

'Ik dacht dat ze tegenwoordig amper nog naar buiten treedt.'

'Dat heb ik ook gehoord, en hoewel ik haar nooit persoonlijk heb ontmoet, ben ik echt een enorm bewonderaar van haar werk.' Ze leunt voorover. 'Ik heb zelfs een klein altaartje voor haar, met al haar dvd's en al haar interviews in plakboeken geplakt.'

'Haar films zijn fantastisch,' zeg ik. 'En de *Once More With Feeling*-trilogie is echt ongelooflijk.'

'Ja toch?' juicht Beth. 'Ik kijk ze altijd als ik me niet zo goed voel. Maar ik geloof dat vrouwe Fortuna me vanaf nu toe gaat lachen!' Ze knikt. 'Zeg nou, wat is er geweldiger dan *Dirty Dancing?*'

Ik heb precies hetzelfde gevoel. Na jaren als assistent-kleedster te hebben gewerkt is dit mijn grote doorbraak sinds ik mijn opleiding Theatervormgeving heb afgerond. Over doorbraak gesproken, daar moest nog op worden getoost…!

'Hier, doe die hakken eens aan,' zeg ik, terwijl ik twee paar zilveren pumps met enkelriempjes pak en mijn eigen voeten in het ene paar schuif. 'We hebben iets te vieren!'

Terwijl we in de art-deco cocktailbar naast het theater van onze martini's met lychees nippen, wisselen we ervaringen uit over eerdere shows en voorstellingen waarbij we elke keer hardop 'jiha!' joelen wanneer we weer een over-eenkomst in onze levens ontdekken. Tegen de tijd dat de derde martini voor ons op de bar staat, zijn we helemaal teruggereisd naar het moment dat we beiden als achtjarige meisjes naar *Come Dancing* zaten te kijken.

'Mijn vader snapte nooit waarom ik mijn zuurverdiende zakgeld uitgaf aan organzasatijn,' zeg ik gniffelend. 'Hij zei dat mijn Sindy mooiere kleren had dan ik zelf.'

'O mijn hemel!' joelt Beth. 'Dat doet me denken aan die keer dat ik een Barbiejurk liet namaken voor een danswedstrijd. En alsof dat nog niet erg genoeg was, plakte ik zelfs nog glitters op het papieren nummer op mijn rug!' Ze kijkt me met wazige ogen aan. 'Weet je waar ik spijt van heb? Dat ik toen ik van de balletschool werd gegooid, naar mijn moeder heb geluisterd die zei dat er toch geen droog brood te verdienen was met ballroomdansen.'

Ik sla met mijn hand tegen mijn voorhoofd, omdat ik Beth zo naast al die andere dansers van *Strictly* kan zien. En dan vooral Ola Jordan, ofwel 'bewijs-cup C', zoals Beth haar noemt.

'En dan te denken dat jij op de cover van *Woman's Own* had kunnen staan!' jammer ik. 'Je had zelfs verliefd kunnen worden op je beroemde danspart-ner!'

'En dan hadden we weesjes kunnen adopteren van over de hele wereld en onze eigen dansgroep kunnen beginnen!' Beth grinnikt en pakt haar glas. 'Weet je, ik moet zeggen dat het heerlijk verfrissend is om met iemand te praten die niet steeds voorover bukt om d'r hamstrings op te rekken terwijl je aan het praten bent.'

'Daar hoef je bij mij niet bang voor te zijn,' antwoord ik, terwijl ik mijn glas tegen het hare stoot.

Het is grappig te bedenken dat Beth in die tijd de serieuze van ons twee was. Voordat we elkaar leerden kennen, was ze zo enorm gericht op haar danscar-rière dat elk zondags uitstapje dat ik voorstelde – of het nu een reisje met de Eurostar naar Brussel was of een bezoek aan de National Portrait Gallery om de hoek – voor haar een geheel nieuwe ervaring was. Ook al waren we even oud, ik voelde me net een oudere zus die haar jonge zusje de wereld liet zien.

Het waren altijd geweldige dagen. We konden overal om lachen. We zaten ofwel te gieren of met een warme chocomel in de handen na een show op Old Compton Street na te genieten, dromend over de toekomst. Beths motto was: 'Zonder fantasie, zonder dromen, zien we niet hoe spannend de mogelijkhe-den zijn die ons worden geboden', een favoriet citaat van de beroemde femi-niste Gloria Steinem. 'Dromen is in feite een vorm van toekomstplanning.'

Bovenaan op haar lijstje stond: een hoofdrol. En op mijn lijstje? Een hoofd-rolspeler.

En op een dag leek het of beide dromen uit zouden komen.

Het was een verder heel normale woensdagavond toen de regisseur Beth vroeg na de show nog even na te blijven. Hij vertelde haar dat hij haar wilde voordragen voor de rol van Penny: meer dansen dan acteren en, wees eens eerlijk, wie kon er beter 'met haar maracas schudden' dan Beth?

Toen het licht goed en wel op groen stond, gingen we aan het werk om een adembenemende rode jurk te maken – we experimenteerden met allerlei stoffen en silhouetten in een poging de ultieme outfit te creëren die de dans versterkte, de snelheid van alle draaiingen benadrukte en sensueel viel, zodat iedereen Beths fantastische balletbenen kon zien wanneer ze haar hiel op Johnny's schouder legde.

'Dit is het,' zei ze stralend toen we hem eindelijk goed hadden. 'Dit is mijn sterrenjurk!' Ze keek me aan, vol zelfvertrouwen, en zei: 'En nu is het jouw beurt.'

De dag erna kwam Lee.

De afdeling rekwisieten was op zoek naar echte antieke auto's voor de show – de 1963 Oldsmobile Dynamic van de Housemans en de 1957 Chevrolet Bel Air van Johnny – en Lee was de man die ze kon leveren. 'Carmen, mag ik je voorstellen aan onze Car Man,' grapte de rekwisiteur.

Het leek voorbestemd. Je kon de motor bijna horen ronken elke keer als we elkaar aankeken. Na een kort gesprekje over de kleuren van het auto-interieur vroeg hij me mee uit. En nog een keer en nog een keer.

'Dus het is eindelijk gebeurd!' Beth was dolenthousiast. 'Ik heb mijn droomrol en jij hebt je droomman!'

Drie weken lang zaten we op onze roze wolk. Beth repeteerde elk moment van de dag, vastbesloten dat ze als Penny het publiek in vervoering ging brengen, terwijl ik elk vrij moment van de dag doorbracht met Lee. Zijn antieke Buick stond elke avond bij de artiesteningang te brommen, klaar om me naar huis te brengen. Hij was de eerste man met wie ik een hele nacht verstrengeld in bed lag te slapen. (Gewoonlijk word ik aan de andere kant van het bed wakker of kan ik helemaal niet slapen.) Ik had nog nooit een vriend gehad die me zo vaak wilde zien, die een blijvertje leek. Ik kon mijn geluk niet op.

En toen gebeurde het, op de zaterdagavond die Beths laatste optreden als achtergronddanseres zou worden: de avond van haar ongeluk. Niet dat het *haar* ongeluk was, zij stond erbij en keek ernaar. Baby stond klaar voor de bekende '*Time of Your Life*'-lift, Johnny zakte door zijn knie en zij vloog over zijn hoofd zo tegen Beth aan, die daardoor niet alleen Baby's val maar ook twee ribben brak.

Terwijl ze achter in de ambulance werd geschoven, zag ik niet de pijn op haar gezicht, maar het besef dat haar grote kans om het te gaan maken, was verkeken.

Niet lang nadat ze naar huis was gegaan om te herstellen, ging het ook met mijn leventje bergafwaarts, zij het een stuk minder dramatisch.

Dat zeg ik niet om sympathie te krijgen. Als ik al iets wil, is het dat je een paar naalden in me prikt. Ik wil gewoon dat je snapt hoe ik me toen voelde. Hoe kan ik dat het beste uitleggen?

Stel je voor dat je moet kiezen tussen twee mannen…

De eerste is breed, beschermend, heeft speelse diepblauwe ogen, een sensuele donkere stem en zoent geweldig. Hij is een beetje rock 'n' roll maar ook een huismus, kookt een geweldig zondags ontbijtje, ruikt lekker zonder dat hij aftershave nodig heeft en deinst er niet voor terug om 'ik hou van je!' te zeggen.

En in zijn armen smelten al je problemen – verleden, heden en toekomst – weg als sneeuw voor de zon…

De tweede is kribbig, neerbuigend, snel geïrriteerd, maakt schunnige opmerkingen, kruipt dronken achter het stuur en vernedert je in het bijzijn van je vrienden en collega's.

De keuze is natuurlijk niet moeilijk. Wie zou er zo dom zijn om met die tweede een relatie te willen?

Maar wat als deze twee beschrijvingen slaan op één en dezelfde persoon? Wat als de man bij wie je je zo veilig voelt ook de man is die je in tranen doet uitbarsten? Wat doe je dan?

Je gaat bij hem weg. Je moet wel. Alleen een masochist zou blijven. Dat dacht ik tenminste.

Dat was voordat ik doorhad hoe subtiel de kleine overgangen waren: complimentjes maakten plaats voor opmerkingen over dat hij geen 'dikke vriendin' wilde als ik ook maar een smartie in mijn mond stopte. Hij stuurde me geen romantische sms'jes meer en antwoordde met een blaffend 'wat?' als ik hem belde. Als ik de deur opende en hem een knuffel wilde geven, liep hij langs me naar binnen met een nurks 'niet nu'. Op de een of andere manier was ik veranderd van de persoon met wie hij elke vrije minuut wilde doorbrengen in iets wat hem alleen maar tijd kostte.

Natuurlijk dacht ik dat hij het uit wilde maken, maar nee, hij dacht zelfs aan trouwen.

'Dat meen je niet serieus?' Beth was verontwaardigd.

'Nou ja, ze staan niet echt in de rij.'

'Carmen, hij liet je zitten op je verjaardag om met zijn vrienden te gaan voetballen.'

'Ach weet je, ik dacht dat hij het gevoel zou hebben dat hij iets miste als hij met mij thuis zou blijven. En anders had hij alleen maar zitten mokken.'

'Maak jij je daar geen zorgen om, dat hij altijd zo'n slecht humeur heeft?'

'Hij is nooit gewelddadig tegen mij, als je dat bedoelt.'

'En die keer dat hij zei dat hij je met een honkbalknuppel in elkaar wilde slaan?'

'O, maar toen was hij echt heel dronken.'

'Goh, drinkt hij dan?'

Ik kan amper ontkennen dat hij een zware drinker is. In een openhartige bui bekende hij eens dat hij bang was dat hij een alcoholist was. Zijn kwetsbaarheid was aandoenlijk. Ik wilde hem helpen in de strijd tegen zijn demonen.

'Het is niet jouw taak om hem te redden, Carmen.' Beth was ongelooflijk boos geworden. 'Ik snap echt niet waarom je bij hem blijft.'

'Omdat ik nog weet hoe lief hij in het begin was,' zei ik tegen haar. 'Ik weet dat er een geweldige man in hem zit. Kon ik er maar achter komen wat ik verkeerd doe…'

'Je gaat jezelf toch niet de schuld geven voor zijn gedrag?'

Ik gaf geen antwoord. Een deel van me *wilde* dat het mijn schuld was, dat mijn dwaasheid de oorzaak was, omdat er dan misschien hoop was, omdat *ik* het dan misschien kon oplossen. Toen kwam ik op een dag, terwijl ik op internet op zoek was naar relatieadviezen, een quiz tegen over verbaal geweld. Ik beantwoordde de vragen en kon achttien van de twintig vakjes aankruisen. 'Waar zit je op te wachten… dat je alle vakjes aan kunt kruisen?' wilde Beth weten.

Die avond ben ik met hem gaan praten en vertelde ik hem dat het zo niet langer kon als hij niet wat aardiger tegen me deed. Dat ik dat norse gedrag, de schunnige taal en de dagelijkse kritiek niet meer kon verdragen.

'Dus het is allemaal mijn schuld?' Hij schoot direct in de verdediging. 'Jij bent perfect en ik ben een monster? Nou, als je het graag wilt weten, vanochtend heb je de vaat in de verkeerde gootsteen gezet!'

'Wat?' Ik was sprakeloos. Dacht hij nou echt dat die twee dingen even erg waren?

Misschien had Beth gelijk. Misschien was hij een onverbeterlijke bullebak, maar ik kon toch niet de zielige deurmat van het verhaal zijn? Wees nou eerlijk, dat soort emotioneel vernederende relaties waren voorbehouden aan zwakke, gedweeë en behoeftige vrouwen. Ik paste helemaal niet in dat profiel: ik had een leuke baan, geweldige vrienden en was onafhankelijk. Ik zat goed in mijn vel. Behalve op liefdesgebied dan. Als je alles bij elkaar optelde, had ik misschien in de dertien jaar dat ik op de relatiemarkt actief was in totaal twee jaar ook echt een relatie gehad. Natuurlijk kunnen vierduizend eenzame nachten hun tol eisen, maar was ik echt zo wanhopig op zoek naar een man dat ik er zo eentje tolereerde, gewoon alleen maar omdat hij – keer op keer – zei dat hij van me hield en me nooit zou verlaten?

Het antwoord – dat even verrassend als deprimerend was – bleek 'ja'.

16

2

Ik sta voor Peep, met roze neonverlichting die in het verregende trottoir wordt weerspiegeld.

De ingang is niet veel meer dan een kralengordijn met daarachter een trap naar de kelder. Nu ik erover nadenk, was het een aanbod van een soortgelijke club waardoor Beth besloot een jaar geleden haar eerste contract te accepteren als danser op een cruiseschip.

'Mensen zeiden altijd tegen me dat ik echt een perfect Von Trapp-meisje zou zijn, en nu word ik gevraagd voor stripclubs!' Ze had met haar ogen gerold. 'Ik denk dat het tijd is om weer aan het werk te gaan.'

Eerst had Beth enorm opgezien tegen het feit dat ze in een pakje van lamé met klittenband op een podium moest staan dat bij elke golf als een achtbaan op en neer deinde, maar ze had het geweldig naar haar zin gehad – ze deed wat ze het allerleukst vond, en dat twee keer op een avond, om acht en tien uur.

Ze had trouwens niet zoveel keuze – haar comeback na de gebroken ribben was niet echt volgens plan verlopen. Terwijl ze herstelde en weer ging trainen, had een nieuwe generatie het overgenomen. Beth noemde ze de 'So You Think You Can-dansers' – sterker, sneller, sexyer.

En *jonger.*

De regisseur die zo lovend over haar was geweest in *Dirty Dancing* werkte nu voor een andere show en toen ze weer auditie ging doen, kreeg ze als feedback dat men op zoek was naar iemand met een 'frisser' gezicht. Blijkbaar moest ze af van die 'ouderwetse, klassieke stijl'. En eerlijk gezegd was dat erg moeilijk; de Layla Kay Academie had haar bij haar diploma-uitreiking net zo goed een tatoeage op haar voorhoofd kunnen geven. We weigerden het op te geven. We wisten dat Beth een technisch briljante en ervaren danseres was en dus gingen we aan de slag om een nieuwe look te ontwerpen – iets meer 'street' – en deed ze haar best om ook haar houding en karakter wat brutaler te laten lijken.

Toen kwamen de opmerkingen over haar 'gebrek aan contact met het publiek'.

'Ik denk dat ik het fijner vond toen ze gewoon zeiden dat mijn borsten de symmetrie van de dansgroep verstoorden.'

Het lijkt zo oneerlijk: als danser moet je een olifantenhuid hebben om te kunnen omgaan met alle afwijzingen en de harde wereld van de showbizz, maar zodra je een rol hebt binnengesleept, moet je je best doen om transparant te zijn.

'Ik weet echt niet wat ik nog meer kan doen om mensen te "raken",' zei Beth wanhopig. 'Behalve dan iedereen een lapdans geven.'

En zo zijn we weer bij het heden aangekomen.

Terwijl ik mijn bange voorgevoel en afkeer opzij probeer te schuiven, doe ik een stap naar voren en leg ik aan de bruut uitziende uitsmijter uit dat ik naar binnen wil om met mijn vriendin te praten. 'Heel even maar,' zeg ik. (Alleen naar binnen, samen naar buiten. Dat is mijn plan.)

Hij weigert.

'Dames betalen ook,' gromt hij. 'Al ben je Lindsay Lohan.'

'Nou ja, ik weet niet eens of dit wel de juiste plek is,' zeg ik, me nog steeds vastklampend aan de ijdele hoop dat ik de naam van de club of de straatnaam verkeerd heb gehoord. 'Kent u een Beth Harding die hier werkt? Of misschien Bette Noir?' Ik herinner me de artiestennaam die we gisteren hebben bedacht.

Hij schudt zijn hoofd. 'Namen zeggen me niets.'

'Ze is blond,' begin ik.

'Ze zijn allemaal blond,' antwoordt hij.

Ik begin aan een beschrijving van haar gezicht – haar grappige neus en pruilmond – maar bedenk me dan dat dit waarschijnlijk niet echt een 'gezichtenman' is. Dan zie ik de etalage met foto's van de meisjes binnen en speel ik mijn troef uit. 'Haar borsten zijn echt!'

'Is ze deze week begonnen?' vraagt hij.

'Ja!' juich ik, me realiserend dat dit dus slecht nieuws is. Ze werkt hier echt. 'Ik ben hier om haar jurk te brengen...' Ik herinner me mijn tas en laat hem een stukje kant zien.

Hij bekijkt me nog eens van top tot teen en doet dan een stap opzij. 'Als je beneden bent, vraag dan of Ron je even naar de kleedkamers kan brengen.'

'Dank u wel,' zeg ik, waarna ik haastig de trap afloop, de muffe, ziekelijk zoet ruikende duisternis in.

Bij elke bocht lijkt wel een luchtverfrisser te hangen. Kersengeur, als ik me niet vergis. Maar in plaats van zin te krijgen in gekonfijte vruchtjes, kan ik alleen maar denken aan de geuren die ze ermee proberen te maskeren. Ik probeer op weg naar beneden de trapleuning niet aan te raken en duw met mijn rug de gangdeur naar de kleedkamers open.

'O! Sorry!' Ik struikel over de drempel en word direct geconfronteerd met een overvloed aan lichaamsdelen en haarextensions, die er voor het grootste deel uitzien alsof ze zo uit een paardenstal zijn geplukt. 'Eh, ik ben op zoek naar Beth, het nieuwe meisje...?'

Ik wil nog vertellen dat ik een kostuum voor haar heb, maar ik denk niet dat deze vintage korsetjurk past tussen de andere outfits van fluorescerend zuurstokroze, dus houd ik hem maar in mijn tas.

'Ze is net op,' roept een vrouw met een Schots accent mijn kant op. 'Jammer dat ze vijf minuten geleden geen vriendin had hier. Die arme ziel heeft volgens mij haar hele ontbijt en lunch er weer uit gegooid – een eerste keer is het zo spannend als je...' Ze maakt een gebaar alsof ze haar beha van voren opentrekt.

'Wat?' Mijn mond valt open. 'Nee!'

'Zo reageerde zij ook, maar zo haalt Dirk je binnen. Hij vertelt je dat je alleen in lingerie op het podium hoeft te dansen. Dan na een paar dagen, als je gevallen bent voor het geld, zegt hij: "Topless of weg. *Take it or leave it!*"'

Dit is nog erger dan ik dacht.

'Ik moet met haar praten,' fluister ik in paniek, zoekend naar de deur naar het podium.

'Succes.' Ze knikt naar een deur aan de andere kánt van de kleedkamer.

De muziek, heel toepasselijk genoeg *In Da Club*, komt me als een zware wolk tegemoet wanneer ik door de deur stap. Ik zet mijn hand even tegen de muur om mijn evenwicht niet te verliezen en voel de hele kamer trillen door de zware bas. Ik neem aan dat ze een jonger publiek proberen te bereiken, maar in deze duisternis is het moeilijk om leeftijden in te schatten. Ik zie wat vormen van heen en weer schuifelende serveersters, maar de enige verlichte plek is het podium.

En daar staat ze.

Even sta ik aan de grond genageld: ze staat te dansen alsof ze in een musical van Bob Fosse speelt, hoewel ik betwijfel of iemand de routines uit *All That Jazz* en *Big Spender* herkent, zeker wanneer 50 Cent de zang doet.

'Beth!' gil ik, terwijl ze naar de rand van het podium sluipt. Ik zwaai wild met mijn armen, maar de spotlight schijnt in haar gezicht en ze ziet me niet. Ze draagt in elk geval nog haar satijnen bustier, bedenk ik, terwijl ik me tussen twee luid pratende mannen door naar voren werk en haar enkel probeer te pakken. O-o. Dat was geen goed idee; de uitsmijter heeft me gezien. En ze beweegt haar handen naar de behasluiting. De uitsmijter is er bijna; ik heb geen idee wat ik moet doen!

'Hé, mijn bier!' waarschuwt een van de kwijlende mannen.

En dan gebeurt het: in één vloeiende beweging gris ik het glas van tafel en gooi ik de inhoud naar voren, recht in Beths gezicht.

'Bah!' spuugt ze, achteruit deinzend, eerst gedesoriënteerd en dan boos rondkijkend naar wie dit op zijn geweten heeft.

'Ik ben het!' Ik spring op en neer. 'Carmen!'

'Hoort dit erbij?' De kwijler kijkt van mij naar zijn lege bierglas.

En dan voel ik hoe vlezige handen mijn armen vastpakken en mijn voeten loskomen van de grond. Ik lig in gedachten al in de plas buiten op de stoep wanneer ik Beth hoor roepen: '*Wacht, dat is mijn vriendin!*'

De uitsmijter kijkt haar twijfelend aan. 'Ze heeft net een glas bier in je gezicht gegooid.'

'Ach, het was niet mijn eerste keuze,' redeneer ik. 'Maar ik zag niemand Amarula drinken.'

Hij kijkt verward.

'Een soort Bailey's, maar dan met aardbeiensmaak...'

Beth onderdrukt een glimlach en springt tussen ons in. Haar gezicht betrekt als ze een klein, stekelig mannetje aan ziet komen lopen. Iets aan zijn hyenahouding doet mij vermoeden dat dit Dirk is. Ik vraag me af of ik hem ervan kan overtuigen dat mijn recente actie een hommage was aan natte

T-shirtwedstrijden, maar dan met bier en een bustier? Hmm... B&B, dat heeft wel iets. Misschien kan ik hem ervan overtuigen dit als artiestennaam voor Beth te gebruiken?

Hij werpt me een vernietigende blik toe terwijl ik het probeer uit te leggen en draait zich om naar Beth:

'Je wilt gewoon dat ik je ontsla, nietwaar?' bijt hij haar toe.

'Ja, graag.'

Hij schudt zijn hoofd. 'Wegwezen.'

We zijn al de hoek om wanneer we eindelijk weer adem durven te halen.

'Niets zeggen!' mompelt ze hoofdschuddend, alsof ze nog steeds niet kan geloven wat er net is gebeurd. Erger nog, wat er bijna was gebeurd.

'Je bent toch niet aan de drugs?' Ik voel dat ik het moet vragen, mijn ergste vermoedens moet uitspreken, omdat ik nog steeds geen idee heb waarom ze zichzelf zoiets zou aandoen.

'Nee, nee!' zegt ze beslist. Ze durft me nog steeds niet aan te kijken. Haar mascara is doorgelopen.

'Ik begrijp het gewoon niet,' zeg ik zachtjes. 'Ik bedoel, ik weet dat Dirk heeft beloofd dat je alleen maar hoefde te dansen, maar toch, wat is dit voor krot?' Ik trek haar een portiek in, zodat ik haar gezicht kan zien. 'Waarom heb je de cruise afgeslagen voor *dit*?'

'Het maakt niet uit. Het is voorbij.'

'Het maakt wel uit, Beth. Er is iets aan de hand. Je moet me vertellen wat er is.'

'Eerlijk, het is niks. Ik krijg wel weer iets beters. Het was toch maar tijdelijk. Ik heb gewoon geld nodig voor de huur...'

'Je weet toch dat ik je dat met alle liefde leen!'

'Ik heb je nog niet eens terugbetaald voor vorige maand.'

'Dat is geen reden,' verzucht ik. 'En hoe dan ook, je zou helemaal geen huur hoeven betalen als je op het cruiseschip zat. Inclusief eten en drinken, lekker in de zon. Je zei dat je zo graag weer terug wilde naar het Caribisch gebied...'

'Ja, maar acht maanden is lang.'

'De vorige keer vond je het geen probleem.'

'En kijk eens wat er in de tussentijd is gebeurd!' gooit ze eruit. Ik probeer te bedenken welke gemiste auditie ze bedoelt, wanneer ze fluistert: 'Je bent weer naar hem teruggegaan.'

'Wat?' Het duurt even voor ik begrijp wat ze bedoelt. 'Je bedoelt Lee?'

Ze knikt.

'Jij hebt die baan op het cruiseschip afgeslagen omdat je bang was dat ik weer naar Lee terug zou gaan?'

'Nou ja, zo vergezocht is dat toch niet?'

'Eh... nee,' moet ik toegeven.

Drie keer zijn we uit elkaar gegaan. Deze laatste keer was zo definitief en geen-weg-terug als maar mogelijk is en toch voelt het alsof het niet *af* is. Het is net alsof hij nog een stukje van mij in bezit heeft. En andersom. Klinkt eng, nietwaar? En dat is het ook.

'Maar, Beth, het is niet jouw verantwoordelijkheid om op mij te letten. Jij hoeft me niet te beschermen. Je bent mijn vriendin, niet mijn beschermengel.'

'En dat zegt de vrouw die net hier naar binnen is komen stormen om mij uit een stripclub te redden.'

'Nou ja, dat heeft me niet mijn baan of passie gekost,' redeneer ik. 'Echt, ik kan het niet over mijn hart verkrijgen dat jij hier in de regen een schamel zakcentje bij elkaar schraapt, omdat we dan allebei ongelukkig zijn. Wat heeft dat nu voor zin?'

'Ik zou ook ongelukkig zijn in de zon als ik dacht dat jij er ook maar over peinsde om weer naar hem terug te gaan.' Ze haalt schokkerig adem. 'Het voelt gewoon net alsof er nog maar weinig van de oude jij over is. Ik ben bang dat als je weer teruggaat, er helemaal niets van je overblijft.'

'O, dat gaat niet gebeuren.'

'*Carmen, je had dood kunnen zijn!*'

Ik dacht dat ik al vaak genoeg wakker was geschud. Maar dit is er weer zo eentje. Ik had geen idee dat Beth zo over me in zit. Ze is mijn steun en toeverlaat, mijn bondgenoot in de strijd tegen Lee. We hebben al zo lang niet over Het Incident gesproken dat het niets meer dan een nare droom lijkt. Ik zucht diep. Hoewel ik het zeker fijn vind te merken dat ze zoveel van me houdt, voel ik me ook schuldig over alles wat ik haar hebben laten doormaken.

'En ik wil niet dat je je hier schuldig over gaat voelen.' Ze leest mijn gedachten en vast ook mijn betraande gezicht. 'Dit is mijn beslissing en ik sta er helemaal achter.'

En dan leunt ze achterover tegen een etalageruit en trekt haar roze wimpers los. 'God, hoe heeft het zo ver kunnen komen? Wanneer hebben we deze afslag in ons leven genomen?' Ze kijkt naar me op. 'Dit was niet mijn grote wens, toch?'

Ik schud mijn hoofd, nog steeds half in shock.

'Echt, Carmen, ik snap het niet. Waarom hebben de anderen altijd mazzel? Ik zie meiden die amper in jouw schaduw mogen staan met echt geweldige, lieve jongens. Jij verdient zoveel meer dan de rest en kijk eens waar jij mee werd opgezadeld!'

Ik glimlach flauwtjes terug. 'Ik heb hetzelfde bij jou en je danscarrière. Je zag er geweldig uit vanavond. Even dacht ik dat ik je een solo zag dansen in *Chicago!*'

Ze snuift ongelovig. 'Tien jaar lang doe ik dit al. Tien jaar hopen. Nu voelt het net alsof ik alleen nog maar van succes kan dromen. Ik ga elke avond naar bed en droom van die hoofdrol en elke morgen als ik wakker word, lijkt de kloof tussen wat ik wil en wat de dag gaat brengen alleen maar groter.'

Ze begint te rillen.

'Jezus, wat doen we hier buiten in de regen?' Ik ben weer in het hier en nu. 'Ik breng je naar huis.'

We proberen een taxi aan te houden, maar er rijdt geen enkel vrij exemplaar langs.

'Kom.' Ik steek mijn arm door de hare. 'Laten we teruggaan naar het theater en er daar eentje bellen.'

Ik rommel met de sloten bij de artiesteningang wanneer ik me omdraai naar Beth en zie dat de tranen over haar gezicht lopen. 'Och, lieverd!' zucht ik, terwijl ik haar in mijn armen neem. Ik heb haar nog nooit zo gezien. Ik kan amper geloven dat haar strijdlustige optimisme is verslagen. 'Het spijt me,' zegt ze, zich verontschuldigend door de snottebellen heen. 'Vertel het me maar,' zeg ik, voelend dat er meer is. Terwijl ik haar bij haar schouders vastpak, kijkt ze smekend naar me op. Ik herken haar stem amper, zo zachtjes praat ze. 'Wat doe je wanneer je je realiseert dat je niet goed genoeg bent om je dromen te laten uitkomen?' Haar lippen trillen terwijl ze praat. 'Alles waar ik van droomde, wat me de energie gaf om door te gaan – het gaat nooit gebeuren. Ik kijk naar de toekomst en zie alleen maar een zwart gat...'

Mijn hart breekt. Ik kijk naar de toepasselijk wazige wereld om ons heen en laat vanuit mijn buik een diepe zucht ontsnappen. 'Er is maar één ding dat je kunt doen,' zeg ik. 'Een nieuwe droom bedenken.'

3

'Bier blijkt geweldig te zijn voor je haar.' Beth probeert het van een zonnige kant te zien wanneer ze uit de douche komt. 'Het heeft nog nooit zo mooi geglansd!'

Ik geef haar een knuffel en kijk fronsend naar het rek met theaterkostuums. 'Sorry, ik heb hier niks warms voor je om aan te trekken – in de Victoriaanse tijd hadden ze nou eenmaal geen fleece badjassen.'

'Maakt niet uit,' antwoordt ze met een dappere glimlach. 'Een jutezak past meer bij mij. Ik ben gered van de zonde en nu in het vagevuur terechtgekomen.'

O hemel.

'Ach, het positieve is dat dit specifieke huis van vergiffenis een zeer progressief drinkbeleid heeft,' zeg ik met een knipoog. 'Ben zo terug!'

Natuurlijk is de officiële drank voor na zo'n schokkende gebeurtenis een verwarmende whisky, maar het beste wat ik kan vinden, is koude champagne, stiekem gejat uit de kleedkamer van een hoofdrolspeler. Ik realiseer me dat de feestelijke associaties bij deze drank ietwat ongepast zijn, maar overtuig mezelf ervan dat als ik drie flessen meeneem, de boodschap eerder eentje wordt van: 'Laten we de ellende gewoon wegdrinken!'

'O!' Ik schrik wanneer ik terugkom in de kleedkamer. Beth staat niet in een hooggesloten, berouwvolle jurk tot op de grond, maar in een wit smokinghemd en gesteven zwarte lange broek.

'Weet je, als ik een man was, had ik morgen werk.'

Ik blijf in de deuropening staan.

'Danseressen, daar zijn er dertien van in een dozijn,' legt ze uit. 'Er waren volgens mij wel honderd meiden op de audities voor dat laatste plekje bij *Oliver*. En vervolgens kwamen de jongens, en dan zijn er maar een handjevol goeie.' Ze strijkt haar haren uit haar fris gewassen gezicht. 'Denk je dat ik het zou kunnen?'

'Wat?'

'Me als man voordoen.'

Haar vraag lijkt serieus, dus denk ik er even over na. 'Nou ja, je hebt wel een enorme buik nodig om die borsten te egaliseren.'

'Kun je ze niet gewoon pletten? Je weet wel, zoals Gwyneth Paltrow in *Shakespeare in Love*?'

'Jij hebt een beetje andere proporties…,' antwoord ik zo tactvol mogelijk.

'En Barbra Streisand in *Yentl*?'

'Die *look* is best haalbaar,' geef ik toe. 'Maar een chassidische jood die auditie doet voor *Grease*?' Ik trek een scheef gezicht in een poging haar aan het lachen te brengen, voordat ik benadruk dat van alle banen waarbij je je kunt voordoen als man, danser toch wel de lastigste is. 'Ik bedoel maar, bij dansen staat het lichaam toch echt wel voorop…'

Terwijl ik een champagnekurk laat knallen en twee koffiebekers vul, slaakt Beth een treurige zucht en slaat ze zich woedend op de borst. 'Het zijn echt rotdingen! Ik zou willen dat ik morgen wakker werd en ze er niet meer waren.' En dan verandert haar gezicht. 'O, mijn God.' Ze draait zich naar me om. 'Carmen! Waarom heb ik daar niet eerder aan gedacht? Ik kan ze laten verkleinen!'

'Wat?' werp ik tegen. 'Je bedoelt toch niet…'

'Plastische chirurgie, ja!' Ze negeert de champagne die ik voorhoud en gaat achter mijn laptop zitten. Ze begint druk te googlen op 'borstverkleining'. 'Ongelooflijk. Al die jaren ben ik onder die krengen gebukt gegaan en met één kleine ingreep…'

'Beth, wacht eens even.' Ik klap het scherm dicht, zodat ik haar aandacht krijg. 'Je kunt toch niet zomaar een stuk van je lichaam laten wegsnijden, puur voor je werk?'

'Waarom niet? Vrouwen doen continu het omgekeerde, en dan vaak voor een man. Ik doe dit helemaal voor mezelf.'

'Is het niet wat extreem?'

'Niet als je erover nadenkt wat ik ervoor terugkrijg,' redeneert ze. 'Eindelijk heb ik dan het juiste figuur. Ik val dan niet meer op tussen de andere danseressen.'

Mijn mond valt open, geschokt dat het zo ver is gekomen. Deze prachtige meid, die ervan droomde om prima ballerina te worden, wil zich nu laten opereren zodat ze kan wegvallen in de menigte? Of is het een manier om te voorkomen dat ze weer wordt verleid door een stripclub? Hoe dan ook, ik ben te zeer geschrokken om te protesteren wanneer ze de laptop weer openklapt en verder zoekt.

'Kijk hier eens. Je kunt hier een borstverkleining laten doen in combinatie met een tiendaagse vakantie in Tunesië, voor maar vijfentwintighonderd euro!' Ik knipper vol ongeloof, terwijl zij eraan toevoegt: 'Hoewel, om dan op zo'n hobbelige kameel te gaan zitten ' Ze trekt haar neus op. 'Lijkt me vrij pijnlijk. Tsjechië klinkt een stuk beter en dat is maar zestienhonderd euro.'

'Een koopje,' mompel ik. 'En waar wil je dat geld vandaan halen? Je hebt niet eens genoeg om de huur te betalen.'

'Ik leen het gewoon.' Ze trekt een pruillip. 'Als een investering in mijn carrière.'

'O ja, ik zie al voor me hoe je gaat proberen de bankmanager uit te leggen hoeveel jouw "activa" waard zijn.'

Het stoort me dat ze hier al over zit te denken voordat ze iets heeft gedronken. Nou ja, ik weet niet hoeveel glaasjes ze nodig had om eerder op de avond op het podium te stappen.

'Luister eens.' Ze trekt aan mijn mouw, niet afgeschrikt door wat ze leest. 'De ingreep duurt slechts twee uur. Ik ga gewoon onder narcose en kan na vier tot zes weken alweer op de planken staan!'

'Laten we eens kijken naar de risico's, goed?' Ik elleboog haar aan de kant en

24

lees het stukje over doorgesneden zenuwen en het resulterende permanente gevoelsverlies, de gevaren van hyperpigmentatie en permanente blauwe plekken, onregelmatig genezende littekens en open wonden. Ik ben net bij het gevaar van overgewicht en afstervend weefsel wanneer ze me tegenhoudt en haar mok champagne pakt. 'Oké, dat is wel weer genoeg voor vandaag.'

'Weet je, ik heb echt te doen met vrouwen die dit soort operaties nodig hebben. Jij hebt het niet nodig. Misschien is er een reden waarom jij het figuur hebt dat je hebt, en hebben we die gewoon nog niet ontdekt.'

'Nou, ik wil het dan wel graag snel weten, want anders ga ik het gewoon doen. Ik meen het!' Ze neemt nog een slok.

'Natuurlijk. Waarom niet? Het gevaar van een hematoom alleen al klinkt erg spannend.'

Ik ben te ver gegaan. Beth barst bijna weer in tranen uit.

'Kom nou,' zeg ik sussend, terwijl ik haar handen weer op het toetsenbord zet. 'Laten we eens zien of *The Stage* eindelijk jouw droomrol heeft: blonde danseres gezocht, 75DD puur natuur, voor de hoofdrol in *Marilyn, The Musical*.'

Het volgende uur surfen we langs talloze websites met diverse dansklussen. Een advertentie biedt een contract van twee weken in Cheshire, met een gage van vijftig euro per avond. Bij de beschrijving van het thema van de show staat een zorgwekkend verkeerde spelling van Moulin Rouge...

'Moulin Rough?!' joelt Beth. 'Nou, dat klinkt aantrekkelijk.'

Terwijl we de andere vacatures doorkijken, zien we dat de eisen steeds absurder worden: tumbling, worstelen, twirlen met tepelkwastjes...

'Wat is een vuurdanseres precies?' wil ik weten. 'En waarom zou een deejay op zoek zijn naar en *pointe*-ballerina's?'

Ik trek het dikke folie van de tweede champagnekurk en stel voor dat we eens gaan zoeken naar een beroepentest om te kijken waar Beth nog meer geschikt voor zou zijn, wanneer ze plotseling mijn pols vastgrijpt.

'O. Mijn. God.' Ze knijpt nog harder. 'Het lijkt of iemand mijn droom heeft vertaald in een vacature!'

'Echt?' slik ik, bang dat ook deze weer een grote teleurstelling zal zijn.

Met trillende stem leest Beth de tekst voor:

'Experience TV is op zoek naar vrouwen tussen de 25 en 45 jaar,
die drie van de populairste en hartstochtelijkste dansen ter wereld
willen leren in de landen van oorsprong:
de tango in Buenos Aires, Argentinië
de salsa in Havana, Cuba
de paso doble in Sevilla, Spanje'

Ze kijkt me met grote, verwonderende ogen aan.

Ik ben zelf ook stil. Het klinkt te mooi om waar te zijn. 'Ga verder,' zeg ik voorzichtig.

'*De geselecteerde kandidate reist gedurende drie weken langs deze exotische bestemmingen, waar ze de authentieke vorm van elke dans leert.*' Beth is gaan staan, ijsbeert heen en weer en kan van pure opwinding niet meer lezen. 'Dit is het, Carmen, mijn kans. En het is beter dan het theater, want ik bereik een groter publiek. Denk eens aan de deuren die dit kan openen! Ze zeggen dat je eerst je dieptepunt moet bereiken voordat je weer omhoog stuitert, en dit, dames en heren, is mijn trampoline!'

Terwijl haar gedachten op hol slaan, lees ik de kleine lettertjes. De productiemaatschappij heeft een indrukwekkend portfolio; ze hebben bijna alle bekende realityshows geproduceerd. Alle kosten worden vergoed: vluchten, hotels, eten. Beth vindt het overduidelijk geen probleem om volgende week al te vliegen – als het kon, vertrok ze vandaag nog. De uiterste inzenddatum is morgenochtend en ze hebben paspoortgegevens nodig, maar dat is geen probleem. Beth heeft haar paspoort altijd bij zich, voor het geval dat. Tot zover geen problemen.

Maar dan kom ik bij de eisen.

O nee.

Beth heeft een cv voor elk mogelijk scenario, maar dit wordt toch wel erg lastig...

'We hebben een klein probleempje.' Ik pak haar hand in een poging haar weer met beide benen op de grond te krijgen. Ik wacht tot ze me aankijkt, zodat ik zeker weet dat ze me hoort en dan zeg ik: 'Het is specifiek bedoeld voor niet-dansers.'

'Wat?' Ze kijkt me niet-begrijpend aan. 'Je bedoelt dat er geen danservaring nodig is?'

'Nee.' Ik wijs naar de betreffende regel. '"Geen danservaring *vereist*."' Ze willen geen aanmeldingen van geschoolde dansers.'

'Wat bedoel je daarmee?' Ze gelooft het niet, zelfs nadat ze het zelf heeft gelezen. 'Wat is *dit* nou? Kunnen dansers zelfs geen baantje meer krijgen als danser?'

Ik zucht diep. 'Ik vermoed dat ze niet willen dat het te gemakkelijk lijkt. Misschien willen ze het proces laten zien, het gevecht, de ontwikkeling...'

Beth begint alleen maar harder te ijsberen. Deze kans wil ze echt niet laten glippen.

'Oké. Nou ja, technisch gezien heb ik alleen ballroomtango gedaan, nooit de *Argentijnse*, en zoals je weet, had zelfs een professional als Brendan Cole er problemen mee toen hij die aan Lisa Snowdon moest leren, omdat hij hem nog nooit zelf had gedanst.' Ze kijkt weer naar de lijst. 'Paso doble. Die ken ik helemaal niet. En de salsa, tja, wijs mij iemand aan die nog nooit een salsales heeft gehad. De meeste mensen gaan er alleen niet mee door omdat er allerlei mannen op de dansvloer staan die in het echte leven nooit de kans krijgen om een vrouw vast te houden.' Ze kijkt me aan. 'Heb jij wel eens een salsales gevolgd?'

Ik knik, een pijnlijk verhaal. Het waren niet de mannen bij de salsaworkshop waar ik op afknapte, maar de dansleraar. Hij liep de dansstudio binnen met een spuitbus deodorant en riep: 'En ik ben niet bang om hem te gebruiken ook!' Het ironische was dat hij, in zijn nylon/lycra fietsshirtje, zo vreselijk stonk dat je van je stokje ging als hij een onderarmdraai voordeed. Nog erger was de manier waarop hij ons de salsabeat '1-2-3 rust 5-6-7 rust' probeerde te leren. Hij liet ons stampen als een troep soldaten, terwijl we moesten roepen: 'Erwtensoep rust erwtensoep rust!'

Niet echt de perfecte combinatie met de zwoele klanken van de Buena Vista Social Club.

Wanneer ik weer naar Beth kijk, zie ik dat ze het aanmeldformulier al half heeft ingevuld.

'Wat ben je nou aan het doen?' vraag ik vol verbazing.

'Ze hoeven toch niet te weten dat ik dans?' Ze haalt haar schouders op en typt verder.

'Eh…' Ik trek een moeilijk gezicht. 'Denk je nou echt dat je dat verborgen kunt houden?'

'Voor deze kans…' Ze wijst naar het silhouet van een elkaar innig omhelzend danspaar tegen een tropische achtergrond. 'Ja,' zegt ze. 'Ik denk dat ik wel kan doen alsof.'

Ik begrijp haar motivatie volledig, maar toch klopt het niet. Ik moet streng zijn. 'Je bedoelt doen alsof? Als in gewoon glashard liegen?' Ik ga verder. 'Doen alsof, als in deze kans onder de neus van iemand anders wegkapen die wel aan de criteria voldoet?'

Ze kijkt me aan, met ogen die schitteren met een mengeling van wanhoop en verlangen. 'Het kan voor die anderen nooit zoveel betekenen als voor mij.'

Ik twijfel. Daar is niets tegen in te brengen.

'Trouwens, ik doe die tv-producent een groot plezier.' Haar manie is weer terug. 'Ik begin als een complete nul en dan wordt mijn natuurtalent ontdekt en word ik een waar fenomeen. We komen terug in Engeland en ik krijg mijn eigen show: en jij kunt alle kleding doen! Zie? Perfect toch? Ik doe jou ook een plezier!'

Ik zie dat eenvoudig redeneren niet zal helpen om deze op hol geslagen trein te stoppen. Mijn beste tactiek is om genoeg drank in haar te krijgen dat ze in slaap valt voor ze het formulier heeft ingevuld.

'Nog wat champagne?'

'Een beetje. En kun je een van die portretfoto's uit mijn tas halen? Ze hebben een foto nodig.'

Ze denkt duidelijk niet logisch na. 'Denk je niet dat je daarmee lichtelijk door de mand valt, met een *professionele* portretfoto?'

'O ja.' Ze laat haar schouders hangen.

'Je bent trouwens veel te blond en knap op deze foto,' zeg ik, terwijl ik hem bekijk. 'Je moet er wat… *gewoner* uitzien. Ze zoeken iemand waar de kijkers zich mee kunnen identificeren, iemand die net zo is als zij.'

'Mmm…' Ze denkt er even over na. 'Je bedoelt zo iemand als jij?'

'Nou ja, niet beslist…,' zeg ik haperend.

'Nee, ik denk dat jij echt perfect zou zijn. Hoe zou ik eruitzien als brunette?'
	Terwijl ze opspringt en in de pruikenverzameling begint te rommelen, verwonder ik me over mijn reactie op het feit dat ze mij als een voorbeeld van 'gewoon' ziet. Ik zou inderdaad als gewoontjes kunnen worden beschouwd. Maar het is nou niet echt een look waar veel mensen naar streven...
	'Jemig, heb je ook pruiken zonder knoetjes?'
	Ik duw haar zoekende handen weg en graai een lange boblijn uit de doos. Het verschilt niet erg veel van mijn eigen haar... O jee.
	'Die kan ermee door.' Ze trekt haar eigen haar strak en knikt even goedkeurend in de spiegel voordat ze haar hoofd verwachtingsvol naar me optilt.
	'Kom, kun je m'n make-up doen in sepiatinten, zoals bij jezelf?'
	'Sepia?' Ik kijk haar fronsend aan.
	'Je weet wel, allemaal bruintinten: neutraal, naturel, hoe je het ook maar noemt.'
	Ik kijk naar mijn eigen spiegelbeeld. Het is waar. Ik ben een levende, ademende antieke foto. Het spannendst wat de laatste tijd in mijn schoonheidsritueel is gebeurd, is dat ik erin ben geslaagd chocola op mijn stijltang te morsen; elke keer wanneer ik hem nu gebruik, ruikt de hele kamer naar zelfgebakken koekjes.
	Ik doe haar make-up, maar dan kan ik het niet laten om even met wat kritiek over haar lichaam uit de hoek te komen: 'Je bent eigenlijk ook te strak.'
	'Wat?'
	'Je ziet er volgens mij een beetje te afgetraind uit voor dat programma.'
	Beth gooit wanhopig haar handen in de lucht. 'Ze willen toch wel iemand die al die dansen *kan* doen? Toch niet iemand die amper haar eigen tenen kan aanraken om haar dansschoentjes dicht te gespen?'
	'Ik weet het,' stel ik haar gerust. 'Maar je weet hoe dit soort programma's werkt. Ze zijn gek op transformaties. Ze willen dat er ruimte is voor verbetering. Wat jij nodig hebt, is iets van dittem.' Ik klop op mijn eigen buik. 'Met dank aan de ijsjes in de pauze. Heb ik jaren aan gewerkt!'
	Ze kijkt jaloers naar mijn middenrif en slaakt dan een lange, diepe zucht.
	Heel even denk ik dat we op een doodlopend punt zijn aangekomen, maar dan licht haar gezicht op. 'Waar heb je de vulling?'
	Voordat ik ook maar naar de kist kan wijzen, heeft Beth al een buikje en een hele verzameling arm- en beenkokers gevonden. 'Waar wacht je op?' Ze trekt me uit de stoel. '*Supersize me!*'

We doen eerst haar behabandjes wat losser, zodat haar decolleté wat minder aanwezig is. Daarna vullen we haar taille uit en recyclen we een tournure om haar dikkere billen te geven. Met visnetkousen krijgen we een mooi silhouet zonder bulten en kuilen.
	'En mijn kuiten?'
	'Die houden we gewoon zo, voor het geval je een rokje moet dragen. Trouwens, er zijn heel wat mollige vrouwen met slanke kuiten; kijk maar naar Letitia Dean.'

'Ja, wat een lichtend voorbeeld!' Beth steekt trots haar kin naar voren. 'Maar ze stortte ook publiekelijk in. Misschien moet ik dat maar doen op de audities… een paar traantjes plengen of zo…'

'Hier heb ik glycerine.' Ik knik naar de kast. 'Aurelia gebruikt altijd een paar druppels voor haar grote huilscène in de derde akte.'

'Dat heb ik niet nodig. Ik hoef alleen maar te denken aan hoe ik me zou voelen als ik deze baan niet krijg.' Beth houdt zich vast aan de dichtstbijzijnde muur, terwijl ik plakband om haar middel trek; ze heeft toch iets van een taille nodig.

'Niet te strak, toch?' vraag ik, terwijl ze op adem komt.

'Nee, dit is prima. Weet je, je bent hier echt goed in, Carmen,' zegt ze, terwijl ze als een trotse aanstaande moeder over haar bolle buikje streelt. 'Ik denk dat het er erg overtuigend uitziet.'

Ik ben het helemaal met haar eens. Misschien iets te overtuigend.

Wanneer ik de laatste puntjes op de i heb gezet, ga ik op mijn hurken zitten. 'Maak je je er geen zorgen over dat wat wij hier doen misschien een beetje illegaal is?'

'Wat?' zegt ze spottend. 'Een dikkere versie van mezelf spelen?'

'Nee, je weet wel, doen alsof je niet kunt dansen…'

Beth schudt haar hoofd. 'Ik zei toch, twee van die dansen heb ik amper gedaan. Trouwens, wat denk je dat ze daaraan zouden doen? Mijn tutu confisqueren?'

'Ik meen het, Beth.' Ik kijk haar met een ernstig gezicht aan. 'Wat als iemand je herkent en je door de hele danswereld wordt verstoten? Wat als niemand je ooit weer een baan wil geven?'

'Nou ja, misschien heb ik dat wel nodig,' antwoordt ze opstandig. 'Misschien is dat net het duwtje dat ik nodig heb om iets anders te proberen.'

Ik kijk naar mijn beste vriendin – een ware lappendeken van vreemde lichaamsdelen, drinkend uit een champagnefles – en denk: *misschien heeft ze gelijk. Misschien was de stripclub niet het dieptepunt. Misschien is dit het.*

En dan neem ik een beslissing: morgen kan Beth deze gekke oefening op haar lijstje met 'dingen waar we nooit meer over praten' zetten. Nog een. Maar vanavond, nu ze nog zo vol energie en hoop zit, ben ik de laatste die op haar roze wolk gaat schieten.

'Klaar!' kondig ik aan, terwijl ik de plakband weer in de la slinger.

'Geweldig! Nu heb ik alleen nog een outfit nodig…' Ze kijkt naar mijn omslagjurkje.

Ik trek mijn wenkbrauwen op. 'Je hebt mijn haar, mijn make-up en mijn lichaam al en nu wil je ook mijn jurk?' zeg ik. 'Verder nog iets?'

'Eigenlijk… ja.' Ze kijkt me schalks aan. 'Je liefdesleven.'

Dat gaat toch echt een stap te ver.

'Waarom zou je dat nou willen?' sputter ik. 'Ik zou het mijn ergste vijand niet toewensen!'

'*Precies!* We hebben iets nodig wat meeleven opwekt, zoals dat meisje in *Afvallen op de dansvloer* dat een maand voor de bruiloft door haar verloofde werd gedumpt.' Beth gaat weer achter de computer zitten en begint te typen. Ik kan mijn ogen niet geloven. Ik heb een monster gecreëerd. 'Wat ben je aan het schrijven?' vraag ik, me plotseling erg kwetsbaar voelend.

'Dat ik deze reis nodig heb om te ontsnappen aan de magnetische aantrekkingskracht van mijn walgelijke en angstaanjagende ex.'

Als ik haar samenvatting van mijn relatie met Lee doorlees, krijg ik het schaamrood op mijn kaken. Het is geen pretje om al je relationele gebreken zwart op wit te zien.

'Denk je echt dat ze dit allemaal moeten weten?' vraag ik wat ongemakkelijk.

'Maak je geen zorgen, de ergste dingen laat ik weg. Dat hoeven we niet nog een keer te beleven.'

Aanvoelend dat ik dat juist wel doe, knipt Beth met haar vingers voor mijn gezicht. 'Ik heb je hulp nodig. Weet je nog die laatste keer dat we Strictly aan het kijken waren en jij me vertelde hoe jaloers je was op de relatie tussen de vips en hun danspartners? Vertel daar nog een keer over.'

Ik ga zitten en doe mijn ogen dicht, zodat ik de zwetende gezichten in de dansstudio beter voor me kan zien, die geheime bemoedigende woordjes weer kan horen die ze elkaar toefluisteren terwijl ze de dansvloer op stappen en de euforie die ze voelen als het allemaal is gelukt.

'Ik denk dat het, meer dan wat ook, het idee van verbondenheid is. Het feit dat ze samen zo hard naar een doel toe werken. Je krijgt echt het gevoel dat ze het samen doen. Ik heb dat altijd al een keer willen voelen: dat ik en mijn vent in hetzelfde team zitten, in ons eigen wereldje.' Ik zucht diep.

'En weet je nog wat je toen tegen me zei?'

Ik ben bijna in trance. '*Ik heb geen vriendje nodig, ik wil een danspartner!*'

Ik neem even de tijd om te denken hoe anders mijn leven zou zijn verlopen als ik dat toen ook had gedaan. Als ik, in plaats van weer terug te gaan naar Lee, mezelf op de chachacha had gestort.

Ik sta op het punt weg te zinken in een poel van ellende wanneer Beth me weer aanstoot. 'Wat denk je hiervan? *"Het is misschien niet mogelijk om liefdesverdriet weg te nemen, maar misschien, misschien is het mogelijk om het weg te dansen."*'

'Dat klinkt goed,' geef ik toe.

'Dank je.'

Als het nou ook nog zou werken...

4

Je weet dat je een zware nacht achter de rug hebt als je alleen je oogbollen kan bewegen. En als zelfs dat pijn doet.

Tussen mijn oogleden door zie ik dat Beth en ik een soort matras hebben gemaakt door alle kostuums op de grond te gooien die hier hingen. Ik heb een wollen overjas als deken over me heen getrokken. Beth ligt onder een gesteven keukenschort. Knus.

Ik neem even de tijd om te bedenken wat er gisteravond allemaal is gebeurd: die fantastische baan en de erop volgende hysterische verkleedpartij met vulling en sepia make-up... Dat verklaart misschien waarom ik droomde dat Beth zich voor Halloween als mij had verkleed.

Mijn jurk paste haar echt geweldig. Door de stretchstof kreeg ze een weelderig figuur, terwijl het vrij drukke patroon de hobbels en bobbels verdoezelde. Het poseren voor de foto was nog het lastigst: het duurde even voordat ik haar ervan had overtuigd dat ze niet zo gemaakt moest glimlachen, maar gewoon natuurlijk moest kijken. Ook maakte ik me even zorgen over de wazige blik in haar ogen...

'Je ziet er dronken uit!'

'*Ik ben dronken!*'

Het lukte ons uiteindelijk toch om een geschikte close-up van haar gezicht en top-tot-teenfoto te maken en daarna verstuurden we de aanmelding. Ik zuchtte. Ik wilde haar tegenhouden, echt. Ik was van plan haar brief nog door te lezen op *Moulin Rough*-achtige typefouten en dan haar mail stiekem in de conceptenmap te zetten in plaats van te versturen. Maar ze was me te snel af. Dat is het probleem met e-mails, het is nog een gradatie erger dan met je dronken hoofd iemand gaan bellen, omdat je dan in elk geval niet de volgende dag direct met het bewijs wordt geconfronteerd.

Water. Ik heb water nodig. Ik vraag me af of ik zo handig ben geweest een glas binnen handbereik neer te zetten wanneer ik iets vochtigs en harigs zie. O ja. Ergens in de vroege uurtjes besloot Beth een van de toupetjes als huisdier te adopteren. Ze heeft hem Gerald genoemd en het laatste dat ik me kan herinneren, is dat ze hem een schoteltje champagne voorzette.

Ik doe mijn ogen weer dicht, ietwat overweldigd door de enorme opruimklus die voor ons ligt. Niet alleen moet de bezem door de kleedkamer, maar door ons hele leven...

'Beth?' Ik begin te hoesten wanneer ik haar naam uitspreek.

Ik probeer haar wakker te porren, maar ik voel alleen maar kleding. Ik lig op mijn rug, trek laag na laag van haar af – ofwel, dat wordt uren strijken straks – en vraag me af of Beth een omgekeerde 'prinses op de erwt' heeft gedaan en nu *onder* in plaats van *op* een hele berg textiel ligt. Na een paar verkreukte zijden overhemden kom ik dikkere tweed tegen en uiteindelijk vind ik de erwt – in dit geval een mannenhorloge – maar geen prinses.

Misschien is ze al naar huis gegaan en wilde ze me niet wakker maken? Ik kijk naar de computer, half verwachtend dat ze daar een berichtje heeft achtergelaten, maar ik zie alleen maar de webpagina van de plastisch chirurg op het scherm staan. *Ik hoop maar dat dat nog van gisteravond is.* Ik ga net iets te snel staan – en moet me even aan iets vasthouden voordat het draaimolengevoel is weggeëbd – en strompel daarna naar de kitchenette.

Leeg. Ik voel de waterkoker. Koud. Ik tik op de toiletdeur. Geen antwoord. Ik begin me steeds meer zorgen te maken, terwijl ik door de gang naar het toneel loop.

Misschien heeft ze besloten een symbolische laatste buiging te maken? Maar nee, ook de planken zijn leeg.

Ik zucht, mijn hart zakt in mijn schoenen. Niets is deprimerender dan een lege zaal.

Ik vraag me af of Beth zich zo over haar leven voelt? Daar staat ze, de welwillende artiest, maar niemand die naar haar komt kijken. Er zit zelfs geen jury op rij zeven, klaar om kritiek op haar af te vuren. Geen muziek, niemand in de coulissen met een script. Niemand om haar op te tillen en rond te draaien, geen achtergronddanseressen om tussen te gaan staan.

Heel voorzichtig stap ik uit de coulissen tevoorschijn. Op mijn tenen loop ik naar het midden van het toneel. Zelfs zonder dat er iemand zit te kijken voel ik me al naakt. Ik heb me hier nooit prettig gevoeld, zelfs niet tijdens de schoolvoorstellingen met alleen ouders in de zaal. Al die ogen… Je hoopt maar dat het publiek dat zit te kijken je welgezind is, maar die garantie heb je nooit. Ze kunnen je net zo gemakkelijk gaan uitjouwen. Waarom zijn mensen dan zo masochistisch om zich elke avond weer bloot te geven? Wat is dat voor een behoefte dat hij niet op een andere manier kan worden bevredigd? Ik dacht altijd dat het gewoon exhibitionisme was – zelfs de grote Lord Laurence Olivier omschreef deze dwangmatigheid als 'kijk mij nou, kijk mij nou, kijk mij nou!' Maar terwijl ik hier sta, bewonder ik de moed van al die artiesten die het aandurven om de spotlight in te stappen. Die zich kwetsbaar durven op te stellen, allemaal voor het genot van de toeschouwer…

'Let me entertain you!' mompel ik, denkend aan die keer dat Beth me vertelde hoe ze als kind talloze keren een dansvoorstelling had voorbereid: ze bond linten om haar polsen en deed de vlooienbandjes van de katten om haar enkels, zodat de kleine belletjes gingen rinkelen als ze op het kleed heen en weer stond te springen. En dat allemaal voor een publiek bestaand uit teddyberen en Barbies, omdat haar moeder nooit lang genoeg bij bewustzijn was om de hele show te bekijken. Plotseling is het allemaal heel logisch…

'Tadaaaaa!'
Ik hoor getinkel van glas aan de linkerkant van het toneel. Ik draai me om en zie Beth met drie nieuwe flessen Moët & Chandon staan.
'O God, ik kan echt geen druppel meer zien!' kreun ik.

Beth rolt met haar ogen. 'Dit is om de voorraad in Vaughns kleedkamer aan te vullen, gekkie! Jouw drank staat op je bureau...'
Ze wenkt me en kijkt me verbazingwekkend wakker en fris aan. Kan ze die nachtmerrie van gisteravond echt zo gemakkelijk van zich afzetten? Ach, misschien is ze nog steeds dronken.
'Chai latte.' Beth overhandigt mij een dampend plastic bekertje met papieren kokertje eromheen.
'Dank je,' mompel ik dankbaar, terwijl ik de kruidige, zoete geur inadem.
'En een bosbessenmuffin...'
'O jammie!' kir ik, terwijl ik mijn vingers in het paars gevlekte sponzige mengsel laat zakken.
'En Havana Bruin.'
Bij het derde pakje dat ze op tafel zet, verstar ik. Het is een doosje permanente haarverf.
Niet in paniek raken, zeg ik tegen mezelf. Er zijn heel wat vrouwen die besluiten hun haarkleur radicaal te veranderen in tijden van crisis, en vergeleken met plastische chirurgie...
'Heb je de naam gezien?' onderbreekt Beth mijn mijmeringen, terwijl ze op de tekst tikt. 'Havana Bruin. Van alle namen op de doosjes – van Garnier, Clairol, l'Oreal – geen enkele andere stad. Geen Stockholm Blond of Marrakech Mahonie...'
'Geen Bordeaux Bordeaux?' vraag ik ondanks mezelf heel nieuwsgierig.
'Nee.' Ze kijkt me triomfantelijk aan. 'Het is een teken!'
O God, daarom is ze zo vrolijk. Ze denkt nog steeds dat ze kans maakt bij het tv-programma.
'En wat aardig van ze, je krijgt er een kleine geurampul bij, zodat alles lekker ruikt!' Beth zingt bijna terwijl ze de flesjes, tuitjes en plastic handschoenen klaarzet.
'Denk je niet dat je daar beter mee kunt wachten tot ze bellen?'
'Hebben ze al gedaan,' zegt ze, terwijl ze het enorme instructieblad openvouwt. 'Terwijl ik de champagne ging halen.'
'Wat?!'
Ze kijkt me aan en begint dan enthousiast te gillen; ze kan haar blijdschap niet meer binnenhouden. 'Ze willen dat ik langskom!' piept ze, terwijl ze het vel papier in de lucht gooit en mijn bekruimelde handen vastpakt. 'Lucy van Experience TV belde en zei dat ik klonk als het meisje dat ze zochten.'
Mijn mond valt nog verder open wanneer ze zegt: 'We hebben ongeveer honderdtachtig minuten om van mij een stevige brunette met twee linkervoeten te maken!'

Eerst de verf: het voelt bijna als godslastering om de paarsige smurrie in haar engelachtige lokken te smeren. 'Weet je het echt zeker?' vraag ik aarzelend voor ik de laatste kwak aanbreng.
Beth knikt bevestigend, maar terwijl we de kleur zien veranderen in een

troebele auberginekleur, begint ze toch te rillen en mompelt ze: 'Ik ben officieel in de duistere middeleeuwen beland…'

Terwijl mijn slaapkleren zeepbellen aan het draaien zijn in de wasmachine, ben ik hard aan het werk de vulling glad te strijken en vast te plakken. Ik wil niet nog meer kostuums kreuken en draag daarom nu de overall van de klusjesman, waar Beth hartelijk om moet lachen.

'Je kunt zo meezingen met Dexys Midnight Runners!' joelt ze, terwijl ik de badkamer weer binnen kom lopen om haar haar te controleren.

Het is een look die ik mijn hele leven al probeer te vermijden; mijn tweede naam is namelijk Eileen, naar mijn oma aan mijn vaders kant. Geen probleem? Probeer dan beide namen snel achter elkaar aan te zeggen…

'Carmen Eileen!' Beth kan een kort refreintje niet weerstaan.

'Tijd om te spoelen!' grom ik.

In de paar minuten die het duurt tot het water niet meer kleurt, realiseer ik me dat ik nu evenveel tijd in het proces heb geïnvesteerd als Beth. Haar optimisme werkt aanstekelijk. Het is misschien wel het meest absurde project waar ik ooit aan heb gewerkt, maar ik doe extra mijn best bij het föhnen van haar haar, alsof ze echt de hoofdrol heeft gewonnen.

'Geelbruine oogschaduw en zacht perzik lipgloss voor een totale transformatie,' zeg ik glimlachend, alsof ik de presentatrice ben van een metamorfoseprogramma.

'Wauw!' Beth kijkt vol bewondering naar haar nieuwe spiegelbeeld. 'Ik zie er heel aardig uit, nietwaar?'

'Je zag er altijd al aardig uit, hoor!' tut ik.

'Ja, maar vrouwen stoppen hun vriendjes nu niet meer in hun handtas als ik aan kom lopen.'

'Oké, we doen er even een paar kledingmaten bij…' Ik neem haar mee naar de kleedkamer.

Ik ben veel te nerveus over het geïmproviseerde *fatsuit* vandaag, omdat ik weet dat ze erin moet rondlopen en, erger nog, dansen…

'Wat ben je aan het doen?' Beth kijkt me verbaasd aan wanneer ik een dansje met haar door de kamer maak.

'Ik maak me zorgen dat al die vulling een beetje raar aanvoelt voor je danspartner. Je moet vast even proefdansen…'

'O, maak je daar geen zorgen om.' Ze wuift mijn bezorgdheid weg. 'Welke vrouw voelt tegenwoordig nog echt? Iedereen heeft wel een push-up, spanx en corrigerend ondergoed aan!'

Ze heeft gelijk.

'Trouwens, ik wiebel waar het moet.'

Ik moet wel glimlachen. Al dat gepraat over een borstverkleining is ze duidelijk vergeten.

'Dus,' Beth pakt mijn handen beet en haalt diep adem, 'wens me maar succes!'

Ik frons mijn wenkbrauwen. 'Mag ik niet mee?'

'Natuurlijk wel, maar ik weet dat je het er niet mee eens bent.'

'Nou…' Ik aarzel. 'Dat is het niet alleen, toch? Ik bedoel, jij mocht Lee ook niet, maar je was er ook voor mij toen ik besloot om toch met hem verder te gaan.'

'Ja, maar dat was niet op het randje van illegaal.'

'Nee, dat was veel erger.' Ik laat haar handen los en pak mijn jas. 'Ik kom mee.'

Ze aarzelt nog steeds. 'Maak je je geen zorgen over wat dit professioneel voor jou kan betekenen?'

Ik kijk naar de berg voorheen net gestreken en schone kleding, de lege champagneflessen en Gerald het dronken toupetje, en haal mijn schouders op. 'Wie A zegt, moet ook B zeggen.'

'Of dubbel D, in ons geval,' mompelt Beth, terwijl ze haar nieuwe weelderige lichaam door de deur manoeuvreert.

We pakken snel een taxi en rijden langs mijn flat, zodat ik eindelijk die overall uit kan trekken. Twintig minuten later zijn we bij de studio; Beth begint al flink te zweten.

'Jees, waar is die vulling van gemaakt, isolatiemateriaal ofzo?' puft ze, terwijl we op de stoelen van piepend kunststofleer gaan zitten.

'Je bent gewoon zenuwachtig,' zeg ik tegen haar in een poging het feit te negeren dat ze een soort winterjas onder haar kleren draagt. 'Ik haal even wat water voor je.'

Ik vul twee plastic bekertjes met water uit een ronde automaat met nepgoudvissen erin. Mijn handen trillen een beetje. Ik voel me nogal uit de toon vallen in dit elegante gebouw; ik ben zo gewend aan ouderwetse, krakende theaters dat al deze witte, glimmende oppervlakken en felgekleurde meubels me evenveel pijn doen aan de ogen als wanneer iemand er een elastiekje in zou schieten.

Even onrustig is de enorme wand met televisieschermen die allemaal beelden vertonen van de shows van het productiebedrijf. Ik weet niet hoe de receptioniste het uithoudt met al deze prikkels; het lijkt wel de brug van Starship Enterprise. En wat is er gebeurd met het gastenboek, waarin je met een pen aan een koordje je naam moest schrijven? Hier wordt door een klein cameraatje een foto van je gemaakt (van voren en *en profile*), die op een gelamineerd kaartje wordt gezet, waarmee je door de beveiliging komt. Beth grapte nog dat die pasjes straks konden worden gebruikt voor het politiedossier. Maar nu lacht ze niet meer.

'Waarom heb je mijn kont zo breed gemaakt!' Ze heeft moeite om uit de oranje rubberen cocon te komen die zich aan haar achterste vast lijkt te hebben gezogen.

Ik kijk haar bezorgd aan. 'Wil je dat ik vraag of ze grotere stoelen hebben?'

Ze kijkt me met samengeknepen ogen aan. 'Ik voel me gewoon zo vet.'

'Welkom in mijn wereld,' mompel ik, terwijl er een meisje met rood haar en een walkietalkie op ons af komt lopen. Ze blijft voor ons staan, onzeker wie ze een hand moet geven.

'Beth Harding?'

'Ja, dat ben ik!' Beth spring op, gelukkig zonder het geluid van een kurk die uit een fles plopt. 'Dit is mijn vriendin Carmen, mijn steun en toeverlaat.'

'O, even dacht ik dat jullie zussen waren!' grinnikt ze. 'Dat horen jullie vast vaker...'

'Nou, dit is echt de eerste keer,' zeg ik, naar de vloer kijkend, waar ik zie dat haar oranje leggings in pumps met enorme hakken zijn gestoken.

'Goed!' Ze haalt diep adem. 'Mijn naam is Lucy, ik ben de researcher voor de show. Waarom komen jullie niet even mee om kennis te maken?'

Hoewel haar stem vrolijk en fris klinkt, heeft Lucy, ergens in de twintig, de ogen van een zeventig jaar oude oma. Ik vraag me af of de medewerkers van Experience TV wel naar huis mogen om te slapen? Waarschijnlijk worden ze in een doos gestopt voor een hazenslaapje van twintig minuten, om ze dan met een daglichtlamp weer op te peppen.

'Dus, even ter informatie: je doet auditie voor een realityshow waarbij dansen uit drie Spaanstalige landen centraal staan, als onderdeel van de *La Vida Loca*-special van Channel 4.'

'Ik denk dat ik daar posters voor heb gezien!' kir ik.

'Ja,' zegt ze met een grijns, 'altijd spannend wanneer ze programma's gaan promoten die je nog niet eens hebt gemaakt.'

'Heb je áan veel van dit soort programma's meegewerkt?' Ik knik naar de digitale portfolio aan de wand.

'Iets meer dan tien, maar dit is de eerste keer dat ik als researcher word vermeld,' zegt ze, voordat ze ademhaalt en haar vingers kruist: 'Hoop ik tenminste!'

Ik wil vragen waarom ze dat nog niet zeker weet, maar Beth trekt ongeduldig aan mijn elleboog.

Ik draai me om en zie een donkere man met een fedora snel op ons af lopen.

'Ik ga even roken, Lucy.' De man tikt tegen de rand van zijn hoed terwijl hij langsloopt.

'Het verbaast me altijd hoeveel dansers roken,' zegt Lucy hoofdschuddend terwijl ze de deur voor ons openhoudt. 'Dat is Benicio.' Ze kijkt naar Beth. 'Hij is je testpartner.'

Beth deinst achteruit. 'Ik moet met hem dansen?'

'Ja, maar we hebben echt geen jury in de zaal zitten die je punten gaat geven hoor,' grapt Lucy. 'Het is puur om te bekijken of je talent hebt. Of juist geen talent! Hoe dan ook, ik weet zeker dat het goed komt, dus maak je geen zorgen.'

'Eh...,' slikt Beth, die kijkt alsof iemand haar net in het gezicht heeft geslagen.

Ik kijk haar niet-begrijpend aan. Ik moet weten of ze van plan is de benen te nemen, omdat ik niet weet of ik wel in staat ben zo snel naar de receptie te rennen.

'Beth?' Ik probeer haar weer in het hier en nu te krijgen.

'Vind je het erg als ik heel snel even ga plassen?' stamelt ze, terwijl ze mijn hand vastpakt.

'Natuurlijk niet.' Lucy wijst ons een andere gang. 'Schrik niet van de waterval waar je doorheen moet lopen. Het is geen echte, het is maar een hologram.'

'Het is niet te geloven!' jammert Beth.

'Is er iets losgeschoten?' Ik bekijk haar van top tot teen nadat ze de deur achter ons dicht heeft gedaan.

'Ik ken die jongen,' sist ze, terwijl ze begint te ijsberen. 'We zaten samen in *Noppen en naaldhakken, de musical.*'

'O, nou ja. Die duurde niet zo lang,' zeg ik. 'Denk je dat hij het zich nog herinnert?'

'Ik heb ook in bed wat met hem gespeeld.'

'Aha.' Even vraag ik me af of de luchtafvoer groot genoeg is om door te ontsnappen via een ingewikkeld tunnelsysteem zoals in de film, maar dan bedenk ik me. 'Je hoeft je echt nergens zorgen om te maken. Blonde Slanke Beth is met hem het bed in gedoken! Hij zal je echt nooit herkennen!' Ik zet haar voor de lange spiegel, om het nog maar eens te benadrukken.

'O, mijn God!' Ze trekt een lang gezicht wanneer ze weer naar haar spiegelbeeld kijkt. 'Ik kan het niet! Ik kan deze *hologram* niet zijn!' Ze slaat naar het glas. 'Wat dacht ik wel niet!'

'Je dacht heel goed,' zeg ik zachtjes. 'Je dacht dat dit je laatste kans was om de wereld te laten zien wat je in je mars hebt. Je dacht aan de zwoele avonden in Buenos Aires en Sevilla en Havana,' benadruk ik. 'Je dacht aan hoe het zou voelen om te dansen met een man die dat niet doet omdat hij ervoor wordt betaald, maar omdat hij met jou op het ritme van de muziek wil bewegen.'

Even blijft ze stil. Haar borst gaat op en neer en de dromerige blik is weer terug in haar ogen; helaas verdwijnt dit vonkje ook weer even snel en zucht ze diep. 'Nee.' Ze schudt haar hoofd. 'Het is zo'n aardige meid, die Lucy. Dit is haar eerste grote klus en ik wil haar niet verraden. We moeten iets verzinnen om hier weg te komen.'

'Alles in orde?' Het is Lucy, die haar hoofd om de deur steekt.

'Het spijt me.' Beth rent naar haar toe. 'Ik schop waarschijnlijk je hele schema in de war, maar laat de volgende kandidaat maar voor.'

'Nou, als ik eerlijk ben, ben jij de enige.' Ze probeert het vrolijk te brengen, maar zegt met trillende stem: 'Mijn laatste hoop.'

'Zijn er geen anderen?' Ik frons mijn wenkbrauwen.

'Vandaag niet. Er zijn er al heel, heel veel geweest. *Heel veel.*' Ze kijkt moeilijk.

'Wat is er met al die meisjes gebeurd?' vragen Beth en ik in koor.

Lucy kijkt de gang op en neer en stapt dan snel het toilet binnen. Terwijl ze tegen de rechthoekige wasbak leunt, legt ze uit dat hun eerste advertentie iets te vaag was en er dus heel wat kandidaten zich bedachten toen ze erachter kwamen wat ze allemaal moesten doen; plotseling zagen echtgenoten het niet meer zitten dat hun eega's zesduizend mijl van huis heupwiegend met een 'zwoele Latijnse lover' op de dansvloer zouden staan of konden ze geen drie weken vrij krijgen van hun baas of hadden ze zich alleen maar aangemeld in de hoop om met een filmster te dansen of waren ze bang in Havana in een of andere revolutie terecht te komen... 'En dan waren er nog een aantal die hadden gehoord dat ze in Cuba koude spruitjes als ontbijt serveren.'

'Wat een idioten!' tut ik.

'Nou, het is anders wel waar,' geeft Lucy toe.

'Maar om daarom maar af te haken?' stamelt Beth. 'Dit is de kans van je leven!'

'Dat klopt, en er waren een aantal die het wel wilden, maar toen ik de lijst had ingekort tot de vijfentwintig beste kandidaten, heeft de producent ze allemaal afgekeurd.'

'Waarom?'

Lucy zucht moeizaam. 'De meeste waren volgens hem niet "camerageniek" genoeg.'

'Niet knap genoeg?' vertaal ik.

Ze knikt lichtjes. 'Zes waren te dun, een paar te dik, drie hadden gelogen over hun leeftijd, vier waren te knap waardoor de kijker zich niet met hun zou kunnen identificeren, een paar vloekten te erg als ze fouten maakten waardoor het programma één lange blieieieiep zou worden, en de rest had niet het juiste accent...'

'Wat is het juiste accent?'

'Wat hij op een willekeurige dag niet irritant vindt.' Lucy gebaart met de antenne van haar walkietalkie. 'Weet je, een van de vrouwen eindigde zelfs met Benicio in bed!'

'Stel je voor!' joel ik, stiekem Beth een blik toewerpend.

'Eigenlijk werkte dat in haar voordeel, ze houden wel van een beetje schandaal, maar toen ze voor haar tweede gesprek kwam, besloot Rick – de producent – dat ze als ze lachte te veel tandvlees liet zien.'

Als we haar met grote ogen aankijken, wordt duidelijk dat Lucy spijt heeft van wat ze heeft gezegd. 'Het spijt me, dit is zo onprofessioneel. Het is gewoon zo dat jouw aanmelding binnenkwam en ik dacht, *"Dat is ze! Dat is onze dansprinses!"'*

'Echt?' Beth knippert een paar keer.

Ze knikt en laat haar hoofd hangen. 'Maar wat weet ik er nou van?'

'O, Lucy. Het feit dat die Rick jouw visie niet deelt, betekent niet dat jij geen talent hebt.' Beth steekt haar hand uit. 'Ik weet zeker dat je geweldig bent in je werk.'

'Dat dacht ik altijd wel,' zucht ze. 'Ik dacht dat ik alleen maar een kans nodig had om het mezelf te bewijzen, maar nu ik die kans eindelijk heb gekregen...' Ze slikt de brok in haar keel door. 'Het gaat niet allemaal volgens plan...'

Ik kan Beths hart bijna horen huilen van medeleven. 'Je moet het niet opgeven. Nog niet.'

'Ik heb geen andere keuze. Vandaag moet het gebeuren; de ultieme deadline.'

Ze probeert zichzelf op te beuren. 'Maar het komt wel goed, ze zeiden bij *Sterren achter de tralies* dat ik altijd terug mocht komen als runner.'

'O nee! Nee, nee, nee.' Een plotseling bruuske Beth pakt haar bij de arm. 'Kom, we gaan ervoor zorgen dat deze laatste kans slaagt.'

'Ga je het doen?' Lucy's ogen beginnen te glimmen.

'We gaan het doen,' zegt ze bevestigend.

Ik loop achter de twee aan, glimlachend. Misschien heeft het op een of andere vreemde reden gewoon zo moeten zijn.

Maar wanneer we de studio binnenlopen, wacht daar Rick, de producent. De enige man die tussen Beth en haar grote droom staat.

5

Geen hand, geen oogcontact, geen koetjes en kalfjes. Zoals Lucy al had gezegd, is Rick iemand die niet erg veel geduld met anderen heeft.
En volgens hem is iedereen die aan een realityshow wil meedoen bij voorbaat al reddeloos verloren.

Ook is hij niet echt van plan om zijn adem te verspillen aan een introductie van een kandidaat die het waarschijnlijk toch niet gaat worden, en al helemaal niet aan haar vriendin. Wat jammer is, want ik ben extreem benieuwd hoe *zijn* accent klinkt.

Het positieve aan het feit dat ik min of meer onzichtbaar ben, is dat ik dichtbij genoeg kan komen om te zien wat hij op Beths evaluatieformulier schrijft.

Interessant... Die neerbuigende frons om zijn wenkbrauwen geeft niet noodzakelijk weer wat hij denkt; ze heeft al plusjes staan bij Gezicht, Lichaam en Outfit. Ik voel me best trots, omdat ik bij alle drie betrokken was. Terwijl ze Beth een microfoontje op doen, besluit ik de rollen even om te draaien. Zou *ik* zo scheutig zijn met mijn plusjes?

Het antwoord is ja, als ik een uitgemergelde, maar stijlvolle slechterik zou moeten casten. Zijn neus ziet eruit alsof ik met een naald een draad door het puntje heb geregen en er nu aan zit te trekken. Zijn dunne lippen lijken te zijn dichtgenaaid. Zijn donkere, elegant gestylede haar zou bovenop wel een knipbeurt kunnen gebruiken, maar op zijn kleding heb ik niets aan te merken: de slim-cut broek en poloshirt met reliëf doen futuristisch streng aan. Ik durf te wedden dat hij vroeger een hippie was, die vanuit een hoekje de rest van de disco in de gaten hield, net zoals hij nu Beth zit te begluren.

Heilige Mariaantje! Ze heeft net een plusje gekregen voor Accent! En hij heeft opgeschreven dat ze mooi geëpileerde wenkbrauwen heeft. Ik zit me net af te vragen of hij misschien homo is, wanneer Beth vooroverbuigt om het bandje van haar schoen te verstellen en haar overslagjurkje door het extra gewicht van de microfoonclip wat te veel inkijk krijgt.

'Oeps, ik denk dat we die even wat beter vast moeten maken!' De geluidsman rent naar haar toe, met een ietwat rood gezicht.

Terwijl hij de V-hals weer in bedwang probeert te krijgen, vang ik een glimp op van haar nepbuik – *neeeeee!* Maar als ik snel naar Ricks formulier kijk, zie ik dat hij in plaats van het boos neergekalkte woord 'bedrieger!' een vrolijke smiley heeft getekend.

Ik glimlach ook: ik wist wel dat haar borsten ooit een keer handig zouden zijn! Ik ben zo blij dat ze besloten heeft ze te houden.

Eindelijk steekt de geluidsman zijn duimen omhoog naar Lucy en trekt Rick een cirkel rond het woord *danstalent.*

'Benicio!' Hij roept Beths partner erbij alsof hij zijn favoriete gladiator het strijdveld op gaat sturen.

De volgende twintig minuten zijn nagelbijtend spannend.

Beths zenuwen slaan in alle hevigheid toe: haar handen zijn zichtbaar vochtig, haar lichaam is gespannen, ze heeft vlekken in haar nek.

'Kijk me in mijn ogen,' zegt Benicio, terwijl hij haar tegen zich aan trekt. 'Dat schept alvast een band.'

Ik kan haar bijna een schietgebedje horen prevelen wanneer haar gezicht heel dicht bij het zijne komt. Ik weet dat ze liever gekleurde lenzen in had gedaan – haar ogen zijn bijna amberkleurig en even lijkt het alsof Benicio iets van een wellustige herkenning vertoont. 'Hebben wij...'

Beth probeert zich los te trekken voordat hij zijn zin afmaakt, maar hij trekt haar weer tegen zich aan, dwingt haar een draai te maken, maar geeft haar ook de mogelijkheid om hard op zijn linkervoet te gaan staan.

Terwijl Benicio een gil slaakt, schudt Rick zijn hoofd en spreekt hij al honend zijn eerste volzin uit: 'Ze heeft niet echt veel ervaring met mannen, nietwaar?'

Je had haar gisteravond in de stripclub moeten zien, denk ik bij mezelf.

Beth stapt tijdens het oefenen nog een paar keer op Benicio's tenen, maar ik vermoed dat het niet langer met opzet is. Haar nieuwe, brede lichaam zorgt ervoor dat haar zwaartepunt anders is en tast haar evenwicht aan; zelfs al zou ze elegant en gracieus willen dansen, dan zou ze waarschijnlijk nog om de haverklap struikelen. Het voordeel is dat elke misstap Lucy lijkt te bevallen; bij deze test krijg je juist extra punten als je fouten maakt.

'Laat je door mij leiden,' zegt Benicio op een gegeven moment. 'Ik kan voelen dat je probeert mijn passen te voorspellen. Niet te veel nadenken.'

Haar gezicht is inderdaad één brok concentratie en frustratie.

'Ontspaaaaaaan!' zegt hij.

Maar hoe kan ze ontspannen? Ze kan niet het risico lopen dat de professionele danseres in haar het overneemt. Ze moet op haar hoede blijven.

Tot nu toe heb ik een paar eenvoudige salsapassen herkend, een grove vorm van de paso doble en nu lijkt Benicio zich klaar te maken voor de tango. Ik houd mijn adem in, biddend dat ze ook die dans er slecht uit kan laten zien. Rondborstige blondines staan nou niet exact synoniem voor deze gespierde dans, maar het is wel de dans die ze het beste kent.

'Sluit je ogen,' beveelt hij.

Ze gehoorzaamt, waardoor ik nog zenuwachtiger word. *Vergeet niet waar je bent!* wil ik bijna roepen. *Vergeet geen fouten te maken!*

Ze begint wat vreemd, maar al heel snel ziet het er heel soepel en instinctief uit. En dan gebeurt het...

'Wauw!' Benicio doet een stap achteruit terwijl ze onnadenkend een perfecte *ocho* doet. 'Waar kwam dat vandaan?'

'Wat deed ik dan?' Ze schrikt en doet haar ogen open.

Ze kijkt even boos naar haar benen en zegt dan schaamteloos: 'O dat? Dat zag ik Flavia doen op *Strictly Come Dancing*.'

'Mooi, heel mooi,' zegt hij goedkeurend. 'Voor zo'n onhandige meid heb je potentieel.'

Dan kijkt hij naar Lucy, die knikt en roept dat het tijd is voor een waterpauze, ofwel, een kans om even in conclaaf te gaan met de achterban.

'Hoe deed ik het?' vraagt Beth, nog trillend terwijl ze een hele fles Evian achterover klokt.

'Vreselijk,' huiver ik.

'Echt?' Ze kijkt hoopvol. 'Dat zeg je niet zomaar?'

'Eerlijk, het was schokkerig en uit de maat en je zag eruit alsof je elk moment kon overgeven.'

'Maar de *ocho* dan?' vraagt ze geschrokken.

'Dat heb je heel mooi opgelost,' zeg ik. 'Ik weet zeker dat alle kandidaten wel een of twee danspasjes van de televisie hebben nagedaan.'

Ze lijkt niet echt overtuigd.

'Oké, Beth…' Lucy probeert onze aandacht te trekken. 'Klaar voor een kort gesprekje?'

Ze kijkt alsof ze elk moment kan flauwvallen, maar knikt toch.

'Je antwoorden op de aanmelding waren vrij uitgebreid, maar we moeten even kijken hoe je overkomt op de camera,' legt Lucy uit, terwijl ze Beth uitnodigt om tegenover haar te gaan zitten.

Nu pas zie ik de cameraman die de hele tijd in de schaduw moet hebben gestaan. Hij is erg lang; ik vraag me af of dat helpt om vanuit meerdere gezichtspunten te kunnen filmen?

Wanneer ik me weer omdraai om Rick te zoeken, zie ik dat hij geconcentreerd naar het beeldscherm zit te kijken, zodat hij Beth ziet zoals de mensen thuis haar op tv zouden zien.

Ik schuifel wat dichterbij en voel een steek in mijn hart als ik mijn vriendin daar zo paniekerig zie zitten. De audities die ze gewoonlijk doet, zijn in enorme theaters, dus wie zou hebben gedacht dat ze zich in zo'n kleine tv-studio zo ongemakkelijk zou voelen? Maar ja, ze hoeft gewoonlijk ook niks te *zeggen*…

'Waarom vertel je niet eens over je allereerste dansherinneringen?' begint Lucy als een volleerd psychiater.

Beth praat in sneltreinvaart en met een vrolijke stem over hoe ze als kind gefascineerd was door *Come Dancing* en vaak droomde over een carrière op televisie, maar dat haar moeder weigerde haar in te schrijven voor de toneelschool, omdat ze zich eerst moest concentreren op de andere vakken waar ze goed in was: kunst en geschiedenis. Ik verwacht bijna dat er een zoemer afgaat omdat ze nu haar eerst grote leugen vertelt, maar dan herinner ik me dat ik de enige ben die de waarheid kent.

'Ik heb op mijn tiende alleen wat lessen ballroomdansen gevolgd,' liegt ze, opnieuw puttend uit mijn verleden. 'Er waren te weinig jongens en omdat het andere meisje dat zich ook had ingeschreven zo knap en slank was, kreeg ik de rol van de man toebedeeld.'

'De hele tijd?' vraagt Lucy.

Beth knikt. 'Ik herinner me nog dat we meededen aan een danswedstrijd voor beginners en het meisje, Charlotte, in een prachtig jurkje de dansvloer op kwam zwieren, terwijl ik als een hork naast haar liep in een Schotse rok en een denim vestje met een sheriffinsigne erop.'

Dit is allemaal waar. Het was het mannelijkste sieraad dat ik mijn juwelendoosje had, en, zo realiseer ik me nu, een interessante keuze voor de Weense wals.

'Iedereen op de dansvloer had een manische glimlach op zijn gezicht, maar ik trok een streng pokergezicht, omdat ik dacht dat mannen niet glimlachen.'

Met die opmerking krijgt ze iedereen aan het lachen, maar ze heeft gelijk: dat dacht ik toen echt!

'We werden derde,' sluit Beth het verhaal af. 'Maar toen mijn vader me van dansles haalde, was ik ervan overtuigd dat hij bang was dat ik lesbisch zou worden ofzo.'

'Ik kan me voorstellen dat het verwarrend was,' zegt Lucy vol sympathie. 'Dat doet me denken aan een geweldig citaat van de Amerikaanse schrijver Christopher Morley: "Dansen is een geweldige hobby voor meisjes, het is de eerste manier om te leren voorspellen wat een man gaat doet voor hij iets doet!"'

Beth moet hardop lachen en kijkt me steels aan. 'Nou, dat verklaart dan een hoop!'

'Wanneer heb je daarna weer voor het eerst echt gedanst?'

'Goh, niet eerder dan in de tienerdisco.'

'Waarom huiver je wanneer je dat zegt?' vraagt Lucy.

'Ik vond het toen nooit leuk om met jongens te dansen. Ze drukten je hard tegen zich aan tijdens het slowdansen.' Beth kijkt gegeneerd. 'Ik werd er altijd bang van; ik kon hun lichaam voelen trillen. Ze roken ook... muf. Ik vond er niets aan.'

'Ik kon zien dat je je niet op je gemak voelde toen je met Benicio aan het dansen was....,' zegt Lucy, die een geheel verkeerde diagnose stelt.

'Mmmm.' Beth blijft wat vaag. 'Ik denk dat ik altijd gewoon met een man wilde dansen die meer geïnteresseerd was in de dans dan in hoe mijn lichaam tegen het zijne voelde.'

Hier heeft ze het over zichzelf; daarom ook haar voorliefde voor de musicalwereld, waar negen van de tien mannen met wie ze danst homo is.

'Over mannen gesproken,' gaat Lucy voorzichtig verder, 'je had het er op je aanmeldingsformulier over dat je het net hebt uitgemaakt met je vriend...'

'Ja.'

'En je zegt dat dit een van de redenen is waarom je deze show wilt doen.'

'Absoluut,' bevestigt Beth. 'Ik ben bang dat als ik nu niet iets radicaals doe, iets om mezelf te veranderen, dat ik naar hem terugga. Weer.'

'Ben je al eerder bij hem weggegaan?'

Beth knikt. 'Al drie keer.'

'En waarom ga je steeds terug?'

Beth kijkt even naar mij en haalt dan diep adem, alsof ze mijn gezichtspunt probeert te inhaleren. 'Het is net alsof er iets in mij zit waar alleen hij bij kan. Een pijn die alleen hij kan stillen.' Ze zwijgt even. 'Omdat hij die heeft veroorzaakt.'

Lucy rilt. 'Klinkt als een soort verslaving.'

Beth knikt. 'Zo zien mijn vriendinnen het ook. Ze zeggen dat hij me heeft gehersenspoeld en ik nu zo in de war ben dat ik niet weet wat ik moet doen. Ze snappen niet hoe hij zoveel macht over mij kan hebben.'

'Het is nooit gemakkelijk om toe te kijken wanneer een vriendin een foute vriend heeft.'

'Nee, dat klopt,' bevestigt Beth.

'Heb je je altijd al aangetrokken gevoeld tot foute jongens?'

'Nooit zo extreem, maar als ik eerlijk ben, hebben alle jongens met wie ik ooit uit ben geweest me wel gebracht waar ik nu ben.' Ze zwijgt weer even en gaat dan mijmerend verder. 'Elke jongen die je bedriegt en je vernedert en beloftes niet nakomt, hakt een stukje van je hart af, zodat je alle vertrouwen in de liefde verliest. En na een tijdje begin je eraan te twijfelen of er voor jou wel een ware Jakob is. Want zo ja, waarom heb je hem dan nog niet ontmoet?' Beth zucht diep. 'Dus zeg je tegen jezelf dat er andere dingen zijn in je leven: je vrienden, je familie, je werk. Je probeert het gemis te vergeten. Maar toch blijf je naar die liefde verlangen en als er dan iemand in je leven komt die zegt dat hij bij je blijft *wat er ook gebeurt*, dan ben je gewoon zo dankbaar. Je ziet de rode vlaggen wel, maar je negeert ze gewoon, omdat je dat andere gevoel niet weer wilt voelen: dat gevoel van eenzaamheid.'

Alle aanwezigen zuchten met haar mee.

'Maar goed,' ze komt weer terug uit haar droomwereld, 'waar het om gaat, is dat ik niet de rest van mijn leven door deze man en deze gevoelens gegijzeld wil zijn. Ik wil een verandering, en ik denk dat dit voor mij de manier is: de afstand, iets fysieks doen, iets uitdagends!'

Ik zit nu echt voor haar te duimen. Ik wil haar die boeien los zien trekken en zien dansen! Als zij het kan, kan ik het ook! Plotseling weet ik niet meer precies waar Beth begint en ik eindig.

Maar dan leunt Rick achterover en kijkt hij haar smalend aan. 'Klinkt een beetje alsof je dit reisje ziet als een manier om te ontsnappen.'

'Is dat niet wat dansen is?' antwoordt Beth snel en fel. 'Ik weet dat ik, wanneer ik...' Ze stopt net op tijd. '... thuis aan het dansen ben, dat de muziek dan mijn bewegingen leidt, dat niets me kan raken. Op dat moment ben ik vrij.'

Hij doet zijn mond open om iets te zeggen, maar ze is nog niet klaar. 'Trouwens, de tango is niet een dans om iets te vergeten. Het tegenovergestelde juist.' Ze leunt naar voren, vastbesloten om haar zegje even te doen. 'Tegenwoordig is de druk om "verder te gaan met je leven" zo enorm groot, zo hoort het gewoon. Maar de tango geeft je de kans om je zwartste emoties te laten zien. Je mag de pijn laten zien, uiting geven aan je kwetsbaarheid en berouw.' Ze houdt haar hoofd scheef. 'Ben ik daar niet de perfecte kandidaat voor?'

Wanneer Rick zijn ogen dichtknijpt, slaat de angst me om het hart. Ze heeft het verknald. Ik had Beth nog zo gezegd dat ze haar ervaring niet moest laten zien, maar haar verlangen om te stralen heeft het toch gewonnen.

Ik zit te wachten tot Rick haar ervan beschuldigt dat ze er wel erg veel van afweet, maar hij heeft een ander bezwaar: 'Ik weet gewoon niet zeker of de kijkers zo ver willen meegaan in jouw gevoelens. Het spijt me dat ik het zeg, maar jouw situatie is wel een beetje zielig: *"O, hij was zo gemeen, maar ik houd toch zo van hem!"'*

'Eigenlijk, Rick,' onderbreekt Lucy, 'denk ik dat er heel wat vrouwen zijn die zich daarin herkennen. Zelfs Jennifer Lopez heeft wel eens gepraat over hoe ze emotioneel is misbruikt in vorige relaties en zij is nou niet bepaald een muurbloempje.' Hij onderbreekt haar niet en ze gaat verder: 'Ik denk dat het geweldig zou zijn om eens te zien wat er gaat gebeuren; je bent bij hem vandaan, en wat nu?'

'Je lijkt te vergeten dat dit een dansprogramma is,' snuift hij. 'Niet een programma over relatieproblemen.'

'Daar heb je gelijk in. Maar ik denk dat het goed zou zijn om een tweede rode draad door het programma te hebben lopen, over de helende krachten van de dans. Ik bedoel, is dat niet wat jij mij altijd voorhoudt: dat het gaat over het "proces"?'

Rick tikt met zijn nagels op tafel. Ik weet hoe gemakkelijk hij kandidaten heeft doorgekrast, dus hij moet toch iets in Beth zien dat hij Lucy laat uitpraten.

'Wat denk jij?' Hij draait zich plotseling naar mij om.

Ik ben sprakeloos, niet alleen omdat hij mij om een mening vraagt, maar ook dat hij mijn aanwezigheid erkent.

'Nou, eh, ik…' Ik weet niet wat ik moet zeggen, omdat ze het in feite over mij hebben zonder dat ze het doorhebben.

Hij trekt verwachtingsvol zijn wenkbrauwen op.

'Ik denk dat we allemaal wel dingen hebben gedaan waar we spijt van hebben.' Ik besluit het eenvoudig te houden. 'De liefde – of iets wat we aanzien voor liefde – kan ons rare dingen laten doen.'

'Dus je kunt je wel vinden in Beths situatie?'

'Meer dan ik toe durf te geven,' slik ik.

'En daarom is de tango zo populair.' Beth bespaart me nog meer diepe vragen. 'We willen allemaal dat er, als we zo wanhopig zijn, iemand is aan wie we ons kunnen vastklampen, iemand die ons stevig vasthoudt en ons door de gevoelens heen loodst. Als we die dansers zien, zo innig verstrengeld, doet het ons iets, omdat ze gevoelens uitdrukken op een manier waarop wij dat niet kunnen.'

Je kunt een speld horen vallen.

Rick knippert een paar keer met zijn ogen; hij weet niet wat hij moet zeggen. Lucy pinkt een traan weg, de cameraman zoomt nog verder in en de geluidsman, nou ja, die heeft net zijn hart verloren.

En ik? Mijn hart zwelt van trots.

Maar Rick is nog niet klaar. Ding, ding, klaar voor de tweede ronde.

'Oké, ik snap het. Je gekwetste zieltje is de ideale kandidaat voor de tango, maar wat als je de paso doble moet dansen?'

Beth houdt haar hoofd schuin en grapt: 'Nou ja, het enige probleem dat ik daarmee zou kunnen hebben is het feit dat ik dan achter de man aan moet rennen die een rode zakdoek voor me heen en weer wuift.'

Lucy grinnikt om haar lef, maar Rick zet nog een tandje bij.

'Echt?' Hij trekt één wenkbrauw op. 'Is dat niet wat je de afgelopen tijd steeds hebt gedaan?'

Beths ogen worden donker. Ik weet dat ze namens mij beledigd is. Ze steekt haar kin naar voren en antwoordt: 'Des te meer reden om nu terug te vechten, denk je niet?'

Rick lijkt niet overtuigd, maar zijn cynisme kan niet op tegen Beths kennis over dansen: 'Je weet toch dat er een alternatieve invloed is voor de vrouw in de paso doble: de flamencodanseres. En je kunt amper pittiger, sterker en vrouwelijker zijn dan bij die dans.'

'Is dat niet wat ver gezocht?' zegt Rick plagerig.

'Is dat niet de bedoeling?' bijt Beth terug. 'Dat je iets nieuws leert?'

Ik vraag me af of ze het niet wat moet intomen, omdat ze nu niet helemaal 'in haar rol' zit. Ik betwijfel of ik me in haar situatie zo krachtig en feministisch zou kunnen opstellen.

'Oké.' Rick gooit zijn handen in de lucht. 'Laten we zeggen dat ik overtuigd ben. De tango is de periode van rouw, de paso is de ommekeer. Wat gebeurt er wanneer we echt bezig gaan met de feestdans, de salsa?'

'Denk je niet dat ik tegen die tijd zin heb in een feestje?' zegt Beth plagend. 'Wat ik er tot nu toe van heb gezien, is dat de salsa enorm aanstekelijk is. Ik heb dan gewoon geen andere keuze dan mijn haar los te gooien en lekker mee dansen.'

'Geloof je dat echt?'

'Het zal wel moeten,' zegt ze met een ernstige stem. 'Het is mijn happy end.'

Rick gaat rechtop zitten en bijt Lucy toe: 'Gaan we het in die volgorde filmen?'

Ze kijkt in haar aantekeningen: 'Eigenlijk doen we Argentinië-Cuba-Spanje.'

'Omwisselen.'

'Maar logistiek gezien…'

'Maakt me niet uit.' Hij negeert haar protesten. 'Pas het schema aan.'

Daarna graait hij zijn papieren bij elkaar en beent energiek naar de deur.

'Wacht even!' Lucy rent achter hem aan en houdt hem tegen. 'Wat wordt het?'

'Wat wordt wat?' vraagt hij ongeduldig.

'Wordt Beth het of niet?'

'Natuurlijk!' brult hij. 'Ze is perfect!'

'Wacht!' Nu is het Beths beurt om achter Rick aan te roepen.

Terwijl hij zich langzaam omdraait en haar aankijkt, wisselen Lucy en ik zenuwachtige blikken. Zou hij misschien toch nog van mening veranderen als ze nu iets gaat zeggen?

'Eén voorwaarde.'

Rick snuift vol ongeloof. 'Jij stelt *mij* voorwaarden?'

'Ik wil dat Carmen meegaat.' Ze pakt mijn hand beet en houdt hem stevig vast. 'Ze is onmisbaar voor de show. Ze is professioneel kostuumontwerpster en doet de kleding voor...'

'Dit is een realityshow, lieverd,' zegt Rick. 'Je doet je eigen styling.'

'En het strijken dan?' gooit ze eruit. 'Iedereen haat strijken, en zij is er een kei in.'

Rick schudt zijn hoofd. 'Je wilt dat ik je vriendinnetje de hele wereld over laat vliegen zodat ze voor jou kan strijken?'

'Ja,' zegt Beth, hem recht in de ogen kijkend.

'Nou, dan is het maar goed dat we in het budget rekening hebben gehouden met een reisgenote.'

'Wat?' Beth valt bijna om.

'We kunnen niet de hele tijd bij je blijven om je te babysitten, dus je mag iemand meenemen.'

Nu is het mijn beurt om hem met open mond aan te kijken: 'Ik ga ook mee?'

Beth begint te gillen en grijpt me zo stevig vast dat ik degene met extra vulling had willen zijn.

'D-dank je wel!' weet ik stotterend uit te brengen, terwijl ik me omdraai naar Rick.

'Maar je moet wel strijken.' Hij kijkt me streng aan. 'Zorg ervoor dat ik hier geen spijt van krijg.'

'Echt niet!' roepen Beth en ik in koor, hoewel Rick mogelijk net de slechtste beslissing van zijn leven heeft genomen.

6

Beth en ik zien elkaar amper in de dagen voor ons vertrek. Ik ben vooral bezig met het perfectioneren van haar dikmaakpak en het aanpassen van de kleren die ze nu in allerijl aan het kopen is.

'Het is zo ongelooflijk frustrerend!' briest ze na een bijzonder lastige winkelexpeditie naar Debenhams. 'Waarom is alles mouwloos en tot op de knie? Jurk na jurk na jurk! Ik denk dan: "O, die is leuk!" tot ik hem voorhoud en zie dat hij tien centimeter te kort is. En de vestjes die ze er dan bij hebben!' zegt ze hoofdschuddend. 'Al die leuke, zonnige katoenen jurkjes en dan hebben ze daar een vest op van polyester en acryl! Kun je je voorstellen hoe dat op je huid aanvoelt op een warme, vochtige dag? Ik kan het weten: ik moet elke dag in dat spul dansen, het is goor!'

Ik wil iets zeggen, maar ze is nog niet klaar.

'Als fabrikanten nou gewoon wat meer stof gebruikten voor wat ruimere mouwtjes en bredere zomen, dan zouden we allemaal heerlijk luchtig en comfortabel kunnen rondlopen, maar in plaats daarvan moeten we ons uiterste best doen om al onze probleemzones te verbergen, omdat zij er juist de nadruk op leggen!'

'Ik weet wat je bedoelt,' zeg ik, terwijl ik weer een zoom lostorn.

'Je zou een kledinglijn moeten beginnen voor vrouwen met jouw lichaamsvorm,' gaat Beth verder. 'Ik heb er vandaag zoveel gezien: ze schamen zich kapot voor die passpiegel. Twee meiden vroegen me waar ik mijn jurk vandaan had met – wat een shock! – *mouwtjes* en toen ik zei dat jij die er voor mij aan had genaaid, keken ze zo intens verdrietig, alsof ik lid was van een soort élite, een onbereikbare club.'

'Echt?'

'Ja! Ik weet niet wat ik nu zou doen als ik geen privénaaister had.'

'Privénaaister...,' herhaal ik, 'je lijkt wel een popster.'

Beth is te druk met het openen van een enorme doos bonbons om erop in te gaan: eentje voor mij, vijf voor haar, allemaal in een poging om haar gezicht ook wat voller te krijgen, zodat het beter past bij haar lichaam.

'Ik bedoel maar, misschien kun jij je eigen kleine lijn ontwerpen voor dit soort vrouwen? Dat zou prima naast je theaterwerk kunnen. Je weet wel, voor als je even geen opdrachten hebt.'

Geen slecht idee. Ik heb voor deze reis al een paar dingen zelf gemaakt, zoals een avondjurk voor in Buenos Aires, omdat Beth daar iets 'opvallends' voor nodig had. Ik ben erg tevreden over hoe die is geworden; ik heb laagjes en draperieën gebruikt om de naden van haar pak te verbergen en ook de oude ballroomtruc toegepast en op gevaarlijke plekken wat huidkleurige stof gebruikt. Vanavond zet ik Beth aan het werk om de glittersteentjes rond het decolleté vast te naaien; dat is een tijdrovend en priegelig klusje, maar zij houdt wel van wat glitter, dus ze vindt het vast leuk om te doen.

'Trouwens,' zeg ik, terwijl ik naar een toefje room wijs dat op haar kin zit, 'ik heb een nieuw prototype *bodysuit* voor je om te passen: deze bestaat uit twee delen. Ik dacht dat zo je heupen mooier uitkomen bij het dansen, zodat niet het hele middenrif gaat rimpelen...'

Ze vindt hem zo geweldig dat ze besluit om hem ook tijdens de vlucht te dragen. Ik hoop maar dat ze bij de douane niet wordt gefouilleerd. Of dat haar tas open moet: ze vragen zich vast af waarom ze zoveel flessen Febrèze bij zich heeft.

We spreken af op Paddington voor de Heathrow Express, maar pas wanneer de trein het station uitrijdt, realiseren we wat we eigenlijk gaan doen.

Ik dacht dat we gezellig zouden kletsen over het avontuur dat voor ons ligt, maar in plaats daarvan zitten we zwijgend tegenover elkaar.

'Gaat het?' vraag ik Beth, die naar een gelamineerde ansichtkaart van Miriam Gilbert zit te staren – haar versie van een geluksamulet.

Ze knikt, hoewel het duidelijk niet gaat. 'Ik weet technisch gezien dat ik ze niet had mogen bedriegen.' Ze spreekt heel langzaam en nadrukkelijk, alsof ze zichzelf voor de rechtbank staat te verdedigen. 'Maar ik heb mijn hele leven alles volgens de regels gedaan en dat heeft me niets opgeleverd. Het enige dat ik wil, is dat deze ene leugen wel iets goeds oplevert.' Ze kijkt naar buiten, alsof ze de goden der stationsgraffiti om vergiffenis wil vragen. 'Ik wil deze ene dans afmaken!'

Ik zou willen dat ik haar wens kon laten uitkomen. Maar het enige dat ik kan doen, is ervoor zorgen dat ze er tijdens het hele proces goed uitziet.

Ik kan nog steeds niet geloven dat we straks naar de andere kant van de wereld vliegen; niet echt hoe ik me mijn winterslaap had voorgesteld. Gisteravond zei ik nog tegen Beth dat ik me er zorgen over maakte dat ik misschien een beetje te depri voor haar zou zijn, maar ze wilde er niets over horen.

'Het wordt geweldig. *Alles gaat veranderen!* Geloof me. Trouwens, ik kan me herinneren dat je ooit hebt gezegd dat je graag naar Havana wilde.'

Eigenlijk was het Lee die daar graag naartoe wilde, niet om te dansen maar om de auto's. Hij vertelde me een keer dat er meer dan vijftigduizend antieke auto's rondrijden op Cuba, wat de uitspraak verklaart: 'Het land heeft geen geweldig automuseum. Het is een automuseum!' Ik weet wel wat hij zou kiezen als hij de keuze had uit een rondrit door de stad of een dagje meelopen met een Cubaanse automonteur, die worden gezien als de vindingrijkste ter wereld. (Eerlijk gezegd hebben ze geen andere keuze dan die mooie auto's uit de jaren veertig en vijftig te blijven repareren.)

'*Doe het niet!*' zeg ik tegen mezelf, wanneer ik me even melancholisch voel. God! Waarom blijf ik zo aan hem hangen? Ik wil gewoon dat het ophoudt! Ik wil gewoon weer worden wie ik was voordat ik hem leerde kennen.

Nou, dat zeg ik nu. Een paar weken geleden belde ik in mijn wanhoop een hypnotiseur gespecialiseerd in relatiebreuken en toen hij zei: 'Dus je bent er klaar voor om deze man uit je hart te verbannen?' begon ik te twijfelen. Het klonk weer als een afscheid en ik kon het niet; ik kon het idee om weer alleen te zijn niet aan.

Lee is nog steeds, hoe raar het ook klinkt, een gast in mijn leven.

'Je hebt een sms'je gekregen!' laat Beth me weten, die het kenmerkende piepje altijd veel eerder hoort dan ik.

O mijn God. Ik begin te blozen als ik de letter op het schermpje zie staan: L. Het is alsof hij voelt dat ik aan hem denk.

'Wie is het?' vraagt Beth afwezig.

'Toby,' lieg ik. 'Hij zegt *"Bon voyage"*.'

Ik druk mijn telefoon uit, maar de woorden blijven door mijn hoofd spoken: *Ik houd zo van je. Ik zou willen dat je je dat realiseert en weer thuiskomt...* Ik doe mijn ogen dicht en haal diep adem. *Thuis.* Het concept maakt me bijna misselijk. Het is zo aanlokkelijk.

Even zit ik te dromen hoe fijn het zou voelen om in zijn armen te liggen. Alle beloften dat hij me dit keer goed zal behandelen. Dat hij mijn favoriete gerecht zal klaarmaken.

Maar dan denk ik weer aan al het geplaag en de beschuldigingen en plotseling lijkt een vlucht van zestien uur lang niet lang genoeg...

Hoewel Lucy en de crew al vooruit zijn gevlogen, moeten we nog even iets filmen op Heathrow; een kort antwoord op de vraag: 'Wat verwacht je van de reis?', wat grappige opmerkingen, terwijl Beth heel zorgvuldig voor het bord van Aerolineas Argentinas wordt neergezet, als niet erg subtiele reclame voor de luchtvaartmaatschappij.

'Dus,' zegt de inval-Lucy opkijkend van haar aantekeningen, 'wat voor beeld heb je van Buenos Aires?'

Beth denkt even na en begin dan met een dromerige stem: 'Rokerige zalen met mysterieuze, ernstig kijkende mensen. Mannen met donkere ogen in slobkousen die tegen een lantaarnpaal leunen. Mensen die niet over straat lopen, maar sluipen. Ik zie geen daglicht of groen, maar een heleboel hoge, sierlijke gebouwen – ze noemen het wel het Parijs van Zuid-Amerika, toch?'

'En welke woorden komen er bij je op als ik Argentinië zeg?'

'Oh, *Evita* natuurlijk!' Beth begint te stralen. 'Che Guevara, polo, gigantische biefstukken, Malbec, Diego Maradona en...' Ze aarzelt. 'Moet ik doorgaan?'

De interviewster knikt.

'Nou ja, staan de Argentijnen niet bekend om hun matje?'

Ik hoor gegiechel. Ik denk dat Beth prima is begonnen.

Na het uitzwaaien lopen we zonder problemen door de douane, hoewel de man bij de paspoortcontrole wel even twee keer Beths pasfoto bekijkt.

'Ik probeer wat nieuws!' zegt Beth met een brede glimlach op haar gezicht. Ze besluit ook een nieuw parfum te kopen die past bij haar nieuwe stijl; ze droeg altijd *Angel*, maar we vinden allebei dat haar tango dansende alter ego meer een type is voor *Obsession*.

We halen ook een fles *Absolut* voor op de hotelkamer (nou ja, er zat een speciale rood discojasje met glitters bij – hoe konden we dat laten liggen?) en slaan genoeg snoep in voor de vlucht. Geen tijdschriften; Lucy heeft ons dvd's meegegeven van verschillende tangopasjes om alvast in de stemming te komen.

'We zijn er, 27A en B.' Beths stem is luid genoeg om de man in de stoel naast het gangpad te doen opspringen, zodat wij erlangs kunnen.

Net als hij weer zit, wil Beth er alweer uit.

'Heb je de stoelen gezien? Ik zit helemaal vast!'

'Het zijn heel normale stoelen hoor.'

'Maar ik zit *klem*!' klaagt ze, nog steeds niet helemaal gewend aan haar bredere achterwerk. 'Excuses, mag ik even...?'

Ze trekt zich los uit haar stoel, wurmt zich naar het gangpad en blijft ondertussen aan een armleuning hangen.

Ik vraag me af of ze gaat proberen met haar tv-status op het laatste moment nog een upgrade voor elkaar te krijgen, maar vijf minuten later is ze terug, drukt snel iets in het bagagevak en kirt vrolijk: 'Blijf maar zitten,' terwijl ze langs de man schuift en weer gaat zitten.

'Dat is een stuk beter!' zegt ze, terwijl ze voorover bukt om haar flesje water te pakken.

De man naast haar kijkt stomverbaasd. Ik kan zien dat hij probeert te bedenken hoe ze dit heeft geflikt – het vijf-minuten-dieet waarmee je weer ruim en fijn in je stoel zit – maar het is niet echt iets om uitgebreid met anderen over te praten.

'Je hebt iets uitgetrokken, hè?' sis ik, behoorlijk jaloers.

'Nou ja, aan boord wordt toch niet gefilmd. Voor we landen trek ik mijn billen wel weer aan.'

De motoren beginnen te loeien, de druk neemt toe en we houden ons vast terwijl we tegen de rugleuning worden gedrukt. En dan gaan we de lucht in. Wauw.

Dit gevoel heb ik lang niet gevoeld. Hoop.

Zodra het vliegtuig weer vlak ligt, pak ik Lucy's informatie over de geschiedenis van de tango erbij. Blijkbaar moet Beth dit allemaal al weten voordat ze arriveert en daarom neem ik de rol van schooljuf op me. Zodra ik echter mijn keel heb geschraapt en de kop heb voorgelezen – 'De oorsprong van de tango' – verandert Beth in een lastige puber op de achterste rij in de klas.

'Moet ik *nu* mijn huiswerk gaan doen?'

'Zou dat niet handiger zijn? Dan kunnen we straks genieten van de films.'

'Zal wel,' zegt ze met een pruillip.

'Ik snap het niet,' zeg ik hoofdschuddend. 'Ik dacht dat je alles wilde weten over de dans?'

'Over hoe het moet, ja, maar geschiedenis is nooit mijn favoriete vak geweest.'

'Zal ik het als een sprookje vertellen?'

'Oké!' Beths gezicht klaart op en ze legt haar hoofd op mijn schouder.

Ik zet mijn lieflijkste en aantrekkelijkste stem op en begin: 'Heel lang geleden, aan het eind van de negentiende eeuw, zag Argentinië dankzij de recent aangelegde spoorlijnen de toekomst van de export van landbouwproducten positief in. Het enige nadeel was het tekort aan arbeidskrachten. Ben je nog wakker?'

'Ja,' giechelt ze, 'ga verder.'

'In een poging om sterke mannen aan te trekken, bood de overheid allerlei extra's aan – gratis accommodatie en eten gedurende de eerste week, hulp bij het vinden van werk en soms werd zelfs de overtocht betaald. Vanuit Spanje, Italië enzovoort stroomden de mannen toe, maar al heel snel waren er meer arbeiders dan er eigenlijk nodig waren, wat resulteerde in armoede en depressie.'

'O jeetje.'

'Eenzaam en vol heimwee woonden deze immigranten hutje-mutje in *conventillos* – eigenlijk een soort armetierige flatgebouwen die opgetrokken waren rond een binnenplein. De meeste alleenstaanden waren mannen en daarom was de concurrentie om de aanwezige vrouwen moordend. Wat kon een man doen om op te vallen, om aantrekkelijk te zijn voor een vrouw? In dit geval was het niet geld, want niemand had geld...'

'Maar hoe goed hij kon dansen!' Beth raadt het goed. 'Is dit waar de bordelen erbij komen?'

'Ja, maar niet op de manier waarop meestal wordt verteld. De mythe is dat deze eenzame mannen er naartoe gingen om de tango te dansen met prostituees, maar eerlijk gezegd hadden die vrouwen wel wat beters te doen!'

'O hemeltje!' Beth doet alsof ze zichzelf wat koelte toe waaiert.

'Wat er werkelijk gebeurde, was dat de eigenaars van de bordelen tango-dansers inhuurden om de wachtende mannen bezig te houden. Daar komt het beeld vandaan van mannen die met mannen dansen; hier kregen de macho's de mogelijkheid om datgene te oefenen wat hen op een dag een vrouw op zou kunnen leveren.'

'Een vrouw waar ze niet voor hoefden te betalen!'

'Exact!' Ik lees trots de volgende zin hardop voor aan Beth. '"En zo werd de tango meer dan een dans; het werd een manier om de meest fundamentele menselijke behoefte uit te drukken: *het verlangen van de ziel naar contact met een andere ziel.*"'

Beth en ik zuchten diep, en zij tilt haar hoofd op en kijkt me vragend aan: 'Ik vraag me af wat het woord "tango" eigenlijk betekent.'

'Nou, ze geven hier een paar mogelijkheden over de oorsprong, maar ik vind de uitleg dat het afstamt van het Portugese woord *tanguere*, aanraken, de mooiste.'

De man in de stoel naast ons begint in zijn stoel heen en weer te schuiven.

Ik voel dat hij iets wil zeggen.

'Ja?'

'Er is nog iets wat jullie over die bordelen moeten weten…'

Beth kijk wat onzeker, alsof ze zich afvraagt waar hij naartoe wil, maar ik knik.

'Het was de enige plek waar verschillende klassen met elkaar in contact kwamen: je had de geletterde elite die hier kwam voor een verzetje, om er dan thuis een diepzinnig gedicht over te schrijven.'

'Een soort tweet in haikuvorm?'

Hij kijkt haar niet-begrijpend aan.

'Ik bedoel alleen maar dat het flink wat indruk op hen moet hebben gemaakt.'

'Het was natuurlijk een behoorlijk gewaagde dans,' legt hij uit. 'Zo intiem raakten ze andere mensen gewoonlijk nooit aan!'

'Hij heeft gelijk,' zeg ik knikkend. 'Hier staat ook dat de tango pas de derde dans in de geschiedenis is waarbij een man en een vrouw tegenover elkaar stonden in de nu klassieke danshouding.'

'Wat was de eerste?' Beth is best nieuwsgierig.

'De Weense wals. De tweede was de polka. Maar goed, de tango.' Ik lees verder: 'De dans werd als te vulgair gezien in het thuisland en daarom namen de rijke jetsetters de dans mee naar Parijs, waar ze met hun Latijnse charmes de dames de dansvloer op kregen en het een grote rage werd!' Ik grinnik.

'Londen, Berlijn, New York en uiteindelijk kwam hij – als een modieuze en elegantere dans –weer terug in Buenos Aires, waar het dé dans werd van de high society!'

'Ik kan amper geloven dat we daar nu naartoe vliegen!' zegt Beth met een brede grijns.

'Weet je nog wat?' zegt onze buurman. 'Tango is de internationale vluchtcode voor de letter T.'

'O ja!' zeg ik lachend.

'Alpha, Bravo, Charlie,' hij gaat het rijtje af. 'Delta, Echo…'

'Foxtrot!' gooi ik eruit, waarna ik Beth aanstoot. 'Is dat niet grappig? Ik had me nooit gerealiseerd dat er twee dansstijlen in de code zaten!'

Ze kijkt me wat vermoeid aan en tikt op mijn laptop. 'Kunnen we nu een film gaan kijken?'

De tango's op het witte doek zijn geweldig: alles van Al Pacino die in *Scent of a Woman* Gabriella Anwars slanke schouders streelt tot Jack Lemmon in de jarentwintighit *Some Like It Hot*. Nog grappiger, maar zonder dat het de bedoeling is, is de in cowboypak gestoken Rudolph Valentino in *The Four Horsemen of the Apocalypse*, die zijn partner als een marionet heen en weer zwaait.

'*Dum-dum-dum-dum de-de-de-dur-dur dum-dum-dum-dum…*' neuriën Beth en ik mee met het beroemdste tangodeuntje ter wereld, *La Cumparsita*.

'Weet je dat ik als klein meisje altijd dacht dat dat liedje *Laat Ko maar zitten* heette?'

'Wat?' proest Beth uit.

'Dat zei mijn vader! Mijn oma Eileen wilde dat het op haar begrafenis werd gespeeld. Ik was tien en herinner me dat ik dat toen zo'n vreemde keuze vond; zo schril en vreemd, helemaal niet plechtig genoeg voor zo'n droevige gebeurtenis. Bleek dat ze het nummer zo mooi vond dat ze de elpee al kocht nog voordat ze een platenspeler had!'

'Die schat.'

'Erger nog: ze huurde een speler zodat ze thuis naar de elpee kon luisteren, maar haar man, mijn opa, werd helemaal gek en zei dat het zonde was van het geld en dat ze hem terug moest brengen.'

'O, wat gemeen!'

'Ik weet het.' Ik zit naar de wolken buiten te kijken, me afvragend of ik misschien meer van mijn oma heb geërfd dan een voorliefde voor vlaflip met sherry, als ik een por van Beth krijg.

'We zitten nu ongeveer op hemelhoogte, toch?' Ze wijst naar buiten. 'Waarom vraag je niet of ze met ons mee wil?'

Ik kijk haar voorzichtig glimlachend aan. 'Echt?'

Ze knikt.

'Oké, dat ga ik doen.'

Terwijl ik naar de wollige wolkenmassa buiten kijk, kan ik haar verraste en blije gezicht bijna zien. Ik zie voor me hoe ze haar mooiste jurk en favoriete schoenen, die met de riempjes, in haar koffer legt en ik een bloem achter haar oor steek om alvast in de stemming te komen.

'Nog maar zes uur te gaan,' zeg ik tegen haar en Beth.

'Zouden we niet nog wat moeten slapen?' stelt Beth voor. 'Zodra we uit het vliegtuig stappen, wordt er weer een camera in ons gezicht geduwd.'

'Je hebt gelijk,' zeg ik, een geeuw onderdrukkend. 'Slaap lekker!'

'Slaap lekker!'

Beth leunt achterover in haar stoel – ze heeft haar ogen dicht, maar de glimlach blijft om haar lippen spelen. Terwijl ik tegen haar aan kruip en mijn hoofd op haar schouder leg, merk ik dat ik ook glimlach. Wat voelt het fijn om zo dicht bij je droom te zijn.

Een paar stijve nekken en warrige haardossen later landen we al stuiterend op het Zuid-Amerikaanse asfalt.

Wanneer we de bocht omdraaien naar de terminal, zien we de tv-crew al klaarstaan, inclusief de lange cameraman en de geluidsman met zijn rozige wangen, maar tot mijn verbazing geen Rick, die eigenlijk ook niet het type is om met een ballon en bosje bloemen op ons te staan wachten.

Ik zwaai blij naar Lucy, terwijl Beth als verstard blijft staan.

'O hemel!' roept ze in paniek. 'Ik heb mijn billen in het bagagevak laten liggen!'

Voordat ik ook maar iets kan zeggen, worstelt ze zich een weg terug door de menigte, waardoor ik in mijn eentje voor Lucy kom te staan.

'Ze komt eraan,' zeg ik, hopend dat ze nog niet aan het filmen waren, omdat het iemand die goed zou kijken echt wel op zou zijn gevallen. 'Haar paspoort zat nog in het vakje van de stoel.'

'iPod vergeten!' roept Beth terwijl ze hijgend aan komt rennen.

'En je paspoort?' vraag ik hoofdschuddend.

'O, ik weet het!' Ze springt snel in haar rol. 'Ik zou mijn eigen benen nog vergeten als ze er niet zo stevig aan zaten!'

Ze durft wel.

'Oké, ik begrijp dat jullie moe moeten zijn van de reis, maar we willen op weg naar het hotel even een paar eerste reacties filmen.' Lucy legt haar hand op mijn arm. 'Ik weet dat dit frustrerend is voor jou, Carmen, maar kun je bij ons blijven staan zodat je niet in beeld komt?'

'Geen enkel probleem,' zeg ik geruststellend. 'Ik blijf toch liever "achter de schermen"!'

Beth, daarentegen, is klaar voor haar close-up.

Argentinië

7

'Ik had geen idee dat Buenos Aires zo groot was!' Beth kijkt verwonderd om zich heen terwijl we over de Avenida 9 de Julio en zijn twaalf – ja, twaalf! – rijbanen zigzaggen. Dit is nog niet eens een snelweg, maar gewoon de toegangsweg naar de stad en de locatie van de imposante Obelisk: een witte naald die bijna zeventig meter de lucht in steekt.

'Wauw, dat zijn veertig Flavia's boven op elkaar.' Beth heeft een heel eigen methode om afstanden te meten.

Er zijn voldoende architectonische hoogstandjes die verklaren waarom dit het 'Parijs van Zuid-Amerika' wordt genoemd; de vroegere, bijna verwaande grandeur is nog goed voelbaar. Maar dan slaan we af naar de oudste wijk van de stad, La Boca.

'Kijk eens naar die mooie kleurtjes!' Beth kijkt met open mond naar de zeegroene, oranje en roze geschilderde golfplaten en hergebruikte planken waar de huizen hier van zijn gemaakt.

Ik kan niet ontkennen dat het patchworkeffect deze op strandhutjes lijkende krotten een zekere charme geeft, maar de realiteit is dat de oorspronkelijke bewoners – de tango dansende immigranten die in de haven werkten – zich geen nieuwe verf konden veroorloven en het dus moesten doen met wat er in de oude verfblikken op de werf zat.

Het is nog steeds een arme buurt en dus is het contrast nog groter wanneer we de rivier oversteken naar Puerto Madera, en een van de duurste hotels van Buenos Aires binnenstappen…

'Faena Hotel + Universe' leest Beth wat grinnikend op de voorgevel van het hotel. 'Wat is dat nou weer voor naam?'

Terwijl ik naar aanwijzingen zoek in de catwalkachtige gang met foto's van beroemdheden aan de muren van een ingrijpend verbouwd pakhuis, wordt ons verteld dat Faena (uitgesproken als Fiena, rijmend met Don't Cry for me Argentina) de achternaam is van de modemogul die het kocht, maar dat het, heel toevallig, ook een term is die bij het stierenvechten wordt gebruikt; de faena is de reeks passen die de matador doet om de stier zo te manoeuvreren dat hij hem kan doden.

'Aha, een voorbode van de paso doble!' merkt Beth op, terwijl ze een van de fluwelen gordijnen vastpakt en ermee naar de camera wappert.

Ik hoef niet zoveel moeite te doen om de perfecte stier te spelen: gewond, gedesoriënteerd en wat onzeker op de benen.

'Kom, aanvallen!' zegt Beth enthousiast, wanneer we te horen krijgen dat we een uur vrij hebben om te doen wat we willen.

Ik haal ongeïnteresseerd mijn schouders op. De lange reis begint erin te hakken en ik heb niet echt zin om de flamboyante buitenlandse toerist uit te hangen. De gedachte aan de snelle, verwoede beenbewegingen van de tango maakt me al moe.

'Kom mee.' Beth biedt me haar arm aan. 'Laten we onze goedkope kamer eens bekijken, een schijntje voor slechts vijfhonderd dollar per nacht!' Gemakkelijker gezegd dan gedaan.

Het hotel is net wat te ver gegaan met de sfeerverlichting – op weg naar onze kamer passeren we talloze mensen die op de tast in de donkere gangen hun kamerdeur proberen te vinden – maar gelukkig werpen de talloze keren dat ik als tiener veel te laat thuiskwam uit de kroeg en als een inbreker door het donkere huis naar mijn kamer moest sluipen, eindelijk hun vruchten af. Slechts een paar minuten later liggen we op een donzig zachte witte wolk van een bed. Wat voelt dat lekker. Maak me maar weer wakker als het tijd is om naar Sevilla te vliegen...

'Zo leeft de andere helft dus!' Beth is alweer van het bed af gesprongen en fladdert door de kamer als een kind op sinterklaasavond. 'Zelfs de jaloezieën werken op afstandsbediening,' piept ze, terwijl ze de glanzende latjes in beweging zet. 'En dit gespiegelde kastje kan draaien...' Ze maakt als een volleerd goochelaar wat mysterieuze bewegingen met haar handen: 'Tadaa! En daar is de televisie!'

'Het is een wonder,' mompel ik.

'Het is denk ik Philippe Starck,' concludeert Beth wanneer ze haar vingerafdrukken met haar mouw wegpoetst.

Alles in de kamer is glas en spiegels – je kunt dus maar beter met uitgestoken handen rondlopen, om niet het risico te lopen tegen een glasplaat aan te botsen en een bloedneus te krijgen.

'De stoel is cool.' Ik probeer een beetje enthousiasme te tonen voor een soort zilveren zwaan, maar Beth is al in de badkamer.

'Kom hier eens kijken!'

'Kom maar brengen,' mompel ik vanaf mijn kussen.

'Dat lukt niet,' antwoordt ze. 'Het is de wastafel.' Maar dan voegt ze er, ietwat intrigerend, aan toe: 'Of misschien kan ik...'

Als volgende trucje in haar Houdini-act komt Beth de kamer weer binnen en trekt aan het rode fluwelen gordijn dat als kamerscherm fungeert, om de glazen wand te onthullen die tussen ons en de badkamer in staat.

Ik slaag erin een ooglid open te wrikken – ik kan alles in de badkamer zien, tot het verchroomde tissuedoosje en de vaas met calla's op de marmeren wastafel aan toe. Het meest interessante is dat het gordijn aan de buitenkant van de glazen wand zit, zodat de persoon die in de slaapkamer is, het op elk gewenst moment kan wegtrekken. Dat lijkt mij net verkeerd-om – alsof je het slot aan de buitenkant van de wc-deur zou zetten. Ze gaan er vast van uit dat als je een kamer met iemand deelt, je ze vertrouwt, maar ik weet zeker dat als ik hier was met Lee, ik me niet echt op mijn gemak zou voelen.

Te vaak heeft hij me in de douche overrompeld door zomaar de douchedeur open te trekken en me aan te staren. En dan niet op een lieflijke 'zal ik je rug schrobben?'-manier, maar omdat hij wist dat ik me er superongemakkelijk door voelde. Ik verschool me dan in een hoekje en probeerde mijn ingezeepte lichaam te bedekken, hem smekend om de deur weer dicht te doen. Maar hij bleef daar maar staan.

Hetzelfde gold voor hoe hij heel plotseling de lakens van me af kon trekken. Nooit op een speelse manier. Ik probeerde ze wel weer terug te graaien, maar ik kon niet op tegen zijn brute kracht en eindigde altijd in de foetushouding, naakt op een koud bed. Ik zou willen dat ik het lef had om gewoon uitgestrekt te blijven liggen, maar zelfs al had ik het perfecte lichaam, of schaamde ik me er in elk geval niet voor, dan nog zou ik het niet fijn vinden dat mijn laken als een waxstrip van me af werd getrokken. Zeg nou eerlijk, het werkt niet echt erotiserend.

Ik neem een diepe hap lucht. Ik moet een manier zien te vinden om deze spoken uit het verleden te begraven. Je zou denken dat een prachtige hotelkamer een prima eerste stap is – een onbezoedelde nieuwe omgeving om een 'frisse start' te maken – maar kijk mij nou: ik lig nog steeds te zwelgen in zelfmedelijden.

Als ik mezelf bij mijn schouders kon pakken en die mufheid van me af kon schudden, dan zou ik dat doen. Maar het enige dat ik nu wil, is onder de dekens kruipen en slapen.

'Zou je het erg vinden als ik vanavond niet mee ga naar de show?' vraag ik voorzichtig aan Beth.

'Wat?' piept ze. 'Je weet toch dat het letterlijk een paar stappen hiervandaan is?'

'Ik weet het, maar ik voel me echt zo ellendig,' mompel ik, steeds dieper in het matras wegzinkend.

Beth kruist haar armen over elkaar en kijkt me aan. 'Ik dacht dat een chagrijn nooit alleen wil zijn!'

'Alleen als die ander ook chagrijnig is,' verduidelijk ik.

'Oké, dan ben je hier op de juiste plek,' jubelt ze vrolijk. 'Dit is de tango, weet je nog? De perfecte manier om je slechte humeur eruit te dansen.'

Ze is waarschijnlijk bang dat ik in slaap val als ze me niet in beweging krijgt, en daarom ziet ons gewoonlijk erg relaxte voorbereidingsritueel er dit keer eerder uit als een militaire inspectieronde: kleren worden aan- en uitgetrokken, haren worden gekamd en laarzen gepoetst. Nou ja, schoenen dan in ons geval, ook al zijn het patentleren stiletto's die van zichzelf al prachtig glimmen.

'Kijk nou, we hebben zelfs tijd voor een drankje voor de show!' Beth duwt me enthousiast de bibliotheek-lounge in.

De kamer is geruststellend donker, met boekenplanken tot aan het plafond en de zachtste leren banken die we ooit hebben gezien.

'Ik denk dat deze koe heerlijk is vertroeteld,' kirt Beth terwijl ze over de koperbruin glanzende armleuning streelt.

Zelfs zonder drank voel ik me al behoorlijk lichthoofdig, en het is dus maar goed dat er niet direct een paar cocktails onze kant op komen wuiven.

We hebben bij binnenkomst direct bij de bar drankjes besteld, maar hoewel we de enige gasten zijn, lijkt niemand echt haast te hebben om ze te brengen. 'Misschien is het personeel hier aangenomen om hun visuele aantrekkelijkheid in plaats van hun gastvrijheid,' is mijn theorie.

We kunnen in elk geval amper onze ogen afhouden van de verloren ziel die in een prachtige, glanzende avondjurk als een soort kruising tussen een supermodel en Lady Macbeth door de zaal schrijdt.

Na twintig minuten kijken is Beths fascinatie veranderd in ergernis. 'Wat doet ze hier eigenlijk?' Ze fronst haar wenkbrauwen. 'Ze is geen gastvrouw, geen serveerster, bekommert zich niet om de gasten, speelt geen piano en danst geen tango. Ze glimlacht niet eens!'

We kijken toe hoe ze haar spiegelbeeld staat te bewonderen in een gelakt wandpaneel. Tot nu toe zou je haar gelaatsuitdrukking het beste kunnen omschrijven als 'gedachteloos en vaag' maar nu lezen we er een soort 'ik vraag me af... moet ik mijn haar achter mijn oren dragen of ervoor? Erachter of ervoor?' in.

'Ik denk dat ze een professionele zwever is,' concludeer ik.

'Een bewegend decorstuk,' knikt Beth.

Het grappige is dat, hoe mooi ze ook is, ik niet jaloers ben. De laatste tijd heb ik duizenden keren gewenst dat ik gevoelloos was, *niets* kon voelen... maar nu ik de belichaming van het levende niets zo voor me zie, ben ik van mening veranderd. *Dat is toch geen leven!*

'Dat zijn vijfentwintig minuten.' Beth tikt op haar horloge. 'Nog steeds geen drankje.'

'De volgende keer bellen we gewoon vanuit onze kamer,' stel ik voor. 'Je weet wel, net zoals je in het theater je pauzedrankje kunt bestellen? Ah, daar komt het al.'

Eerst komt één en dan een tweede ober op ons af die beiden een schaaltje nootjes op tafel zetten. Om daarna een stap achteruit te doen om hun werk te bewonderen.

'En onze drankjes?' vraagt Beth met hoopvolle stem.

Ze kijken elkaar geamuseerd aan. We krijgen bijna de neiging de obers met de hoofden stevig tegen elkaar te dreunen om ze daarna te ondervragen over hun drankvergunning, wanneer Rick binnen komt wandelen.

Direct krijgen we het gevoel dat we iets doen wat niet mag en zitten we als verstijfd.

Ook hij verstart en blijft halverwege de ingang en ons bankje stilstaan, om dan zijn linkerhand uit te steken alsof hij ergens naar wil wijzen. In minder dan een seconde heeft hij een Scotch on the rocks in zijn handen, aangereikt door – het is toch niet te geloven? – de zwerver.

'Denk je dat ze zijn persoonlijke serveerster is?' sist Beth terwijl hij de whisky in één slok achterover slaat.

Ik krijg geen kans om te antwoorden, omdat Rick ons nu direct aankijkt en als een incarnatie van Jack Nicholson één wenkbrauw optrekt en krast: *'Showtime!'*

De Rojo Tango-zaal is nog donkerder met nog meer rode gordijnen, zwarte tafellakens en het soort cabaretstoeltjes waar je als een ware Sally Bowles achterstevoren schrijlings op wilt gaan zitten. In tegenstelling tot de bibliotheekbar is het hier geen enkel probleem om een drankje te scoren – onze wijnglazen worden na elke slok weer bijgevuld door een wat oudere en gespeeld norse ober.

Hoewel ik de *Hernando's Hideaway*-sfeer die er hangt wel prettig vind, is Rick niet echt tevreden over waar Beths tafel staat. Ik moet toegeven dat het niet ideaal is; er zit een groep van ongeveer twintig zakenlui tussen haar en het podium met losgemaakte stropdassen om, die volop genieten van de rijkelijk vloeiende alcohol. Ook helpt het niet dat de zangeres op het podium borsten heeft uit de Victoria Beckham-collectie. Een van de heren is behoorlijk vrijpostig – al kwijlend en joelend zit hij zijn vriend aan te stoten. Hij moet een jaar of vijftig zijn, maar gedraagt zich als een tiener die voor het eerst naar een peepshow is. Ik vraag me af of hij zich wel eens heeft afgevraagd wat dit over hem zegt, oftewel: *tieten zijn echt totaal nieuw voor mij.*

'We moeten iemand vinden die van tafel wil ruilen,' zegt Lucy zenuwachtig. 'Die kerels verpesten de hele sfeer.'

'Wat dacht je van die oude dames daar bij de band?' stel ik voor, wijzend naar een groep vrouwen van wie er eentje haar vingers in haar oren heeft gestopt. 'Daar bij de accordeonist heb je prima uitzicht.'

'Goed idee!' Lucy regelt het direct. 'Maar laat ze hier maar niet horen dat je het een accordeon noemt, het is een *bandoneón*.'

'Wat is het verschil?' vraag ik, me afvragend of het een kwestie is van afmeting.

'Lees maar.' Ze geeft me haar reisgids, waarin een citaat van tangocomponist Astor Piazzola is onderstreept: '*De accordeon heeft een schril geluid, een scherp geluid. Het is een blij instrument. De* bandonéon *heeft een fluweelzacht geluid, een religieus geluid. Het is ervoor gemaakt om verdrietige muziek te spelen.*'

Ik zucht en geef haar het boek terug, vermoedend dat deze show niet echt op de lachspieren zal gaan werken. 'Over terminologie gesproken,' zeg ik met een wat vrolijker stem, 'hoe mag ik de jongens van je crew eigenlijk noemen?'

'Da's heel gemakkelijk te onthouden.' Lucy vertelt me haar ezelsbruggetje. 'Dan is de cameraman, en de geluidsman heet Simon. Ik denk altijd aan het liedje *Simon says*, alleen *luistert* hij meer dan dat hij iets zegt.'

'Gesnapt!' Ik kijk haar glimlachend aan.

'Ik zou jullie op het vliegveld aan elkaar hebben voorgesteld, maar Rick houdt ze liever wat op de achtergrond, vooral ook omdat er bij Experience TV nogal strenge regels zijn wat betreft het contact tussen de mensen voor en achter de camera.'

'En als je het over contact hebt, bedoel je...'

'Ik bedoel seks,' bevestigt ze. 'Een reden voor ontslag.'

'Echt?' Mijn mond valt open.

Terwijl Lucy nadrukkelijk knikt, werp ik de twee verboden vruchten een steelse blik toe. Simon, de liefste van de twee, draagt een donkergroen T-shirt en combatbroek. Ik kan niet zien of hij mooie oren heeft – waar hij vast heel goed mee kan luisteren – omdat hij een enorme koptelefoon op heeft. Maar zijn ogen zijn woest aantrekkelijk: groot, eerlijk, reebruin. Ik heb Dans ogen nog niet gezien, omdat die meestal tegen de camera vastgeplakt zitten, zoals nu. Ik vraag me af of hij ooit zin heeft gehad die camera eens op Simons hoofd te laten rusten? Hij moet minimaal twaalf centimeter langer zijn, zeker een meter tachtig, gok ik, en heeft een atletisch lichaam. Hij is een van die mannen met haar dat altijd goed zit, maar dan op een coole, toevallige manier, niet zo overmatig gestyled. De manier waarop hij zijn mouwen altijd tot boven zijn ellebogen omhoogduwt in plaats van ze op te rollen, is ook erg sexy. En hoe dun en zacht het katoen eruitziet. Hij is gewoon best aantrekkelijk. Ik vraag me af of Lucy dat ook vindt, maar besluit het haar niet te vragen voor het geval het lijkt of ik de concurrentie aan het opnemen ben.

'En tussen de mensen achter de camera?' vraag ik haar daarom maar.

'Dat mag ook niet,' zegt ze beslist. Maar dan verschijnt er een stiekem glimlachje om haar lippen. 'Wat niet wil zeggen dat het niet gebeurt...'

Ik til één wenkbrauw op.

'Het is een keer gebeurd, vorige zomer, toen ik runner was bij een *VIP's op de boerderij*-programma. Ik werkte samen met een enorm knappe producent, Kieran, die me altijd nog heel laat dingen liet halen en brengen, zodat ik in het donker altijd langs zijn schuur moest...'

'En?' vraag ik met grote ogen.

'Nou, die speld in die hooiberg heb ik nooit gevonden, maar het prikte wel!'

Ik klink mijn glas tegen het hare en joel: 'Dat geeft toch even een andere lading aan het gezegde "Je moet hooien als de zon schijnt!"' Ik frons mijn wenkbrauwen: 'Sorry, dat was niet zo gepast.'

'Het is al goed,' ze haalt haar schouders op. 'Trouwens, het is bijna onvermijdelijk. Als je op locatie aan het filmen bent, ver weg van de werkelijkheid, dan wordt dit groepje mensen je hele wereld...' Ze kijkt even naar Rick en co. 'Of je het nu wilt of niet, over drie weken kennen we elkaar vanbinnen en vanbuiten.'

Ik kan me amper voorstellen dat mijn mening over Rick nog erg gaat veranderen – de man klikte net met zijn vingers om Lucy te laten komen.

Blijkbaar beginnen ze zo met dansen.

Terwijl het doek opgaat, kruipt het stelletje op huwelijksreis naast ons wat dichter tegen elkaar aan en voelt het alsof mijn hart niet gewoon kapot wordt gescheurd maar gevierendeeld. Ik zou er alles voor over hebben om zo'n zalig gevoel van saamhorigheid te ervaren. Met Lee gebeurde dat alleen maar op de dagen dat we het weer goedmaakten; dan klampten we ons met zo'n opluchting en passie aan elkaar vast en voelden de kussen zo puur en vol emotie. Het was het fijnste gevoel van de wereld, alsof we voor elkaar gemaakt waren en alles weer goed zou komen. Maar de volgende dag was het gevoel dan alweer verdwenen. Het normale leven begon weer.

Terwijl ik de dansers zich zie overgeven aan hun oerinstincten, realiseer ik me ineens dat dit exact de reden is waarom de tango zo populair is: hier kan de vrouw wegrennen en zichzelf in de armen van haar man gooien, hem wegduwen en weer naar zich toe trekken. En dat met zoveel passie! Je kunt je niet voorstellen dat deze verstrengelde stellen tijdens een romantisch etentje met iemand anders zitten te sms'en.

Het lijkt er trouwens eerder op dat deze dansers de laatste tien jaar amper iets hebben gegeten. Hun lichamen zijn even strak en hoekig als hun bewegingen.

'Kijk hem nou!' giechelt Lucy terwijl ze weer in de stoel naast me gaat zitten, wijzend naar een klein maar listig mannetje met een gezicht dat lijkt op dat van Al Pacino, maar dan met gezichtsprotheses als in *Dick Tracy*. Zijn haar glimt zo van de brillantine dat het net gelakte dropveters lijken.

Ik vraag me even af of hij de clown in de show is, maar wanneer hij als een roofdier niet achter één maar twee vrouwen aan sluipt, blijkt hoe imponerend hij kan dansen.

'Het is een magistrale dans, nietwaar?' kirt Lucy. 'Zo anders dan het doelloze geschuifel waar de gemiddelde Brit je in de disco of op bruiloften mee probeert te versieren.'

'Je begint je af te vragen hoe anders onze cultuur zou zijn als een dans als deze de norm zou zijn,' vraag ik me af, om dan fronsend verder te gaan, 'als ik erover nadenk, zou ik eigenlijk niet weten wat onze nationale dans is…'

Lucy kijkt ook moeilijk en zegt dan: 'De horlepiep?'

Ik rol met mijn ogen: 'Dat verklaart een hoop.'

'Daar zeg ik geen nee tegen…' Ik accepteer net weer een scheut wijn wanneer de muziek versnelt tot een bezeten staccato. De al uiterst soepel bewegende dansers gaan elkaar nu met zoveel hartstocht te lijf dat je, als je nog nooit een tango hebt gezien, zou denken dat dit een nieuwe Argentijnse vechtsport is.

'Dit is echt wel extreem tango, niet?' Ik deins een beetje achteruit, het raakt me toch wel.

'Je moet er in elk geval behoorlijk elastisch voor zijn,' bekent Lucy, terwijl ze met een pijnlijke blik toekijkt hoe de danseres met haar benen een aantal snelle schaarbewegingen maakt. 'Ik hoop dat Beth hier niet te erg van schrikt.'

Ze realiseert zich waarschijnlijk niet dat Beth dolgraag bij deze artiesten op het podium zou staan.

'Ah, nou, dat vind ik nou mooi!' knik ik, wanneer de man de vrouw zo op zijn heup zet dat ze, met gekruiste benen en gestrekte tenen, rechtop kan zitten, als een secretaresse uit de jaren veertig die een dictaat wil opnemen. Met wat moeite denk ik dat ik met uitgestrekt been net als een passer een hele cirkel zou kunnen maken als de man me stevig vasthield. Maar ik betwijfel of ik ooit mijn benen zo elegant zou kunnen bewegen – al dat erotisch gestrijk langs zijn scheenbeen, in elkaar haken van knieholtes en het continue wisselen van standbeen staat vast garant voor heel wat blauwe plekken.

Het komt bijna als een verademing wanneer het tempo verandert en de kleur van de kostuums van hard zwart overgaat in ivoorkleurige kanten lingerie. Zo mooi! Totdat een oudere vrouw het toneel op komt in een enorme Bridget Jones-onderbroek en – wat?! – zonder topje!

Ik kijk gealarmeerd om me heen – is er hier iets misgegaan in de kleedkamer? Deze vorm van naaktheid had ik toch echt niet verwacht! Weet ze wel dat ze geen beha aan heeft?

'Dat hoeft Beth toch niet te doen?' slik ik, terwijl het zweet me uitbreekt bij de gedachte dat mijn lieve vriendin daar straks in haar *fatsuit* rondhuppelt, als in een sketch uit *French & Saunders*.

Maar wanneer ik opzij kijk, is Lucy weer verdwenen. Rick houdt haar zeker bezig.

Over Rick gesproken – ik hoop dat de camera Beths voeten minder goed ziet dan ik. Als een echte prof doet ze onder de tafel de passen van de dansers na. Ze heeft altijd al iets gehad met de tango. Maar als ik echt eerlijk ben, geniet ik er minder van dan ik had gedacht. Ik zie liever de sensuelere, langzame versie van de dans; bij deze agressieve variant voel ik me erg ongemakkelijk. Al dat getrek en geduw om je dan uiteindelijk over te geven aan een relatie die duidelijk geen gelukkig en lang leven beschoren is. Ik weet dat het niet aan de toeschouwer is om de relatie die wordt uitgebeeld te beoordelen, maar toch doe ik dat, en een van de stelletjes irriteert me behoorlijk – net zoals ik vrienden om me heen irriteerde: *als hij je zo verdrietig maakt, waarom blijf je dan steeds weer bij hem terugkomen?*

Ik wil niet geloven dat liefde pijn is, maar dit lijkt mijn grootste angst te bevestigen.

En dan slaat hij haar.

Ik krimp ineen, de enige persoon in de zaal die haar hand tegen haar wang houdt.

Plotseling voel ik me misselijk en kwetsbaar en gespannen. Misschien was dit een fout. Misschien past deze dans toch niet zo goed bij hoe ik me voel. Ik herinner me een film waarin werd gezegd dat de tango je emoties dieper laat voelen: *'Wat je emotie ook is, als je de tango danst, voel je hem sterker...'* Nou, ik wil mijn emoties niet uitvergroot hebben, ze voelen al eng genoeg aan.

Mijn afkeer neemt nog verder toe wanneer de muziek een dreigende toon krijgt en aan mijn hersenkronkels begint te trekken en krabben. De gedachte dat ik hier een hele week in moet zitten is gewoon te veel! Ik moet hier weg. Ik probeer Beth te dwingen naar me te kijken, zodat ik haar met gebaren iets duidelijk kan maken, maar ze zit gefascineerd naar het podium te kijken. En trouwens, de camera is strak op haar gericht.

Ze willen haar vast ook na de show nog filmen, misschien is er nog een ontmoeting met de dansers gepland. Daar heeft ze mij niet voor nodig. Niemand zal me missen als ik gewoon wegglip...

Heel discreet duw ik mijn stoel achteruit en als ik er zeker van ben dat niemand naar me kijkt, sluip ik de zaal uit en ren naar onze kamer. Tanguista's tonen hun emoties misschien heel open, maar wanneer ik mijn hart wil uitstorten, doe ik dat het liefste privé.

Nadat ik de badkamerdeur achter me dicht heb getrokken, zak ik huilend op de grond, me te laat realiserend dat ik helemaal wordt omgeven door glas.

8

'Carmen, je moet nu opstaan.'
Plotseling ben ik me ervan bewust dat Beth op haar hurken naast me zit.
'Ik wil hier gewoon even liggen,' zeg ik tegen haar, zonder mijn ogen open te doen.
Ze legt haar hand op mijn arm. 'Ik heb je nodig.'
'Waarvoor?' Ik probeer mijn opgezwollen oogleden open te krijgen en kijk haar aan.
'Je moet voor me dansen.'
Maakt ze een grapje ofzo? 'Ik ben niet echt in de stemming...'
'Niet voor de show,' zegt ze ongeduldig. 'Voor onderzoek.'
Pas dan zie ik dat er achter haar een man in de deuropening staat. Nou ja, ik zie een broek met krijtstreepjes. Terwijl ze me overeind helpt en ik hem op ooghoogte kan aankijken, zie ik dat het de man met het drophaar uit de show is.
'Rafael gaat ons helpen,' legt Beth uit. 'Ik kan me niet weer zo'n uitglijder veroorloven als bij de audities. Ik moet jou met hem zien dansen, om te zien hoe een echte beginneling de tango danst.'
Ik wil protesteren, uitleggen dat ik te moe ben, te verscheurd word door verdriet om ook maar te bewegen, maar Beth trekt me al op en strijkt mijn haar glad.
'Beth...'
'Ik weet dat je er geen zin in hebt, maar de les is morgenochtend vroeg.'
'*The show must go on?*' mompel ik.
'Dat heb je goed begrepen.'
Beth doet het niet opzettelijk om me te kwetsen, maar om haar doel te bereiken 'gaat ze over lijken'. Zo is ze altijd wanneer het om werk gaat: geen smoesjes, geen witte vlaggen. Zo zit ik niet in elkaar, ik geef wel op. Gelukkig heeft Beth genoeg motivatie voor ons beiden.
Ze wenkt Rafael die, tot nu toe, op afstand is gebleven. Zelfs nu loopt hij niet recht op me af, maar schuifelt met een respectvolle bocht tot hij naast me staat. Gewoonlijk zou ik me zo opgelaten voelen als een vreemde me in deze staat van ontbinding zou zien, maar zijn donkere ogen zijn vol medeleven en zijn vingers omsluiten wanneer hij mijn hand vastpakt mijn polsen op zo'n tedere manier dat hij net zo goed een verpleger zou kunnen zijn die mijn hartslag wil meten.
'Hebben we genoeg ruimte om hier te dansen?' vraag ik, wenkend naar de beperkte ruimte tussen het bed en de glazen badkamerwand.
'Meer ruimte zouden we op een drukke dansvloer ook niet hebben,' antwoordt hij. 'En als we onze lichamen tegen elkaar houden, hebben we niet meer ruimte nodig.'

Wauw.

Beth wil mijn uitgelopen mascara wegvegen, maar Rafael wuift haar hand weg en pakt dan het zijden sjaaltje dat ik om mijn nek heb. Heel voorzichtig laat hij het over mijn schouder glijden en legt de zachte stof tegen mijn pijnlijke ogen, waarna hij het stevig achter mijn hoofd vastknoopt. Direct voel ik me opgelucht. Hij begrijpt dat ik me wil verstoppen.

'Gaat het?' vraagt Beth.

Ik knik, verbazingwekkend kalm in het donker.

'Goed, voordat we beginnen, wil ik je iets uitleggen over partnerdansen.'

'Is dit advies van Miriam Gilbert?' voorspel ik.

'Ja,' zegt Beth bevestigend, om dan heel zacht te gaan praten, alsof het een gebed is. 'Wanneer je de ruimte van je mannelijke partner binnenstapt, dan ben je geen professionele vrouw meer. Hier, in deze veilige plek, kun je je hoofd op die brede schouder laten rusten en uitademen.' Ze zwijgt even om me de kans te geven dat ook echt te doen. 'En we hebben het niet over voor altijd, en niet om hem af te schrikken of om als wanhopig over te komen, maar neem even een moment om te voelen hoe het is om te worden omarmd en om te zuchten.'

Het is zo'n heerlijk gevoel dat ik een verse traan voel branden in mijn oog, maar dit keer wordt hij geabsorbeerd door de sjaal.

'Klaar?' vraagt Beth.

'Ja,' zucht ik.

Ik voel me veilig bij Rafael – de eerste man die me vasthoudt sinds Lee.

Het grote verschil is dat ik weet dat hij me niet los zal laten. Lee trok zich altijd los net voordat ik klaar was, zijn knuffels rantsoenerend in periodes van vijf tellen. Ik vind het fijn te weten dat Rafael me een heel nummer vast zal houden. Ook al heb ik geen idee welke passen erbij horen…

'Gewoon lopen,' verzekert Rafael me, wanneer de muziek begint.

'Echt?' Na wat ik hem op het podium heb zien doen, weet ik het niet zo zeker.

'Sí,' verzekert hij me. 'Als je kunt lopen, kun je ook de tango dansen.'

En dus beginnen we te bewegen. Eerst is het niet veel meer dan heen en weer deinen. Dan stappen we naar voren en naar achteren en heen en weer.

Ik voel Beth om ons heen lopen en naar me kijken, krabbelend op een stukje papier. Op een gegeven moment voel ik hoe ze met de punt van haar potlood langs mijn rug strijkt alsof ze de kromming wil bepalen.

Rafael houdt me nog steeds stevig vast.

'Vertel me wat je denkt, wat je voelt…,' vraagt Beth.

'Is dit een soort therapie?' Ik frons mijn wenkbrauwen.

'Ik moet het weten, voor het interview achteraf. Voelt het anders dan je had verwacht?'

Ik leg mijn vingers even wat anders tegen Rafaels rug, denk na over haar vraag en antwoord dan: 'Ik dacht dat ik de tango beperkend, zelfs claustrofobisch zou vinden, omdat je zo dicht op elkaar danst.'

'Maar in werkelijkheid?'

'Voelt het erg geruststellend.'

'Dus je vindt het niet overmatig seksueel?'

'Beth?' zucht ik gênant.

'De dans is misschien suggestief, maar wat we eigenlijk omarmen is de *muziek*.'

Rafaels stem is zo diep en verleidelijk dat ik mijn hand uit moet steken en Beth stiekem even in haar arm moet knijpen, alsof ik wil zeggen: 'Oké, *nu* voelt het seksueel!'

'Wat nog meer?' vraagt Beth.

Ik neem even de tijd om bij te komen en denk dan na. 'Ik was niet zo voor het idee dat de man je moet leiden, dat je je aan hem moet overgeven...'

'Dus, je had problemen om hem te vertrouwen?'

'Dat kun je wel zeggen.'

'Weet je, een man kan leiden, maar je hebt de keuze om hem wel of niet te volgen,' zegt Rafael.

Ik knipper onder mijn blinddoek. Plotseling lijkt alles zo eenvoudig.

'Ik heb je niet geïnstrueerd,' gaat hij verder. 'Ik heb je alleen uitgenodigd met mij mee te dansen.'

Hij is zo elegant, hoe kan ik hem weigeren?

Terwijl we verder dansen, vervolg ik mijn commentaar. 'Dit is lang niet zo agressief of schokkerig als ik had verwacht. Dit is veel fijner; vloeiender en sympathieker.'

'Ik laat je niet vallen,' verzekert Rafael me.

Maar dan laat ik me net wat te ver gaan in mijn vertrouwen, waardoor ik struikel.

'Voorzichtig!' Beth pakt me beet en corrigeert me. 'Ik weet dat je al die dramatische lichaamshoudingen hebt gezien tijdens dat tango-optreden vanavond, maar eerlijk gezegd is het de bedoeling dat de man en de vrouw gewoon om hun eigen lichaamsas blijven dansen.'

'Als je de man weghaalt, moet de vrouw gewoon kunnen blijven staan,' bevestigt Rafael.

'Dat doe ik dan al die jaren al verkeerd!'

Voor de overgebleven minuten draait Beth de muziek harder en laat ze me genieten van het gevoel van connectie en absolutie. Door de combinatie van de nabijheid van deze man en zijn stille tederheid voel ik hoe de pijn van me afglijdt.

'*Gracias*, Rafael!' Beth bedankt hem wanneer de laatste noot van de *bandoneón* klinkt.

Ik wil mijn blinddoek afdoen, maar voel dat Rafaels handen daar al zijn. Hij legt de sjaal in mijn open handen en tilt dan mijn vingers naar zijn lippen.

Ik had niet gedacht dat ik vanavond nog kon glimlachen, maar ik voel dat er toch een grijns verschijnt.

Zodra de deur achter hem dichtvalt, val ik op het bed, ervan uitgaand dat we klaar zijn, maar Beth heeft nog een puntje op de agenda staan.

'Weet je de *ocho's* van de auditie nog? Ik deed het veel te makkelijk lijken. Ik moet zien hoe jij ze doet.'

'Je bent echt een ongelooflijke pietlut, weet je dat?'

'En jij niet dan?' Beth weet net zo goed als ik dat ik altijd elke steek van mijn kostuums goed wil hebben.

'Oké, dan moet het maar.'

Ze doet de beweging een keer voor en vraagt me om hem na te doen.

'Goh,' zeg ik met een grijns terwijl ik heen en weer beweeg, afwisselend draaiend op een voet. 'Het is moeilijker dan het lijkt.'

'Nog een keer!' Ze staat tegenover me en pakt mijn hand stevig vast, alsof ze zo mijn onhandige manier van beweging kan overnemen.

We blijven oefenen tot zij slechter wordt en ik beter. Dit is echt bizar, om te zien hoe ze een dans afleert. Hoe ze haar talent als het ware omdraait.

Als ze eindelijk tevreden is, geeft ze me als beloning het laatste chocolaatje uit de minibar.

'Dat was een goede sessie,' besluit ze. 'Laatste vraag?'

'Toe dan...'

'Hoe voel je je nu?'

Ik adem een diepe teug suikerzoete kersenlucht in. En dan voel ik dat er weer een glimlach om mijn lippen verschijnt. 'Ik heb zin om te dansen!'

'Jaaaa!' gilt ze, me tegen zich aantrekkend in een strakke omhelzing. 'Welkom in mijn wereld!'

9

Wanneer we de volgende ochtend wakker worden, voelen we ons zelfverzekerd en goed voorbereid. We genieten van een ontspannen ontbijt in bed, totdat Lucy ons belt dat het tijd is om te beginnen met filmen. Bij het zwembad. 'Wat?' gil ik wanneer Beth me het slechte nieuws vertelt. Ook al hadden we de Victoriaanse zwempakken meegenomen om Beths volumineuze ondergoed te verbergen – één sprong in het zwembad verandert haar in een grote, druipende spons. 'Dat kan niet,' zeg ik hoofdschuddend, 'je gaat gegarandeerd zinken.'

'Ik heb haar gezegd dat ik er eerst een paar pondjes af wil dansen voordat ik een badpak aantrek.'

'Goed idee, wat zei ze?'

'Het is gewoon voor wat sfeerbeelden, niet om de mannelijke kijkers te plezieren. Ik mocht aantrekken wat ik wilde.'

We kiezen een zonnejurkje met shawl en smeren alle huid die in de zon kan komen goed in met zonnebrandcrème, oftewel ons gezicht en onze handen.

Beth houdt de factor 60 omhoog alsof ze in een reclamefilmpje zit: 'Zon, zee en...,' giechelt ze, tikkend tegen het flesje, 'tango! We komen eraan!'

Haar goede humeur zakt door de hitte wel een beetje in. Zelfs met het dunste vullaagje voelt het alsof ze een synthetische dwangbuis aan heeft. Het helpt ook niet dat de andere meisjes aan het zwembad met hun perfecte cappuccinokleurige huidje rondlopen in Beths echte lichaam, gehuld in rode bikinitopjes en witte shorts, die perfect passen bij de tweekleurige zonnebedden en handdoeken.

'Weet je zeker dat je niet even lekker het water in wilt?' vraagt Lucy, bezorgd kijkend naar de ernstig zwetende Beth. 'We kunnen je ook gewoon vanaf je schouders filmen, terwijl jij lekker in het zwembad staat.'

Beth vindt het wel erg verleidelijk.

'Zonneallergie,' gooi ik eruit. 'Ze krijgt enorme rode vlekken als ze in de zon komt, dus dat lijkt me niet zo handig.'

'Oké, als je het zeker weet. Dan zetten we je lekker hier onder een parasol en filmen we je terwijl je een cocktail bestelt.'

'Maar ik zie geen cameraman...' Beth kijkt om zich heen.

'We hebben ze bij de bar neergezet, zodat de rest van de badgasten niet zo schrikt,' legt ze uit, wijzend naar een stoel waar ik veilig buiten beeld kan gaan zitten. 'De serveerster komt zo.'

'Oké!' antwoordt Beth met een gemaakte glimlach, om daarna heel discreet een paar ijsblokjes in haar vetpak te laten glijden. 'Ooo, wat voelt dat lekker.'

Ik wil bijna hetzelfde doen, maar dan zie ik een bekende haardos. 'Kijk nou eens! De zwever!' giechel ik, terwijl de elegante vrouw die we gisteravond in de bibliotheekbar zagen op ons af komt heupwiegen en Beth de drankkaart overhandigt.

'Iets zegt me dat deze scène bij het zwembed meer voor haar portfolio bedoeld is dan voor mijn programma,' mompelt Beth achter de menukaart van rood alligatorvel, terwijl de serveerster naar de camera gedraaid staat en op een overdreven manier haar haar heen en weer zwiept.

'Oké Maritza.' Lucy komt op haar af rennen. 'Kunnen we dat nog een keer doen? Dit keer wil Rick graag dat je naast Beth neerknielt om haar bestelling op te nemen, zodat we jullie allebei in beeld hebben.'

Ik kan niet geloven dat Beth zo wordt overtroefd! Wisten ze maar wat er onder dat bloemenjurkje zat. Maar ze lijkt het zelf niet erg te vinden.

'Ik denk dat jij een Love Juice moet bestellen,' adviseert Beth me, terwijl Maritza zich klaarmaakt voor de tweede take.

'Wat zit erin?'

'Wortel, rode biet, vitamine E en honing.'

'O,' ik kan mijn teleurstelling amper verbergen; ik had eigenlijk een soort mysterieus Argentijns ingrediënt verwacht waar ik nog nooit van had gehoord, alsof ik mijn liefdesverdriet heel eenvoudig met een Drink Mij-elixer zou kunnen genezen.

'Ik kijk vooruit en neem een Morning After,' besluit Beth. 'Voor het geval het vanavond *una larga noche* wordt...'

'Daar is ze weer!' Ik draai me om, zodat Beth zich kan concentreren op haar bestelling.

Terwijl ik naar het kabbelende water luister, gaan mijn gedachten terug naar de laatste keer dat ik aan het zwembad lag: op Cyprus, met Lee. Het was avond en hij was dronken. Hij zag er zo griezelig uit in dat blauwige licht. Ik was bang voor wat er zou gebeuren als ik hem hier zo achterliet, maar hij wilde niet uit het zwembad komen, dus glipte ik ook in het water, in de hoop er zo iets speels, misschien romantisch van te maken.

Terwijl hij me tegen zich aan drukte, streek ik over zijn natte haren en kuste hem. Ik zei dat hij koud voelde en vroeg of hij niet liever mee naar binnen wilde? En toen begon hij me onder water te duwen.

'Wat doe je?' riep ik in paniek, tegenstribbelend om boven water te blijven en mezelf langs de rand omhoogtrekkend.

'Laat mij je toch even onder water houden,' smeekte hij.

Mijn hart ging tekeer, maar ik probeerde er een grapje van te maken. 'Waarom zou je dat willen doen?'

'Om te bewijzen dat je me vertrouwt.'

Het enige dat ik kon bedenken: *maar ik vertrouw je niet!* Niet dat ik dacht dat hij me bewust zou verdrinken, maar hij had zijn krachten nou niet echt onder controle en trouwens, hoe kon hij weten wat mijn longcapaciteit was? Ik wist dat niet eens! Was dit echt hoe ik deze aarde wilde verlaten?

Terwijl hij me weer vastpakte, wilde ik hem zeggen dat hij me bang maakte. Ik vreesde echter dat dat het nog erger zou maken, dus deed ik alsof ik geïrriteerd was om mijn angst te verbergen en zei dat ik mijn haar niet nat wilde maken. En toen duwde ik hem boos weg, dankbaar dat hij het verschil tussen mijn tranen en het zwembadwater niet kon zien, noch tussen mijn trillen van angst en rillen van kou.

'Je hebt het toch niet koud?' Beth haalt me weer terug naar het heden.

'Nee, ik dacht even aan iets vervelends,' leg ik uit.

'Over vervelend gesproken, door al die ijsblokjes is mijn pak helemaal nat geworden...' Beth kijkt me smekend aan.

'Hoe lang hebben we voordat we naar de volgende locatie vertrekken?'

'Tien minuten.'

'Nou, dan is het maar goed dat we onze föhns mee hebben genomen, nietwaar?'

De dansstudio blijkt drie kilometer van het hotel in het historische San Telmo te liggen, in een heel ander hotel, het Mansion Dandi Royal.

'Dit is eigenlijk een tangoacademie,' legt Lucy uit wanneer we naar binnen lopen. 'De meeste mensen die hier overnachten, krijgen dagelijks les. Er wordt zelfs live tangomuziek over de geluidsinstallatie in de kamers afgespeeld.'

'Dit is nog indrukwekkender dan ik had verwacht,' geeft Beth toe wanneer we de hoge deuren, met parels versierde lampen en Lodewijk XIV-meubels zien. 'Antiek en een beetje vervallen.'

'Ik had eigenlijk hier kamers voor ons geboekt,' vertelt Lucy. 'Maar toen ging Rick iets drinken in het Faena + Universe...'

'En daar was Maritza, zijn nieuwste ontdekking.' Beth raadt het al.

'Het is een beetje zijn handelsmerk. Je weet wel, net zoals Alfred Hitchcock altijd zelf een klein rolletje speelde in zijn films? Zo heeft Rick in al zijn tv-programma's een "speciale" serveerster.'

'Getsie!' Beth rilt. Haar afkeer verandert echter snel in verrukking als ze aan de dansleraren wordt voorgesteld, het echtpaar Adriana en Adriano.

Over 'je andere helft' gesproken: zij zijn echt in alles elkaars spiegelbeeld. Een lang, slank lichaam, hoge jukbeenderen en beide een lange zwarte paardenstaart; dat moet er fantastisch uitzien als ze samen als één bewegen.

'Wat grappig dat ze eigenlijk dezelfde naam hebben,' zegt Beth tegen Simon terwijl hij haar microfoon vastmaakt.

'Het schijnt "de duistere" te betekenen,' vertelt hij.

Ik ril een beetje en loop naar het licht, in dit geval een groot raam met uitzicht op de straat.

Buiten zie ik een hondenoppas worstelen met een stuk of tien honden. De slanke man wordt letterlijk over straat gesleurd door een troep hyperactieve aangelijnde monsters.

'Je vraagt je af waarom hij niet nog één stapje verder is gegaan en een slee heeft gekocht,' zegt Dan als grapje, wat mij de kans geeft voor het eerst zijn opvallende, blauwgrijze ogen te bekijken.

Ik wil zelf ook een slimme opmerking maken, maar in plaats daarvan sta ik daar maar gewoon met mijn mond open; ik denk niet dat ik ooit ogen in die kleur heb gezien.

Hij trekt een wenkbrauw op.

'Kijk die mopshond eens!' Ik draai me snel weer om en vraag me hardop af: 'Houd jij van honden?'

'Ik ben wel eens een hond genoemd, ja.'.

Voordat hij de kans krijgt om uit te leggen wat hij bedoelt, wil Rick dat we aan de slag gaan.

'Dan!' roep ik hem na.

'Ja!' Hij draait zich om en dan gebeurt het weer: mijn mond doet exact wat ik niet wil.

Ik knijp mezelf om de betovering te verbreken. 'Ik wilde je nog wat vragen. Waar moet ik staan zodat ik niet in beeld kom?'

Hij knipoogt geruststellend naar me. 'Als je naast mij blijft staan, komt alles goed.'

En dus ben ik de rest van de middag zijn schaduw; waar hij gaat, ga ik ook. Hij weet het niet, maar we doen onze eigen partnerdans.

Beth doet ondertussen enorm haar best een goede leerling te zijn, oftewel: ze doet heel overtuigend mijn onervaren bewegingen van gisteravond na. Alles wat ze bij mij corrigeerde, moet nu bij haar worden gecorrigeerd.

Ik vind het erg amusant om te zien hoe Adriana de complexe tango samenvat in 'een combinatie van wandelen, draaien, stoppen en *adornas*.'

'Decoraties,' vertaalt Adriano. 'Of versieringen. Zoals de *gancho*, wat "haak" betekent.'

Zijn vrouw haakt haar voet om zijn dijbeen om het te demonstreren.

'De Argentijnse tango is vooral een kwestie van improviseren. We laten je de passen zien, maar bij de *milonga*...'

'*Milonga*?' Beth kijkt moeilijk.

'*Milonga* is de plek waar je met meer mensen de tango danst,' legt zijn vrouw uit aan Beth. 'Je zult het vanavond zien.'

Adriano knikt. 'Daar hangt alles af van communicatie en contact. Om succesvol te zijn, moet je je inleven in het moment en vertrouwen op je eigen sensualiteit.'

Ik kan mezelf nog net inhouden om daar iets over te zeggen. Waarom klinkt alles bij dansen toch zo romantisch?

Beth is echter immuun voor dit soort grillen en blijft berekenend.

'Denk je dat ik een driftbui moet krijgen?' vraagt ze me in de pauze.

'Wat bedoel je?'

'Nou ja, als ze op tv laten zien dat ze voor een danswedstrijd aan het oefenen zijn, dan is er altijd wel eentje die stampvoetend en "ik kan het nie-hiei-eieiet!" gillend de zaal uitstormt.'

'Je moet het wel een beetje opbouwen,' stel ik voor. 'Niemand wil al bij de eerste dansles een gillende keukenmeid zien.'

'Da's waar,' knikt ze. 'Misschien dat ik op dag drie instort, om er halverwege even weer wat spanning in te brengen.'

'Het enige dat ik je wil adviseren, is dat je vaker je excuses moet aanbieden. Dat doen wij amateurs namelijk veel; in plaats van te accepteren dat het een leerproces is en we dus natuurlijk fouten maken, schamen we ons en zeggen we elke vijf tellen sorry.'

'Dat is een goeie,' zegt Beth enthousiast. 'Ik vraag me af wat sorry is in het Spaans...'

'*Lo siento,*' valt Simon in.

We zijn bang dat hij ons heeft gehoord, maar schijnbaar heeft hij alleen de laatste zin van Beth opgepikt. Ik wacht tot hij weer helemaal aan de andere kant van de kamer staat voordat ik verderga.

'Hij hangt aan je lippen, die jongen,' zeg ik. 'Maar goed, dat is ook zijn werk.'

'Misschien heb ik hem een beetje aangemoedigd,' zegt Beth beschaamd.

'Wat? Dat is zo niet jouw stijl!'

'Ik deed het niet expres! Hij vroeg me over mijn leven in Londen en ik was zo bang dat ik mezelf zou verraden dat ik *hem* bombardeerde met vragen over waar hij woonde en of hij huisdieren had en hoe hij geluidsman is geworden en naar welke muziek hij graag luistert als hij niet aan het werk is,' ze haalt gehaast adem. 'En nu ben ik bang dat hij denkt dat ik hem leuk vind.'

'Nou ja, dan is het voor jou een geruststellende gedachte dat hij direct wordt ontslagen als hij iets probeert. Is hij zo saai?'

'Eigenlijk is hij best leuk. Vooral als je met hem over muziek praat.'

'Echt?'

'We hebben dezelfde smaak. Kijk me niet zo aan!'

'Hoe?' Ik kijk haar verbaasd aan.

'Alsof je onze bruiloft al aan het plannen bent. Dat gebeurt echt niet!'

'Daar dacht ik helemaal niet aan,' lieg ik. 'En de cameraman dan, Dan?'

'Carmen!'

'Voor mij!' leg ik snel uit.

Ze kijkt niet eens op. 'Lieverd, het maakt mij niet uit of je verliefd bent op hem of op de geest van president Perón, als het je maar uit de buurt houdt van Lee.'

10

Een strijd tussen geliefden. Een gezicht opengekrabd met robijnrode nagels. Misschien een steekpartij...

Dat is wat Beth van de *milonga* van vanavond verwacht.

Mijn verwachtingen zijn wat minder enerverend: drommen vrouwen met rokerige ogen, achterover gekamd haar en glanzend rode lippen zoals in de video *Addicted to Love* van Robert Palmer.

Ik ben wel bang dat ik er nog slonziger uitzie dan de rest. Vooral omdat Dan dan zeker naar hen kijkt in plaats van naar mij. Ik genoot van zijn aandacht eerder vandaag, van de weinige momenten die we ondanks Ricks constante gegluur samen waren. Ik genoot van de steelse blikken die hij me toewierp. Het waren vooral blikken van 'snap jij nou dat ik die hork mijn baas moet noemen?' maar dan volgde er een glinstering in zijn ogen waardoor mijn hart een sprongetje maakte en ik me weer iets herinnerde wat ik dacht te zijn vergeten: hoe het is om een geheime liefde te hebben...

'Ik zie een *milonga* als een soort biechtstoel,' mijmert Beth terwijl we naar onze eindbestemming rijden. 'Je deelt je zonden in het donker...'

'Erg poëtisch,' zeg ik goedkeurend.

'Dank je,' zegt ze met een brede grijns. 'Ik word steeds beter in het gebruiken van beeldspraak.'

En dan komt de minibus tot stilstand en biedt Simon heel galant zijn hand aan om ons te helpen uitstappen.

'Probeer niet degene te zijn die wordt neergestoken vanavond,' zegt hij tegen Beth, en volgens mij meent hij het nog ook.

'Maak je over haar maar geen zorgen,' zeg ik vrolijk. 'Ze is praktisch gepantserd.'

En dan kijk ik om me heen.

Deze straat heeft niets pittoresks of uitzonderlijks, er staat zelfs geen rij voor de ingang van de zaal om de vereiste broeierige sfeer te creëren. Even vraag ik me af of Lucy het juiste adres heeft, maar dan gaat de deur open en worden we naar binnen getrokken door de warme gloed van een open haard.

Het kan nauwelijks meer verschillen van wat we in gedachten hadden: de zaal is groot en open, als een soort buurthuis, en de sfeer doet eerder vermoeden dat er een familiefeest gaande is dan dat mensen betalen om hier te komen dansen. Ik heb nog nooit zo'n uiteenlopend publiek gezien. Hier zitten geen oudjes achteraf met hun voeten mee te tikken op de maat van de muziek – hier zijn zij juist degenen die de dansvloer domineren met hun flair en ervaring.

Blijkbaar zijn de dunne karikaturen die we gisteravond in Faena zagen iets wat alleen bij de *show*-tango zo is. Hier zien we echte mensen met echte lichamen en echte emoties. Geen overdreven toneelspel als in stomme films; de

passen zijn veel ingetogener, maar lijken daardoor juist nog sterker.
Maar wat me het meest verrast, is hoe vrolijk het hier voelt. Ik dacht echt dat mensen de tango dansten als uiting van hun verdriet, maar het is blijkbaar ook nog best leuk.

'Kijk dat meisje eens.' Beth wijst naar een blonde meid van in de twintig die met een sportieve oudere heer met zilverkleurig haar op de dansvloer staat. 'Ze lijkt wel in extase!'

'Ze is waarschijnlijk dronken,' is Dans mening.

Ik geef hem een speelse por en trek dan mijn arm terug alsof ik iets verkeerds heb gedaan.

'Ik wil ook!' Beth staat te trappelen. 'Is het oké als ik iemand ten dans vraag?' Ze vraagt het aan Lucy.

'Eerlijk gezegd: nee. De man moet de vrouw vragen.'

'Grapje zeker?'

Lucy schudt haar hoofd. 'Adriana en Adriano komen ook zo en leggen dan de etiquette van de *milonga* uit, maar ik herinner me die regel in elk geval nog van mijn research.'

Beth kan haar ongenoegen amper verbergen.

'Het voordeel is dat ze een tafel voor ons hebben gereserveerd aan de rand van de dansvloer, dus zit je in de frontlinie wat mogelijkheden betreft.' Lucy probeert haar te troosten. 'Ik ga even uitzoeken waar het is.'

Beth wacht tot Lucy buiten beeld is en trekt dan een zuur gezicht: 'Niemand gaat me vragen totdat ze hebben gezien hoe ik dans. Ik weet hoe dit soort dingen werkt; ze willen eerst iemand anders het risico zien nemen.'

'Nou, misschien is het in jouw geval maar goed dat ze het niet weten,' antwoord ik, om haar nog maar eens aan haar amateurstatus te herinneren. 'Trouwens, ik denk niet dat je er aantrekkelijker van wordt als je hier met zo'n verongelijkte blik blijft staan. Ontspan je!' Ik schud haar een beetje door elkaar. 'Heeft Beth Harding ooit moeite gehad een man te versieren?'

'Nee, maar Beth Harding is nog nooit eerder een brunette geweest.'

'Persoonlijk denk ik dat donker haar beter bij de tango past, jij niet?'

'Misschien.'

'Trouwens, vergeet die haarkleur gewoon – wat zeg jij altijd tegen mij?'

'Het zit hem in de ogen,' mompelt ze.

'Gebruik ze dan ook.'

Op weg naar onze tafel doet Beth haar uiterste best om uitdagend te kijken naar elke man die ze voorbijloopt, om hem te laten weten dat ze openstaat voor een uitnodiging, als hij haar ziet zitten…

'Daar zijn we dan!' Lucy haalt het gereserveerd-kaartje weg en zet haar tas op tafel. Ze wenkt dat Beth op de stoel direct aan de dansvloer moet gaan zitten, zodat ze gemakkelijk op kan staan als ze wordt gevraagd.

Ik ga op een veilige plek achter de tafel zitten.

Het is gezellig druk en de stoelen staan allemaal dicht tegen elkaar aan, zodat ik wanneer Dan naast mij komt zitten, zijn bovenbeen tegen het mijne voel. Van zijn heup tot zijn knie. Hoewel het hem niet op lijkt te vallen en hij gezellig door blijft kletsen met Simon, ben ik me des te meer bewust van de warmte die dit creëert.

Dan zie ik Rick mijn kant op kijken en sla snel mijn blik neer, kruis mijn benen en leg mijn armen over elkaar om wat meer ruimte tussen mezelf en Dan te scheppen. Na een dag zo in elkaars nabijheid te zijn geweest, kan ik amper geloven hoe ongemakkelijk ik me voel als ik bij hem ben. Als Simon opstaat, wil ik onbewust even een hand door mijn haar halen, maar ik laat hem snel weer in mijn schoot vallen; het mag niet lijken of ik mezelf mooi aan het maken ben. Doe gewoon normaal. Even denken, wat zou ik gewoonlijk zeggen? Zou ik hem vragen wat voor beelden hij vanavond wil schieten? Of me stilhouden, zodat hij zich kan concentreren en zijn camera kan instellen? Voordat ik de kans krijg om iets te doen of zeggen, is hij al weg, camera in de aanslag.

Ik kijk om me heen of er mensen zijn die mijn gehannes hebben gezien, maar iedereen is met zijn eigen ding bezig: Lucy bladert druk door haar schema, Rick loopt als een geheim agent door de menigte, Beth is nog steeds op zoek naar een geschikte danspartner en Simon kijkt naar Beth, iets verward door de manier waarop ze aan het flirten is met de kwieke zeventigplussers om haar heen.

Niemand weet dat er iets aan mij is veranderd, dat een aanraking van Dan een oerdrift heeft aangewakkerd die ervoor zorgt dat ik nu tot op de millimeter nauwkeurig weet hoe ver zijn lichaam van het mijne verwijderd is. Zoals bijvoorbeeld nu: ik ben me maar al te bewust dat hij op weg is naar de stoel naast me...

'Wil er iemand iets drinken?' Ik spring op.

'De ober komt langs,' zegt Lucy.

'O.'

Hij staat naast ons. Geen kans om te ontsnappen.

Ik zak onderuit in mijn stoel en steek snel mijn arm door die van Beth, alsof ik me op deze manier kan verankeren en niet als een magneet tegen hem aan wordt getrokken.

'Wauw, er staan echt wat vreemde stelletjes daar op de dansvloer,' grinnikt hij tegen niemand in het bijzonder.

Niet nodig om daarop te antwoorden.

Dan port hij in mijn zij met zijn elleboog. 'Zie je dat kleine mannetje met die vrouw in de groene jurk?'

Ze is met haar voluptueuze lichaam amper te missen.

'Ik denk dat hij steeds tegen de andere dansers aan botst zodat hij haar borsten als airbags kan gebruiken.'

Help! Ik bloos, ik voel het. 'Dans jij ook?' vraag ik, in een poging het gesprek te neutraliseren.

'Horizontaal of verticaal?'

Het is echt ongelooflijk! Hij heeft het net nog erger gemaakt!

'Niet echt,' gaat hij verder, zich schijnbaar onbewust van het effect dat hij op me heeft. 'Ik denk dat *jij* wel goed zou kunnen dansen. Ik zag je eerder wat bewegen.' Hij glimlacht mijn kant op en voegt daaraan toe: 'Het moet frustrerend zijn om zo vanaf de zijlijn toe te kijken.'

'O nee hoor, ik ben een van 's werelds beste toekijkers,' verzeker ik hem, en tik dan even op zijn camera. 'Ik denk dat dat voor jou ook geldt.'

Hij trekt een gezicht. 'Ik ben dan van beroep wel een "toekijker", maar als ik vrij ben, zorg ik ervoor dat ik me vermaak.'

Waarom moet alles wat hij vanavond zegt zo beladen zijn? Ik durf het amper te vragen: 'En wat doe je dan graag?'

Hij houdt mijn blik vast tot mijn tenen bijna omkrullen en zegt dan: 'Alles.'

'Alles?' herhaal ik, voornamelijk uit onvermogen om zelf een volzin uit te brengen.

Gelukkig kiest hij ervoor dit uit te leggen en begint hij met het beschrijven van alles waar hij een adrenalinekick van krijgt: van *sandboarding* tot duiken met haaien. Ik zucht wanneer hij vertelt over zijn plannen om de rest van Cuba te gaan bekijken zodra we klaar zijn in Havana. Wat een tomeloze energie. Ik vertel dat mijn vorige vriendje een enorme luiwammes was op dat gebied, en alles wat ik voorstelde om te gaan doen al op voorhand afkeurde.

'Ik herinner me dat ik op een zondag voorstelde een roeiboot te gaan huren om de Theems op te gaan; jemig, je zou bijna denken dat ik hem had gevraagd de Amazone af te varen!'

'En nu zit je hier in Zuid-Amerika!'

Ik glimlach terug, iets in zijn opmerking geeft me het gevoel alsof ik door hier te zijn, al iets heb bereikt.

Wanneer Simon erbij komt staan en iets vraagt over het filmen van de liveband, vraag ik mezelf af wat Dan vanavond echt graag zou willen doen in deze stad? Als ik hem zou vragen om de *milonga* te laten schieten, waar zouden we dan naartoe gaan? Ik ben altijd nieuwsgierig geweest naar die mythische spontane man. Bestaat hij echt – de man die een koffer pakt voor zijn vriendin en spontaan een weekendje Parijs boekt? Ik kan me vergissen, maar ik vermoed dat Dan zo'n type is. Alleen zou hij dan een wat spannender reisbestemming kiezen, zoals Berlijn of Zanzibar.

Ik draai me om naar Beth, die gebiologeerd naar de dansvloer voor haar kijkt.

'Heb je dat gehoord?' fluister ik, terwijl ik met mijn hoofd naar Dan wenk.

'Wat?' Ze kijkt me dromerig aan.

'Maakt niet uit, ik vertel het je later wel,' besluit ik. 'Wat is er met jou?'

'O, ik zit gewoon te bedenken hoe geweldig het is dat al deze mensen hier zijn omdat ze zo van dansen houden.'

'In tegenstelling tot zich moeten afbeulen om genoeg geld te verdienen om rond te komen?'

Ze knikt. 'Heb je gezien hoeveel vrouwen daar met hun ogen dicht op de dansvloer staan?' Ze wijst naar een paar vrouwen die hun hoofd tegen de borst, kin of wang van hun partner laten rusten, afhankelijk van het hoogteverschil.

'Ze dragen allemaal een onzichtbare blinddoek,' zeg ik glimlachend.

'Exact.'

Maar toen ik dat probeerde, stond ik in onze eigen veilige hotelkamer met mijn beste vriendin erbij; of ik het ook zo zou doen in een overvolle *milonga* weet ik niet zo zeker.

'Ik bedoel, hoe weet je nu of deze vreemde je niet op je bek laat gaan?'
'Er lijkt een zeker systeem in te zitten,' geeft Beth aan. 'Ten eerste danst iedereen tegen de wijzers van de klok in.'

'Ja, maar dan nog bestaat de kans dat je over een stoel struikelt of door de stiletto's van een andere dame wordt gespietst als hij je niet de juiste kant op loodst.'

'Ik denk dat ze dat risico ervoor over hebben.' Beth haalt haar schouders op.

En misschien is dat het wel; als het nummer voorbij is en de koppels uit elkaar gaan, lijkt een aantal vrouwen bijna verrast te zijn dat ze plotseling weer met beide benen op een echte vloer staan. Alsof ze net terug zijn van een zweefreis door een droom.

Niet dat de omgeving van de *milonga* er eentje is die lijkt op de echte wereld; hoe meer ik om me heen kijk, hoe meer het lijkt op een parallel universum waar de gebruikelijke rangorde van aantrekkelijkheid niet geldt: hier blijft het mooiste meisje van de zaal op haar stoel zitten als ze niet kan dansen, terwijl haar behendige vriendin – die de jongens in de disco geen blik waardig zouden keuren – de *belle* van het bal is.

En dan is er Beth: zowel knap als goed in dansen. Het enige nadeel is dat ze dat niet mag laten zien. Dus al komt haar wens uit en is er een man die haar ten dans vraagt, dan nog moet ze doen alsof dit dag één van haar tangocursus is. Ja, als hij goed is, kan hij haar ook goed laten dansen, maar ze moet als een beginneling op zijn aanwijzingen reageren.

Nou, als ze nog even had gewacht, dan had ze kunnen toekijken hoe dat moet...

'O nee, ik kan echt niet!' protesteer ik wanneer een in een wit pak gestoken dertiger op me af komt lopen.

Ik moet toegeven dat ik zijn kant op zat te kijken, maar alleen omdat hij zo opviel door zijn glimmende pak.

'*Ensámbleme por favor!*' 'Mag ik u ten dans vragen?' Hij maakt een elegante buiging en even ben ik afgeleid door de opvallende ringen aan zijn vingers. Maar dan ben ik weer helemaal bij zinnen.

'Nee, nee! *Inglese!* Kan niet dansen, sorry!'

'Toe maar,' zegt Lucy aanmoedigend. 'Hoe vaak krijg je zo'n kans?'

Ik voel mezelf aarzelen. 'Hij is wel één en al glitter en glamour, dat zeker.'

Wanneer hij het me nog een keer vraagt, voel ik weer wat ik gisteravond voelde: het gevoel van 'meer!' Ach, een klein rondje kan geen kwaad. Trouwens, ik doe Beth er een plezier mee door haar een live demonstratie te geven. En nog beter, Dans cameralens is op Beth gericht, dus hij ziet niet hoe ik over de dansvloer loop te stuntelen.

Wanneer ik de ervaren hand van de man vastpak, realiseer ik me hoe ver beneden zijn niveau mijn danskwaliteiten zijn; alsof ik wordt gevraagd te debuteren in een show in het West End, terwijl ik als enige amper mijn script heb doorgebladerd terwijl de hele cast al maanden oefent. Het gevoel van schaamte overheerst. En dat irriteert me. Waarom schaam ik me ervoor dat iets nieuw voor me is? Of ligt het alleen aan mij? Hij lijkt te weten waar hij aan begint en wil het toch proberen. Mijn God, wat is het hier warm.

Gewoon doorademen.

Misschien moet ik mijn ogen dichtdoen? Het zou in elk geval helpen om die paar honderd andere mensen in de zaal te vergeten. Ik probeer de blinddoekmethode, maar struikel direct nadat we zijn begonnen al over mijn eigen voeten. Rafael had een ingebouwd veiligheidsnet, maar met deze man moet ik blijven opletten; hij houdt me net iets te krampachtig vast, mogelijk in een poging me te controleren. Hoe dan ook, ik word er zenuwachtig van.

Het voordeel is dat ik nu het Spaanse woord voor 'sorry!' weet en dat vaak kan gebruiken.

Niet dat het helpt om zijn ongeduld te kalmeren. 'Nee!' roept hij regelmatig boos, steeds ruwer wordend in zijn correcties. Naarmate hij me harder tegen zich aan drukt, voelt het steeds ongepaster. Ik probeer me los te wurmen, maar hij trekt me terug. Als ik gisteravond niet zo'n ongelooflijk geweldige ervaring had gehad, had ik nu het gevoel gehad dat ik verantwoordelijk was voor deze absurde vertoning. Hoe kunnen twee danspartners zo van elkaar verschillen?

En dan voel ik een rilling over mijn rug lopen: ik dans met het equivalent van Lee. Een man die me ruw aanpakt, me overal de schuld van geeft... De enige geruststellende gedachte is dat ik zijn beledigingen niet begrijp, hoewel ik door de toon ervan al een knoop in mijn maag krijg.

Ik zoek de dansvloer af naar Beth, wanhopig om even oogcontact te maken om te zien of ze me kan redden, hoewel het niet zo gemakkelijk is als in de disco, waar je eenvoudig tussen haar en een vervelende danspartner schuift en er dan als een treintje met haar tussenuit heupwiegt.

Helaas is ze in geen velden of wegen te bekennen. Maar dan verandert de muziek en laat hij me los. Hij lijkt me terug te willen brengen naar mijn tafel alsof er niets aan de hand is, maar ik trek me los en ren naar de bar.

Dat voelde vreselijk; uit de maat, onhandig, eng. Ik gooi mijn drankje achterover, blij dat het voorbij is. Nooit weer. Niet met hem, in elk geval.

En dan bedenk ik me weer iets. Dat is exact hetzelfde gevoel dat ik tachtig procent van de tijd had als ik met Lee was, en toch gaf ik hem gewoon mijn hele dansboekje! Snap je dat nou?

Met Goochem Grijpgraag hier wist ik vanaf de eerste minuut dat het fout zat en dus zou ik nu, hoe graag ik ook nog even zou willen dansen, niet weer naar hem teruggaan. Ik vraag me af hoe ik mezelf er ooit van heb overtuigd dat Lee mijn laatste kans was. Waarom zag ik al die mogelijkheden om me heen niet? Behalve de vrouwen die hier met hun echtgenoot zijn gekomen, weet geen van de anderen waar de volgende dans vandaan komt, maar ze geloven er allemaal in dat ze zullen dansen, anders zouden ze hier niet zijn. Ik zou nog best een paar dingen van hen kunnen leren...

'Hoe was je eerste tango in de *milonga*?' vraagt Lucy met grote ogen wanneer ik weer bij het tafeltje terugkom.

Ik sta op het punt om 'vreselijk' te zeggen, maar verander van mening. 'Verhelderend!' zeg ik, en vraag dan: 'Enig idee waar Beth uithangt?' Ik kan haar nog steeds niet zien.

'Toilet,' zegt ze. 'Kun je even gaan kijken? Ze zit er alweer even.'

O nee. Ik maak me direct weer zorgen; er moet iets mis zijn gegaan met haar pak.

'Blijven we hier nog lang?' vraag ik zo nonchalant mogelijk.

'Moe?'

'Een beetje,' geef ik toe, opvallend gapend. 'Het is lange dag geweest.'

'Ach, ik denk dat we na het gesprekje over etiquette hier wel klaar zijn.'

'Geweldig!' Ik glimlach, biddend dat ik het red met mijn noodreparatieset.

Ik zwaai in het voorbijgaan vriendelijk naar Adriana en Adriano en ren dan door de menigte, zoek de damestoiletten en kijk onder de deurtjes naar Beths schoenen.

'Beth?'

Zodra ik haar naam heb geroepen, wordt er een deurtje opengegooid en word ik naar binnen getrokken.

'Wat is er?' hijg ik. 'Zit er iets los?'

Ze schudt haar hoofd, maar kijkt me wanhopig en sprakeloos aan.

'Ooooo!' Ik snap hem. 'Je driftbui. Beetje vroeg, maar erg overtuigend.'

'Ik doe niet alsof,' jammert ze.

'Wat is er dan?'

Ze haalt een paar keer schokkerig adem en begint dan helemaal te huilen.

'Ik wil me gewoon laten gaan op de dansvloer!'

Ik knik sympathiek. 'Het moet erg frustrerend zijn.'

'Meer dan frustrerend,' jammert ze. 'Ik bedoel, *dit is mijn droom*, Carmen! Ik heb het grootste deel van mijn leven in studio's onder tl-buizen staan zweten en nu ben ik hier, in Argentinië, in de armen van een man die werd geboren op de noten van de *bandoneón* en ik kan gewoon voelen hoe de muziek door zijn aderen stroomt en hoe hij me zo *vakkundig* over de dansvloer leidt, en het enige dat ik doe, is mijn gevoelens onderdrukken en precies het tegenovergestelde doen van wat hij doet, en het voelt zo *fout*, zo respectloos!' Ze probeert haar wanhoop in te slikken. 'Weet je, tussen de nummers door zag ik de vragen in zijn ogen: "Waarom doe je dit?" alsof hij wist dat ik deed alsof. Alsof mijn lichaam me verried.' Ze zakt onderuit op de toiletpot. 'Ik kan amper geloven dat ik hier sta te zeuren. Maar plotseling voelt het zo *verstikkend*!'

'Nou ja, het is hier ook wel een beetje krap!' Ik probeer er een grapje van te maken. 'Amper groter dan een biechtstoel.'

En dan kijkt ze me aan, haar ogen zoeken de mijne. 'Denk je echt dat dit mijn straf is omdat ik heb gelogen? Vlieg ik helemaal hiernaartoe en krijg ik niet eens kans om te dansen...'

Ik kniel naast haar neer en strijk haar haar glad, omdat dat het enige is wat ze echt kan voelen. En dan krijg ik een idee.

'Weet je, Lucy zei dat we na het gesprekje met Adriano en Adriana klaar zijn. En ze gaan hier pas om vier uur dicht...'

Beth knippert terug. 'Je bedoelt dat we straks weer stiekem terugkomen?'

Ik knik. 'Je zou zelfs je eigen lijf aan kunnen trekken. Als we je haar even anders doen, herkent niemand je...'

'O, Carmen!' Ze geeft me een stevige omhelzing. 'Je bent geweldig!'

'Klaar voor je show?' vraag ik, terwijl ik de deur achter me opentrek.

Ze knikt, maar ik wil meer. 'Zeg het!'

Er verschijnt een brede glimlach op haar gezicht, terwijl ze haar favoriete zin eruit gooit: 'The showgirl must go on!'

11

Iedereen staat klaar wanneer we terugkomen, en het enige dat Beth hoeft te doen, is in het shot te stappen.

'En... actie!'

Rick geeft de cue aan Adriano, die Beth en de camera tegelijk aanspreekt. 'Nou wil ik je graag de *codigas* van de *milonga* uitleggen.'

Ik ben zo geïnteresseerd in wat hij zegt, dat ik zonder het te merken te dichtbij kom. 'Eh, Carmen.' Lucy schudt haar hoofd. 'Je bent in beeld.'

'Oops, sorry!' Ik draai me om en bots tegen Dan aan. De rand van de cameralens raakt mijn voorhoofd.

'O God, heb ik je geraakt?' Zijn hand schiet naar mijn wenkbrauw.

'Nee, nee, het is al goed,' zeg ik, strompelend om hem heen lopend. Maar nu is er nergens een plekje voor mij, dus ga ik maar achter hem staan, hoewel ik daar het gevaar loop de achterkant van de camera tegen me aan te krijgen. Daarom ga ik gewoon maar zitten, nu dus met mijn gezicht ter hoogte van zijn kruis. Geweldig.

'Het is niet mijn bedoeling om je direct de les te lezen,' begint Adriano. 'Maar we hebben gehoord dat je de vorige danspartner hebt laten staan voordat de hele *tanda* klaar was.'

Beth kijkt verward. 'Ik weet niet wat een *tanda* is, maar ik heb gewacht tot het einde van het nummer...'

'Het nummer, ja, maar wanneer een man je ten dans vraagt, is dat voor een reeks van vier: een *tanda*. Het is erg onbeleefd om halverwege weg te lopen. Je moet wachten tot de *cortina*, het muzikale gordijn.'

Natuurlijk begrijpt Beth het idee dat je niet halverwege een voorstelling kunt weglopen, maar ze wil – net als ik – nog iets weten: 'Wat als het een vreselijke vent is?'

Adriana haalt haar schouders op. 'We hebben het over een paar minuten. Het is niet meer dan beleefd om hem in elk geval die tijd te gunnen.'

'O! Ik wilde niet onbeleefd overkomen...'

Ze legt een koele hand op die van Beth. 'Het is al goed. Beginnersfout. Maar als het weer gebeurt, laat hem je dan in elk geval terugbrengen naar je stoel. Je verlaat nooit in tegenovergestelde richtingen de dansvloer.'

O-oo. Ik lijk ook een regel te hebben overtreden.

'Je laat je partner niet in de steek,' Beth slaat de informatie op.

Ondanks mijn recente beproeving klinkt dat vrij beschaafd – ook wanneer je het 'uitmaakt' met iemand, blijf je aardig tegen elkaar. Dat klinkt goed.

'Maar wat als je je partner wel leuk vindt en na de *cortina* wilt blijven dansen?' vraagt Beth. 'Is daar een signaal voor?'

'O nee,' Adriano schudt zijn hoofd. 'Geen signalen. Je moet van partner wisselen.'

'Maar als het nu echt perfect klikt? Als je echt gelukkig samen bent?'

'Zo is de etiquette niet. Tenzij je met een partner binnenkomt, blijf je niet de hele avond met één man dansen. Hoe meer partners, hoe beter.'

'Dat komt bij de oude bordelen vandaan, nietwaar?' wil Beth weten.

Adriano kijkt een beetje beledigd.

'Sorry, ik probeer gewoon te begrijpen waarom...'

'We zeggen niet dat je niet nog een keer met dezelfde partner mag dansen, maar niet direct na elkaar. Je moet een gepaste pauze inlassen.'

Ik moet denken aan de Amerikaanse traditie voor het tegelijk daten met verschillende mannen zodat je ze kunt vergelijken, in tegenstelling tot het gewoon maar doen met de jongen die je toevallig net voor sluitingstijd letterlijk aan je lippen hebt hangen.

Lucy vraagt Beth wat ze tot nu toe van de regels vindt.

'Nou, ik vind het feit dat je geen uitgebreide smoezen hoeft te verzinnen om een danssessie te beëindigen erg prettig. Een soort ingebouwd ontsnappingsplan. Je hoeft niet bang te zijn dat je iemand beledigt.'

Adriana bevestigt dat dit ook het geval is met de uitnodiging om te dansen.

'Het zit hem in de ogen,' zegt ze, waar Beth om moet lachen. 'We noemen dat de *cabaceo*. Eerst zal de man proberen oogcontact met je te maken. Dit beschermt de kwetsbaarheid van de vrouw; als je de man niet zo ziet zitten, dan kun je besluiten hem te negeren en niet terug te kijken. Hij snapt dan dat je niet wilt, maar niemand anders heeft het door, zodat hij niet *en public* afgaat. Als je toch op zijn aanbod wilt ingaan, is een klein knikje voldoende.'

'Net als bij een stille veiling?'

'Exact!'

We kijken de zaal rond en er wordt inderdaad opvallend weinig gewuifd en gewezen. Het is bijna onmogelijk om te voorspellen wie op wie af zal lopen. Als vrouw moet je goed opletten en er klaar voor zitten. Als je bijvoorbeeld nog helemaal zit na te zwijmelen van je vorige danspartner en jaloers zit toe te kijken hoe hij met een andere vrouw over de dansvloer zwiert, zie je waarschijnlijk niet dat er aan de overkant een man oogcontact probeert te maken.

'Iets anders wat je moet weten, is dat zelfs wanneer je hebt toegestemd met je ogen, jij niet naar hem toe gaat, maar je hem naar jou toe laat komen.'

Adriano knikt bevestigend. 'Hij is degene die de dansvloer moet oversteken. Pas wanneer hij voor je staat, sta jij ook op.'

Ik begin onbewust stilletjes te kreunen, denkend aan al die keren dat ik metaforisch opsprong, te gretig, te hard proberend om het goed te doen.

Geen wonder dat mensen zich zo graag aan deze regels houden – je kunt zo nooit in de problemen komen op de dansvloer, hoewel er natuurlijk altijd een paar mannen zijn die het proberen...

Daar is Goochem Grijpgraag weer – hij heeft een van de beste vrouwelijke dansers de dansvloer op gekregen. Dat brengt hem wel tot zwijgen, denk ik, maar tot mijn verbazing is hij net zo kritisch en hardhandig bij haar als bij mij.

Ik ga op mijn knieën op mijn stoel zitten zodat ik ze kan volgen en mijn mond valt open van ongeloof als ik hem zo zie mopperen, tutten en trekken. Sinds we hier zijn, heb ik haar als een ware koningin over de dansvloer zien schrijden; ik weet dat ze qua talent vele malen beter is dan hij, en toch laat hij haar bijna geloven dat ze alles fout doet. Nu realiseer ik me dat zijn gedrag eerder niets te maken had met mijn onkunde. Hij is gewoon een bullebak. Hij voelt zich goed door vrouwen te denigreren.

Ik schud mijn hoofd, denkend aan die keer dat ik mijn vader vertelde over de ernstige problemen die ik met Lee had, en hij zei: 'Ach, wie wind zaait, zal storm oogsten. Zet hem bij een vrouw die hem aanpakt, en hij zou het niet durven om zo tegen haar te praten.'

Hij had net zo goed kunnen zeggen dat het allemaal mijn schuld was. Mijn zwakheid. Ik geloofde in elk geval dat iemand anders, iemand die minder 'irritant' was, zijn betere kant naar boven zou kunnen halen. Maar als ik zijn spiegelbeeld hier zo voor me zie, realiseer ik me dat sommige mannen gewoon nooit zullen veranderen. Hun gedrag is hun karakter, niet slechts het resultaat van hun partner.

Wauw.

'Diepe gedachten?'

Dan is weer terug.

'O ja, heel diep,' bevestig ik. 'Maar in tegenstelling tot Beth hoef ik mijn gedachten niet met jou te delen.'

Dan grinnikt vrolijk. 'Een vrouw vol geheimen, nietwaar?'

'Zou jij het doen?' Ik ben plotseling benieuwd. 'Je ziel en zaligheid blootleggen voor een televisieprogramma?'

'Hmm… Misschien in zo'n realityshow als *Survivor* of *Robinson*, maar doen wat Beth doet – iets nieuws leren waar je geen talent voor hebt…' Hij gaat niet verder. 'Of misschien heeft ze wel talent…'

We zien haar over de dansvloer glijden met de zilveren vos die we al direct bij binnenkomst zagen, bijna elegant en ontspannen in zijn armen. Mogelijk omdat ze weet dat de camera nu even niet op haar is gericht.

Wat de vraag doet opkomen: 'Waarom ben jij niet aan het filmen?'

'Rick was tevreden met de eerste helft van de *tanda*.'

'Ah, kijk nou eens wie het taaltje spreekt,' giechel ik.

Hij rolt met zijn ogen. 'Dat gebeurt altijd. Ik zweer het je. Ik zeg van tevoren dat ik me er niet te veel van ga aantrekken en dan heb ik zomaar een mening over alles. Zo gaat het nou eenmaal met mij.'

Ik glimlach. 'Ik weet wat je bedoelt. Gisteravond raakte ik zo opgewonden van al dat uitzinnige gedans tijdens de show. Maar nu…'

'Opgewonden?' wil hij weten.

Ik val even stil. Te verstomd om iets uit te brengen.

Dan gaat hij staan en zegt hij: 'Kom!' alsof hij heeft besloten dat het tijd is om een kamer te boeken. Terwijl hij me alleen maar wil vertellen dat het tijd is om te vertrekken en het hoofdstuk *milonga* af te sluiten.

Op de weg terug naar het hotel rijden we langs tientallen mensen die over straat lopen en langs de afvalcontainers scharrelen.

'Dat zijn de *cartoneros*,' legt Lucy uit, terwijl ze vertelt hoe tijdens de economische crisis van 2001 veel mensen hun baan en huis kwijtraakten en werden gedwongen om kartonnen dozen te verzamelen om wat geld te verdienen: uit elkaar halen, pletten en verpakken, om het daarna aan de recyclingfabriek te kunnen verkopen.

Het is raar om hele gezinnen in het donker zo methodisch en competitief afval te zien scheiden.

'Kijk, die heeft een kind bij zich!' Beth wijst naar een winkelwagentje waar een peuter voorin zit.

'Wat moeten ze anders doen? Een babysitter betalen?'

Het is een lesje in nederigheid.

'En dan te bedenken dat ik helemaal gek werd omdat ik niet de hele avond kon dansen,' fluistert Beth me beschaamd toe.

'En ik dan? Ik die zo raar doe omdat ik me niet geliefd voel?'

We blijven bedachtzaam naar buiten staren en tegen de tijd dat we terug zijn in onze zo schrille deluxe kamer, hebben we geen energie meer om ons nog om te kleden en terug te gaan naar de *milonga*. In plaats daarvan besluiten we het ongemakkelijke gevoel weg te slapen.

'Morgen worden we weer fris wakker, dankbaar voor wat we hebben,' besluit Beth.

Ik ben het hartelijk met haar eens. 'Er zit een verandering in de lucht, ik voel het!'

12

De nieuwe dag brengt inderdaad nieuwe kansen – tijdens de les laat Dan weten dat we het laatste deel van de *milonga* van die avond alleen worden gelaten, omdat het team aan de eerste beelden moet werken die terug worden gestuurd naar de eindredacteur. Het is vreemd om te bedenken dat de show al over twee dagen wordt uitgezonden. Nog vreemder is het te bedenken dat we hopen dat er niemand kijkt die we kennen. Oorspronkelijk zou het programma pas worden uitgezonden als we alweer terug zouden zijn, maar blijkbaar is een ander programma uitgevallen en is de show naar voren gehaald en kunnen de kijkers elke dag een halfuur genieten van onze avonturen. Lucy zegt dat ze hierdoor meer onder druk staan, maar het fijne is wel dat ze de show nu kunnen aanpassen aan de feedback die ze krijgen van de kijkers.

Deze nieuwe ontwikkeling houdt wel in dat Rick regelmatig weg is om belangrijke telefoontjes te plegen. Elke keer wanneer zijn vertrek samenvalt met een danspauze, zitten Simon and Beth bij elkaar te luisteren naar muziek op hun iPod en wordt er veel 'luister eens naar deze!' geroepen.

En Dan en ik… Nu ik een beetje gewend ben aan zijn voorliefde voor dubbelzinnigheden, raak ik minder snel van mijn stuk door zijn grappen en praten we zelfs over normale dingen, zoals favoriete films…

'Heb jij *Inglourious Basterds* gezien?' vraagt hij mij.

'Ik had hem bijna overgeslagen omdat de trailer zo gewelddadig was, maar ik ben toch blij dat we zijn gegaan. Die ondervragingsscène was echt geniaal gevonden.'

'En wat vond je van die extreem overspannen kerel in de kelderbar?'

Ik knik opgewonden. 'Weet je wat daar zo grappig aan was? De Britse luitenant die werd gepakt omdat hij een nep Duits accent had…'

'Ja?'

'Die acteur spreekt van huis uit Duits; hij groeide op in Heidelberg!'

'Dat wist ik niet.' Hij kijk onverklaarbaar blij en zegt dan: 'Weet je, ik zou me niet kunnen voorstellen dat ik vrienden zou worden met iemand die Quentin Tarantino niet snapt.'

'Dat heb ik met pizza,' zeg ik.

'Wat?' lacht hij.

'Je weet wel; de een houdt van een dikke bodem, de andere een dunne? Wat ben jij?'

'Dik,' antwoordt hij. 'Altijd.'

Ik schud mijn hoofd en zucht: 'Kijk, daar hebben we het al: ik ben juist van het dunne kamp.'

'Nou ja, dan wil ik graag van mening veranderen,' zegt hij met een serieuze stem.

Mijn hart maakt een sprongetje. Misschien is het indicatief voor hoe vreselijk mijn laatste relatie was, maar dit klinkt mij behoorlijk romantisch in de oren!

De sessie wordt die dag afgesloten met een dynamische dansvoorstelling van Adriana en Adriano buiten het *Casa Rosada* ofwel het presidentiële paleis ofwel het 'Roze Huis'. (Eigenlijk is het meer een roze rozig-beige plastic kleurtje dan iets waar Paris Hilton in gezien zou willen worden.) Hun optreden trekt behoorlijk wat kijkers en heel wat toeristen blijven op de *Plaza de Mayo* staan om het stel te bewonderen. Ik weet dat Beth ervan heeft gedroomd nu voor dit publiek te staan en applaus te ontvangen. Ze krijgt wel een enorme kick van het feit dat ze op hetzelfde balkon naar de menigte mag staan wuiven als Eva Perón. Zo geweldig vindt ze het dat ze zichzelf even laat gaan en vertelt dat ze toen ze haar jarenveertigperiode had, mensen haar vaak met Evita vergeleken.

Ik kan zien dat de crew er moeite mee heeft om zich deze voluptueuze brunette voor te stellen als Evita, maar ik voeg er snel aan toe: 'Natuurlijk had Evita donker haar toen ze opgroeide op de pampas; weet je nog van de film met Madonna?'

'O, ze was geweldig!' roept Beth enthousiast. 'Maar ik herinner me vooral de soundtrack van de musical die mijn moeder keer op keer draaide, vooral *You Must Love Me…*'

'Voordat iemand hier uitbarst in een langdurig Elaine Paige-retrospectief,' onderbreekt Rick ons, 'mag ik jullie eraan herinneren dat je je haar in een staart moet dragen vanavond op de *milonga*. Ik heb even de beelden van gisteren nagekeken en je ziet er in de meeste scènes uit als Cousin Itt uit de Adams Family.'

Wat een hork.

'Ik neem aan dat jij de etiquetteles niet nog even hebt nagekeken en -geluisterd?' bijt Beth even hard terug.

'Waarom proberen we niet even wat van die *alfajores* in Café Tortoni?' stel ik voor als ik zie dat we nog een paar uurtjes hebben voor de *milonga* en Adriana eerder heeft gezegd dat we a) deze historische locatie echt eens moesten bezoeken en b) het nationale koekje moesten proeven.

'Eigenlijk wilde ik even een siësta nemen, zodat we genoeg energie hebben voor vanavond.' Beth kijkt me vreemd aan, me eraan herinnerend dat we er wat langer zullen blijven dan de rest.

'O ja,' knik ik, een beetje teleurgesteld, maar ik realiseer me dat dit wel het slimste is.

Ik zit net weer in de minibus naar het hotel wanneer Dan vraagt of ik hem met de apparatuur kan helpen. Ik vraag me af waarom hij Simon niet vraagt, tot hij zegt: 'Ik wil wel mee.'

'Waarnaartoe?'

'Café Tortoni. Ik heb het schema voor morgen gezien. We zijn om elf uur 's avonds klaar.'

'Mmmmaaar…,' ik controleer of iemand ons kan horen. 'We kunnen toch niet *samen* ergens naartoe…'

'Dan ontmoet ik je daar,' dringt hij aan. 'Om middernacht.'

'Een geheime ontmoeting?' Mijn ogen verwijden zich bij het vooruitzicht van zo'n clandestien voorstel.

'Als een stel spionnen uit de film!' fluistert hij met schorre stem. 'Wat vind je ervan?'

Ik kijk hem breed glimlachend aan. 'Oscar Kilo!'

'Pardon?' Dit is duidelijk niet het antwoord dat hij heeft verwacht.

'Oké.' Ik geef hem het traditionelere antwoord. 'Morgen middernacht. Ik zal er zijn.'

Natuurlijk lukt het nu echt niet meer om even een dutje te doen; mij in elk geval niet. Ik vind het al moeilijk om die brede grijns van mijn gezicht te houden; ik kan het nog steeds niet geloven! Ik ben nog maar een paar dagen weg uit Londen en ik heb al een date met een geweldige jongen! Ja, ik voelde me heel even schuldig tegenover Lee, maar toen bedacht ik me dat dit exact het soort verandering was waarop ik had gehoopt.

Ik kan mijn ogen toch niet dichthouden en daarom lees ik even wat meer over Café Tortoni. Ik kijk naar de foto's van het gele marmer, het glas-in-lood en de eerbiedwaardige bronzen beelden. Ik kan geen sfeervoller locatie bedenken voor zo'n rendez-vous. Misschien is dit wel hét moment om te gaan roken en baretten te gaan dragen!

Die avond doet Beth alles goed op de *milonga*; ze volgt de *codigas* en speelt de perfecte beginneling, omdat ze weet dat haar tijd snel genoeg komt.

'Ik denk dat we hier nog even wat blijven,' zegt ze tegen Lucy als de rest klaar is om te vertrekken.

'God, ik zou willen dat ik bij jullie kon blijven en gewoon even kon genieten.'

'Mmmmm,' grijnst Beth, bang om iets te zeggen dat haar kan overhalen en dus ons plannetje kan ruïneren. 'Misschien morgenavond?'

Nu ben ik degene die grote ogen krijgt; ik wil niet dat iemand mijn kans op een geheim afspraakje verpest.

'Ik kan niet geloven dat we binnen een dag zulke risiconemers zijn geworden,' zeg ik enthousiast, terwijl ik Beth uit haar pak help; geen eenvoudige opgave in deze minuscule toiletten. 'Denk je dat het zo blijft doorgaan?'

'Wat?'

'Onze leugens en listen? Ik bedoel, zijn we aan het eind van deze reis niet zover dat we in drie landen worden gezocht voor fraude?'

Beth haalt haar schouders op. 'Ik weet het niet, maar het is altijd goed om ambities te blijven houden!'

Ik vouw haar pak op en stop het in een weekendtas, die ik onder mijn stoel naast de dansvloer prop. Beth ziet er goed uit – en gelukkig heel anders dan eerder – in haar nauwsluitende zwarte hemdjurkje dat ze voor het eind van de reis heeft meegenomen. Ze geniet van dans na dans, en doet uitgebreid verslag van elke danspartner.

'Hij is misschien zo rond als een strandbal, maar hij heeft stijl!' of 'Hij komt uit Japan, is hier puur om de tango te dansen, danst acht uur per dag. Geweldig!'

Maar dan ziet ze het korte filmpje terug dat ik op mijn camera heb opgenomen en zakt een beetje in elkaar.

'Nou ja, ik ben duidelijk geen Dan…'

'Dat is het niet,' zucht ze.

'Wat dan?'

'Ik weet niet of het komt doordat ik te hard probeer, maar het ziet er nog steeds uit alsof ik de dans probeer te beheersen in plaats van dat ik me laat leiden.' Dan buigt ze haar hoofd naar me toe. 'Weet je nog, die eerste avond met jou en Rafael. Er was iets authentieks aan de manier waarop jullie samen bewogen.'

'Nou ja, dat was wel een heel uitzonderlijke situatie…'

'Je zou het echt nog een keer moeten proberen.'

'Na wat er de laatste keer is gebeurd?' Ik schud vastberaden mijn hoofd.

'Je kunt niet op basis van één slechte ervaring de tango helemaal afschrijven,' protesteert Beth.

'Dat weet ik, maar naar lessen kijken, is heel wat anders dan lessen nemen.'

'Dat is waar,' geeft Beth toe. 'Weet je wat? Morgen ga ik vragen of we voor jou een extra partner mee kunnen nemen naar de les. Waarom gaan we vanavond niet iemand uitzoeken? Wie vind jij er goed uitzien?'

'Nee, niet nu!' Ik draai me om naar de muur.

'Nou, dat is nu niet echt constructief.'

'Nee!' piep ik. 'Het is die Goochem Grijpgraag van gisteravond. Ik kan het niet geloven; hij probeerde mij de *cabeceo* te geven!'

'De Lee van de *milonga*?' Beth knijpt haar ogen samen. 'Die kerel in het witte pak?'

Ik knik. 'Hij probeert het alleen nog maar een keer bij mij omdat hij weet hoe slecht en zielig ik was.'

'Misschien heb je gelijk,' geeft Beth toe, terwijl ze heel wat vrouwen van hem ziet wegkijken. 'Ik denk dat alle andere vrouwen in de zaal hem ook doorhebben.'

Daarom ben ik extra verbaasd als ik Beth naar hem zie knikken.

'Wat doe je nou?' zeg ik verbaasd.

'Ik wil even dankjewel zeggen omdat je vanavond zo laat op blijft voor mij.'

'Wat?' Ik frons mijn wenkbrauwen. 'Ik geloof dat je even wat te ver gaat met je dankbaarheid!'

'Wraak,' fluistert ze in mijn oor voordat ze haar stralende dansschoolglimlach opzet en zijn uitgestoken hand aanneemt.

Ik weet niet zeker hoe ze hem wil laten boeten, maar ik zit er klaar voor. Drieënhalf nummer lang glimlacht ze en accepteert ze alles – alles in de naam van 'etiquette', terwijl ze met haar ogen naar mijn camera rolt en haar nagels steeds wat dieper in zijn rug zet. Een paar keer zie ik de geschokte blik op zijn gezicht wanneer ze hem net zo krachtig weerstand biedt als hij haar probeert te manipuleren; ze ziet er dan misschien weer slank uit, maar ze is één bonk spier.

Ik vraag me net af wat Adriano en Adriana van het danspaar zouden vinden wanneer het nummer zijn hoogtepunt bereikt en Beth een reeks bedreven bewegingen maakt; eerst wrijft ze met haar enkel verleidelijk langs zijn been, dan doet ze haar typische *ocho*, en dan een duivelse haak – waarmee ze hem uit balans brengt en hij tegen de tafel met de meeste glazen rode wijn aan valt.

Beth stelt zich duidelijk Lee's hoofd op zijn lichaam voor, terwijl ze toekijkt hoe de donkerroze vlekken op zijn witte pak steeds groter worden.

Ik zit nog na te genieten van de gezichten van de andere vrouwen die hij heeft lastiggevallen – een paar applaudisseren zelfs – wanneer Beth bij me langs rent en sist: 'We gaan!'

Ik wil achter haar aan lopen, maar de tas met het pak zit vast onder mijn stoel en ik krijg hem niet los. O, bah. Hij komt recht op me af lopen.

'*Usted no debe demostrar esto!*' zegt hij, wijzend naar de camera die aan mijn pols hangt.

Terwijl hij door blijft brabbelen, snap ik eindelijk wat hij bedoelt; hij is bang dat ik het op internet ga zetten.

'Ik geef je *dinero*,' biedt hij aan.

'Diner?' Ik deins achteruit. Waarom zou ik met hem uit eten willen gaan?'

'*Dinero!* Geld!' zegt hij, terwijl hij een rol biljetten uit zijn zak haalt.

O Jezus! Nu mogen we afpersing ook nog op ons lijstje met misdaden zetten.

'Nee, nee!' begin ik, maar Beth is teruggekomen om te kijken waarom het zo lang duurt.

'De tas!' Ik wijs naar de stoel.

Ze trekt hem met een ruk los en denkt dan even na over het geld dat hij in zijn trillende hand voorhoudt. 'Je hebt hem toch geen geld gegeven voor de stomerij?'

'Nee, hij probeert het aan *ons* te geven zodat we het niet op YouTube zetten!'

'Ooooo!' Beth grijnst en grist het dan breed glimlachend met een 'Gracias!' uit zijn handen.

'Wat doe je nou?' vraag ik bezorgd wanneer ik achter haar aan ren naar buiten.

'Dat is niet voor ons,' zegt ze tuttend, terwijl ze een taxi aanhoudt. 'Weet je die mensen nog die we gisteravond op weg naar huis zagen?'

En dan moet ik glimlachen. Iets zegt me dat de *cartoneros* vanavond een bonus krijgen!

13

Vandaag is de dag! denk ik wanneer ik wakker word.

Over vijftien uur zit ik Argentijnse wijn te nippen met Dan, hopelijk bij elk slokje steeds dichter naar hem toe leunend, totdat we uiteindelijk elkaars druivenrode lippen kussen!

Op dit moment heb ik nog meer zin dan Beth om naar de dansstudio te gaan, omdat dat betekent dat ik weer naast hem kan staan en kan genieten van dat heimelijke gevoel van anticipatie.

Maar dan kondigt Lucy aan dat ze een verrassing voor ons heeft: we gaan Buenos Aires vandaag verlaten en op excursie.

'Maar we zijn vanavond toch wel weer op tijd terug?' is het eerste wat ik zeg.

'O ja, we zijn waarschijnlijk vanmiddag alweer terug.'

'Oké dan,' zucht ik, blij dat ons plan nog door kan gaan, ook al voelt het niet prettig om zo ver van Café Tortoni te zijn.

Wat zou het toch fijn zijn als je op dit soort momenten de tijd even kon doorspoelen!

Wanneer we de snelweg op draaien, proberen Beth en ik de namen op de borden te verbinden aan een mogelijke eindlocatie, maar het is niet echt gemakkelijk om kaart te lezen met Dan achter het stuur. Hij houdt erg van zigzaggen.

Er is heel wat natuurschoon in Argentinië: de watervallen van Iguazu, de gletsjers van Patagonië, de vredige meren van Bariloche – maar die zijn te ver weg, daar zouden we met een vliegtuig naartoe moeten. Dit land is gigantisch groot – meer dan vijfendertighonderd kilometer van kop (waar het tegen Bolivia aan ligt) tot kont – ofwel het meest zuidelijke puntje van de wereld.

'Ushuaia.' Ik lees de naam voor van de stad die daar ligt. 'Jammer dat we daar een week geleden niet waren.'

'Waarom?' Beth kijkt me fronsend aan.

'Nou, dan hadden we echt kunnen roepen "Dit is het einde van de wereld!" en dan had niemand ons kunnen tegenspreken.'

Beth begint te grinniken. 'Het gaat echt veel beter met je, geloof ik?'

'Nou, ik ben in elk geval niet meer totaal wanhopig, dus dat is een goed teken.'

'Ik ook!' Ze glimlacht. 'De toekomst ziet er rooskleurig uit!'

We blijven zo nog gezellig twintig minuten door kletsen, maar dan wordt de omgeving zo saai plat en uniform dat we net zo goed op een gigantisch asfalt tredmolen zouden kunnen rijden. Beth luistert naar haar iPod, terwijl ik als gehypnotiseerd naar het zwiepende hoge gras buiten kijk en zo nu en dan even wegdoezel. Ik heb geen idee hoe lang ik heb geslapen en of we al veel verder zijn, omdat het uitzicht elke keer als ik mijn ogen open, hetzelfde is. En dan realiseer ik me: dit is de beruchte Argentijnse pampas.

In mijn warrige toestand zie ik mezelf al door het verende gras rennen, me voorstellend dat het net zo prikkelt en kietelt als de binnenkant van een donzen dekbed, waarvan de veertjes op me neer dwarrelen...

Een deel van mij wil naar buiten en alles voelen, maar dan neemt Dan een afslag en volgt hij een onverhard, zandkleurig spoor. Ik verwacht dat de minibus enorm heen en weer begint te zwiepen en we door elkaar worden geschud, maar los van een enorme goudgele stofwolk achter ons, voelt het amper anders dan op de snelweg.

'Nog een paar kilometer en dan zijn we er,' zegt Lucy tegen Dan.

Ik vind het geen probleem nog even naar zijn achterhoofd te moeten kijken, en stel me voor hoe mijn handen zich in zijn haar vastgrijpen terwijl hij me langzaam tegen zich aan drukt en we een innige tango dansen, wanneer we plotseling tot stilstand komen.

'Oké, dames,' zegt Lucy, die zich naar ons omdraait, en Beth wenkt dat ze haar oortjes uit moet doen. 'Tijd om op te zadelen!'

'Zei ze net *zadel*?' Beth wordt bleek en pakt mijn arm beet. 'O mijn God! Ik weet wat het is: we gaan polo spelen!'

'Natuurlijk!' weet ik bijna buiten adem nog uit te brengen. Waarom heb ik daar niet eerder aan gedacht?

'Kijk niet zo opgewonden!' klaagt Beth. 'Wat als ze mij – of *dit*,' ze wijst naar haar omvangrijke buik, 'in een rijbroek en zo'n shirt proberen te stoppen... Hoe heten die shirts ook alweer? Met van die korte mouwtjes en zo'n kraagje...'

'Poloshirts?' probeer ik.

'O!' Beth slaat tegen haar voorhoofd. 'Dit is niet goed. Ik kan echt niet...'

'Beth!' Ik houd mijn hand omhoog om haar te laten stoppen.

'Wat?'

'Dat zijn geen polospelers.'

'Wat dan?'

Ik pak haar bij haar schouders en draai haar om, zodat ze de groep mannen ziet die op ons afkomt.

De outfits zijn duidelijk te herkennen – een brede broek, gestoken in stoffige laarzen, overhemden die ooit wit zijn geweest, rode zakdoekjes en baretten van ruwe wol. Hun haar is ravenzwart en golvend en ze hebben een verweerde, leerbruine huid.

Dit zijn *gauchos*.

'De naam komt uit de Quechua-taal,' leest Lucy in haar aantekeningen. 'Het betekent "wees" of "vagebond".' Ze kijkt ze vol bewondering aan. 'Ik heb ze altijd gezien als een soort mix van cowboys, zigeuners en nomaden. Echte volkshelden.'

Met andere woorden, het compleet tegenovergestelde van de rijke, verzorgde, Rolex-dragende polospelers.

'Kunnen ze ook dansen?' Beth kijk ze wat wantrouwig aan.

'Eigenlijk waren we vandaag iets anders van plan,' laat Lucy ons weten. 'Een goede oefening voor de dijbeenspieren...'

Pas dan weten we weer wat *gauchos* en polospelers gemeen hebben: 'Paarden!' jammert Beth wanneer een oudere *gaucho* aan komt lopen met een stel paarden.

'Zijn ze niet prachtig?' kirt Lucy, terwijl ze vol bewondering de fluweelzachte neus en met zweetdruppels bedekte haren van de dieren bekijkt.

'Ik hoef er toch niet op te gaan zitten?' Beths stem klinkt paniekerig.

'Maak je geen zorgen; je hoeft geen vee te drijven,' lacht Lucy. 'Rick wil alleen maar even een opname van hoe jij de zonsondergang tegemoet rijdt.'

'Oké, oké.' Beth slikt. 'En ik snap waarom jij denkt dat dat een fluitje van een cent is, maar ik ben niet echt...' Beth springt achteruit wanneer een van de paarden met zijn hoofd begint te schudden en een beetje klagerig naar de wolken hinnikt. 'Kijk, ze vinden me niet aardig!' redeneert Beth. 'Ik denk echt dat ik ze maar niet moet lastigvallen. Dierenmishandeling enzo.'

'O, Beth...,' begint Lucy.

'Kan Carmen niet in mijn plek gaan?' Ze duwt me snel naar voren. 'Het is toch ver van de camera, en van achteren zien we er hetzelfde uit...' Ze zet me met de rug naar Lucy en gaat naast me staan om het te demonstreren, en vraagt mij nu pas: 'Dat vind je toch niet erg?'

'Helemaal niet,' zeg ik, denkend aan het heerlijke gevoel dat ik kreeg toen ik als klein meisje een keer op het paard van mijn nichtje mocht rijden – wat zou het geweldig zijn om in plaats van in een zeeziek makende auto op een ritmisch galopperend paard te zitten. Het geeft zo'n heerlijk gevoel, het ultieme gevoel van vrijheid.

'Het spijt me, maar Rick zegt nee.' Lucy komt terug na een overleg dat maar een paar tellen duurt. 'Jij moet het doen, Beth. Maar als je het fijner vindt, kan Carmen wel met je mee rijden, zolang ze maar buiten beeld blijft...'

Ik zie Beth worstelen. Ik weet dat een deel van haar het liefst in huilen uitbarst en zich in de minibus op wil sluiten met een zak *alfajores*, maar uiteindelijk wint haar 'the show must go on'-kant.

'Oké. Zolang ik maar het kleinste paard krijg,' geeft ze toe. 'Minder hoog als ik ervan af val.'

Daar raakt ze al helemaal heilig van overtuigd als we zien dat het traditionele leren zadel ontbreekt. Het enige dat deze *gauchos* gebruiken, is een geweven deken die om het paard wordt gebonden.

'En dat is het?' Beth kan haar ongenoegen niet verbergen.

Ik probeer er een positieve draai aan te geven. 'Nu hebben jullie in elk geval iets gemeen...' Ik geef haar een geruststellend klopje op haar dijbeen.

'Jaja, net wat ik nodig had; nog meer stof tussen mijn benen.' Ze veegt met haar mouw over haar voorhoofd. 'Mijn God, wat is het hier warm. Ik mag vanavond toch wel even een laagje uitdoen, nietwaar?'

'Absoluut,' zeg ik, terwijl ik zou willen dat ik dat kon.

De lucht zindert van de hitte; het is ook erg vochtig, waardoor je je binnen de kortste keren moe en futloos voelt. Ik ben al blij dat we geen cap op hoeven, hoe onverantwoordelijk dat ook is. Met enig geluk kunnen we snel genoeg galopperen om een briesje te veroorzaken...

Maar eerst moeten we nog aan boord zien te komen.

'Listo?' Er komt een *gaucho* naast ons staan die zijn handen tot een kom vormt en onze linkerknie optilt, zodat we ons rechterbeen over het paard kunnen gooien. We doen het tegelijk, en onze paarden schuifelen heen en weer, wennend aan het gewicht.

'O mijn God, o mijn God!' blaat Beth, gespannen, haar schouders tot haar oren opgetrokken.

'Je kunt het,' zeg ik geruststellend. 'Probeer geen onverwachte bewegingen te maken, ontspan.'

Terwijl haar *gaucho* even wat aanpast aan haar houding en grip, zie ik dat hij achter op zijn rug een sierlijke, zilveren dolk in zijn riem heeft gestoken. Ik bedenk me net hoeveel handwerk er in die schede zit en dat hij niet zou misstaan in *Lord of the Rings*, wanneer ik een zeer moderne gedaante naast me zie opdoemen.

'Ziet er goed uit daar boven!' zegt Dan plagerig vanaf de grond.

'Ik herken je niet vanaf hier!' grinnik ik. Het is grappig om zo op hem neer te kijken. 'Waar is jouw paard?'

'Jammer, jammer, maar ik kan niet én de teugels én de camera vasthouden.' Hij kijkt alsof hij erg teleurgesteld is.

Ik schud mijn hoofd en kijk naar de eindeloze vlakte voor ons. 'Hoe weten we wanneer we moeten stoppen?'

'Maak je daar maar geen zorgen over. Ga gewoon zo ver als je wilt; ik heb een hele lange lens.'

'Hé, stoppen met opscheppen,' zegt Lucy berispend. 'Tijd om te gaan!'

Na een paar minuten leiden de *gauchos* ons verschillende kanten op, hoewel er verder niet echt iets verschilt aan onze routes. Ik vraag me af of ze patronen herkennen in het gras zoals de indianen voetstappen in de aarde kunnen lezen. Misschien vertelt elk grassprietje wel een eigen verhaal?

Het enige dat ik zeker weet, is dat deze band tussen mens, dier en aarde mij enorm veel rust geeft. Ik zou zoiets thuis nooit hebben gedaan. Het enige dat ik wilde, was me verstoppen in een donker gat. En kijk mij hier nu eens rijden, in de volle zon, in geen velden of wegen een schuilplaats te bekennen – en ik voel me veilig. Ik voel zelfs een glimlach om mijn lippen verschijnen wanneer ik me realiseer dat Lee me hier nooit zou kunnen vinden; ik weet zelf niet eens waar ik ben!

Plotseling hoor ik opgewonden stemmen en een schrille kreet. *Beth!* Ik draai me om en zie hoe haar paard losbreekt van de groep en er als een razende vandoor gaat – wie weet waar naartoe. Ze probeert zich wanhopig ergens aan vast te pakken: de teugels zijn uit haar hand geslagen, ze heeft nog maar één voet in de stijgbeugels en ze zit al vervaarlijk scheef op het paard. Ik maak een ruk alsof ik haar wil pakken, maar vergeet dat ik ook op een paard zit. Ik probeer mijn paard aan te sporen achter haar aan te galopperen om haar te helpen, maar het is al te laat. Ze valt met zo'n harde klap op de grond dat het zelfs mij de adem beneemt.

Houd die hoeven bij haar gezicht vandaan, haar benen... denk ik huiverend, terwijl ik amper durf te kijken. Gelukkig galoppeert haar paard verder, mijn beste vriendin als een hoopje ellende achterlatend.

'Niet bewegen!' roep ik haar toe, maar mijn paard lijkt te denken dat ik het tegen hem heb.

'Kunnen we niet sneller? *Accelerato?*' Ik kijk mijn *gaucho* smekend aan en schop tevergeefs mijn paard tegen zijn flanken. 'Och, laat maar!' Ik besluit dat ik sneller kan lopen, zwaai mijn been over de brede rug en spring op de grond. 'Au!' De grond is lager en harder dan ik had gedacht. Mijn knieën knarsen, maar ik spring snel overeind en ren, ren naar haar toe. Over de pampas. Het wuivende gras voelt nu niet aan als een donzen dekbed, ik hoop alleen maar dat ze niet beweegt omdat ze in shock is. Ik hoop dat haar ruggengraat en haar schedel en die net genezen ribben nog heel zijn. Ik hoop dat ze nog kan dansen.

'Blijf liggen!' roep ik.

De minibus is ook al gearriveerd en iedereen verdringt zich om haar. Ik duw me door de menigte en val op mijn knieën naast haar neer.

'Beth, kun je me horen?'

'Slaapt ze?' hoor ik een van de *gauchos* vragen.

'Ik moet hier even blijven liggen...' Haar ogen blijven dicht terwijl ze de woorden herhaalt die ik sprak vanaf de badkamervloer, op die eerste avond in het Faena-hotel.

'Heb je pijn? Voelt er iets gebroken?' Ik weet niet precies wat ik moet vragen, hoe ik het kan zien. 'Kunnen we een dokter bellen?' vraag ik smekend aan Lucy.

'Rick is al aan het bellen,' zegt ze. 'Maar ik denk dat we eerst die stekels uit haar moeten trekken...'

Beth lijkt precies op een egelachtige struik te zijn gevallen, waardoor haar pak – maar blijkbaar niet haar lijf – in een speldenkussen is veranderd.

'Voorzichtig!' Lucy verstijft wanneer ik ze er met handenvol uit trek.

'Ik weet zeker dat ze te zeer in shock is om het te voelen,' mompel ik. Ze moeten eruit voordat Rick Arendsoog er is.

'Gaat het met haar?' Simons stem slaat over.

'Prima,' verzekert Beth hem, terwijl ze haar ogen opent om hem ervan te overtuigen. 'Ik sta zo weer op. Ik wacht even tot de misselijkheid voorbij is... Kijk!' Ze laat hem zien dat ze haar handen en benen kan bewegen.

Hij glimlacht, opgelucht, tot Dan zegt: 'Is dat bloed?'

'Wat? Waar?' roep ik.

'Er liggen hier veel scherpe stenen,' gaat hij verder.

En dan zie ik het: een rode vlek op haar schouder die steeds groter wordt.

'Er is een dokter op de *estancia* hier in de buurt,' geeft Lucy door. 'We gaan je daar nu naartoe brengen.'

'Dat hoeft niet.' Beth probeert te gaan staan, probeert mij vast te pakken,

maar beweegt te snel en valt direct flauw. In Simons armen zakt ze in elkaar.
'We moeten even wat kleren losmaken.' Lucy begint haar blouse los te knopen.
'Dat kunnen we beter aan de dokter overlaten.' Heel beleefd probeer ik haar handen weg te duwen, maar ze houdt vol.
'Mijn moeder is verpleegster, ik denk dat we eerst moeten kijken hoe diep de...'
O nee.
'Wat is dit allemaal?'
Lucy heeft het *fatsuit* gevonden.
'Nou, je weet hoe zenuwachtig ze was en hoe bang ze was om van het paard te vallen,' brabbel ik. 'Ik denk dat ze wat extra bescherming wilde.'
'Ze wist helemaal niet dat we vandaag zouden gaan paardrijden. Je zag zelf hoe verbaasd ze was.'
Ik slik. Ik kan geen andere smoezen meer bedenken waarom hun hoofdrolspeelster het lijf heeft van een lappenpop. Misschien moet ik zeggen dat ze een vreselijke huidaandoening heeft en altijd ingesmeerd moet worden met zalf en dan ingezwachteld...
'Het is eigenlijk een beetje gênant,' begin ik. Maar dan is Rick daar ineens en trekt hij haar blouse open, om mijn handwerk bloot te leggen.
Ik hoor mensen naar lucht happen.
Ik moet iets uitleggen. Iedereen kijkt naar mij.
'Wat is hier aan de hand?' wil Rick weten.
Ik doe mijn mond open, maar er komt niets uit.
Rick denkt overduidelijk dat ik even wakker moet worden geschud, want nu schreeuwt hij in mijn gezicht: 'Wat is hier in *godsnaam* aan de hand?'
'Rick, chill.' Dan stapt tussen ons in.
'Chill? *Chill?*' Nu krijgt Dan de wind van voren. 'Onze hele shoot loopt gevaar! We zenden morgen uit!' Hij begint weer tegen mij. 'Je moet me nu vertellen wat hier allemaal aan de hand is!'
'Ze is een danseres.'
'Wat?' Rick draait zich om naar Simon. Hij was het, niet ik, die dit zei.
'Ze wilde gewoon een kans om de wereld te laten zien wat ze in haar mars heeft.'
'Jij wist hiervan?' bijt Rick hem toe. 'Je wist dat ze nep was en je hebt het me niet verteld? O, jij bent zó ontslagen!'
'Wacht!' Ik moet iets zeggen, maar blijf onbewust Simon aanstaren. Hoe weet hij dit nou?
'Soms vergeten jullie dat haar microfoontje nog aan staat.'
'Lucy!' brult Rick, haar instruerend dat ze de juridische afdeling moet bellen.
'Wacht!' jammer ik opnieuw. 'Laat het me uitleggen. Ik weet dat het niets oplost, maar je moet in elk geval begrijpen *waarom* ze het deed. Ze is echt geen slecht persoon...' Ik draai me om naar Lucy, onze belangrijkste medestander, maar zelfs zij kijkt naar de grond. 'Het spijt ons enorm dat we jullie

hebben bedrogen. Zodra Beth jullie zag, wilde ze zich terugtrekken. Weet je nog dat drama in de toiletten?'

Ze knikt.

'Maar toen zei je dat zij jullie laatste hoop was en dus heeft ze toch ja gezegd. Ik denk dat ze op dat moment het gevoel had dat ze het net zozeer voor jullie als voor zichzelf deed.'

Rick wordt ongeduldig. 'Begrijp ik het goed? Ze is een danseres, doet onder valse voorwendselen mee aan dit programma en ze heeft zich om wat voor reden als een worst ingepakt?'

'Om de perfecte kandidaat te zijn. Het meisje dat door te dansen fysiek kan veranderen en in vorm komt.'

'En dat verhaal over dat gemene vriendje...'

'Dat is allemaal waar. Maar het was mijn vriendje, niet het hare.'

Rick is zo kwaad dat hij niet eens meer iets kan zeggen.

'Ehm.' Lucy raakt even zijn mouw aan. Hoewel hij eruitziet alsof hij haar zou willen slaan als ze iets zegt, doet ze het toch. 'Ik heb een idee. Een mogelijke oplossing.'

'Dit kan niet worden opgelost.'

'Een alternatief, dan. Wat als...' Ze kijkt alsof ze nu ineens niet meer durft.

'Ja?' zeg ik aanmoedigend, omdat ik weet dat Rick het niet doet.

'Eigenlijk is het iets wat Beth eerder zei, over dat jullie zo op elkaar lijken...' Ze kijkt naar Rick. 'Wat als we overschakelen naar Carmen: zij danst echt niet. Ze heeft het juiste lichaam, het juiste uiterlijk voor de show. Ze doet het goed bij het publiek.'

O nee.

'Maar al die beelden die al zijn opgenomen...,' protesteert hij.

'Echt, ze zien er van achter hetzelfde uit,' benadrukt Lucy nog een keer. 'We kunnen de beelden prima aanpassen...'

'Eigenlijk heb ik wel wat beelden van Carmen op de dansvloer,' zegt Dan.

Rick kijkt met samengeknepen ogen naar Dan.

'Ik wil maar zeggen, ze kwam wel eens in beeld als ik aan het filmen was.' Hij probeert het zo nonchalant mogelijk te zeggen. 'Misschien is het genoeg.'

'En wat wil je gaan doen met al die persoonlijke adviezen van experts?' bijt hij terug. 'Allemaal maar weggooien?'

'We kunnen het opnieuw opnemen met Carmen.'

'*Wanneer?*' Hij spuugt er bijna over. 'Morgen is onze laatste dag in Buenos Aires.'

Stilte. Het gaat niet werken. Ik geef het niet graag toe, maar ik ben opgelucht. Ik zou me niet zo comfortabel voelen als Beth om me aan de wereld te laten zien. Maar dan nog, het is minder erg dan de gevangenis. Ik heb mijn steentje wel bijgedragen aan deze niet echt perfecte misdaad.

'Natuurlijk kunnen we ook gewoon doorgaan...,' stelt Simon voor.

'Wat?' briest Rick. 'Ben je gek geworden?'

'Er zijn maar zes mensen die de waarheid weten. De kijkers hebben het pak niet gezien. Niemand in Londen weet het nog...'

'Realiseer je je wel wat er met ons zou gebeuren als die leugen uitkomt?'

'En dit dan?' Lucy is vastberaden een oplossing te vinden. 'Wat als we gewoon de waarheid vertellen?'

Rick trekt zijn wenkbrauwen op, maar luistert.

'Zo kunnen we alle beelden tot nu toe gewoon gebruiken en dan... *schandaal!* We hebben ontdekt dat ze heeft gelogen, ze biecht alles op en dan wordt ze vergeven...'

Rick tuit zijn lippen en kijkt naar de plek waar Beths lichaam lag. Verleden tijd. Er ligt nu alleen een hoop vleeskleurige stof.

Even kijken we in paniek om ons heen, maar dan zien we haar staan bij haar *gaucho*. Hij heeft haar wond drooggedept en verbonden met een doek, haar opengescheurde blouse heeft ze rond haar slanke middel vastgeknoopt, de riem zit een paar gaatjes strakker om haar rok.

Ze houdt hem stevig vast en laat, in antwoord op de eerdere vraag, zien dat hij echt kan dansen.

'Wat is ze aan het doen?' vraagt Rick stomverbaasd.

'Haar laatste tango,' fluister ik, terwijl ik mijn ogen niet van haar af kan houden.

Dit is geen optreden voor anderen. Geen trucjes, geen overdreven gedraai, geen drama. Dit is langzaam en intiem; alsof ze zich in het moment heeft verloren. Een hoogtepunt en uitdrukking van alles in haar leven waar ze spijt van heeft.

Ik zou willen dat al die casting directors Beth nu zouden kunnen zien. Dit is het toonbeeld van rauwe emotie: het is zo fascinerend en hartverscheurend om ze als één persoon te zien bewegen dat we allemaal zwijgend toekijken.

Allemaal, behalve Rick, die zich omdraait naar Dan en roept: 'Filmen!'

14

En dan gaat de hemel open en daalt de regen neer. Natuurlijk staat Rick erop om Beth op haar kwetsbaarst en druppend van de regen te interviewen. Het lijkt bijna wreed om haar daar zo te laten staan, terwijl de mascara in stroompjes over haar wangen loopt en de regendruppels als glazen parels aan haar verwilderde haren hangen, maar hij zegt dat de kijkers haar moeten zien 'kruipen' om haar te kunnen vergeven.

Ik denk dat we dankbaar moeten zijn dat hij heeft besloten om haar in de minibus te laten meerijden, in plaats van haar er aan een touw achteraan te slepen. Vooral omdat het pad nu niet veel meer is dan een chocoladebruine modderpoel.

'Au!' Beths ogen schieten open wanneer we weer een kuil raken.

Ik wilde haar aansporen toch nog wat te gaan slapen, maar Lucy laat ons weten dat we er bijna zijn, dus pak ik in plaats daarvan Beths hand beet in een poging haar te troosten, om haar te laten weten dat we dit samen doormaken, ook al weet ik niet precies 'wat' we doormaken; alleen dat we in de problemen zitten.

'Wauw, kijk nou eens!' Dan fluit tussen zijn tanden door.

Ik veeg de waas van het raam rechts van mij en zie dat we nu over een met bomen omzoomde oprijlaan rijden die me doet denken aan een Frans landgoed. Nog meer *Belle en het beest* is het gebouw waar we op af rijden; een sprookjesachtige bruidstaart van oudroze steen met roomwitte suikerbiesjes en met mos bedekte beelden boven op een siertorentje.

'Wat mooi!' kirt Beth terwijl we de hoge glas-in-loodramen en leeuwenbeelden bewonderen die voor een breed gazon op wacht staan.

Voor zover ik weet, betekent *estancia* zoiets als 'ranch' en dus veel koeien, maar zoiets elegants had ik niet aan zien komen. Ik verwacht bijna dat er nu een man in een fluwelen pantalon en zijden overhemd met ruches naar buiten komt om ons te begroeten. Maar we worden welkom geheten door een donzige Lassie met lang haar dat onder zijn buik is samengeklit tot modderige dreadlocks en bladeren tussen zijn tenen, alsof hij net bij de bosnimf een pedicure heeft gehad.

Hij blaft, hijgt of kwijlt niet, hij komt alleen maar op ons af lopen en kijkt ons – met een edel gezicht met kleine, vriendelijke oogjes – aan om daarna weer weg te lopen. Een paar seconden later komt een tengere vrouw uit het struikgewas tevoorschijn en ontdekken we een tweede gebouw naast ons, dat schuilgaat onder een glanzend groen bladerdak. 'Ik ben Claudia,' zegt ze, zichzelf voorstellend. 'Volg mij maar.'

'Na u.' Simon blijft zich tegenover Beth als een heer gedragen.

We lopen een groots maar rustiek atrium binnen met kale bakstenen muren, kroonluchters en een verzonken zitgedeelte van verschoten koraalrood fluweel.

'Jij bent vast mijn patiënt.' Een deftig uitziende dokter zit bij de open haard op ons te wachten. Beth staat erop dat ze alleen met hem zijn kantoortje binnengaat, terwijl de rest van ons een kopje thee aangeboden krijgt.

Ach, waarom niet – een bakje troost kunnen we wel gebruiken! Blijkbaar wordt de thee hier gewoonlijk op het binnenplein bij de fontein geserveerd, maar Claudia legt uit dat wegens het slechte weer de tafels nu binnen zijn neergezet en dat er kaarsen zijn aangestoken omdat de stroom is uitgevallen.

Het is verrassend donker buiten, denk ik wanneer ik in een stoel naast Lucy wil gaan zitten, maar Rick houdt me tegen: 'We hebben even overleg.'

'O, natuurlijk. Sorry.' Ik ga in een stoel aan het verste tafeltje zitten. Daar leg ik mijn handen in mijn schoot, en probeer ik me niet te buitengesloten te voelen alsof er mensen achter mijn rug om over mij praten, ook al doen ze dat wel.

Ik blijf niet lang alleen. Zodra het gebak op tafel wordt gezet – kleine petit fours, droge cake en wat kruimelige chocoladekoekjes – komen er twee kippen en een hele familie eenden binnen waggelen, als oude mannetjes die op de wachtlijst staan voor een nieuwe heup. Ze springen fladderend op de stoelen van het tafeltje naast me, alsof ze zelf ook een blad met lekkers krijgen, en springen dan op de tafel zelf, hebberig om zich heen kijkend. Zodra ze zich realiseren dat ze niet echt als gasten worden gezien, gaan ze bij mijn voeten op kruimeljacht. Ze worden steeds agressiever; eentje presteert het zelfs een flinke hap uit de geveerde nek van een rivaal te nemen. Het gaat er hard aan toe, maar het is een stuk harmonieuzer dan wat er aan de crewtafel gebeurt.

'Excuses, *signora*.' Claudia loopt op me af en kijkt me verontschuldigend aan. 'Ik ben bang dat we slechts twee kamers hebben; hebt u er iets op tegen als ik de drie heren en de drie dames bij elkaar zet?'

'O!' Ik grinnik bij het vooruitzicht dat Rick op een mini-slaapzaal met anderen moet slapen. 'Eigenlijk waren we niet van plan te blijven, mijn vriendin hoefde alleen even naar de dokter…' Ik wijs naar de hal.

Ze schudt haar hoofd. 'Jullie kunnen vanavond niet meer terug naar de stad.'

'Niet terug?' herhaal ik.

'De wegen zijn… hoe moet ik dat zeggen? … onbegaanbaar. Hopelijk droogt de zon ze morgen op.'

Even denk ik aan Café Tortoni, maar natuurlijk is een date die in het water valt wel het laatste waar ik me nu zorgen om moet maken. Ik kijk naar Rick. Zijn gezicht staat op onweer. Ik denk niet dat hij erg blij zal worden van dit nieuws. Maar goed, misschien winnen we zo wat tijd? Dit is overmacht, in plaats van dat iemand er schuld aan heeft.

Terwijl ik de vrouw naar hun tafel stuur, benadruk ik dat ze niet moet schrikken als de man in het zwart gaat schreeuwen. Hij is net aan zijn, volgens mij, achtste vloekwoord toe wanneer Beth en de dokter weer naar buiten komen.

'En, wat zei hij?' vraagt Lucy als eerste.

'We hebben de wond schoongemaakt, en de snee is niet echt diep.' Hij haalt zijn schouders op, iets te nonchalant wat mij betreft. 'Dus geen blijvende schade?' Ik vraag het toch maar even. 'Ze wordt misschien nog paars, blauw en groen, maar er is niets gebroken.'

Ik heb amper tijd om te zuchten van opluchting voordat Beth zich omdraait naar Rick. 'En jij?' zegt ze confronterend, klaar om zijn oordeel te accepteren. 'Wat zeg jij?'

Ik kan zien dat hij een beetje overdonderd is door haar directe vraag, haar onverschrokkenheid.

'Nou, het lijkt erop dat we hier tot morgenochtend vastzitten, dus tot die tijd besluiten we niets.'

'Ben je er nog niet uit dan?' Beth stort zichtbaar in.

Nu begint Rick te glimlachen. Dat is beter. 'Ik moet nog met Londen overleggen,' zegt hij tartend. 'Ik laat het je morgen weten.'

Gesproken als een ware poppenmeester. O, wat vinden ze het heerlijk om een kandidaat in spanning te laten zitten tot na de reclame, om te horen wat haar lot is.

Beth zucht en kijkt naar buiten naar onze gijzelaar, oftewel de slagregens. 'Dus we blijven hier vannacht?'

'Ja.'

Wanneer ze zich weer naar Rick omdraait, zie ik een nieuwe blik op haar gezicht, eentje die ik niet goed kan plaatsen. 'Heb je me vandaag nog nodig?'

'Nee!' zegt Rick triomfantelijk.

Ik denk dat iedereen verwacht dat Beth zich excuseert en onder de dichtstbijzijnde deken kruipt, maar in plaats daarvan is ze blij. 'Geweldig!' Ze grist een handvol koekjes van de schaal en loopt naar de deur.

Het duurt even voordat ik begrijp wat er net is gebeurd.

'Beth! Wacht!' Ik ren achter haar aan.

'Gaat het?' Ze draait zich naar me om en kijkt me bezorgd aan.

'Gaat het?' sputter ik. 'Ja hoor, met mij gaat het prima.'

'Fantastisch. Dan zie ik je later.' Ze knijpt even in mijn arm en laat me dan achter met een gefluisterd 'wacht maar niet op mij.'

Ik kijk haar stomverbaasd na – wie gaat er nu in dit weer wandelen? Moet ze niet rusten van de dokter?

Maar dan, door de vlagen regen heen, zie ik onder een ombuboom een eenzame figuur staan. Dat is hem, de dansende *gaucho*.

'Waar gaat zij in hemelsnaam naartoe?' hoor ik Simon roepen.

Ik haal wat vaag mijn schouders op. Ik wil niet nog meer liegen.

'Moet iemand niet achter haar aan?' vraagt hij, klaar om het zelf te doen.

'Nee, nee!' zeg ik beslist, terwijl ik voor hem ga staan. 'Laat haar maar even.'

'Ontspan.' Dan legt een vriendschappelijke hand op Simons schouder. 'Ze heeft even tijd nodig om haar wonden te likken.'

Of te laten likken…

Of loop ik nu te hard van stapel? Misschien gaat ze alleen maar met hem dansen. Wie kan het haar kwalijk nemen dat ze de intensiteit van dat moment eerder nog een keer wil voelen?

'Carmen?'

'Ja?'

Lucy staat achter me. 'We willen in een van de kamers even de beelden bekijken en bedenken wat we gaan doen,' zegt ze. 'Is het oké als we je even alleen laten?'

'Natuurlijk,' knik ik, hoewel ik me zodra ze weg zijn wel een beetje in de steek gelaten voel. De crew heeft me afgewezen en nu heeft de hand die ik zo stevig vasthield me ook nog losgelaten.

Ik realiseer me nu hoezeer ik uitkeek naar mijn afspraakje met Dan vanavond, de mogelijkheid om ons even te verliezen in een donker hoekje van Buenos Aires en de kans om eindelijk een einde te maken aan het feit dat Lee de laatste man was die ik heb gekust. Ik wil niet dat hij die belangrijke plek nog langer inneemt. Ik wil een ander pad inslaan en ik dacht dat Dan de man was die mij die nieuwe weg kon wijzen. Maar vanavond is het onmogelijk om aan Ricks aandacht te ontsnappen en morgen worden Beth en ik gedeporteerd, teruggestuurd naar Londen en ben ik me, ondanks alle verhelderende gedachten die ik heb gehad, er nog steeds bewust van dat ik een zwak heb voor Lee. Ik wil liefde en hij is nog steeds de enige die me dat wil geven. Ik pak mijn telefoon en scan door de berichtjes die ik van hem heb bewaard: de lieve berichtjes die ik koester en die ik niet kan verwijderen, voor het geval hij de laatste man is die dit soort woorden tegen me zegt:

Ik vind het fijn om bij je te zijn.

Ik kan niet zonder jouw liefde.

Ik denk aan je en mis je.

Ik hou zoooooooooooo (eindeloos veel o's) van je.

Waarom kan hij niet gewoon altijd zo lief zijn? We hadden zo gelukkig kunnen zijn.

Genoeg! Ik klap mijn telefoon dicht en zoek afleiding op de boekenplank, maar de stoffige, dikke boeken zijn allemaal in het Spaans. Ik kijk in mijn tas, op zoek naar iets om me even bezig te houden, ook al zijn het maar een paar verfrommelde kauwgompapiertjes en een bonnetje van Pret à Manger. En dan vinden mijn vingers mijn schetsboek.

Beth zei me dat ik het mee moest nemen voor het geval ik inspiratie kreeg voor een kostuum. En dit is het perfecte moment om me door inspiratie te laten aanraken… ik vouw het eerste blad terug. Beth heeft haar normale figuur terug, en dus is het gemakkelijker voor me om weer outfits voor haar te bedenken. Ik sluit mijn ogen en speel het beeld van haar dansend met de *gaucho* weer af in mijn hoofd, maar dan met mijn vriendin in een stijlvolle outfit…

Mijn potlood begint al te bewegen nog voordat de gedachte zich echt heeft gevormd: in plaats van een traditionele rok met een split ga ik voor een catsuit van kant, zodat ze zich nog beter om hem heen kan kronkelen. Ik pak de sfeervolle bordeauxkleurige potloden erbij. Ik zit te denken aan stof die ik aan de voorkant kan rimpelen en dan achter kan laten uitlopen in een soort vissenstaart. Ik experimenteer met een blote rug, met alleen wat diamantjes onder op de rug.

Dan herinner ik me de vrouwen die op de *milonga* bijna leken te slaapwandelen en begin met een zwart met gouden, gaasachtig negligé. Voor mij is dit de outfit die het beste werkt in het *gaucho*-scenario; misschien zou het een taboe zijn dat deze elegante prinses overdag met zo'n man danst, maar 's nachts, wanneer hij haar in haar dromen bezoekt...

Voor ik het weet zijn er een paar uur voorbij, voel ik me al een stuk beter en is het tijd om te gaan eten.

Claudia wenst me *buenos noches* en wenkt me naar een middelgrote tafel die voor meerdere mensen is gedekt.

'Eigenlijk...' Hoe moet ik dit zeggen? 'Ik mag niet bij de anderen zitten.' Ik glimlach ongemakkelijk. 'Zou het mogelijk zijn om een tafel voor één te krijgen?'

Ze kijkt me vol medelijden aan en zet me dan weer aan de tafel waar ik eerder met de thee ook zat. Ik ga met mijn rug naar de andere tafel zitten, maar een paar minuten later komt Lucy bij me om me te vragen of ik niet liever bij hen wil zitten.

'O nee, dit is wel goed zo,' zeg ik glimlachend. 'Ik snap dat jullie veel te bespreken hebben.'

'We hebben even pauze.'

'Maar toch...'

'Wil ze niet?' Dan komt naast haar staan.

'Echt,' zeg ik blozend. 'Ik zit hier prima, met mijn boek.'

'Nou!' zegt Dan gepikeerd. 'We vroegen het heel netjes, maar nu...' Hij zet één hand tegen de rugleuning en de andere op de zitting tussen mijn benen; het volgende moment hang ik in de lucht en tilt hij mij – met stoel en al! – naar de andere tafel. Ik ben zo verbijsterd dat mijn mond zelfs open blijft staan wanneer ik weer met een plof op de grond wordt gezet.

'Broodje?' Hij houdt me het mandje voor alsof er niets is gebeurd.

'Nog iets van Beth gehoord?' Simon vraagt het heel nonchalant terwijl hij mijn glas bijvult met inktzwarte Malbec.

Ik schud mijn hoofd. 'De mobieltjes lijken het hier niet te doen.'

'Moeten we ons zorgen maken?' vraagt hij. 'Ik bedoel, ze moet toch iets eten.'

Ik zie haar al op haar hurken bij een kampvuur zitten met de *gaucho*, met verschillende soorten vlees op de barbecue, terwijl de lichtgrijze as boven het vuur omhoog danst.

'Het gaat vast prima,' zeg ik. 'Ik denk dat ze gewoon even een vrije avond nodig had.'

'Zullen we op haar toosten?' Dan houdt zijn wijnglas omhoog. 'Op Beth!'

'Op Beth!' roepen drie stemmen in koor.

Pas nu zie ik dat Rick niet bij ons aan tafel zit.

'Hij eet op zijn kamer,' laat Lucy me weten.

'En als ze zegt "zijn kamer",' zegt Simon met een bedrukt gezicht, 'dan bedoelt ze dat ook.'

Ik frons mijn wenkbrauwen.

'Hij zei dat aangezien we het zo "gezellig"met elkaar hebben en al goede "vriendschappen hebben opgebouwd", we ons eigen pyjamafeestje mogen geven...'

'Naar bed naar bed, zei Duimelot. Maar eerst nog wat eten, zei Likkepot!' zegt Dan grinnikend, die het duidelijk niet echt erg vindt.

Mijn maag maakt intussen wilde loopings. Er is nog een kans! Alles is nog open. Zeker wanneer Dan alweer een fles Malbec bestelt.

'Ach, als hij ons behandelt alsof we stoute kinderen zijn, dan denk ik dat we ons ook maar zo moeten gedragen!'

'Door als stoute kindjes veel wijn te drinken?' zeg ik plagerig.

'O ja, ik ben uiteindelijk half Frans,' zegt hij met een knipoog. Hij leunt voorover, steekt zijn neus in mijn nek en mompelt in een overdreven accent. '*Ma cherie! Champs Elysées! Chanel!*'

Ik weet dat ik hem weg zou moeten duwen, maar ik kan mijn plezier niet onderdrukken. Het voelt zo goed om even te lachen en gek te doen.

Tijdens het eten praten we over het leven vanuit onze verschillende perspectieven in de 'amusementssector' en delen we ervaringen over het ergste wat ons in jaren is overkomen. Simon vertelt over een aan alcohol verslaafde presentatrice die altijd zo dronken op de set verscheen dat ze door het speekseltekort gekke smakgeluiden ging maken. 'Ik wilde bijna smeerolie op haar tong spuiten!'

Dan vertelt over alle bizarre dingen die er soms op de achtergrond gebeuren als hij staat te filmen en die hij pas ziet als hij in de montagekamer zit.

'De man die achter Kylie Minogue in een open wijnkelder viel, bijvoorbeeld.'

Lucy huivert, denkend aan die keer dat ze een filmster moest blussen toen haar hairextensions in brand vlogen tijdens een dinertje bij kaarslicht. En ik, ik vertel ze over het nonnenhabijt dat ik ooit maakte dat met klittenband vastzat zodat het snel aan en uit kon worden getrokken (de actrice speelde twee rollen in een serieus oorlogsdrama). Terwijl ze het toneel afliep om iets onbaatzuchtigs en vrooms te doen, ging een andere acteur per ongeluk op de zoom staan en stond deze verrassend voluptueuze Zuster Agnes plotseling in een sexy balconette-beha en string op het toneel.

'Over uitkleden gesproken...' Dan geeft aan dat het tijd is om naar bed te gaan.

Ik ben het roerend met hem eens.

Onze kamer is de droom van elk pasgetrouwd stel: een enorm hemelbed met een glinsterende pauwblauwe baldakijn, muren handbeschilderend met scènes van een idyllisch landschap en een balkon als in *Romeo en Julia* dat uitkijkt over een bos met donkere pijnbomen.

'Zullen we loten wie er met mij in het bed mag?' vraagt Dan met een dubbele tong, terwijl hij op het bed springt en uitdagend gaat liggen.

Ik kan hem amper aankijken, bang dat mijn lustgevoelens duidelijk te zien zijn.

'Negeer hem.' Lucy legt een beschermende arm om mijn schouder. 'Jullie honden horen op de grond.' Ze schopt tegen Dans loshangende been. 'Het bed is alleen voor dames.'

'En Beth?' vraagt Simon.

Ik kijk om me heen. 'Er is ruimte zat, mocht ze terugkomen.'

'*Mocht*?' vraagt hij geschrokken. 'Ze zal toch niet proberen om in dit weer te ontsnappen?'

'Ontsnappen?' Daar had ik niet eens aan gedacht. 'Neeeeee,' zeg ik geruststellend. 'Geloof me, ze zou me dit niet alleen laten opknappen.'

Zodra ik de woorden heb gezegd, begin ik eraan te twijfelen. Toen ik de *gaucho* onder de boom zag staan, dacht ik direct aan een afspraakje, maar wat als ze echt weg wil? Een paard zou haar kunnen brengen waar een auto in de modder blijft steken. Maar toch, ik zie haar niet zo snel na haar val weer op een paard stappen. Trouwens, wat zouden ze doen: naar de voordeur van het Faena galopperen, naar de kamer sluipen, andere kleren aantrekken, haar paspoort pakken en dan samen over de *Avenida 9 de Julio* naar het vliegveld draven? Nee. We doen dit samen. Ze zou me niet alleen laten.

Tenzij ze dacht dat ze mij een gunst deed... Door bij me weg te gaan zodat we niet samen zouden worden gestraft? O, ik weet niet meer wat ik moet denken! En ik kan niet doen alsof ik weet wat ze voelt. Ik herinner me nog heel goed hoe ze was in Londen, hoe deze kans een tijdelijke – misschien knotsgekke – afleiding leek. En kijk nu eens wat er is gebeurd! Ze is er nog erger aan toe dan toen.

Blijkbaar is er nog een verdieping onder het absolute dieptepunt.

'Oké! Ik zit klaar voor mijn verhaaltje voor het slapengaan!' Dan heeft duidelijk minder zorgen dan ik.

Ik kijk hem aan, in zijn boxershorts, en benijd de manier waarop mannen het in dit soort situaties zo gemakkelijk hebben. (Zeker wanneer ze brede schouders en een smalle taille hebben.)

'Een spookverhaal zou goed bij dit weer passen,' besluit Lucy wanneer de ramen nog harder beginnen te rammelen.

'Of Lucy, misschien kun jij vertellen hoe *dit* verhaal afloopt?' probeert Simon, terwijl hij onder de dekens van zijn noodbed kruipt, nog in zijn T-shirt.

Mooi. Zijn bescheidenheid siert hem. Vind ik tenminste.

'Echt, ik zweer dat ik niet weet wat Rick denkt,' zegt Lucy. 'Ik heb een paar voorstellen gedaan, maar...' Ze haalt haar schouders op.

Het moet vreemd zijn, niet weten of ze morgenochtend nog een baan hebben. Maar Simon maakt zich ergens anders zorgen over.

'Ik hoop maar dat Beth veilig is,' verzucht hij terwijl hij gaat liggen.

Het is zeker raar dat ze hier niet is, vooral omdat zij de afgelopen week het middelpunt van onze wereld was. Ik zou beter kunnen slapen als ze veilig naast me lag, maar ik ben ook blij dat ze haar hart heeft gevolgd. Ze doet dat niet vaak genoeg met mannen. Om eerlijk te zijn, denk ik niet dat ik ooit zo'n sprankeling in haar ogen heb gezien. Ze zag relaties altijd als energievreters. Ik denk dat ze nu het gevoel heeft dat ze niets te verliezen heeft.

En Dan en ik? Ik ben benieuwd of we het voor elkaar kunnen krijgen vanavond. Zal hij wachten tot de rest in slaap valt en me dan meetrekken naar de badkamer? Zal hij me een signaal geven om beneden in het met kaarsen verlichte atrium op me te wachten? Of zou hij brutaal genoeg zijn om gewoon naast me in bed te kruipen? Wat is dit spannend!

Ik gaap opvallend om iedereen te laten denken dat ik elk moment in slaap kan vallen. Lucy knipt het lampje op het nachttafeltje uit.

'Oké, welterusten iedereen!'

'Welterusten.'

'Welterusten.'

'Welterusten.'

Ik glimlach in mezelf; mijn tenen wiebelend van opwinding onder de dekens. Natuurlijk ben ik niet de enige die nog wakker is. Ik weet dat Simon niet kan slapen omdat hij zich zorgen maakt over Beth, dat Lucy zich afvraagt hoe haar eerste grote tv-programma zo fout heeft kunnen lopen en Dan...

Ik hoor gesnurk van onder zijn deken vandaan komen.

Hij bluft, toch?

Ik wacht geduldig tot het geluid minder wordt, maar het wordt juist alleen maar luider. Mijn hart zakt in mijn schoenen. Dat is niet het geluid van een man die klaar is voor een romantische wandeling bij maanlicht.

Mijn ogen vullen zich met tranen; niet nog een teleurstelling! Dat kan ik echt niet hebben! Dit zou onze laatste kans zijn op een avond samen en hij is net in slaap gevallen!

Misschien heeft hij meer vertrouwen dan ik. Misschien ziet hij dit niet als onze laatste kans. Hij woont uiteindelijk in Londen, niet op de Argentijnse pampas.

Terwijl ik diep ademhaal, moet ik denken aan een oud en wijs Spaans gezegde: *Que sera sera!*

Wat gebeurt, gebeurt.

15

Het ochtendlicht dwingt me mijn ogen open te doen. Ik kijk naar het raam en zie dat het is gestopt met stortregenen; er vallen nu alleen nog wat verdwaalde druppen tegen de oneffen ingezette raampjes. Ik ruik een muskusachtige, tabakachtige geur en volg hem naar een kampvuur in de bossen; de rook kringelt door de takken van de bomen omhoog als een mist in een betoverd woud.

Het is griezelig vredig. Tot een haan begint te kraaien.

Duidelijk in training voor een kukelwedstrijd is hij druk aan het oefenen, alsof zijn stemcoach hem aanspoort: 'Nog een keer! Meer gevoel! Laat je gaan!' Blijkbaar rust hij niet voordat hij de allerhoogste noot heeft geraakt.

Ik verbaas me erover dat mijn slaapvriendjes er niet wakker door zijn geworden, totdat ik rechtop ga zitten en zie dat iedereen al weg is. Waarom overkomt mij dit steeds? Ik wist niet dat ik zo'n diepe slaper was. Of misschien heb ik het allemaal gedroomd. Misschien kom ik er beneden bij het ontbijt straks achter dat er zeven jaar voorbij zijn gegaan en ik gelukkig getrouwd ben met een Argentijnse graaf. En intussen is Beth een professionele veedrijver geworden.

Even moet ik glimlachen; ik kan niet wachten om te horen wat ze vannacht allemaal heeft beleefd...

Tegen de tijd dat ik de stenen trap afloop, heeft de zon besloten er een prachtige dag van te maken. Het terras zit vol gasten en de sfeer is totaal anders dan het gotische sprookje van gisteravond. De realiteit is teruggekeerd. Maar ik zie geen bekende gezichten.

Ik zou me daar zorgen om moeten maken, maar het is lastig om bang te worden in zo'n vredige omgeving. Ik leun tegen een van de pilaren alsof het mijn danspartner is, mijn zachte wang tegen het beige marmer, en kijk naar buiten over het enorme gazon. Als de tango geneeskrachtig is, dan is deze plek verkoelende aloë.

Zelfs de luchttemperatuur lijkt perfect te zijn voor mijn lichaam; ik voel me helemaal in balans met de omgeving.

Ik maak me los van de pilaar en loop naar buiten over het gras, richting de schaduw van een boom, waar ik een man op een wit paard op me af zie komen. Het beeld past zo goed bij de fantasie van deze locatie dat mijn hart een sprongetje maakt. Ik kijk hem aan, me voorstellend hoe hij in het voorbijgaan zijn arm naar me uitsteekt en me in één vloeiende beweging op zijn paard trekt

'Dan!' Mijn mond valt open wanneer hij dichtbij genoeg is om hem te herkennen.

'Mevrouw!' Hij tikt tegen zijn voorhoofd terwijl hij zijn paard naast me tot stilstand brengt.

'Ik wist niet dat je kon paardrijden!'

'Er zijn veel dingen die je niet van me weet,' gromt hij plagerig.

Ik moet ondanks mezelf glimlachen, opgetogen over het vooruitzicht om meer over hem te weten te komen.

'Ik was net op weg naar het zwembad.' Hij knikt naar de overkant. 'Ga je mee?'

'Bedoel je...'

'Er is genoeg plek,' zegt hij, terwijl hij me uitnodigt bij hem te komen.

Onzeker over de kracht van zijn biceps en mijn vermogen om door de lucht te zweven stap ik op een niet te hoge dikke tak en glijd van daar op een gepoetst leren zadel. Ik glijd met mijn bekken tegen Dans billen aan. Mijn bovenlichaam heeft geen andere keus dan stevig tegen zijn rug aan te worden gedrukt.

'Houd je goed vast!' zegt hij, en ik sla mijn armen om hem heen.

Hoe ironisch ook, ondanks de idyllische omgeving die er te bekijken is, doe ik mijn ogen dicht. Ik lijk mijn perfecte houding te hebben gevonden; met mijn buik tegen zijn brede rug. Geen mogelijkheid van een kus of zwangerschap. Zo omarm je iemand van wie je al houdt. Je staat achter hem, trekt hem tegen je aan en rust je hoofd op zijn schouder. En plotseling is alles goed.

'Carmen?' vraagt hij.

'Mmmmm,' zucht ik vol overgave. Ik weet dat we zijn gestopt, maar ik zie dat niet als een reden om hem los te laten.

'Jullie zien er zo schattig uit, mogen we een foto nemen?' Een ouder Amerikaans echtpaar komt van het zwembad op ons af lopen.

'Natuurlijk.' Dan speelt graag het spelletje mee, terwijl ik mijn gezicht in zijn rug verberg.

'Zijn jullie hier op huwelijksreis?' vraagt de vrouw.

'O nee!' grinnikt Dan. 'Als dat zo was, zou ze haar geld terug moeten vragen. Ik ben gisteravond veel te vroeg in slaap gevallen.'

Dus hij had wel plannen!

'O, maak je geen zorgen!' De vrouw knipoogt naar hem. 'Je hebt nog tijd zat om het goed te maken!'

Terwijl ze doorlopen, blijven Dan en ik nog even zwijgend zitten. Tijd is iets wat we niet gegarandeerd nog hebben; het hangt allemaal af van de grote baas van Experience TV. Misschien is dit wel ons laatste moment samen.

'We kunnen altijd iets afspreken als we weer terug zijn in Londen,' stelt Dan voor.

'Ja, natuurlijk,' zeg ik instemmend. 'Wanneer ben je terug uit Cuba?'

'Over ongeveer een maand.'

'Oké.' Mijn hart glijdt in de 'dat gaat dus echt nooit gebeuren'-afgrond.

Het paard doet een stap opzij en Dan vloekt hardop.

'Wat is er?'

Hij knikt naar het hoofdgebouw, waar Rick met zijn handen op zijn heupen om zich heen staat te kijken, klaar om te gaan brullen.

'Ik had een halfuur geleden al met hem afgesproken.'

Ik zwaai mijn been over het zadel en spring op de grond. 'Dan moet je nodig terug.'

Hij kijkt op me neer met iets wat ik graag interpreteer als gefrustreerd verlangen. Of misschien is het gewoon mijn verlangen om hetzelfde te doen als de andere gasten: hier lekker vakantie vieren en genieten van elke zonnige gril die in me opkomt.

'Ga dan!' roep ik hem na, onder de indruk van de manier waarop hij ervandoor galoppeert.

Het is vreemd hoe snel mensen je leven binnen kunnen komen rollen en weer kunnen verdwijnen. Ik voel me een beetje beteuterd; net nu ik de romantiek kon ruiken.

Ik heb misschien geen inspraak in wat er nu gaat gebeuren, maar in een vlaag van opstandigheid besluit ik heel langzaam en met vastberaden tred terug te lopen, te genieten van elk grassprietje, elk palmblad, elke gevallen vijg die als kiezels in het gazon liggen. Ik buk me net om een dikke vijg op te pakken – ik wrijf over de stoffige, zachte schil, bewonder de donkere, paarse tint – wanneer ik allerlei geschreeuw hoor. Wauw, Rick gaat echt tekeer! Maar dan kijk ik op en zie ik dat het geluid komt uit een boom vol met papegaaien, zo felgroen dat het is alsof ze in een verfbad hebben liggen rollen. Een enorme groep papegaaien lijkt een burenruzie te hebben en de veren vliegen letterlijk in het rond.

Binnen is het niet veel beter.

Iedereen staat met een humeurig gezicht te kibbelen.

'Als jij wat meer research had gedaan!'

'Als jij eerder je mond open had getrokken!'

'Als jij wat beter naar het beeldmateriaal had gekeken...'

Ik bemoei me er niet mee. Ik heb genoeg aan mijn hoofd; straks krijg ik, in de kleren waar ik in heb geslapen, te horen wat mijn lot is. Bah. Maar vergeleken met Beth zie ik eruit als een kandidaat voor *The Apprentice*.

'Heilige vogelverschrikkers!' Mijn mond valt open wanneer ik haar slonzige gedaante door de deur zie strompelen: haar haar zit in de war, ze heeft vegen in haar gezicht van as en vuil en draagt de rode zakdoek van de *gaucho* als trofee om haar nek.

Ik kijk steels naar Simon. Hij is kapot. Beth ziet het niet. Ze omhelst me en ademt in mijn oor: 'De *codigas* zijn op de pampas niet beperkt tot vier nummers; we zijn de hele nacht doorgegaan!'

Terwijl ze met een tevreden gezicht op een bank ploft, voel ik een steek van jaloezie. Natuurlijk blijft dit losbandige gedrag niet onbestraft, maar om je een paar uur lang onoverwinnelijk te voelen!

Zelfs Rick durft het niet aan. Hij staart haar aan en zegt spottend: 'Dat regelen we zo wel even.'

Het is tijd voor zijn aankondiging.

'Nou, we hebben even een paar serieuze gesprekken gehad over het voortbe-staan van de show en dit is wat we hebben besloten.' Voor het effect blijft hij extra lang stil. *We gaan de waarheid vertellen.*'
De groep slaakt een zucht van verlichting. Ze houden elkaars handen vast, blij en opgelucht. Ze zijn weer een team. Het komt allemaal goed.
Of niet?
'We gaan het verhaal van twee vrouwen vertellen,' gaat Rick verder. 'Twee dromen.'
'*Twee?*'Nu is het mijn beurt om te gaan piepen.
'Twee hartsvriendinnen die een plan bedenken om zich uit de problemen te dansen!'
Wacht eens even!
'Dus nu hebben we het contrast tussen de elegantie van de professional en de naïviteit van de beginneling '
'Over dat beginneling-idee…,' onderbreek ik hem.
'Ja?'
'Ik wil niet moeilijk doen, maar ik ben echt niet geschikt voor reality-tv. Ik denk dat jullie je het beste kunnen concentreren op…'
Rick steekt zijn hand op. 'Voordat je verdergaat, wil ik het alternatief wel even geven. Ik heb met de juridische afdeling gesproken, en we zouden jullie voor het gerecht kunnen slepen voor alle productiekosten.'
Ook al zit ik, toch deins ik achteruit. Ik kijk Beth wanhopig aan.
'Het is niet zo erg voor de camera,' zegt ze geruststellend. 'Het zijn allemaal vrienden.'
'Maar alles wordt verknipt!' hoor ik mezelf zeggen. Is dat niet wat elke aan lager wal geraakte realityster zegt als ze iets of iemand de schuld moet geven?
'Zelfs als er iets uit de context wordt gerukt, hoe erg kan het zijn voor je leven thuis?' redeneert ze. 'Het is niet alsof jij een baan probeert te krijgen als danseres.'
'Nee, maar ik zou het wel fijn vinden om in de toekomst weer een baan te hebben! Wat als ik iets vreselijks doe en mensen op straat naar me gaan spu-gen en gemene briefjes achterlaten bij de artiesteningang?'
'Dat gebeurt niet,' zegt Lucy geruststellend.
'En dan nog,' zegt Dan. 'Ik durf te wedden dat je een geweldige vermom-ming voor jezelf kunt maken.' Hij kijkt me lachend aan. 'Kom nou, het is niet mijn bedoeling om je over te laten komen als een trol.'
'En ik zorg ervoor dat je niet als een trol *klinkt*,' zegt Simon.
'Je bent waarschijnlijk niet eens zoveel in beeld,' zegt Rick. 'De kijkers wil-len nu alleen maar weten hoe goed de *gaucho* in bed was!'
'Daar praat ik niet over!' briest Beth. 'Dat was privé.'
'Privé bestaat niet, lieverd. Of moet ik je het contract weer even laten zien?'
Beth kijkt me aan met een blik alsof ze wil zeggen: *hoe zijn we in hemels-naam zo in de problemen gekomen?*
'Ik weet het,' zeg ik met een moeilijk gezicht, me realiserend dat er geen uitweg is. 'Jou redden uit de stripclub was een eitje vergeleken met dit!'

'Stripclub?!' roepen Rick, Lucy, Dan en Simon in koor.

O nee. Ik kijk Beth berouwvol aan. 'Ik dacht dat je *alles* had verteld nadat je van het paard was gevallen?'

'Niet helemaal.'

Ik kijk weer naar Rick. 'Vergeet maar wat ik zei; dan doe ik het.'

'Oké.'

Wauw. Ik had niet verwacht dat hij zo snel ja zou zeggen. Dit is gestoord!

'Welkom bij de televisie,' zegt Beth met een knipoog.

Terwijl de crew snel opnames maakt van Beth na de zwoele nacht met haar *gaucho*, begin ik me te realiseren waarin ik heb toegestemd. Niet dat ik een keuze heb, trouwens; thuiszitten met een torenhoge schuld of voor schut staan op televisie met de mogelijkheid om Dan in drie verschillende landen te zoenen...

Toch heb ik nog een paar vragen... Als we morgen het land al verlaten, hoef ik waarschijnlijk de tango niet meer te doen. Maar moet ik echt de paso doble leren in Spanje? En de salsa in Cuba? Natuurlijk zijn er minder leuke dingen op minder leuke plekken, maar om het nou voor de camera te doen? Ik ben iemand die juist fouten gaat maken zodra mensen naar me kijken. Ik kan prima autorijden, alleen, maar zodra er iemand naast me zit, mis ik afslagen en begint het getoeter om me heen... Ik vraag vriendjes altijd om zich om te draaien als het mijn beurt is bij het poolen. Ik houd niet van verjaardagsfeestjes omdat ik dan te veel aandacht krijg: vooral als ik (quelle horreur!) een cadeautje moet uitpakken waar iedereen bij is, omdat ik bang ben dat mijn gezicht niet de verwachte uitdrukking van dankbaarheid en blijdschap laat zien. De druk is gewoon te hoog!

En ik weet dat ik al die aanwijzingen bij het dansen nooit in de praktijk kan brengen, omdat ik de hele tijd alleen maar denk *wat als ik het gewoon niet kan?* En als de dansleraar dan zegt, 'oké, laat maar eens zien!' realiseer ik me dat ik helemaal niet heb gehoord wat hij zei en blijf ik dus maar gewoon zo staan, voor paal, terwijl ik steeds zenuwachtiger en gefrustreerder word, totdat ik volledig vernederd de studio uit ren. Dat belooft nog wat.

Ik heb geruststelling nodig, maar Beth doet net haar interview. Ik schuifel dichterbij, omdat mijn nieuwsgierigheid het toch wint van mijn eigen angsten. Wat is er eigenlijk allemaal gebeurd met die *gaucho*?

'Dus die dans na de val heeft heel wat losgemaakt, begrijp ik?' begint Lucy met een brede glimlach.

Beth knikt en kijkt zwijmelend in de camera. 'Ik heb nog nooit zoiets gevoeld. We hoefden niets tegen elkaar te zeggen, hij voelde mijn pijn en ik de zijne.'

Simon kucht, waardoor de take nog een keer over moet. Lucy kijkt hem woest aan.

'Sorry, verkouden.'

'Ga verder, Beth.'

'Hij nam me gewoon voor wie ik was.'

'Tuurlijk deed hij dat,' mompelt Simon.

'Simon!' zegt Rick waarschuwend. 'Hier is geen commentaar bij nodig.'

'Sorry.' De frustratie spat ervan. 'Ik vind het gewoon erg onprettig te horen dat een man zo misbruik kan maken van een kwetsbare vrouw.'

'Hij maakte geen misbruik van me.' Beth kijkt hem aan. 'Hij troostte me.'

'Er zijn betere manieren om je te laten troosten,' bijt Simon terug.

'En met "beter" bedoel je minder hoerig?'

'Zoiets, ja.' Hij steekt zijn kin naar voren.

O help. Nou heeft hij het gedaan.

'En dat durf jij te zeggen?' Beth briest erover. 'Zover ik weet, verdien jij je geld door gesprekken van anderen af te luisteren; sinds wanneer is jouw mening iets waard?'

Au.

'Als ik iets zeg, spreek ik tenminste de waarheid,' kaatst hij terug. 'Ik lieg niet tegen mensen over wie ik ben, zodat ze gaan denken…'

'Jezus!' valt Rick erin, zijn handen in de lucht gooiend. 'Mag ik even wat professionalisme? We beginnen weer bij het begin. Dit keer zonder preek.'

Hoewel ik weet dat hij het liefste weg zou willen lopen, blijft Simon op zijn plek, alleen doet hij dit keer zijn koptelefoon af. Hij hoeft de details niet in stereo te horen.

Beth begint de aantrekkingskracht te beschrijven die ze voelde toen ze de *gaucho* onder de ombuboom op haar zag staan wachten. 'Op dat moment was hij een poort naar een andere wereld; een wereld waar alleen de zintuigen ertoe doen.' Ze zijn niet direct het bed in gedoken, zegt ze. Eerst hebben ze samen bij het kampvuur gezeten en *yerba mate* gedronken uit een kalebas, door een zilverkleurig rietje nippend van de bittere thee. Het was zo sterk dat ze er wat dronken van werd, maar ze vond het ook best lekker. Ze voelde zich er heel anders door.

'Ik denk dat ik mijn hele leven al wacht tot mijn carrière eindelijk van de grond komt en de rest daardoor heb verwaarloosd. Niets kon me tegenhouden. Ik ken vrouwen die hun dromen opgaven voor een man. Dat is ook met mijn moeder gebeurd; zij was een geweldige danseres, maar toen ontmoette ze mijn vader, werd verliefd, raakte zwanger, kreeg mij en dat was het dan. Toen hij haar verliet, was het te laat om weer opnieuw te beginnen. Haar droom was vervlogen.' Ze zucht diep. 'Mannen willen altijd te veel van mij. Ik weet dat dat ondankbaar klinkt. Ik weet dat ik me gelukkig zou moeten prijzen dat ik zoveel aandacht krijg, maar het voelt niet als aandacht, het voelt als een verplichting.' Haar gezicht wordt zachter. 'Plotseling was hier die man, alleen, nomadisch, en het enige dat hij wilde, was één nacht.'

Ik verwacht half dat Simon weer een opmerking maakt over dat er genoeg mannen zijn die maar één nacht willen met een meisje, maar dit keer blijft hij stil.

'Hij maakte geen misbruik van me. Er was geen dwang. Hij was er. Ik ging naar hem toe. We gingen bij elkaar zitten. En toen gingen we dansen. *Urenlang.* Zo intiem.' Ze speelt met de puntjes van de zakdoek. 'Na een tijd kon ik amper meer voelen waar ik ophield en zijn lichaam begon. En toen werden onze bewegingen nog subtieler. Onze voeten bewogen amper nog. Het was meer een soort wiegen. Ik voelde zijn ademhaling tegen mijn oor, mijn lippen tegen zijn nek, hij hield me nog steviger vast. En toen hebben we gekust.'

Lucy zit ademloos te luisteren. Ze kan alleen maar knikken dat Beth door moet gaan.

'Het was zo'n ontlading. Ik heb zo hard aan mijn lichaam gewerkt, altijd gestreefd naar dat perfecte figuur, maar toen we de liefde bedreven was het gevoel zo rauw en onverwacht dat ik amper adem kon halen.' Ze glimlacht. 'Ik weet dat ik er niet uitzie.' Ze haalt een hand door het vogelnest op haar hoofd. 'Maar ik heb me nog nooit zo goed gevoeld!'

'Geweldig!' mompel ik in mezelf. Hoe kan ik daar tegenop?

16

Ik weet niet precies wat ik ervan moet denken, maar Rick heeft besloten dat de ideale plek voor mijn eerste interview een begraafplaats is. Natuurlijk is *La Recoleta* geen gewoon kerkhof. Het ligt in het hart van Buenos Aires en is een soort miniatuurstad met marmeren grafmonumenten die lijken op kleine kerken en brede, met bomen omzoomde wandelpaden waar het wemelt van de straatkatten. Naast deze gotische dodenstad staat een flatgebouw met appartementjes ter grootte van een bezemkast; een groter contrast is er amper mogelijk.

'Zijn er meer mensen die het vreemd vinden dat de doden hier luxer leven dan de levenden?' wil Dan weten.

'Ik vind het vreemd dat Beth er niet is,' zucht ik, terwijl ik omhoog kijk naar een levensgroot engelenbeeld dat zijn vleugels uitstrekt alsof hij zo zijn evenwicht probeert te bewaren op zijn hoge sokkel.

Rick wilde Beth afzetten bij het hotel voordat we verdergingen, en zei dat ze die middag maar even wat slaap in moest halen, omdat er nog heel wat op het programma staat vanavond.

'Ik haal mijn slaap wel in als ik dood ben!' had Beth gezegd, iets te passend bij onze huidige locatie, maar Rick was vastberaden.

Volgens mij denkt hij dat ik zonder mijn steun en toeverlaat minder snel tegen hem in zal gaan, maar ik ben er klaar voor. Ik heb de hele reis vanaf de *estancia* naar de stad na zitten denken over de vragen die ze kunnen stellen en antwoorden geoefend in mijn hoofd, dus nu wil ik gewoon dat we beginnen. Het liefst ergens in de schaduw…

'Het is te druk om hier te filmen, chef,' zegt Dan, wanneer we bij het grote granieten monument komen van de bekendste bewoonster van de begraafplaats.

'Eva Perón: 1919-1952' lees ik op de bronzen plaquette. Ik sta met mijn fotocamera tussen talloze andere toeristen die plaatjes aan het schieten zijn, waarvan er veel net als ik erg verbaasd zijn dat Evita nog maar drieëndertig was toen ze stierf. 'En dan te denken aan hoe sterk ze leek op dat balkon…'

'Wat dacht je van hier?' Lucy is al verder gelopen naar een mausoleum dat meer op een penthouse lijkt. Maar mijn oog valt op een eenvoudige grafsteen met de naam 'Elena' erop, die me doet denken aan mijn oma Eileen en de belofte die ik haar heb gedaan in het vliegtuig onderweg hiernaartoe dat ik haar mee zou nemen op deze reis.

Ik vraag me af of ze gefrustreerd is door de manier waarop ik de hele tango-ervaring aan me voorbij heb laten gaan sinds mijn ervaringen met Goochem Grijpgraag. En ik wil niet dat dat mijn laatste herinnering aan deze reis is.

'Vanavond neem ik je mee uit dansen!' beloof ik een symbolisch wolkje boven me.

'Oké, laten we eerst beginnen met de reden waarom je hier bent.' Rick klapt in zijn handen en knikt naar Dan dat hij kan beginnen met filmen.

Ik schraap mijn keel en wil mijn eerste geoefende zinnen zeggen, maar ben door Lucy's eerste vraag direct alles vergeten.

'Toen we de beelden bekeken, hoorden we Beth iets zeggen over haar zogenaamde relatie met Lee. Hoe haar/jouw leven een keer gevaar heeft gelopen. Waar had ze het over?'

Even wil ik het afdoen als een van de leugens die we hebben verteld om het hele verhaal wat spannender te maken, maar Lucy is me te snel af.

'Ik weet dat het echt is gebeurd, Carmen. Ik zie het aan je gezicht.'

Ik geef niet direct antwoord. In plaats daarvan kijk ik om me heen, me afvragend hoeveel van de mensen die hier liggen voortijdig zijn overleden. Ik krijg nog steeds de rillingen als ik eraan denk dat ik een van hen had kunnen zijn.

'Carmen?'

Ik kijk haar aan, nog steeds twijfelend. Maar dan hoor ik buiten de muren van de begraafplaats autobanden over het asfalt scheuren en lijkt het alsof het weer die bijna fatale avond is.

'Jij en Lee?'

'Ja… De meeste gasten waren de avond ervoor al gearriveerd, maar wij konden pas na mijn show weg. Lee vond het prima, zei dat hij liever 's nachts reed als het rustig was op de weg. Pas op de snelweg vroeg ik me af hoeveel biertjes hij eigenlijk had gedronken…' Ik haal trillerig adem. 'Ik vroeg hem om langzamer te gaan rijden, maar hoe zenuwachtiger ik werd, hoe sneller hij ging rijden. Ik deed op een gegeven moment zelfs mijn ogen dicht, me inbeeldend dat ik ergens anders was. Ik bleef maar denken dat hij straks op de landweggetjes wel langzamer zou gaan rijden, maar hij scheurde over de weg alsof het een racebaan was. Ik werd nu echt bang: de wegen waren zo smal en er kon elk moment een auto om de bocht komen. We zouden er bovenop knallen. Ik smeekte hem langzamer te gaan rijden, maar hij wilde niet luisteren.

"Vind je mij een slechte chauffeur?" zei hij nurks.

Ik probeerde rustig te blijven. "Ik denk dat we een ongeluk krijgen als je zo door blijft rijden."

En toen zei hij: "Nou, dan stap je toch fijn uit? *Nu?*" En toen klikte hij mijn veiligheidsriem los.'

'Wat?' Lucy is geschokt. 'Toch niet terwijl hij aan het rijden was?'

'Terwijl hij aan het rijden was.' Even laat ik de herinnering op me inwerken. De realisatie dat hij me echt iets aan wilde doen. De paniek die ik voelde toen hij me naar het portier duwde. Het duizelingwekkende gevoel dat dit het einde kon zijn.

'En wat gebeurde er toen?'

'Na de volgende bocht raakten we bijna een tegenligger. Hij moest uitwijken om een botsing te voorkomen. We raakten de berm en door de schok viel ik tegen hem aan. Toen leek het net of hij wakker werd en zich realiseerde wat hij deed.'

'En wat zei hij toen?'

Ik krijg een knoop in mijn maag als ik er weer aan denk: '"Je gaat toch niet bij me weg?"'

Iedereen kijkt me huiverend aan.

'Ik wilde uitstappen terwijl de auto stilstond, zo ver mogelijk bij hem vandaan rennen, maar het was zo donker buiten, het was ver na middernacht en ik had geen idee waar we waren.' Ik voel de tranen opwellen en herinner me nog hoe erg geschrokken ik was. 'Ik dacht, als we maar bij het hotel zijn, dan zijn er mensen die ik ken. Maar natuurlijk lag iedereen al te slapen toen wij aankwamen. En de volgende dag was het feest, en ik wilde de sfeer niet verpesten. Trouwens, het waren toch vooral zijn vrienden.'

'Dus je hebt het aan niemand verteld?'

'Er was wel een meisje, maar zij zei alleen maar: "Maar op een paar blauwe plekken na gaat het toch wel met je?" En ik zei ja en toen veranderde ze van onderwerp. Ik wilde Beth nog bellen, maar ze was zo ver weg. Ik wilde niet dat ze zich zorgen maakte over mijn veiligheid. Ze kon toch niets doen.'

'Dus, snap ik het goed dat zelfs nadat hij je feitelijk met de dood bedreigde, je toch bij hem bleef?' Lucy gelooft het niet.

'Ik weet dat het idioot klinkt, maar tegen de tijd dat we weer in Londen waren, voelde het net alsof het perfecte moment om het uit te maken voorbij was.' Ik schud mijn hoofd. 'Ik denk dat wanneer er zoiets engs gebeurt, je het probeert te bagatelliseren, zodat je je later afvraagt of het echt zo erg was als het leek. Hij zwoor dat het nooit meer zou gebeuren. Ik wilde hem geloven,' zucht ik, 'maar het gevoel bleef. Ik was altijd gespannen. Als hij naar de tv schreeuwde, zat ik te trillen van angst. En toen deed ik het enige dat me zou aansporen bij hem weg te gaan... ik vertelde Beth wat er was gebeurd.' Ik voel een brok in mijn keel. 'Mag ik wat water?'

'Natuurlijk!' Lucy reikt me een flesje water aan en geeft me even tijd om een paar slokjes te nemen voor we verdergaan. 'Klaar?'

Ik ben zo moe dat ik amper kan knikken.

'En hoe reageerde ze?'

'Ze was stomverbaasd. Ze kon niet geloven dat hij iemands leven zo in gevaar durfde te brengen. Ze zei dat het een kwestie van tijd was tot hij weer zoiets zou doen en dat ik elke dag dat ik bij hem bleef met mijn leven speelde.'

'Wauw. Dat is intens.'

'Mmmm,' is het enige dat ik uit kan brengen.

'En dus ging je weg.'

Ik knik.

Ik weet dat ze niet snappen hoe moeilijk het voor me was, dat Lee en ik elkaar bleven kussen tot ik wegging en we allebei stonden te huilen. Ik snap het zelf amper.

Dan zie ik een tengere vrouw staan, helemaal in het zwart gekleed, die een bosje bloemen op een graf legt. Ik recht mijn rug. 'Weet je, ik heb lang genoeg gerouwd om die relatie. Wat is een betere plek dan hier om weer terug te keren in het land der levenden?'

Ik hoor Rick goedkeurend mompelen. Hij knikt naar Lucy; hij heeft wat hij wilde hebben.

Godzijdank. Ik ben helemaal leeg en heb nu al het gevoel dat ik te veel heb verteld. Zeker waar Dan bij is. Wat zal hij wel niet denken?

Maar dan, wanneer we ons klaarmaken om naar de volgende locatie te gaan, botst hij per ongeluk tegen me aan en geeft me een knipoog. Mijn hart maakt een klein sprongetje van blijdschap. Misschien was het nodig om het hardop te zeggen? Misschien was het tijd om af te rekenen met mijn demonen?

Het optimistische gevoel duurt exact vijf minuten, tot het moment dat ik me realiseer dat Lee mij over een paar dagen op televisie ziet. En elk woord dat ik net heb gezegd, kan horen en zien.

17

'Beth!' roep ik, terwijl ik de hoteldeur openduw. Ik heb er behoefte aan van haar te horen dat ik niet net in een wespennest ben gaan staan, maar het gezicht dat me aankijkt, is zo vrolijk dat ik haar blijdschap niet wil verpesten.

'Kijk eens wat ik vanavond ga aantrekken!' roept ze enthousiast, waarna ze haar hand in een Gallerias Pacifico-tas steekt en een armvol glinsterende rode stof tevoorschijn haalt. Op het eerste gezicht lijkt het een jurk zonder achter-, zij- en voorkant, maar wanneer ze het hangertje over haar nek hangt, zie ik dat er net genoeg stof is om haar borsten te bedekken. 'Kijk, er zitten plakkertjes in voor op je tepels en hij heeft een ingebouwd broekje omdat de zijsplit tot aan de taille loopt!'

'Is het niet fijn je eigen lichaam weer terug te hebben?' lach ik, me afvragend hoe Simon zal reageren. 'Maar eh, je haar!'

'Twee uur heb ik daar gezeten om het weer blond te krijgen!' jammert ze. 'Voel eens!' Ze pakt mijn hand en haalt het door haar fris gekapte bos stro. 'Het is zo droog dat ik er een hele bus glanslak overheen heb moeten spuiten!'

Ik moet toegeven dat ze eruitziet als een Oost-Europese schone die haar haar heeft gebleekt. Ik wil net voorstellen dat we haar haar in een klassiek tangoknotje doen voor de show van vanavond wanneer ze mij een tweede tas toegooit.

'Ik heb ook wat dingetjes voor jou gehaald.'

Ik voel in de tas en trek een rode zijden roos tevoorschijn ('voor achter je oor,' zegt ze) en een zwarte ketting om mijn decolleté te laten glinsteren van de edelstenen.

'Ik weet dat je niet van strakke tangojurken houdt, maar dat betekent niet dat jij ook niet kan stralen!'

'Dank je!' Ik wil haar omhelzen.

'Dit is het begin van een leven lang terugbetalen,' zegt ze met een ernstig gezicht. 'Ik weet dat ik je ergens bij heb betrokken waar je nooit zelf voor zou hebben gekozen...'

'Het is al goed,' zeg ik sussend, terwijl ik voorzichtig in haar arm knijp. 'Ik zie dat je gelukkig bent.'

'Echt?'

'Echt,' antwoord ik geruststellend.

Het heeft geen zin als we allebei in de put zitten.

Maar dan voegt ze eraan toe: 'Ik weet dat je niet echt over Lee wilt praten, maar...'

Ik probeer me om te draaien, maar ze pakt mijn arm. 'O-oo. Wat is er?'

'Staat het op mijn voorhoofd, of zo?'

'Ja,' zegt ze knikkend. 'Wat is er gebeurd?'

Ik laat me op het bed vallen. 'Ik heb ze verteld over Het Incident.'

Haar ogen worden groot. 'Oké...'

Ik kijk haar serieus aan. 'Hoe denk je dat hij gaat reageren als hij het op televisie ziet?'

'Misschien kijkt hij niet,' zegt ze sussend. 'Het is nou niet echt zijn soort programma.'

'Maar iemand anders ziet het misschien en vertelt hem dat...'

Beth knikt en bijt even op haar lip. Dan zegt ze: 'Je hebt de waarheid verteld, toch?'

'Ja.'

'Nou dan.' Ze haalt haar schouders op. 'Misschien is het wel eens goed dat hij hoort wat het met jou deed. Misschien is het zelfs goed voor jou om erover te praten; tegen iemand anders dan een vriendin die zegt dat je gek bent en van wie je zijn naam niet eens mag noemen!'

Ik glimlach. 'Het is al goed. Het is heel natuurlijk dat je dat zo voelde. Je wilde gewoon dat hij *verdween*! Trouwens, ik heb je nooit verteld wat ik echt voelde, dus het is logisch dat je steeds hetzelfde zei!'

Beth gaat naast me op het bed zitten. 'Nou, vertel me dan eens wat Lee niet mag horen; wat je niet tegen Lucy wilde vertellen voor de camera.'

Ik knipper naar mijn vriendin. Ze begrijpt dat er een verschil is. 'Wat hij niet mag horen, is dat ik nog een zwak voor hem heb, nog een aantrekkingskracht voel. Wees alsjeblieft niet teleurgesteld!'

'Ik? Ik ben niet teleurgesteld! Ik...' Beth schudt haar hoofd. 'Ik vind het gewoon vreselijk dat hij nog zo'n macht over je heeft.'

'Het gevoel wordt wel minder,' zeg ik, 'en ook al wil ik soms met hem praten, dan helpt onze huidige locatie voorkomen dat ik onbesuisde dingen doe.'

Ik kijk haar recht in de ogen. 'Mag ik eerlijk zijn?'

'Absoluut!'

'Oké, zo zit het: ik wil niet doen alsof alles geweldig gaat en dat ik hem ben vergeten, omdat ik dan al mijn verdriet in mijn eentje moet verwerken, en als ik dat doe, voelt het...' Ik zoek naar het juiste woord, '...*romantisch*. Op een vreemde manier. Alsof niemand onze band begrijpt...' Ik kijk moeilijk.

'Ik snap waarom dat gevaarlijk is,' zegt Beth instemmend.

'Dus, wat ik nu wil doen, is toegeven dat ik nog gevoelens heb voor Lee, ook al snap ik zelf niet waarom. Ik wil complimentjes voor de drieëntwintig uur per dag dat ik me groot houd, en me geen zwakkeling voelen omdat ik hem een uurtje vreselijk mis. Ik wil je kunnen vertellen dat ik hem mis, ook al weet ik dat ik daar eigenlijk voor zou moeten worden opgenomen.'

Beth knikt. 'Ik ben er voor je.' Ze pakt mijn hand. 'Zeg gewoon hardop wat je voelt.'

'Dank je!' Ik slaak een zucht van opluchting. 'Nog één ding.'

'Ja?'

'Dan.'

Ze kijkt me verwachtingsvol aan.

'Denk je dat ik hem echt leuk vind of probeer ik gewoon de eerste de beste

kerel te vangen die me maar bij Lee uit de buurt kan houden?'
Beth houdt haar hoofd schuin. 'Wat voel je voor hem?'
'Ik voel hoop,' besluit ik. 'Ik krijg vlinders in mijn buik als hij naar me kijkt, ik krijg het gevoel alsof alles mogelijk is. Hij is zo licht vergeleken met Lee.'
'Licht?' kirt Beth. 'Dat klinkt mij goed in de oren!'
Ik kijk naar mijn voeten. 'Ik hoop alleen dat het geen onmogelijke droom is.'
Beth aait over mijn haar. 'Waarom vind je het zo moeilijk te geloven dat je een goede man verdient?'
Ik kijk haar met samengeknepen ogen aan. 'Die vraag kan ik jou ook stellen.'
Schaakmat. Er wordt op de deur geklopt.
'Hé, hallo blondje!' Lucy doet een stap achteruit als ze de nieuwe Beth ziet. 'Je wilde toch dat ik vanaf nu mezelf liet zien?'
'Jij zit echt vol verrassingen!' zegt Lucy glimlachend, terwijl ze vraagt of Beth even een rondje wil draaien. 'Die jurk is geweldig! We halen jullie nu echt niet meer door elkaar!'
'Zeker niet als zij dit draagt!' Ik houd de lapjes stof van haar jurk omhoog.
'Och, arme Simon!' kreunt Lucy, terwijl ze de blote outfit bekijkt.
'Ik zei precies hetzelfde,' zeg ik lachend.
'Helemaal niet arme Simon,' zegt Beth tuttend. 'Wat maakt het hem nou uit wat ik zeg of draag.'
'Hoe dan ook.' Lucy wuift het weg. 'Ik wilde jullie even laten weten dat we over een halfuur vertrekken.'
'WAT?' gillen Beth en ik, waarna we direct met visnetkousen en valse wimpers in de weer gaan.
En zo begint onze laatste avond in Buenos Aires…

Uiteindelijk is Beth vanavond niet de enige die als een nieuwe vrouw debuteert.

Natuurlijk vallen er heel wat monden open wanneer ze binnen komt lopen, aangezien ze vanochtend als modderige *gaucho*-groupie uit het bos kwam lopen. En nu staat ze hier als hoogblonde dame in het rood. Ik laat ook een paar mensen versteld staan.

Ik heb geen jurken bij me die echt 'tango' roepen, zelfs niet met de ketting erbij, dus heb ik, met mijn enige flatterende zwarte broek als basis, het krijtstrepen vestje aangetrokken en de fedora opgezet die ik voor Toby had gekocht. Even gaan door deze outfit mijn gedachten terug naar mijn ballroomervaringen als klein meisje; maar dit keer heb ik in plaats van een sherriffinsigne op mijn revers nu een rode zijden roos in mijn opgehesen decolleté gestoken.

'Erg opwindend!' zegt Dan tot mijn grote vreugde.

Rick is minder enthousiast. 'Je moet mij niet de schuld geven als je vanavond door lesbiennes ten dans wordt gevraagd.'

'Negeer hem toch!' zegt Lucy hoofdschuddend. 'Ik vind het prachtig.'
Simon zegt niets. Zijn ogen rollen vanuit zijn kassen richting Beth.

We gaan eerst biefstuk eten in La Cabaña, een restaurant dat zo trots is op zijn rundvlees dat de ober eerst uitgebreid vertelt wat voor leven de koe heeft gehad voordat je je mes erin kunt zetten. Het is allemaal zeer elegant en heerlijk, maar we weten dat we ons niet hiervoor hebben opgedoft.

'Nou, waar gaan we naartoe?' wil Beth weten terwijl ze haar lippenstift bijwerkt.

Lucy kijkt behoorlijk tevreden en verkondigt dan: 'Vanavond is de jaarlijkse Argentijnse tangomarathon!'

'En wat betekent dat precies?'

'Weten jullie de *Avenida 9 de Julio* nog?'

We knikken; we herinneren ons de ongelooflijk brede snelweg nog van toen we hier aankwamen.

'Vanavond rijden er geen auto's overheen, maar wordt er alleen maar gedanst!'

'Wauw!' roepen we in koor. Dat klinkt leuk. Hoe meer zielen, hoe meer ik mezelf kan verstoppen.

'Mocht je ons kwijtraken, zorg er dan voor dat je om twee uur weer in het hotel bent, zodat je een uur hebt om je koffer te pakken voor de vlucht.'

'Ik kan me amper voorstellen dat we morgen al in Spanje zijn!' zeg ik enthousiast.

'Wat is Spanje voor jou?' wil Lucy weten.

'*Amor*,' verzucht ik. Er ligt daar een afspraakje met Dan op me te wachten.

'Je klinkt zeker van je zaak!'

Gelukkig kan ik het uitleggen: 'Adriano zei ons dat als er een feestje zou zijn waarop mannen uit de verschillende landen waren waar wij nu naartoe gaan, het er zo zou uitzien: de Argentijn staat alleen in de schaduw, de Cubaan staat te lachen en grappen te maken met een grote groep familieleden en vrienden en de Spanjaard, nou ja, die staat te zoenen met een vrouw.'

'En jij, Beth? Ga jij nog zoenen met een Spanjaard?'

'O ja.' Het komt er heel blasé uit, 'omdat ze allemaal ruiken als Antonio Banderas.'

'Huh?'

'Ik heb gehoord dat zijn parfum daar erg populair is,' zegt ze met een stalen gezicht. 'Ook kijk ik uit naar het bezoek aan de stad waar de legende van Carmen vandaan komt!'

'Goed idee.' Lucy pakt een pen uit haar tas, terwijl we verder rijden naar onze hoofdlocatie. 'Laat ik dat even op ons lijstje zetten; ze is nu één van onze hoofdrolspeelsters!'

Ik zou het niet weten, maar wat ik wel weet, is dat mijn hoofd er behoorlijk van tolt. Adriano zou een vriend meenemen die met mij gaat dansen. Maar aan de enorme massa zwart geklede lichamen te zien, lijkt het me sterk als ze de eerste dans halen vanaf zijn appartement aan de andere kant van de breedste snelweg ter wereld.

En wat een briljant idee om 'bij de obelisk' af te spreken. We komen er niet eens in de buurt. We zitten op dit moment vast ergens bij de kruising met de *Avenida Corrientes*, maar mij hoor je niet klagen; deze straat wordt wel het Broadway van Buenos Aires genoemd en alleen al de aanblik van theaterland geeft mij rust. Ik stel me voor hoe ik de massa's mensen zou kleden als dit een groepsscène op het toneel zou zijn. De mannen en vrouwen gekleed in een kostuum met een rode glinsterende voorkant en matzwarte rug lijkt me wel wat, zodat ze schitterende patronen vormen tijdens het draaien en dansen.

Dan is ook met beelden bezig en laat weten dat alle lampen bij de borden van rivaliserende shows een geschikte achtergrond zouden zijn voor een spetterend slotinterview.

'Zeg eens hoe jij volgens mij het meest bent veranderd door de reis?' wil Lucy weten.

Beth gaat eerst en vertelt over hoe ze altijd in studio's en op het toneel heeft gedanst, 'en hier maak ik de mooiste ervaringen *al fresco* mee: eerst op de pampas met de *gaucho* en dan hier gewoon op straat!'

'Nog meer verschillen?'

'Ik heb gedanst met mensen die me niet op een professioneel niveau beoordelen. En ik heb me gerealiseerd wat voor een universele ervaring dansen is. Ik heb altijd op het podium gedanst om een bepaald verhaal te vertellen, en ik was vergeten wat een geweldige manier het is om te communiceren: niets meer en niets minder. Ik bedoel maar, ik spreek geen Spaans, maar ik heb toch heel interessante gesprekken gehad met de mannen met wie ik hier heb gedanst!'

Geen kik van Simon.

'Carmen?'

Ik wijs naar het echtpaar naast ons dat alvast in de stemming komt voor het feest echt losbarst: ze strijkt met haar hand langs zijn rug, omhoog naar zijn nek, zijn hand om haar middel, hun voorhoofden tegen elkaar, alsof ze elkaar ongesproken toefluisteren: 'Ik voel je pijn.'

'Ik denk dat de grootste verandering is hoe ik aankijk tegen liefdesverdriet,' besluit ik. 'Ik zie het niet meer als iets wat moet genezen of waar een grapje van moet worden gemaakt. Het hoort gewoon bij het leven. Ik was altijd op zoek naar een pleister om erop te plakken, of een medicijn waardoor het snel over ging. Maar wat ik hier heb gezien, is dat als je de moed kunt vinden om te dansen met die gevoelens van eenzaamheid en teleurstelling, die gevoelens dan juist mooi kunnen worden.'

'Wauw, Carmen,' fluistert Beth. 'Geloof je dat echt?'

'Bijna wel!' Ik kijk haar glimlachend aan.

'Kom op. Het is tijd om een partner te zoeken,' komt Rick tussenbeide. 'Het aftellen is begonnen!'

Natuurlijk wordt Beth overladen door aanbiedingen en doet ze haar best om mij aan een van haar kandidaten te koppelen.

'O Beth, dat is gewoon wreed!' protesteer ik.

'Wat bedoel je?'

'Dit is echt een uniek evenement dat een keer per jaar wordt gehouden; ze willen niet dansen met een groentje!'

'Doe niet zo gek!'

'Ik doe niet gek, ik ben realistisch. Ik zou hetzelfde doen als ik echt goed was en mijn vriendin iemand was die over haar eigen voeten struikelt. Trouwens, het is zo druk dat ik betwijfel of ik het wel fijn zou vinden om zo stevig te worden vastgehouden door een vreemde man.'

'Zou je het fijn vinden om met mij te dansen?'

'Wat?'

'Ik kan je wel leiden!' zegt ze, waarna ze haar excuses aanbiedt aan haar partner en mij vastpakt.

'Maar...'

'Gewoon volgen!'

'Wat gebeurt hier?' Rick stapt het gedrang in.

'Dit is degene met wie ik wil dansen.'

Hij kijkt ons aan – het vrouwtje dat leidt, dat de mannenpassen danst en de vrouw in mannenkleding die volgt – maar voor hij kan protesteren, begint de muziek.

Ik had verwacht dat er alleen maar ouderwetse muziek uit de speakers zou komen, dus ben lichtelijk verbaasd wanneer ik een nummer hoor dat ik ken: *Santa Maria* van The Gotan Project.

'Dit is een geweldig nummer!' roep ik. Hip maar erg sfeervol.

Misschien helpt het dat ik de momenten in het nummer voel aankomen waarop we een draai gaan maken, maar ik moet toegeven dat Beth geweldig kan leiden. Ze accentueert de zwaardere stukken met gestileerde rukjes en duwtjes. In plaats van dat ik me continu moet excuseren voor wat ik fout doe, voel ik me met elke stap zelfverzekerder worden, en worden mijn bewegingen steeds minder gespannen en vloeiender. Terwijl een donkere mannenstem mompelt '*Argentina, Buenos Aires*' voel ik mijn wangen gloeien van plezier. Ik weet dat het waarschijnlijk heiligschennis is om te glimlachen, maar ik kan er niets aan doen.

'O mijn God, Beth!' Ik kijk haar met open mond aan terwijl we een draai maken. 'Ik heb net het licht gezien!'

'Vertel!'

'*Ik ben helemaal niet zielig!*'

'Heb ik dat ooit gezegd?'

'Nee, maar ik herinner me dat Adriano zei dat de tango mensen aantrekt die melancholisch van karakter zijn – dat verklaart waarom ik nooit iets voor deze dans voelde – ik was melancholisch door de situatie, maar het zit niet in mijn aard! Ik word weer *gelukkig*!'

Beth laat me voor het effect achterover zakken en trekt me weer overeind om daarna met hernieuwd enthousiasme verder te dansen.

'En hoe lang is deze straat eigenlijk?' vraag ik, terwijl ik nu al zin heb in een glas Malbec.

'Geen idee.' Ze haalt onbezorgd haar schouders op. 'Ik weet alleen dat we pas stoppen als we in Spanje zijn!'

Spanje

18

De Voorjaarsmarkt, La Feria de Abril, is in volle gang als we in Sevilla arriveren. Het is een fantasie die werkelijkheid is geworden, met mannen als Zorro gekleed te paard – en daar hoor ik weer het castagnettengeklepper van hoeven op de kinderkopjes – en vrouwen die in oogverblindende polkadotjurken over de straten dansen.

Ik probeer niet te staren, maar de aanblik van volwassen vrouwen in jurken waar ik voorheen alleen maar poppen in heb gezien, is zo fascinerend dat ik er niets aan kan doen. De overdaad aan kleur is gewoon niet te negeren: limoengroen, zuurstokroze, knetterblauw. Alleen de felste, opvallendste kleuren worden gebruikt. Ruches, franjes en gerimpelde stroken: hoe anders dan de sombere elegantie van de tango.

Nog mooier is dat de vrouwen in deze jurken *heupen* hebben!

'Ik heb mijn soort gevonden!' joel ik, blij te zien dat de vrouwen hier hun vorm juist accentueren met kleur en volume.

'Ik heb je nog nooit zo gelukkig gezien,' zegt Lucy stralend.

'Ik kan er niets aan doen. De aanwezigheid van deze vrouwen die daar zo benijdenswaardig uitdagend staan met een blik van "Kijk mij nou!" doen mij glimlachen van *bonhomie*. Dat wil ik ook!' hoor ik mezelf roepen.

'Uw wens is mijn bevel!' grinnikt Lucy, terwijl ze ons voorgaat naar het warenhuis *Corte Ingles* aan het Plaza Duque, tegenover een van de ongeveer zes Zara-winkels die we al hebben gezien sinds we in deze zonnige en gezellige hoofdstad van Andalucië zijn aangekomen.

'Heilige cornucopia!' Beth doet een stapje achteruit wanneer ze de psychedelische kledingrekken voor ons ziet. 'Het lijkt wel carnaval, waarbij iedereen hetzelfde kostuum draagt – alleen dan in verschillende kleuren.'

'Eigenlijk zit er heel wat verschil in de grootte van de stippen...'

'O, jij weer!' Beth rolt met haar ogen terwijl ik ze bekijk, van cent tot jampotdeksel. 'Deze vind ik leuk!'

'Je kunt geen flamencojurk met paisleymotief aantrekken!' sputter ik tegen, verrast dat zoiets ook maar bestaat.

Maar dan zien we een New Look-versie van een Pucci-print, eentje die zo uit *Austin Power Goes to Spain* zou kunnen komen en zelfs een neonkleurige met *broderie anglaise*!

Beth zet haar zonnebril op om een feloranje exemplaar te bekijken en juicht: 'Als we dan toch in Sevilla zijn...' waarna ze ermee naar de kleedkamer loopt.

'Carmen?' Lucy geeft me een duwtje.

'Ik moet wel gaan voor de traditionele rood met witte polkadot. 'Ik wil het hangertje van het rek halen om de jurk voor te houden zodat Dan het kan filmen, maar het gewicht verrast me. Het materiaal is zo dik als gordijnstof en er zou net zo goed lood in de zomen van de verschillende ruchelagen kunnen zitten.

'Het voelt alsof je gewichtjes aan je enkels hebt hangen in deze jurk!' zeg ik kreunend wanneer ik naast Beth sta.

'Ik weet het. Wat is die stof stijf!' Ze stapt fronsend in de jurk, die bijna uit zichzelf blijft staan. 'Ik kan me amper voorstellen dat ik in dit gevaarte de dansvloer op moet.'

'Het is je ook gelukt met die enorme baljurk die je vorig jaar op Toby's verjaardag aan had.'

'Ja, maar die rok had een hoepel en zat vol lucht,' redeneert Beth.

'Doe jij mijn rits?' Ik draai haar mijn rug toe.

'Wauw!' Beth stapt achteruit om me te bekijken.

Mijn handen vliegen naar mijn achterwerk, bang dat mijn blubber het silhouet verstoort, maar tot mijn verbazing voel ik twee perfecte ronde billen. 'Deze jurk zit echt geweldig!' zeg ik, genietend van mijn spiegelbeeld.

'Kom!' roept Dan vanuit de winkel. 'Laat eens kijken?'

'Klaar?' zegt Beth uitdagend.

We gooien het gordijn open en nemen een uitdagende houding aan.

Het is geweldig wat een nieuwe outfit doet. Zoveel acteurs met wie ik heb gewerkt zeggen dat het juiste kostuum helpt om in de rol te komen, en dat is met deze flamencojurken ook het geval; het zijn geen jurken om stilletjes op je tenen te gaan lopen, je moet er brutaal in lopen om de stof in beweging te krijgen. Zelfs wanneer je stilstaat, is het onmogelijk om met je schouders te gaan hangen; de jurk dwingt je om rechtop te staan en je zet instinctief je handen op je heupen. En de kleuren: hoe kun je je nou zielig voelen in scharlakenrood?

'Draai eens rond!' tettert Lucy enthousiast.

Ik was dan zelf misschien blij verrast over mijn spiegelbeeld, de blik in Dans ogen maakt me nog blijer. We hebben niet zoveel meer met elkaar gesproken sinds Buenos Aires; we zaten op een nachtvlucht naar Madrid en tijdens de reis naar Sevilla zorgde Rick er wel voor dat we zo ver mogelijk uit elkaar zaten, waarna hij aparte taxi's naar het hotel regelde. Ik denk dat zijn motivatie eerder was om Simon en Beth uit elkaar te houden na het akkefietje bij de *estancia*, maar de uitkomst was hetzelfde. Ik speel met het idee om Dan een briefje toe te stoppen, maar dan, wanneer we naar de afdeling accessoires lopen, komt hij achter me aan en fluistert hij: 'Jij en ik, vanavond. Speciale missie. Doe je mee?'

Rick staat natuurlijk te kijken, dus pak ik een waaier en zwiep hem open, om daarna zwaar knipperend met mijn ogen en met de waaier voor mijn mond, zodat alleen Dan me kan zien, te antwoorden: 'Absoluut!'

Daarna houd ik de waaier voor mijn gezicht, zodat Dan de enorme *Viva España!*-grijns niet kan zien.

'Past dit bij mijn jurk?' vraagt Beth, die niets doorheeft. Ze houdt een perzikkleurige, gelakte waaier omhoog.

'Een beetje te Japans.' Ik frons mijn wenkbrauwen als ik de handbeschilderde bloemetjes zie. 'Wat dacht je van een met kant?'

Er is zoveel keuze: van antieke waaiers met gouden tipjes tot kitscherige waaiers van plastic en nylon, bedrukt met jarenzeventigfoto's.

'Heb je de bakkenbaarden van die vent gezien?' Ik tuur naar een gedateerd plaatje. 'Deze neem ik mee voor Toby.'

'Ik wil jullie dames niet haasten,' zegt Lucy verontschuldigend. 'Maar we hebben nog maar vijf minuten.'

'Gaat het?' vraag ik. Ze ziet er wat zenuwachtig uit.

'Weet je nog dat Rick besloot om deze reis naar voren te halen, vóór Cuba?' Ze kijkt me samenzweerderig aan.

Ik knik.

'Ik was de meeste researchtijd kwijt aan het omboeken van vluchten en hotels, dus is het vandaag even improviseren.'

'Nou, je doet het tot nu toe geweldig!' zeg ik. 'Als ik iets...'

'Carmen, help!' Beth slaakt een paniekerig gilletje wanneer ze het gangpad met sieraden ziet.

'Maken jullie je outfits af, dan ga ik even bellen.'

'Afgesproken!' zeg ik met een brede grijns, terwijl ik naar Beth hol.

Goedkoop en vrolijk – dat lijkt hier de trend. De plastic armbanden en klemoorbellen zien eruit alsof ze zo uit een speelgoedwinkel komen.

'Het heeft geen zin om naar iets bijpassends in het oranje te zoeken, ga liever voor iets contrasterends,' adviseer ik Beth, waarna ik al snel een ketting vind met glinsterende turkooizen kralen.

'Dit is zo *Ugly Betty!*' joelt Beth wanneer ze een gele bloem uit de frisgroene oase plukt.

'Ik heb een tweede hoofd nodig!' besluit ik, wanneer de assistente aan komt lopen met allerlei kammetjes. Ik vind vooral die met parelmoer mooi; door de tanden van de kam zien ze eruit als zeemonsters, iets wat wel past bij waar ze vandaan komen.

'Twee minuten!' roept Lucy.

Ik hang snel een paar nepgouden oorbellen terug die zo zwaar zijn dat mijn oorlellen tot op mijn schouders hangen, en kies voor een paar met een ronde kraal tegen het oor en daaronder een plastic ring zo groot als een armband.

We hebben alleen nog een paar supersize stiletto's en wat slecht aangebrachte lippenstift nodig en we kunnen zo de woestijn in met Priscilla!

'Dit is geweldig!' giechelt Beth terwijl we de deur uit worden geduwd. 'Ik weet niet waarom we zoveel moeite doen om er elegant en netjes uit te zien; ordinair is zoveel leuker!'

Maar dan verdwijnt de glimlach van Beths gezicht. 'Je verwacht toch niet echt dat ik dat doe?'

Ik draai me om en zie Lucy onderhandelen met de koetsier van een rijtuig.

'Is dat echt nodig?' vraag ik Rick.

'Het is gewoon een gezellig ritje, de traditionele manier om naar de Feria te gaan.'

'Maar na de valpartij van Beth...'

Hij kijkt me vernietigend aan. 'We vragen jullie niet om *Ben Hur* na te doen.'

'Maar wat als het paard gaat steigeren?' piept Beth.

'Dan ben je er nog sneller.'

Wauw. Hij wint echt elke prijs voor ongevoeligheid.

'Ik krijg hem wel,' mompelt Beth wanneer ze instapt. 'Ik weet nog niet wanneer en hoe, maar ik krijg hem nog wel.'

Terwijl we door de straten klepperen, trekt Beth bij elke onverwachte stap van het paard een bang gezicht en pakt ze me stevig vast. Ze is zo gespannen dat ze zich niet realiseert dat ze regelmatig Simons knie grijpt.

En ik, ik straal nog steeds. Te lang was ik bang dat ik de zekering had doorgebrand die het mogelijk maakte om gelukkig te worden, maar hier zit ik: dolblij! Ik vraag me af of mijn liefde voor deze stad iets te maken heeft met het feit dat het eruitziet als een enorme filmset met allemaal kleurige figuranten.

Nog theatraler is de Feria zelf: de wijk Los Remedios op de andere oever ziet er misschien wat vervallen uit vergeleken met het stadscentrum, maar er is voldoende ruimte voor een tijdelijk dorp vol kleurige tenten, de *casitas*.

Ik vind het fascinerend om te zien dat elke casitas anders is ingericht: hier zien we een perfect gestileerde eetkamer met kanten gordijnen, antieke lampen en kunst tegen de wanden van witte stof, terwijl de tent ernaast groot genoeg is voor een dansvloer en een deejay. Elke gast lijkt wel een glas sherry in de hand te hebben, van tapas te snoepen en de *sevillanos* te dansen, wat volgens Beth de light-versie is van de flamenco.

We voegen ons bij de mensenmassa op straat, versierd met witte en groene lantaarns die door de ronde vorm en door de hitte van de zon, een opvallend stippenpatroon vormen op het goudgele zand onder onze voeten.

'Ik ben zoooo blij dat we een kostuum dragen,' zegt Beth. 'De toeristen zijn echt een vreemde eend in de bijt!'

Ik kan nog steeds niet geloven dat er zoveel variaties aan jurken zijn en wil meer weten over de trends; zijn mouwtjes dit jaar in of uit? Hoe komt het dat ze nooit een glanzende stof of pailletten gebruiken; zou dat echt een *faux pas* zijn bij de Feria? En waar bewaren ze hun geld en hun lippenstift als ze geen handtasje bij zich hebben? Dan zie ik hoe een meisje haar rokken optilt om bij een geldtasje om haar bovenbeen te kunnen...

'Aha!' Lucy en ik kijken elkaar veelzeggend aan.

'Kijk eens naar die moeder en haar dochtertje!' Beth geeft Dan een por om er zeker van te zijn dat hij de moeder en dochter in bij elkaar passende fuchsiakleurige jurken filmt.

Ze zien er inderdaad schattig uit samen, maar ik ben zeker zo onder de indruk van de groep tienermeiden die, in plaats van met hun ogen te rollen en beschaamd rond te kijken, even trots lijkt te zijn op hun outfits als hun moeders.

'Ik zou willen dat wij zo'n feest hadden in Engeland,' zucht ik.

'Ascot lijkt er nog het meest op,' zegt Beth, een beetje angstig kijkend wanneer we langs een rij van tien paarden lopen, hoewel ze er even rustig en verzorgd uitzien als hun berijders.

'Wauw, dat is pas een outfit!' Ik stop om een jonge amazone te bewonderen die in amazonezit op haar paard zit in een lange rok met ruitjes en een prachtig gesneden roomwit bolerojasje. Scheef op haar glanzende kastanjebruine haar draagt ze een grijs hoedje en in haar oren prijken eenvoudige parels. Net wanneer ik wil zeggen dat zij er van iedereen het meest chic uitziet, wijst Beth naar een tien jaar oude Nathalie Portman-lookalike die aan de teugels zit van de voorbijrijdende koets.

'Hoe die jonge meisjes zich gedragen, is echt ongelooflijk!' Ze giert het uit.

Ik recht mijn schouders en vraag me af of we echt al te oud zijn voor de etiquetteschool...

'Oké, hier is het!' Dan stopt bij een kruispunt, tevreden over hoe de achtergrond nu ook het nabijgelegen feestterrein omsluit, alsof de directe omgeving nog niet kleurig genoeg is.

'Oké.' Lucy kijkt in haar aantekeningen. 'Ik wil even wat horen van Carmen over de paso doble; je zei dat het een van je favoriete dansen is?'

Ik knik enthousiast. 'Het is zo krachtig en eigenzinnig en gepassioneerd,' zeg ik, voordat ik daar met een zacht stemmetje aan toevoeg: 'Alles wat ik niet ben.'

'Kun je je herinneren wanneer je voor het eerst een paso doble hebt gezien?'

'In *Strictly Ballroom*, de film,' antwoord ik met een brede glimlach, denkend aan hoe de 'paso doble' een soort magische spreuk was die Paul Mercurio uit een wereld van oogverblindende oogschaduw en enorm hoog haar transporteerde naar een met lantaarns verlicht binnenplein aan de verkeerde kant van de spoorlijn.

'Laat je paso doble eens zien!' zeiden de zigeuners die naast de vuurput stonden plagerig, om dan te lachen om zijn elegante bewegingen en ballethoudingen, die door de leider van de troep werden beantwoord met de herkenbare holle rug van een matador en het ritmische getik van hakken met spijkertjes op het hout.

'Ik denk dat ik diep vanbinnen wil dat dat mij hier ook gebeurt: dat een Spaans omaatje met de muziek mee klopt op mijn borst en zegt: *"Luister naar het ritme!"*'

Beth grinnikt nu ook en vraagt dan: 'Wat was die andere zin uit de film ook alweer die je zo geweldig vond?'

'Wie in angst leeft, leeft maar half...'

Ik hap even naar adem. Zo treffend. Zo waar. Even voel ik de energie uit mijn lichaam wegstromen, maar dan zie ik twee vrouwen van in de vijftig dansen, stralend om elkaar heen draaiend, het oogcontact nooit verliezend. Ze lachen zo natuurlijk, zo blij, alsof ze staan te dansen op een nummer van ABBA.

'Dat zijn mijn nieuwe rolmodellen!' roep ik blij.

'En de mannen, Beth? Denk je dat je hier een goede danspartner kunt vinden?'

'Och, je kent me toch. Ik kan overal een partner vinden... Ik ben de del, weet je nog?' Ze kijkt Simon met kille blik aan.

Dit is zo niet Beth. Ze voelt zich niet snel aangesproken, zeker niet na jaren van kritiek. Maar toch, het is nooit fijn om verkeerd te worden begrepen. Zeker wanneer je voor het eerst in je leven het idee hebt dat mensen je aardig vinden om wie je bent.

'Hij heeft je nooit een "del" genoemd hoor,' zeg ik, wanneer we verder lopen. 'Dat kwam van jou.'

'Ja, maar hij was het ermee eens!'

Daar kan ik niets tegen inbrengen. 'Ik wil gewoon niet dat je het hier voor jezelf verpest.'

'Hou zou ik dat kunnen?' Ze kijkt me aan met een geforceerde glimlach. 'Het is hier veel te geweldig.'

'Ja toch?'

Ik draai me om om Lucy te bedanken voor het feit dat ze zo snel zo'n geweldige locatie heeft gevonden, maar zie dat ze diep in gesprek is met Rick. Even denk ik dat hij haar een complimentje geeft. Natuurlijk doet hij precies het tegenovergestelde.

'God, wat nu weer?' flap ik er per ongeluk uit.

'Wat er nu weer is?' herhaalt Rick voordat hij Lucy briesend aankijkt. 'Waarom vertel jij ze niet wat er *nu weer* is?' Daarna stormt hij weg.

Lucy kijkt ons aan met een 'haat me alsjeblieft niet'-blik. 'Er lijkt een klein misverstand te zijn over de paso doble.'

'En met "klein" bedoel je "gigantisch", nietwaar?' Ik probeer er een grapje van te maken.

'Ga verder,' zegt Beth bemoedigend.

'Nou, toen ik mijn contactpersoon in Sevilla belde en vroeg of we de *authentieke* paso doble konden zien, werd hij heel enthousiast en zei hij dat hij de beste stoelen voor ons kon regelen voor een van de meest prestigieuze evenementen van de Feria.'

'Heeft hij je laten zitten?' Beth is vol sympathie.

'Nee. Hij heeft stoelen. Het is alleen dat, als een dans, de paso doble niet echt zo alledaags is als de tango in Argentinië. Het is niet zoiets als de sevillanos. Eigenlijk,' ze slikt, 'wordt hij amper gedanst, behalve dan bij ballroomwedstrijden.'

'Ach. Jammer. Dat is een teleurstelling, maar toch niet het einde van de wereld,' zegt Beth. 'In elk geval hebben we kaartjes voor de show.'

'En daar is het misverstand ontstaan.' Lucy zucht. 'Voor een Spanjaard is de paso doble de marsmuziek die bij het stierenvechten wordt gespeeld.'

We trekken onze wenkbrauwen op.

'Blijkbaar is er een kleine brassband die de komst van de matador aankondigt. Je kunt in elke winkel hier in de stad compilatie-cd's kopen van deze deuntjes, maar een danspartner zul je hier niet vinden.'

Het blijft even stil.

'Ik snap het.' Beth blijft verbazingwekkend rustig. 'De twee zijn onlosmakelijk met elkaar verbonden; ik bedoel, je ziet nooit een paso doble zonder een man die speelt alsof hij de matador is.'

'Bedoel je dat we naar het stierenvechten gaan kijken?' zeg ik, met wat meer paniek in mijn stem.

'Ik begrijp het als je het te bloederig vindt of moreel tegen stierenvechten bent…,' Lucy krijgt bijna tranen in haar ogen.

'Wat heeft Rick erover gezegd?' wil Beth weten.

'Dat mijn onkunde en slechte research dit hele segment heeft geruïneerd.'

'Lijkt me wat overdreven,' begin ik.

'Hij heeft gelijk,' zegt Lucy met een zwakke glimlach. 'Behalve als ik Karen Hardy laat invliegen is er hier niet echt iemand die jullie deze dans kan leren.'

Ik zie dat ze klaar is om de handdoek in de ring te werpen, maar ik leg mijn hand op haar arm en knik naar Beth, die eenzelfde 'hoezo obstakels'-blik in haar ogen heeft als op de avond van de auditie. 'Geef haar even wat tijd.'

Beth begint heen en weer te ijsberen, haar oranje staart achter zich aantrekkend door het zand. En dan stopt ze. 'Dus de paso doble wordt niet op elke straathoek gedanst, da's dan jammer. Waar wij in geïnteresseerd zijn, is de oorsprong en essentie van de dans. Ja, de man is eigenlijk de matador, dus dan zou het logisch zijn om van hem te willen leren, maar de vrouw is veel meer dan de cape of de stier; weet je nog wat ik je bij de auditie heb verteld?'

'Ze is ook de flamencodanser!' Lucy's mond valt open.

'Exact!' benadrukt Beth. 'Dus, logisch gezien zouden wij de flamenco moeten leren, omdat wij vrouwen zijn.'

'En die dans is hier amper te missen,' val ik bij, verwijzend naar de tientallen posters die we onderweg hebben zien hangen.

'Je hebt gelijk!' roept Lucy blij. 'Als we het over een cultureel iconische dans hebben!' Maar dan vertrekt haar gezicht weer. 'Maar de flamenco is geen partnerdans. Zoveel weet ik wel.'

Beth denkt even na; zo gemakkelijk laat ze zich niet uit het veld slaan. 'Wat dacht je hiervan? Kun je, terwijl wij bij het stierenvechten zijn, niet een matador voor ons regelen? Ook al dansen we niet de officiële dans, we kunnen zeker iets improviseren.' Beth zet mij neer in de klassieke *toreador*-houding. 'Kijk, ik kan om hem heen cirkelen, reageren op zijn houdingen en bewegingen…'

Beth heeft inspiratie gevonden, Lucy is enthousiast, maar ik voel me nog wat ongemakkelijk.

'Gaan we echt naar het stierenvechten?'

19

'Zie het als een dans tussen man en dier,' zegt Beth wanneer we bij de arena aankomen. 'Een ceremonie in plaats van dierenmishandeling.'

In het begin is dat nog prima te doen; de straten rondom de arena krioelen van de mensen met kaartjes, gekleed in hun zondagse kleren, druk met elkaar pratend op weg naar de ingang. Ondanks de hitte dragen de mannen prachtige klassieke marineblauwe pakken met roze overhemden, zijden stropdassen en glinsterende manchetknopen. Hun haar en huid zijn overdadig ingesmeerd met olie; niet echt het rumoerige 'gooi de christenen voor de leeuwen!'-publiek dat ik had verwacht.

'Het voelt eerder als een dag bij het paardenrennen,' zeg ik, verbaasd over het grote aantal vrouwen dat zichzelf koelte toewaait, inclusief een select groepje dat hoge mantilla's met fijn antiek kant draagt.

'Net een bruidssluier, vind je niet?' vraagt een man, die Lucy voorstelt als haar contactpersoon Felipe. 'Dat zijn de vrouwen van de matadors. En dit,' hij wenkt ons een paar stappen achteruit te doen om het enorme ronde gebouw voor ons te kunnen bekijken, 'is de *Plaza de Toros de la Maestranza*. Een van de oudste en mooiste stierenvechtarena's ter wereld.'

De buitenkant is fel wit, met mosterdgele lijsten om deuren en ramen en een aantal zware ossenbloedrode deuren versierd met lange rijen ijzeren nagels. Felipe leidt ons door een drukke maar koele stenen gang naar de openluchtarena, wijzend naar de elegante bogengalerij op de bovenste verdieping en de rode bebording beneden. Het zand is een schitterend oker-goudgele kleur, perfect aangeharkt en lijkt in het felle zonlicht bijna suèdezacht.

Ik ben onder de indruk van de minuscule met de hand beschilderde tegeltjes op elke zitplaats, zeker wanneer Felipe me vertelt dat er hier plek is voor veertienduizend toeschouwers!

Minder romantisch is het feit dat al die tot in de puntjes geklede gasten gewoon op het kale beton moeten zitten; we besluiten daarom maar een kussentje te kopen bij de kiosk. En een zak gesuikerde nootjes, nu we er toch staan.

'Zijn jullie er klaar voor?' vraagt Lucy nog een keer voordat ze op jacht gaat naar haar matador. 'De jongens zitten in het volgende vak,' ze wijst naar Dan, Simon en Rick, 'zodat ze jullie en de arena beneden kunnen filmen. Ik zie jullie buiten wanneer het afgelopen is.'

'Weet je, Lucy,' grinnikt Felipe wanneer ze weg wil lopen, 'nu je mij vertelt over dat dansconcept is het wel jammer dat jullie hier laatst niet waren toen Joaquin Cortes hier stond.'

'Joaquin Cortes?!' Beths mond valt open. 'De flamencolegende? De ex van Naomi Campbell, de muze van Armani en een van de mannelijkste, meest sexy dansers die ooit voet heeft gezet op het podium?'

'Ja, ja, en ja,' zegt Felipe enthousiast. 'Hij heeft hier in de arena gedanst. Het was geweldig. Natuurlijk, als je purist bent en meer houdt van *farruquito*...'

Voordat Felipe verder kan gaan, begint de brassband en horen we de muziek van trompetten en schrille cimbalen.

'En dat is dan jullie paso doble!' kreunt Lucy, terwijl ze wegschuifelt.

De 'show' begint met een optocht van alle 'artiesten', als een iets voortijdig applaus, mogelijk omdat ze er na de laatste acte niet allemaal meer zullen staan.

Ik kan er niets aan doen, maar vind de aanblik van mijn eerste *traje de luce*, of 'glinsterende pakken', wel erg opwindend. In welke andere sport dragen ze zulke prachtige kostuums? Door de eeuwen heen zijn kosten noch moeite gespaard om de dikke epauletten met franjes op de bolero's te stroomlijnen of om de stijve, satijnen korte broeken te maken van flexibel maar stierenhoornbestendige stof. En waar krijg je nou de kans om met gesteven kraag en stropdas te vechten voor je leven?

'Ik vind die koraalrode het mooist,' zegt Beth. 'Die met al dat zwarte borduurwerk.'

'Dat is inderdaad dé man om in de gaten te houden!' glimlacht Felipe goedkeurend.

'Juan José Padilla. Kijk straks maar.'

'En die man in wit en goud?' Ik had gedacht dat hij de *numero uno* zou zijn vanwege het glittergehalte van zijn outfit, maar het tegenovergestelde blijkt het geval: hij is slechts een *banderillero*, de assistent van de matador.

'Nou, hij ziet er in elk geval zelfverzekerd uit; dat lijkt me nogal een gevaarlijke kleur met al dat bloed.' (Ik zie dat de meeste andere rijzende sterren hebben gekozen voor het wat minder gevoelige bordeauxrood.)

'Denk je dat ze er een corrigerende onderbroek onder dragen?' giechelt Beth, wijzend naar hun prachtige strakke billen.

'Ik denk dat een paar er wel eentje voor in hun onderbroek hebben gestopt!'

'O, hemel!' gilt Beth als een van de mannen zich naar ons omdraait. 'Dat is gewoon obsceen!'

'Zou jij als je in hun schoenen stond, je zaakje niet wat extra willen beschermen?' zegt Felipe verdedigend.

'En nu?' Beth wil weten waarom de 'cast' maar wat heen en weer aan het lopen is, in plaats van tot actie over te gaan.

De arena is gigantisch. (De poort waar de stier doorheen zal komen, is groter dan het doek van het laatste theater waar ik heb gewerkt!) Ik zie hoe de mannen naast de bebording met hun capes staan te zwaaien en vraag me af hoeveel van hen nu staan te denken: *ik heb vandaag zoooo geen zin in mijn werk!* Misschien hebben ze zelfs weddenschappen met elkaar afgesloten welk lichaamsdeel als eerste zal worden doorboord. Felipe vertelt ons dat zeventig procent van alle verwondingen tussen de buik en de knieën voorkomen. Bang dat hij ons nu gaat vertellen wat de sterftecijfers zijn, vraag ik hem naar de prijs van het *traje de luce*; hij vertelt dat een kostuum minimaal tweeduizend euro kost. Hij wil net aan Beth uitleggen waar ze voor ongeveer dertig euro een paar zuurstokroze sokken kan kopen wanneer het begint.

Ik betwijfel of ze veel van wat volgt op tv kunnen laten zien. Zeker niet de paarden die geblinddoekt opkomen zodat ze de stier niet op zich af zien komen, of de lansen waarmee hun berijders de stier in de nek proberen te raken. Felipe zegt dat deze *picadors* als taak hebben de kracht van de stier te testen en de spieren te verzwakken, waardoor het dier zijn hoofd laat zakken. Dan komen de *banderilleros*, die versierde haken in de schouders van de stier steken, waar ze blijven hangen terwijl het rode bloed langs het zwarte vel stroomt. Beth heeft haar hoofd al in haar handen.

Terwijl zij niet meer kan kijken, kan ik mijn ogen niet van het schouwspel afhouden. Met een mix van afkeer en verontwaardiging voel ik hoe mijn neusgaten zich verwijden, en wens ik bijna dat de stier deze idiote rondparaderende treiteraars in hun overdreven glinsterende kostuums te grazen neemt.

Ondertussen probeert Felipe uit te leggen hoe de matador zijn strepen verdient, en hoe we de specifieke houdingen en *faenas* kunnen herkennen. Ik hoor hoe hij zegt dat het zwaaien met de cape een *veronica* wordt genoemd, maar ik voel te veel medelijden voor het beest om echt goed te luisteren. Op een gegeven moment probeert de stier te ontsnappen via de poort waar hij door naar binnen is gekomen, en zijn verwarring is voelbaar en hartverscheurend. Ik krijg bijna het gevoel dat hij zich afvraagt wat hij in hemelsnaam heeft gedaan om dit te verdienen. En dan denk ik aan hoe Lee mij verzwakte met zijn stekelige woorden. Hoe hij steeds maar op mij in bleef steken. Niemand gelooft het, maar ik heb geprobeerd terug te vechten. Ik heb geprobeerd terug te slaan. Het lukte me alleen nooit.

Maar dan, wanneer de matador de doodsteek toebrengt, bedenk ik me dat dat niet waar is. Ik leef toch nog? Is dat op zich niet al een overwinning?

Terwijl het publiek applaudisseert, voel ik alleen maar walging. Ik weet dat er nog twee matadors op de lijst staan, maar ik denk dat we genoeg hebben gezien. Ik kan Lucy niet vinden en kijk daarom naar Rick om hem te laten weten dat we weggaan, net op tijd om te zien hoe hij tegen de persoon voor hem aan zakt. Flauwgevallen. Blijkbaar was de aanblik van de dode stier die de arena uit werd getrokken, een rood spoor in het zand achterlatend, genoeg om hem over het randje te duwen.

Terwijl Simon hem bij probeert te brengen en weer tot leven te wekken, zie ik Dan de camera op hem richten; perfect materiaal voor de bloopers.

'Beth, kijk!'

'Dat kan ik niet, echt niet!'

'Niet de stier, nee, Rick, hij is van zijn stokje gegaan!'

'Wat?' Ze kijkt net op tijd op om te zien hoe Simon hem in zijn gezicht slaat. 'O, waarom kon ik dat niet doen!' jammert ze.

We jammeren nog even door wanneer we ons realiseren dat door ons gestaar onze kans om te ontsnappen is verkeken; we kunnen nu niet meer weg zonder een Mexicaanse wave te veroorzaken onder het publiek en aangezien de volgende stier al in de arena staat, is het waarschijnlijk beter om geen onverwachte bewegingen te maken.

'O God, daar gaan we weer.' Beth buigt voorover in de foetushouding, terwijl ik het aantal rijen in het stadion probeer te tellen. Ik ben nog maar bij vijftien wanneer ik het overbekende geloei hoor; ik kijk naar beneden en zie een soort herder een stuk of tien koeien naar binnen drijven.

'Wat in hemelsnaam…?'

Felipe legt uit dat als de stier niet snel genoeg reageert en de andere kant op loopt in plaats van op de cape af te stormen, er een herder naar binnen wordt gestuurd om hem mee te nemen, omdat hij dan duidelijk niet klaar is voor een gevecht.

'Dus hij komt er ongestraft vanaf?'

Hij knikt.

Wauw. Als er ooit een argument was om iemand de andere wang toe te keren, dan is dit het wel. Nou, als er een manier was om dit aan zijn medestieren te vertellen…

Maar dat is nog niet alles.

'Als de stier zich prijzenswaardig verdedigt, kan hij gratie krijgen en keert hij terug naar zijn oude leventje in een Andalusisch weiland, waar hij dan als fokstier gezond en blij oud mag worden.'

Ik ben onder de indruk. 'Dus je moet ofwel heel goed zijn of heel slecht om naar die Elysische velden te mogen?'

'Ja, maar je moet wel weten dat zelfs de stieren die hier vandaag sterven al vier of vijf jaar in dat weiland hebben gestaan. Geen contact met mensen.'

'Echt?' Het is zeker een beter leven dan het fabrieksvlees heeft gehad dat op ons bord terechtkomt. Ik pak mijn telefoon en doe wat rekensommetjes op de calculator, om de verhouding plezier-pijn uit te rekenen. Stel dat zo'n stier na vier jaar ongestoord genieten in een groen weiland nu een minder idyllische vijfentwintig minuten in de ring doorbrengt. Het is een vreselijke manier om dood te gaan, maar ik troost mezelf met de gedachte dat dit slechts 0,002 procent van zijn leven is.

'Straks zeg je nog dat ze in een staat van nirvana zijn als ze sterven, terwijl hun idyllische leventje aan hen voorbij flitst!' Beth wordt niet veel blijer van mijn statistieken.

'Ik wil alleen maar zeggen…'

'Ik wil het niet horen.'

Ik kijk weer naar de calculator en toets wat nieuwe getallen in. Lee voelt als de dominante factor in mijn leven, maar in werkelijkheid, als ik in percentages reken, is hij er maar acht procent van mijn tijd hier op aarde geweest.

Tweeënnegentig procent van mijn leven was dus Lee-loos.

Het is aan mij of dit Lee-percentage hoger wordt of, met elke dag die voorbijgaat zonder hem, lager en lager…

'Dames.' Felipe trekt onze aandacht. 'Juan José Padilla heeft de ring betreden.'

En dan wordt alles anders.

Ten eerste vecht hij tegen een Miurastier, een soort die bekendstaat als de 'stier des doods', omdat ze al zoveel Spaanse matadors hebben gedood, inclusief de legendarische Manolete, die Felipe met een traan in zijn oog ter sprake brengt.

Ten tweede wil de man volgens mij dood.

'Wat is hij aan het doen?' Ik kijk met open mond naar Padilla, die een paar meter voor de poort waar straks de stier uit tevoorschijn komt op zijn knieën gaat zitten, met de cape over zijn lichaam. Ik kijk vol verbazing om me heen: is er dan niemand die hem tegenhoudt?!

'Felipe!' Ik trek aan de mouw van onze gids, maar die zit te verrukt te kijken om te reageren.

Ik moet wegkijken wanneer de poort opengaat.

Wonderbaarlijk genoeg wordt Padilla niet vertrapt. Ietwat beledigd besluit hij daarom maar het werk van de *banderilleros* te doen, en geeft de stier op adembenemende wijze een aantal piercings.

'Denk je dat hij weet dat hij tegen een van de gevaarlijkste stieren ter wereld vecht?' Ik knijp mijn ogen dicht wanneer hij net wat te lang in het pad van zijn tegenstander blijft staan en de stier zelfs de rug toekeert. 'O hemel!' jammer ik wanneer ze om elkaar heen dansen, zo dicht bij elkaar dat hij nu zelfs zijn hand op de romp van de stier legt. Even later gaat hij tegen de bebording staan, als een doelwit voor een messengooier, alleen zijn de hoorns van de stier dit keer de messen.

'Die kerel is duidelijk gestoord,' zeg ik, geschokt door zijn kamikazeacties.

De andere matadors waren evenwichtig, voorzichtig en nauwkeurig. Padilla's overmoedige, luidruchtige en roekeloze manier van doen maakt het allemaal wel erg realistisch; zo erg zelfs dat ik mezelf bijna in zijn ballerina's voel staan. En dat wil ik toch eigenlijk niet.

Zeker niet wanneer hij wordt gespietst, als een lappenpop door de lucht wordt gesmeten en zijn satijnen hemd rood kleurt.

Wanneer ze het publiek hoort gillen, doet Beth haar ogen open, net op tijd om te zien hoe zijn vrienden zijn slappe lichaam wegdragen. Ik tril van schrik.

Wat hebben we net gezien?

Maar dan, net voor hij door de poort verdwijnt, komt hij bij, vecht terug en – ook al draagt hij maar één schoen – loopt onder denderend applaus terug voor een laatste confrontatie met de stier. De arena is een zee van witte zakdoeken. Zelfs de stier krijgt een postuum ererondje.

Ik ben sprakeloos. Ik kijk naar Beth, die weer in de vliegtuighouding zit met haar hoofd tussen haar knieën.

'Is de matador dood?' vraagt ze vanuit haar mondhoek.

'Nee,' mompel ik. 'Niet te geloven, maar nee.'

Ik moet Felipes arm vasthouden om rechtop te blijven staan wanneer we naar buiten lopen; ik moet nog even verwerken wat ik net heb gezien en mijn lichaam trilt van de adrenaline. Ik voel me net een blender die op vol vermogen aanstaat. Ik kan me niet herinneren dat ik me ooit zo heb gevoeld. Duizend vragen schieten door mijn hoofd. Er is een nieuwe '*waarom?*' bij gekomen.

Waarom doen ze dit? Wat trekt ze aan, wat *dwingt* ze om zoiets te doen? 'Was dat niet kikken?' Dan is al net zo high van de hele gebeurtenis. 'Die laatste kerel was echt te gek, hoe heet hij ook alweer?'

'Juan José Padilla.'

We draaien ons om en zien Lucy staan met een papiertje in haar hand. 'Dat is de naam van de matador die ik heb geregeld. Wat voor type is het?'

Ze wacht op ons antwoord, maar we zijn allemaal te perplex om iets te zeggen.

'Zijn bakkenbaardjes deden het voor mij!' giechelt ze. 'Geweldig, nietwaar? We mogen bij hem thuis langskomen!'

Mijn ogen staan nu wijd open. 'Zijn we goed verzekerd?'

'Wat bedoel je?' vraagt Lucy fronsend.

'Ik wil maar zeggen, als ons iets overkomt, neem ik aan dat de maatschappij daarvoor is verzekerd?'

'Er zijn daar echt geen stieren, hoor,' zegt Lucy tuttend.

'Het zijn ook niet de stieren waar ik me zorgen om maak.'

Op de weg ernaartoe zit Rick continu te bellen, waarschijnlijk zodat niemand hem kan plagen over het feit dat hij is flauwgevallen tijdens het stierenvechten. Ondertussen vertelt Dan meer over wat onze matador deed in de arena, terwijl Simon hem tot zwijgen probeert te brengen, bang dat zijn enthousiasme Beth kwetst.

'Het spijt me,' zegt Felipe berouwvol. 'Ik wist niet dat je vegetariër was.'

'Ben ik niet,' antwoordt ze.

'O,' zegt hij, terwijl hij zijn handen in zijn schoot legt. Touché.

Wanneer Beth weigert iets voor de camera te zeggen, wordt die mijn kant op gedraaid. Nadat ze het publiek de vraag stelt of 'deze vorm van leven en dood puur entertainment is of een oude kunstvorm?', vraagt Lucy of ik me kan vinden in de relatie tussen *toro* en *toreador*.

'Absoluut,' zeg ik knikkend.

Net als de stier die weet dat de matador alleen maar problemen zal opleveren maar toch keer op keer op hem af stormt tot de dood erop volgt, reageerde ik steeds maar weer op Lee's geplaag en gesar. Ik dacht dat ik terugging om mezelf te verdedigen, maar nu realiseer ik me dat ik alleen maar verder wegzakte in het drijfzand. Ik zie de stier denken: *ik ben groter dan die man, sterker, ik zou mijn agressor gemakkelijk moeten kunnen verslaan. Het feit dat hij een wapen heeft, deert me niet.* Net zo dacht ik dat ik met mijn liefde en rede Lee wel kon bedwingen. Dat goed kwaad zou overwinnen. Was hij gemeen tegen mij, dan was ik aardig terug. Kijk nou eens! Ha!

'En in werkelijkheid?' vraagt Lucy.

'In werkelijkheid smeekte ik dan uiteindelijk huilend om iets aardiger tegen me te zijn,' verzucht ik. 'Ik kan me voorstellen dat hij zich daardoor nog sterker ging voelen. Wat een egotrip, als je iemand zo gemakkelijk tot een hoopje ellende kunt reduceren.'

'Wat heb je vandaag geleerd?'

Ik denk even na en kom dan tot de volgende conclusie: 'Ga niet naar de pijn. Loop ervan weg. Verlaat de ring.'

'Op weg naar een prachtig groen weiland,' voegt Felipe eraan toe. Wat romantisch.

'Oké, stop hier maar.' Lucy laat ons stoppen bij een rotonde.

'Wat is er?' wil Rick weten.

'Blijkbaar is Padilla's huis nogal moeilijk te vinden en daarom heeft hij gevraagd hier op hem te wachten. Hij is er over een minuut of tien.'

Ik stap de taxi uit en ga naast Lucy staan, die zenuwachtig op de uitkijk staat. Ik moet toegeven dat ik zelf ook wat vlinders in mijn buik heb.

'Denk je dat het politiek incorrect is om met een matador naar bed te gaan?' vraagt ze mij.

'Nou, ik denk niet dat je dan nog veel kans hebt op een baan als ambassadeur van de dierenbescherming.'

'Ik zat eigenlijk aan jou te denken; technisch gezien is het jouw beurt.'

'Wat?' joel ik. 'Staat er een clausule in het contract waar ik niets van af weet?'

'Voel je je niet een beetje tot hem aangetrokken? Het zijn hier een soort rocksterren of topvoetballers. Ava Gardner was er schijnbaar gek op...'

'Ik zat in de arena al aan haar te denken. Heb je ooit gehoord van de musical *Matador*?'

Ze schudt haar hoofd.

'Heeft kort gelopen in het West End, eind jaren negentig. Een deel van het verhaal is geïnspireerd op haar affaire met een Spaanse stierenvechter.'

'Echt?'

Ik knik. 'Maar één nummer werd beroemd, ken je *A Boy from Nowhere*?'

Ze fronst haar wenkbrauwen. 'Is dat er niet eentje van Tom Jones?'

'Ja!' zeg ik blij. 'Als je goed naar de tekst luistert, hoor je hem zingen vanuit het perspectief van een arme maar trotse matador, die vecht voor zijn leven.'

'Ik dacht altijd dat hij het had over zijn jeugd in een klein dorpje in Wales!'

Ik begin te grinniken. 'Dat denken veel mensen.'

We praten nog wat door over trots, over hoe Spanje de ultieme plek zou kunnen zijn om de mijne weer te vinden en dan vraagt Lucy, zeker voor de tiende keer: 'Is dat hem?'

'Nee,' zeg ik tegen alle Peugeots en Audi's die ze al heeft aangewezen. 'Zo'n type auto heeft hij niet.'

'Wat dan?' vraagt ze.

'Ik weet het niet, maar ik verwacht toch meer iets...'

Voordat ik mijn zin heb afgemaakt, komt er een zwaar brullende SUV, te vergelijken met de voertuigen die ik ken uit *Mad Max*, over de heuvel schieten die – ik zweer het – in slow motion met een doffe knal en een enorme stofwolk voor ons neerkomt.

'Dat is hem,' zeg ik bevestigend.

20

We volgen Juan José Padilla naar wat hij zijn *casa* zou noemen, maar wij eerder zouden beschrijven als een altaar voor zijn beroep.

De buitenkant van zijn huis ziet er normaal genoeg uit, modern en groot, maar zodra je over de drempel stapt, is direct duidelijk wie hier woont. Alleen al in de hal hangen een tiental stierenkoppen aan de muur – als gouden platen voor zijn grootste hits – naast een levensgroot olieverfschilderij van de man des huizes in een statig frambooskleurig matadorkostuum.

Het verrassendst is dat JJ meer op zijn schilderij lijkt dan zijn kamikaze alter ego; blijkbaar is de adrenalinejunkie een deel van zijn karakter en is hij achter gesloten deuren heel hoffelijk.

Nou ja, zo hoffelijk als mogelijk is wanneer je doorboorde kuit dik is ingezwachteld.

'Hebt u pijn?' vraag ik, via Felipe.

'Dit is niks!' vertaalt Felipe wanneer JJ zijn overhemd omhoog slaat, om de littekens te laten zien van toen zijn rug vorig jaar in Pamplona van zijn nek tot zijn taille open werd gereten.

Ondanks de aantrekkelijk bruine tint van zijn torso kijken we geschrokken weg, om te worden geconfronteerd met een hele galerij bloederige foto's waarop hij in allerlei stadia van een stierengevecht staat afgebeeld.

'Is het niet een beetje vreemd dat hij al die bijna-doodervaringen aan de muur heeft hangen?' fluistert Beth tegen mij wanneer we aan de rondleiding beginnen. 'Het is zoiets als wanneer ik een poster van Baby die boven op me landt ophang, of jij een foto van jou en een dronken Lee achter het stuur…'

Het lijkt wel een beetje macaber en toch verzekert JJ ons dat dit heel gewoon is voor matadors; zelfs wanneer we zien dat de woonkamer en eetkamer ook volhangen en vol staan met memorabilia, inclusief tientallen trofeeën en prijzen.

'Hoeveel stieren heeft hij gedood?' Ik sta met open mond te kijken.

Tot nu toe had ik gedacht dat ze maar een paar keer per jaar hun leven op het spel zetten; hoeveel kan een menselijk lichaam hebben? Maar Felipe legt uit dat een matador als JJ in de zomer soms drie tot vier keer per *week* in de arena staat!

Ik ben stomverbaasd. Zijn hart krijgt zo toch amper tijd om te herstellen van zo'n adrenalinekick? Ik betwijfel of ik zou kunnen leven met zoveel herinneringen aan mijn eigen sterfelijkheid.

'Denk eens aan wat Lee je in een gewone week aandeed,' zegt Lucy. 'We maken allemaal keuzes die andere mensen niet begrijpen.'

Da's waar. Maar ik verdiende zeker geen tienduizenden euro's voor elke vechtpartij.

'En dat soort kleren heb jij ook niet in je kast hangen,' zegt Beth, knikkend naar de enorme kleedkamer vol kostuums; in glazen kasten hangen *traje de luce* in elke denkbare kleur.

'Mag ik?' Ik pak verrukt mijn camera.

JJ knikt en houdt een prachtig parelmoer exemplaar omhoog. Ik sta erop eerst mijn handen te wassen voordat ik het van roze naar rood verlopende gebloemde borduurwerk en de geelgouden versieringen durf aan te raken.

'Wat een vakmanschap,' fluister ik.

Ik heb duizenden vragen over de ontwerpen, maar Rick breekt mijn opgewonden interview af met een spottend lachje: 'Mag ik de dames er even aan herinneren dat dit een dansprogramma is?'

O ja. Dat.

Beth weigert om morele redenen met JJ rondjes te draaien en daarom ben ik zijn danspartner. Wat zou ik graag die ervaring inwisselen voor een paar uurtjes met zijn kleermaker. Gelukkig is Dan wel enthousiast.

'Geweldig,' joelt hij, wanneer JJ ons naar zijn oefenring buiten meeneemt; een kleine cirkel van zand die glinstert in het zonlicht. 'Dat ziet er straks geweldig uit!'

Na alle opnames binnen en 's avonds in Buenos Aires is hij blij dat hij in elk geval één dansscène bij danslicht kan filmen. Natuurlijk gebruik ik hier de term 'dans' in de losse zin van het woord. Op zijn best kan ik wat pasjes nadoen zoals Beth me die heeft voorgedaan en, waar nodig, vertaald naar de paso doble door Felipe.

'Ik wilde je nog vragen,' ik draai me om naar onze gids, terwijl Simon de muziek klaarzet, '"stierenvechter" klinkt zo lelijk en agressief, terwijl "matador" een veel romantischer, gepassioneerder toon heeft. Wat betekent het woord eigenlijk?'

'Matador?' herhaalt hij, terwijl hij het met zijn accent nog sexyer maakt.

'Ja?'

'*Moordenaar*,' gromt hij.

'O,' zeg ik geschrokken, terwijl ik naar mijn nieuwe danspartner kijk.

Er hangt een zweem van intensiteit rond de man waar ik niet tegenop kan. Hij leek zo nonchalant en rustig tijdens de rondleiding door zijn huis, maar nu hij weer op zijn eigen werkterrein is, voel ik zijn kracht. Ik weet niet of ik hier wel klaar voor ben.

'Laten we beginnen met de cape,' zegt Rick.

Opgelucht doe ik een stap naar achteren en laat hem zijn gang gaan met de rode doek, ook al ben ik ietwat gedesillusioneerd als ik hoor dat de kleur amper iets uitmaakt, omdat stieren kleurenblind zijn.

'Het gaat om de beweging,' legt JJ uit.

En met een beweging nodigt hij mij uit om naar hem toe te komen…

'Wacht even.' Dan houdt me tegen net voordat ik in beeld stap. 'Hebben we een grotere cape?'

'Wat wil je daarmee zeggen?' Ik draai me om, mijn handen op mijn heupen.

'Niets persoonlijks,' zegt hij met een brede grijns. 'Het is gewoon dat de roze-gele combinatie beter zou contrasteren met jouw jurk.'

JJ kijkt ietwat onzeker, maar doet wat hem wordt gevraagd. Weer houdt hij eerst de cape laag, om hem dan wat omhoog te tillen om mijn aandacht te trekken. Ik kan niets anders doen dan erop reageren, en terwijl hij de stof omhoog zwiept, ga ik in de aanval: vingers als hoorntjes tegen mijn voorhoofd houdend – om direct achterover in het zand te worden gegooid.

'Jemig! Waar is die cape van gemaakt?' Ik wrijf verdwaasd over mijn hoofd.

'Carmen? Gaat het?' Beth komt op me af rennen en helpt me overeind.

'Prima, maar dat was niet wat ik had verwacht.'

'*Es muy pesado.*' JJ houdt het schuldige stuk stof voor; ik kan het amper van de grond tillen, zo zwaar en dik is het.

'Mijn schuld.' Dan kijkt me verontschuldigend aan en trekt daarna mijn hoofd naar zich toe om het te kussen.

Ik kijk hem met open mond aan. Heeft hij me net in het openbaar gekust?

'Geen zorgen,' zegt hij met een knipoog. 'Rick is aan het bellen.'

'Voel je je goed genoeg om verder te gaan?' Lucy komt erbij staan.

Ik knik; het lichte gevoel in mijn hoofd voelt nu best prettig.

'De paso doble is de enige Latindans waarbij de man centraal staat, en daarom beginnen we met señor Padilla.' Beth klinkt overtuigend professioneel wanneer ze de informatie voorleest die ze van Lucy heeft gekregen. 'Zijn arrogante houding staat voor zowel moed als opstandigheid, geconfronteerd met de vijand.'

'Dat doet hij prima,' zeg ik.

'Eigenlijk denk ik dat hij de meeste punten op mijn lijstje hier al onder controle heeft.' Beth gaat het lijstje af: 'Genadeloos en gecontroleerd, onaantastbaar, trots de borst vooruit…' Maar dan kijkt ze nog eens. 'Blijkbaar moet hij zijn buik "omhoog" tillen en zijn billen "vastzetten".'

Ik werp even een steelse blik op zijn glimmende achterwerk. 'Dat lijkt wel goed te zitten.'

Beth bijt op haar onderlip. 'Ga maar staan: armen hoog vast, ongeveer vijftien centimeter boven oogniveau.'

Hij pakt me vast; wat is hij sterk. Ik voel me net een klein meisje dat omhoog kijkt naar haar vader.

'Carmen, nu speel jij de Spaanse danseres.'

'Nou, ik ben in elk geval goed gekleed!' grinnik ik.

'Je kin iets omhoog. Maak je nek lang.'

Ik steek mijn nek uit als een zwaan. Hoewel, ik lijk meer een stokstaartje.

'Moet ik mijn billen ook vastzetten?' vraag ik ietwat zenuwachtig.

Beth negeert mijn onzin. 'De vrouw is niet timide of bescheiden, ze is *sensueel*; volop vrouw en trots. Ben je er klaar voor?'

Ik knik en probeer wanhopig om in mijn rol te blijven en niet te erg te worden afgeleid door zijn enorme jarenzeventig-bakkenbaarden.

'Oké, Felipe, kun je JJ vragen te improviseren op het ritme van de muziek, staccato en precies. Stevig met de voeten op de vloer stampen.'

Hoewel ik erop voorbereid ben, slaak ik een gilletje wanneer hij me meetrekt; hij beweegt vrij snel en ik raak uit balans bij elke schokkerige, trekkende beweging. Ook zijn authentieke *ha!*-geroep is niet erg goed voor mijn zenuwen en ik schrik me elke keer een hoedje.

'Probeer hem te volgen,' zegt Beth bemoedigend.

Ik houd hem vast alsof mijn leven ervan afhangt, maar dan begint hij me als een tol rond te draaien. Ik dacht dat deze dans mij kracht zou geven, maar ik word er alleen maar duizelig van. Plotseling pakt hij me beet, houd me recht overeind en staart me aan. Dit lijkt absoluut niet op de oma uit *Strictly Ballroom* die een ritme op mijn borst tikt. We staan bijna met de neuzen tegen elkaar aan, hijgend, wanneer Beth JJ vraagt om een 'opschepperig moedige houding' aan te nemen. Ik heb die al een paar keer gezien in de arena, maar dan vanaf een veel grotere afstand. Wanneer hij van zo dichtbij zijn machismo op mij afvuurt, is het effect dat ik achteruit deins en bijna struikel.

'O, jongens toch, Carmen! Je kunt hem toch wel hebben!' Rick is weer terug en zoals altijd erg hulpvaardig.

Ik probeer wanhopig voldoende vuur in mezelf te vinden om terug te vechten, wanneer er een Spaanse godin mijn blikveld binnenstapt met een lichaam dat mannen zouden beschrijven door met hun handen een zandloper te maken. Wel eens gezien hoe ze dat doen? Haar haar is ravenzwart en haar gezicht heeft de perfecte verhoudingen van een porseleinen pop.

Even vraag ik me af of ze een van Ricks modellen/serveersters is die even een gastrolletje speelt, maar dan doet JJ een stap naar voren, kust haar op de lippen en zegt dan: 'Dit is mijn echtgenote.'

Natuurlijk! Ik rol met mijn ogen. Natuurlijk is hij getrouwd met zo'n beeldschone vrouw. Ik durf te wedden dat matadors heel wat groupies aantrekken. Een paar seconden later word ik gedwongen mijn ogen weer terug te rollen wanneer hij vertelt dat hij al vanaf zijn schooltijd verliefd is op dit prachtige meisje. Ze leerden elkaar kennen toen hij in de bakkerij van zijn ouders werkte. Wat een onschuldig bestaan; toen bakte hij tijgerbrood, nu neemt hij stierenkoppen mee naar huis.

'Misschien denkt ze gewoon dat het bloed jam is?' Beth probeert het te begrijpen.

Voordat ik kan antwoorden, komen er twee kleine kindjes aan rennen: 'Papa! Papa!'

JJ kijkt verrukt naar het jongetje en het meisje, maar ik ben nu helemaal stomverbaasd. Waarom zou hij zo vaak het gevaar opzoeken, als... over gevaar gesproken... Rick valt Lucy aan.

'Zijn *vrouw*?' brult hij duidelijk hoorbaar.

'Ja, is ze niet mooi?' hoor ik haar fluisteren.

Rick briest van woede. 'Heb je hem niet gevraagd of hij nog vrij was?'

'Nou, ze zeiden dat hij de allerbeste was in zijn klasse...'

'Dat maakt me geen ruk uit!' bijt hij haar toe. 'Hoe kunnen we ooit die *gaucho*-scène recreëren als zijn vrouw staat te kijken? Zoek een vrijgezel.'

'Maar...,' ze kijkt naar haar horloge.

'We doen het morgen wel over,' zegt hij bruusk. 'En geef die meid in hemelsnaam wat flamencolessen.'

Ik zucht diep wanneer we na een erg korte *adios* de deur uit worden gewerkt.

'Vond je dat niet een klein beetje lomp?' Ik kan er niets aan doen, maar moet er iets van zeggen wanneer de taxideur dicht wordt geslagen.

'Ik word betaald voor de inhoud van een programma, niet voor mijn gedrag,' bijt Rick terug.

'En het is niet mogelijk die twee te combineren?'

Rick draait zich om zodat hij me zijn sceptische blik goed kan laten zien.

'*Wat wil je daarmee zeggen?*'

De rest van de rit blijft het stil. Voornamelijk omdat we één voor één in slaap vallen. Het was een lange dag.

Maar blijkbaar nog niet lang genoeg.

In plaats van terug te gaan naar het hotel, laat Rick de chauffeur stoppen bij een kermis en zegt Dan dat hij handycam moet halen, terwijl Lucy wordt geïnstrueerd om ons vol te gieten met sangria. Ik ben er in principe niet op tegen, tot ik me realiseer dat dit een plannetje is om ons in de *Maxima Sensacion* te krijgen.

'Ik laat me liever spietsen door een matador.' Beth zet haar hakken in het zand wanneer we voor het veelarmige metalen gevaarte staan.

'Ik dacht dat het bij jullie dansers juist gaat om fysieke sensatie?' zegt Rick plagerig.

'En omdat ik mijn lijf inderdaad zo goed ken, weet ik wanneer ik iets niet moet doen om schade aan dat lichaam en dus het einde van mijn carrière te voorkomen.' Ze kijkt hem van onder haar wenkbrauwen aan. 'Trouwens, wat heeft een achtbaan te maken met dansen?'

'O, sorry, het spijt me dat ik even wat leven in de brouwerij wil brengen.'

In een poging de impasse te doorbreken, duwt Lucy ons naar de draaimolen – een ouderwets geval met echte pony's die *ad infinitum* met de neus tegen de staart van hun voorganger rondjes lopen – en legt uit dat Rick bang is dat we voor de paso doble niets anders doen dan grommen en stampen, waardoor hij besloot om even wat luchthartigere beelden te schieten.

'Wat, twee bange en kotsende meisjes?' kaatst Beth terug. 'Waarom is hij zo ontzettend gemeen tegen ons?'

Lucy haalt haar schouders op. 'Ik weet alleen maar dat we pas naar huis mogen als het lijkt alsof jullie plezier hebben.'

Ik vraag me af hoe ik op commando kan lachen in een achtbaan wanneer ik iets zie waar we allebei vanzelf een glimlach van op ons gezicht krijgen: een bord met de woorden *Churros & Chocolate* erop. Het doet me denken aan de enige goede herinnering die ik heb van mijn vader, toen hij mij als kind meenam op vakantie naar de Costa del Sol.

'Wat zijn dat?' vraagt Beth, wanneer ze de knapperige krullen achter het glas ziet liggen.

'Het zijn een soort langgerekte, lichte donuts.' Ik wijs naar de man die de krullen in stukken breekt en ze als een lekkerbekje in papier wikkelt. 'Je dipt ze in warme chocolade, veel dikker en zachter dan chocolademelk zoals wij die kennen, eigenlijk is het meer een soort chocoladevla.'

Hoe gek de combinatie ook klinkt, de smaak is hemels.

'O, Carmen, dit is lekkerder dan lekker!' roept Beth enthousiast. Ze neemt nog een gretige hap. 'Ze smaken zo vers.'

'Ze komen ook net uit de frituurpan,' zeg ik, wijzend naar waar de kok net een nieuwe reep in de olie laat zakken, een sigaret tussen zijn lippen.

'Laat de arbo-inspecteur dat maar niet zien!' Beth knipoogt naar Dan. En bestelt dan een tweede portie.

Plotseling is alles weer goed in de wereld.

We vinden een paar attracties die minder heftig op en neer gaan en een bokskraam waar een boksbal naar beneden komt vallen die je moet raken; Beth doet erg haar best, waarschijnlijk stelt ze zich voor dat de bal Ricks hoofd is.

Hoe verder we het terrein op lopen, voorbij de botsauto's en mechanische stieren en kraampjes die allerlei soorten snoep en nootjes verkopen, hoe drukker het wordt.

'We raken elkaar nog kwijt als we niet oppassen,' zeg ik, tegen niemand in het bijzonder.

Maar dan hoor ik een stem. 'Zou dat zo erg zijn?'

Ik draai me om en zie Dan naar me kijken. Voor ik het weet, grijpt hij mijn hand en trekt hij me langs een groepje luidruchtige tieners, die ons van de rest van de groep scheiden. Slingerend rennen we door de menigte, steeds sneller en sneller, pas stoppend wanneer we voor het reuzenrad staan. Of in dit geval een *gigantisch* reuzenrad.

'Kom!' Hij trekt me naar de kassa.

'Ben je gek geworden?' stamel ik, omhoog kijkend.

'Niemand kan ons daar boven zien!'

Dit is iets waar ik anders nooit over hoef na te denken. Ammenooitniet. Maar toch werkt zijn lef aanstekelijk en even later zit ik naast hem, me stevig vasthoudend aan de veiligheidsstang. We gaan langzaam omhoog en mijn voeten bungelen vervaarlijk in het luchtledige.

'O, wauw!' roep ik wanneer de mensen onder ons steeds kleiner worden.

Ik snap niet waarom ik niet hysterisch zit te gillen, waarschijnlijk omdat er vandaag al zoveel is gebeurd: eerst de Feria, dan het stierenvechten, de *frisson* met de matador en dan nu deze spontane ontsnapping! Ik kan amper nog onderscheid maken tussen wat de adrenaline en de sangria in mijn lijf met me doen. Wat ik wel weet, is dat Dan zich naar me toe buigt om me te kussen wanneer we helemaal boven zijn, en dat ik hem zonder te twijfelen terug kus. Gretig.

Zijn mond is onbekend; zijn smaak, zijn techniek. Hij is Lee niet. Ik ben over de streep gestapt en het voelt *goed*.

'Kijk! Daar zijn ze!' giechelt Dan, wanneer hij langs mijn mond naar de mensenmassa beneden kijkt.

Ik kan een minuscule Lucy en Beth zien, mobiele telefoons tegen hun oor, Simon die rondjes loopt te rennen en Rick die zijn handen in de lucht gooit.

'Dit is zo riskant,' piep ik van plezier. 'En jij hebt niet eens gedronken!'
'Nee, maar ik heb gezien hoe je die *churro* at,' gromt hij. 'Dat was motivatie genoeg!'
'Dan!' Ik sla hem in zijn gezicht, maar krijg direct spijt als daardoor het bankje begint te wiebelen. 'Help!'
'Echt,' zegt hij, terwijl hij mijn kin omhoog tilt. 'Ik ben nog nooit zo jaloers geweest op een donut als zonet.'
'Hou toch op!' protesteer ik. Ik sla mijn handen voor mijn gezicht.
Hoewel, ik moet zeggen, ik krijg wel een kick van de gedachte dat ik zo seksueel provocatief kan zijn. Terwijl hij weer naar voren leunt voor de tweede ronde, kus ik hem met nog meer zelfvertrouwen en voel me als de verleidelijkste vrouw op de hele wereld.
'Je smaakt heerlijk,' zegt hij, terwijl hij zijn lippen aflikt. 'Hier, mijn kamersleutel. Ga maar vast naar boven als we bij het hotel zijn...'
'Echt?' Ik kan amper geloven dat hij zo brutaal is.
'Ik wil vannacht bij je zijn.'
'O-oké,' geef ik toe, terwijl ik op weg naar beneden de sleutel in mijn zak stop. Wauw, het gaat echt gebeuren dit keer.
'Het blijft wel ons geheimpje, hè?' vraagt hij me nog even wanneer we uitstappen.
'Natuurlijk,' knik ik. 'Ik zeg het niemand.'
'Zelfs niet tegen Beth.'
'Ik beloof het.'
En de reden waarom ik dat zonder problemen kan zeggen, is omdat ik weet dat ik mijn mond niet eens open hoef te doen.

'Jij stiekemerd!' Ze kijkt me met grote ogen aan wanneer we elkaar weer hebben gevonden. 'Je hebt hem gezoend, hè?'
'Wie?'
Ze rolt met haar ogen. 'De man van de suikerspinnen!'
'Waarom zeg je dat?' zeg ik heel onschuldig.
Ze giechelt, terwijl ze haar lipgloss pakt en mij even bijwerkt. 'Je moet nu wel met de nieuwe matador naar bed, om Rick af te leiden.'
'O, oké.' Ik doe alsof ik meespeel. 'Alles voor het team!'
Ik voel me nu echt duizelig. Alsof een hele nieuwe wereld, of eigenlijk een wereld die ik was vergeten, weer voor me ligt. Een wereld vol mogelijkheden, vol flirts en opwinding.
'We hebben nog tijd voor één ritje,' zegt Lucy. 'Wat gaat het worden?'
Voor de nieuwe, dappere ik is er maar één keuze mogelijk: '*MAXIMA SENSACION!*'

21

Er is geen mooiere locatie voor een geheime affaire dan het okergele doolhof van *Las Casas de la Juderia*. De weelderig met varens begroeide binnenpleinen, de blauw betegelde fonteinen of de gangen met bouwvallige zuilen zijn nog maar het begin. Wat de geest echt te boven gaat, zijn de talloze asymmetrische etages en veelheid aan ingangen, verborgen trapgangen en geheime hoekjes; zoveel plekken om je even te verbergen als je 's ochtends vroeg uit de kamer van je minnaar stapt en op het balkon aan de overkant Rick jouw kant op ziet komen.

'Oeps!' Mijn hart gaat tekeer en ik ren een smal stenen trapje op. Ik weet niet waar het uitkomt, maar ik besluit dat het beter is om maar naar boven te blijven gaan. Voordat ik het goed en wel besef, ren ik door een smalle gang, die natuurlijk doodloopt. Ik draai me noodgedwongen om, stap in een kleine lift en druk op het knopje voor de bovenste verdieping, in de veronderstelling dat Rick op weg is naar *beneden* om te ontbijten...

Als de liftdeuren openschuiven, zie ik tot mijn verbazing dat ik op het dakterras sta tussen de torentjes en potten met geraniums. Terwijl ik over het smaragdgroene kunstgras loop, zie ik een groot zwembad voor me opdoemen. Of is dat het wel? In mijn huidige uitgedroogde staat zou het net zo goed een luchtspiegeling kunnen zijn. Maar dan laat een briesje het turkooizen water rimpelen en moet ik lachend bekennen dat deze panoramische oase echt is.

Er is niemand in de buurt en ik ga stiekem op een van de zonnebedden liggen, nog even nagenietend van de 'morning after', elk detail van de avond ervoor weer in gedachten afspelend. Het enige probleempje is dat de vele sangria en verrassend sterke sherry mijn geheugen nogal heeft aangetast.

Ik weet dat we niet echt bang waren dat we zouden worden gesnapt in de lokale kroeg, omdat de rest van de groep zo moe was dat iedereen direct ging slapen. Ik weet dat de bar erg gezellig was en dat we moesten schreeuwen om elkaar te kunnen verstaan en dat we uitgebreid hebben zitten praten over wat we allemaal zullen gaan doen als we terug zijn in Londen. Hij vertelde me dat hij het liefst films zou draaien en dat we een geweldig team zouden zijn omdat ik dan de kostuums op de set kon doen en we dus samen de meest exotische locaties zouden kunnen bezoeken! Ik moet glimlachen, denkend aan dat gevoel dat 'alles kan'.

Ik sluit mijn ogen, draai mijn hoofd naar de zon en denk aan het moment dat hij me op schoot trok en me kuste en hoe gemakkelijk het allemaal voelde. Op een gegeven moment kwam Lee ter sprake en hij klonk zo meelevend toen hij zei: 'Liefde doet pijn.' Het voelde net alsof hij een kusje op mijn zere knie gaf en alles weer goedmaakte. Toen zei hij: 'We gaan naar huis,' alsof het hotel ons eigen stulpje was.

Ik ging eerst, direct naar zijn kamer, met zijn sleutel in de aanslag. Ook al had ik maar een paar minuten om even mijn gedachten op een rijtje te zetten voordat hij aanklopte, ik wist al dat ik met hem naar bed zou gaan. Ik kon geen enkele reden bedenken om het niet te doen.

Blijkbaar dacht hij hetzelfde. En was hij even enthousiast.

Ik ga op het houten plankier aan de rand van het water zitten en beweeg mijn tenen door het koele water. Ondanks de kater en het slaapgebrek voel ik me gelukkig.

'Buenas dias!' De badjongen begroet me met een enorme stapel frisse handdoeken. Terwijl hij ze neerlegt, kijkt hij me breed glimlachend aan, waardoor ik me ineens realiseer dat ik de kleren van gisteravond nog aan heb.

Tijd om terug te gaan en mezelf weer mooi te maken voor een nieuwe dag. Als ik nou maar wist in welk gebouw ik ook alweer zit…

Na heel wat heen en weer gesluip vind ik mijn kamer, om te worden begroet door het onmiskenbare geluid van gebraak uit de badkamer.

'Beth?' Ik ren naar de deur.

'Niet binnenkomen!'

'Wat is er?'

'Ik heb stierenballen gegeten.'

'Je hebt *wat?*'

'Niet met opzet,' jammert ze. 'Rick was de enige die beneden zat te ontbijten en ik wilde niet bij hem gaan zitten, dus ben ik naar buiten gegaan op zoek naar wat te eten, en het restaurant tegenover het hotel rook zo lekker, en ik wees maar naar iets wat ik de anderen ook zag eten en toen ik weer terug was heb ik online opgezocht wat het betekende en…'

Ze kokhalst weer.

'Wil je wat water? O, Sprite schijnt goed te helpen bij misselijkheid…' Ik rommel in de minibar, pak het flesje en loop terug naar de badkamer en klop op de deur om binnen te worden gelaten.

Ze draait voorzichtig de deur van het slot.

'O Beth, wat zie je eruit!' Haar haar is nat en haar gezicht bleek. 'Moet ik een dokter bellen?'

'Dat heeft Lucy al gedaan,' hijgt ze. 'Hij is onderweg.'

'Ik kan niet geloven dat ik er niet was toen je me nodig had!' zeg ik, terwijl ik naast haar op de grond ga zitten.

'Je had toch niets kunnen doen.'

'Nou, ten eerste had ik voorgesteld om *churros* te gaan eten in plaats van mysterieuze stukken vlees.'

'O God!'

Daar gaat ze weer. Ik schuifel achteruit om haar wat privacy te geven en hoor iemand op de deur kloppen. Het is Lucy met de dokter.

'Ik bel alvast met Havana om te vragen of er daar salsadansers zijn met medische ervaring!' zegt Lucy als grapje terwijl we op het oordeel wachten. 'Het goede nieuws is dat Rick zei dat ze de eerste les wel kan overslaan, aangezien ze ervaring heeft en de passen sneller leert.'

'Je wilt toch niet zeggen…'

'Ja, je gaat solo.'

'O nee! *Nee, nee, nee!* 'Ik kan haar hier toch niet zo achterlaten?' protesteer ik.

'We kunnen haar beter wat rust geven, de dokter zegt dat het waarschijnlijk psychosomatisch is, dus moet ze gewoon rusten en veel water drinken.'

'Maar…'

'Maak je geen zorgen. Ik heb haar gezegd dat ik er zo ben als ze hulp nodig heeft.'

En dan te bedenken dat ik me er zorgen om maakte dat ik een modderfiguur zou slaan op de dansvloer naast Beth. *Zonder* haar is het nog veel erger.

'Eigenlijk is het heel toepasselijk,' besluit Lucy. 'Bij deze dans gaat het om leren op eigen benen te staan. Rick denkt dat we er zo een mooie draai aan kunnen geven.'

'Natuurlijk denkt hij dat,' mompel ik. 'Alles om me nog ongemakkelijker te laten voelen.'

Dan pas kijkt Lucy me aan en fronst ze haar wenkbrauwen. 'Vind je niet dat je jurk een beetje té is voor een dansles zo vroeg in de ochtend?'

'Eh…'

'CARMEN!' Beths schreeuw uit de badkamer redt me.

'Voel je je al wat beter?' vraag ik, altijd optimistisch.

Ze schudt haar hoofd en zegt zwakjes: 'Ik wil je iets geven.'

'Dat klinkt wel erg fatalistisch!' zeg ik klagerig. 'Ik kan je zo hier niet achterlaten.'

'Doe niet zo gek. Ik heb gewoon een cadeautje voor je gehaald toen ik ging ontbijten.' Ze vraagt me een doos van het bed te pakken. In de doos zit een paar rood-wit gestipte flamencoschoenen. Erg Minnie Mouse.

'Wat schattig!' zeg ik glimlachend terwijl ik ze aantrek, verrast over hoe licht ze zijn; waarschijnlijk zijn ze gemaakt van een soort gelamineerd karton.

'Gewoon iets leuks en goedkoops,' zegt Beth met een glimlach. 'Veel plezier ermee!'

Ik leun voorover om haar een knuffel te geven en fluister: 'Waar zit dat restaurant ook alweer?'

'O nee, waag het niet!' Lucy staat al in de deuropening met schone kleren. Verdorie! Nu kom ik er echt niet meer onderuit.

Ik durf niet eens in Dans richting te kijken wanneer we ons bij de crew voegen die buiten staat, bang dat ik of ga blozen of flauwval of verdacht ga stotteren. Gelukkig zorgt Simon voor genoeg afleiding, omdat hij zich duidelijk zorgen maakt om het feit Beth er niet bij is.

'Komt ze niet?' Hij lijkt van streek.

'Misschien later.'

'Nou ja, voor het geval ze niet komt, kun jij haar dit geven?' Heel discreet geeft hij mij een kleine envelop. 'Ik wilde nog mijn excuses aanbieden voor mijn gedrag bij de *estancia*. Ik heb het even op papier gezet.'

Als Rick niet zo dichtbij stond, had ik hem omhelsd.

'Ik weet dat ik geen enkele kans meer maak, maar ik wil haar laten weten dat het me spijt. Ik had dat nooit mogen zeggen.'

Ik zucht diep. 'We doen allemaal wel eens rare dingen.'

'Halleluja!' gooit Dan er dramatisch uit en ik laat even heel theatraal mijn tas vallen, zodat niemand kan zien dat ik begin te blozen.

'Jezus, Lucy, dit ziet er wel een beetje goedkoop uit, vind je niet?' Rick is duidelijk niet erg onder de indruk van de ietwat vervallen dansstudio.

'We filmen alleen binnen,' zegt ze, om weer wat bonuspunten kwijt te raken als blijkt dat ze per ongeluk een groepsles heeft geboekt in plaats van een privéles. Er is geen andere ruimte en geen andere docent beschikbaar en daarom gaat Rick akkoord dat we het zo doen.

Eerlijk gezegd ben ik opgelucht. Het is veel beter om in een groep te dansen dan in mijn eentje in de spotlight te staan. Ik hoop alleen dat de andere pakweg tien vrouwen niet denken dat ik de draak steek met hun cultuur met mijn rode (en witte) schoentjes. De profs dragen zo te zien liever sober zwart en bordeauxrood, maar Lucy verzekert me dat het contrast erg mooi is, omdat de kijker mij dan gemakkelijker opmerkt in de groep. Ik had het alleen fijner gevonden als Dan niet had gezegd dat ik leek op 'Dorothy met haar rode muiltjes op een Amish-bruiloft'.

Terwijl ik langzaam meeklap en tap tijdens de warming-up, voel ik mijn zenuwen zakken. Hoe intens en fel de flamenco ook kan lijken, de techniek lijkt me niet vreselijk moeilijk: geen acrobatiek, geen gedraai op je tenen, geen sprongen, geen getil. Iedereen kan wel een flamencodanser nadoen: gewoon je armen in de lucht, wat heen en weer bewegen met je vingers en stampen met je voeten.

Ik ontdek al snel dat dat net zomin klopt als wanneer ik zou zeggen dat tango dansen niets anders is dan grote stappen doen met een anjer tussen je tanden.

Ook helpt het niet dat mijn voeten door de goedkope schoenen erg gaan zweten, waardoor ik bij de snellere stukjes alle kanten uit glijd. Binnen een paar minuten voel ik me net een ezel in een manege vol gedresseerde paarden wanneer de groep om me heen plotseling aan een prachtig gesynchroniseerde routine begint, met zijstapjes en buigingen als Michael Jackson in *Thriller*, maar dan met zwierige rokken in plaats van rafelige zwachtels.

Ik kijk Lucy wanhopig aan en gooi mijn handen in de lucht.

Het blijkt dat hoewel dit inderdaad een beginnersles is, deze beginners al drie maanden aan deze routine werken.

We kunnen niet snel genoeg vertrekken.

Buiten verwacht ik dat Rick Lucy de wind van voren geeft, maar in plaats daarvan staat hij breed glimlachend naar me te kijken. 'Dat was hilarisch,' zegt hij juichend. 'Je had je gezicht moeten zien toen je je realiseerde dat je als enige geen idee had wat je moest doen!'

'Maak je geen zorgen,' zegt Lucy geruststellend. 'Ik heb al een upgrade geregeld in het beroemde *Museo del Baile Flamenco*.'

'En je hebt nadrukkelijk gevraagd of het dit keer een privéles is?' vraagt Rick spottend.

'Dat mag ik hopen; de docent vraagt tachtig euro per uur.'

Ik kijk haar met grote ogen aan en kijk dan naar mijn voeten. 'Dan moet ik eerst andere schoenen hebben.'

Dit keer ga ik voor het echte werk: robuuste zwarte suède schoenen met een stevige hak, met kleine spijkertjes erin om extra goed te kunnen stampen. Alle traditionele schoenwinkels liggen in een druk straatje tussen twee pittoreske pleinen. Het enige nadeel is dat de meeste gewoon te klein zijn om er met zijn vijven binnen te stormen, zodat de jongens besluiten een ijsje te gaan halen, terwijl Lucy en ik de kleinste winkeltjes aandoen.

Ik voel me net een klein meisje bij de slager wanneer ik mensen in de rij zie staan met een schoen in de maat waarvan ze graag dansschoenen willen. Wanneer het mijn beurt is, blaat ik hoopvol: 'Trenta ocho?' De hele winkel valt stil en kijkt naar me om, alsof ik net iets in het Japans heb gezegd. Oké, mijn accent is misschien niet perfect, maar ik ben in een schoenwinkel en vraag naar een veelvoorkomende maat. Wat is daar verkeerd aan?

Wanneer ik heb gemimed wat ik bedoel – eerst drie en dan acht vingers omhooghoudend – begrijpen ze het eindelijk en wordt er omhoog geroepen naar een vrouw die over een trapleuning leunt en een doos naar beneden laat vallen, net zoals Wile E. Coyote een aambeeld laat vallen op Roadrunner.

Hoewel het grappig is om te zien hoe de mannen beneden de dozen opvangen en met hele stapels rondlopen, eentje zelfs met een schoen onder zijn kin, passen de schoenen niet zo goed, dus gaan we naar een volgende winkel met een iets minder flamboyante bediening. Hier geldt: hebben ze je maat, dan komen ze schoenen brengen, zo niet, dan gebeurt er niets. Je kunt wachten en wachten en wachten, toekijken hoe andere klanten die na je binnen zijn gekomen worden geholpen en denken dat misschien iemand nog voor je aan het zoeken is in het magazijn. Je wilt niet vervelend zijn, maar uiteindelijk vind je dat je lang genoeg hebt gewacht en vraagt dan iets in de trant van 'en, is het nog gelukt met mijn maat?' En dan kijken ze je aan alsof je gek bent en met een blik van 'blijkbaar niet hè, anders hadden we de schoenen wel gebracht.' Ah. Zo. Nou, bedankt voor de hulp dan maar.

Pas wanneer we de lommerrijke en relatief rustige Plaza de la Alfalfa oplopen, kan ik me ontspannen. Een winkel, op een afstandje van de andere winkels, heeft de rolgordijnen zo ver naar beneden getrokken dat je zou denken dat ze dicht zijn, maar Lucy snapt al snel dat ze dit doen om te voorkomen dat de koopwaar in de zon verbleekt. Dus duiken we onder het zonnescherm door en stappen de schoenenhemel binnen. Er is maar één andere klant, er zijn twee verkopers en genoeg stoelen voor een hockeyteam. Plotseling voel ik me net alsof ik in een oude film terecht ben gekomen, waarin de hoofdpersoon allemaal modellen met outfits voorbij ziet lopen, zodat ze zelf niet de moeite hoeft te nemen om in een pashokje zich uit en weer aan te kleden om alles te passen.

Wanneer ik uiteindelijk toch een paar schoenen aantrek, roep ik blij uit: 'Deze zitten echt veel minder ongemakkelijk dan de andere!'

'Verkocht!' roept Lucy blij namens mij.

Terwijl we ons weer naar de mannen haasten, vraag ik Lucy hoe het met haar stress zit.

Ze rolt met haar ogen. 'Volgens mij heb ik afgelopen nacht maar een uurtje of twee geslapen.'

'Ik ook,' zeg ik per ongeluk hardop, voordat ik eraan toevoeg: 'Jetlag.'

'Wat zouden we toch doen zonder internet,' gaat ze verder, zich niet bewust van mijn opmerking. 'Ik denk dat ik het hele schema voor de rest van de reis zo ongeveer heb uitgewerkt. Ik heb Rick ervan weten te overtuigen dat het beter is om een danser te boeken die dan een matadorkostuum aantrekt. Wacht maar tot je hem ziet; je vindt hem vast geweldig.'

'O. Goed hoor,' zeg ik wat ongemakkelijk. Het kost me moeite om enthousiast te klinken, omdat ik steeds aan Dan moet denken. 'Ik ben niet te redden op dat gebied, ben ik bang.'

'Het is vast moeilijk voor je om na Lee de draad weer op te pakken met mannen.'

'Hmmm,' mompel ik wat vaag en met een behoorlijke knoop in mijn maag, omdat we steeds maar ergens over lijken te liegen tegen Lucy.

'Ik zeg alleen maar, een vakantieliefde is altijd mogelijk. Misschien is het wel precies wat je nodig hebt!'

'Misschien wel, ja,' zeg ik, terwijl ik Dan aan zie komen lopen.

Even droom ik dat Dan mijn hand pakt, net zoals op de kermis, maar dat we dit keer door het historische *barrio Santa Cruz* dwalen en ik onder een Moorse poort het roomijs van zijn lippen kus.

Wat is het bitterzoet dat we rondlopen op deze vreselijke romantische plekjes, met al die chaperones, en ons oerinstinct moeten bedwingen. Ik vraag me af of de mensen thuis straks kunnen zien dat ik een beetje raar naar de camera kijk? En of Rick het misschien wat verdacht vindt dat we elkaar zo vaak 'per ongeluk' aanstoten, omdat we elkaar zo graag even aan willen raken?

Ik slaak een diepe zucht. Ik zou een moord doen voor een hele lange, traditionele siësta.

22

'Het *Museo del Baile Flamenco*,' zegt Lucy wanneer we bij het flamencomuseum arriveren.

Het is niet echt de perfecte bestemming voor iemand met een kater, maar wat musea betreft is dit vrij hip. We lopen over de zonnige binnenplaats en nemen de moderne lift om uit te komen op een verdieping waar een expositie te bekijken is die met zijn sfeerverlichting niet onderdoet voor de gangen in het Faena + Universe-hotel in Buenos Aires.

Alleen de geprojecteerde beelden en informatiepanelen zijn verlicht, de rest is gehuld in duisternis. Te donker om te filmen. Te donker om Dans hand naar de mijne te zien bewegen of me te realiseren hoe dicht hij eigenlijk bij me in de buurt staat.

De grootste zaal vertelt ons meer over de geschiedenis van de dans. De verschillende periodes worden van elkaar gescheiden door hoge schermen, wat ons de kans biedt om, wanneer we net even wat langer blijven staan dan de rest van de groep, elkaar steels te kussen. Ik slaak een kreetje van plezier wanneer zijn lippen de mijne raken, zo brutaal en vurig. Zo...

'Carmen?' Ik hoor Lucy, die onze kant weer op komt lopen.

'Ja.' Snel bevrijd ik me uit zijn omarming en stap de hoek om.

'Kun je ervoor zorgen dat je wat onthoudt van de geschiedenis van de flamenco? Ik ga je straks wat vragen stellen als we weer in het licht staan.'

'Ja, ja, natuurlijk.' Ik probeer me te concentreren, maar voel me erg licht in mijn hoofd.

Eind vijftiende eeuw: katholieke vervolgingen van joden en Moren. Ze moeten zich bekeren tot het christendom of worden Spanje uitgezet. Zigeuners lopen het gevaar te worden uitgeroeid. Wauw. Dat is streng.

Terwijl Dan de hoek om komt lopen, geef ik commentaar op wat ik lees. 'Kun je je voorstellen dat ze zelfs een wet goedkeurden die bepaalde dat de zigeuners niets aan hun cultuur mochten doen? Ze mochten geen Roma spreken of hun eigen kleding dragen. Ze moesten zelfs "hun reizend bestaan opgeven en een vaste baan zoeken".' Ik schud mijn hoofd. 'Toen ik een klein meisje was, vond ik zigeuners altijd zo romantisch en spannend. Ik wilde ook rondlopen op blote voeten, met een dikke bos zwart haar, grote gouden oorbellen, rondzwervend in een met de hand beschilderde wagen.'

'Ik zou willen...,' begint Dan, om dan plotseling te stoppen. '... weten wat er toen gebeurde!'

Ik draai me om en zie Rick staan. 'Nou, even lezen... net als de joden en Moren zochten ze een veilig heenkomen in de bergen, een afgelegen gevaarlijke plek waar de autoriteiten hen niet kon vinden.' Ik lees verder. 'Jarenlang leefden deze drie radicaal verschillende culturen in relatieve harmonie, en hun muziek en dansen werden samengevoegd tot wat we tegenwoordig de flamenco noemen.'

'Wat vind jij hiervan?' vraagt Lucy, wanneer ik de informatie nog een keer herhaal voor de camera.

'Eigenlijk moest ik denken aan de immigranten die naar Argentinië kwamen en die troost vonden in muziek en dans.' Ik zwijg even. 'Het grootste verschil lijkt te zijn dat waar de tango zich ontwikkelde tot een dans voor de bourgeoisie, flamenco nog een volksdans is, inclusief rauwe kantjes en passie.'

Ik moet toegeven dat deze dans iets woest aantrekkelijks en aards heeft. Ik begin zelfs te denken dat het leuk zou zijn om eens wat beter in contact te komen met de zigeunerin in mij.

Tot ik ontdek dat de studio waar ik ga dansen eigenlijk niets meer is dan een glazen kubus. Zonder gordijnen. Direct naast de binnenplaats.

Het enige dat er nu nog mis kan gaan, is dat mensen denken dat ik bij de tentoonstelling hoor en massaal gaan staan kijken. Is het al niet erg genoeg dat Dan moet toekijken hoe ik sta te stuntelen?

'Je docent komt eraan,' vertelt Lucy.

'Oké,' knik ik, in een poging mijn zenuwen in bedwang te houden, terwijl ik mijn nieuwe schoenen uit de doos pak. Echt fijn zitten ze nu niet meer! Ik durf bijna te zweren dat ik mijn botten hoor kraken en schuiven wanneer ik mijn eerste stappen zet.

Helaas zijn Uggs geen optie, dus haal ik even diep adem en probeer ik me te concentreren op de vorstelijke maar provocerende houding die bij deze dans past. Ik wil Beth tot eer strekken, maar laat direct weer mijn schouders zakken zodra ik mijn docent zie binnenlopen.

Maria Del Mar is zo slank als een *churro*, wat eigenlijk een wat vreemde vergelijking is omdat het echte calorieënbommetjes zijn, maar heus: ik kan amper geloven dat ik de enige flamencodanseres in Sevilla voor me heb staan die geen natuurlijke rondingen heeft. 'Ben jij de lerares?' wil ik vragen wanneer ze aan komt lopen. Met haar zwarte haar strak naar achteren getrokken in een knotje is ze net Olijfje, maar dan in een jurk met stippen.

Maar dan begint ze te glimlachen en haalt de meelevende en speelse blik in haar grote, donkere ogen me direct uit mijn nukkige bui.

'*Bailemos el flamenco!*' roept ze. En wie ben ik om daar tegenin te gaan?

Van de tentoonstelling weet ik dat er tientallen verschillende stijlen zijn van de dans, van *farruca* tot *fandango* en *soleares* tot *seguiriyas*. Er is zelfs een stijl die *tangos* heet! Maar de stijl waar ik in geïnteresseerd ben, is de vrolijke *alegrias*, wat 'blijdschap' betekent. Maria heeft echter andere ideeën.

'Vandaag dansen we de *tangos*.'

Ik trek een zuur gezicht; zo te horen is er geen ontsnappen aan.

Na de chaos van de eerdere les ben ik erg blij dat Maria deze instructie in hapklare brokken verpakt en begint met klappen.

Ze gaat tegenover me staan en leidt me door de een-twee-drie rust, een-twee-drie rust. De handen onder een hoek van negentig graden en aan het eind van elk segment de vingers in elkaar gegrepen, als de punt aan het einde van een zin.

'*Siempre uno dos tres.*' Altijd een, twee, drie.

Snap ik.

De openingsstappen lijken zo simpel dat ik er bijna door in de war raak – ik moet mijn handen op mijn heupen zetten en dan met mijn rechtervoet een stap naar voren zetten, de knie buigen, en dan de voet weer terugzetten. Dan hetzelfde met links – een stap naar voren, knie buigen, weer terug. We doen een reeks van vier en dan moet ik op mijn dijen slaan. Ik begin net te denken dat dit een eitje wordt, wanneer ze met de handbewegingen begint...

Ik kijk naar hoe gecontroleerd en elegant ze haar vingers beweegt – zo vloeiend en bevallig – terwijl de mijne net een takkenbos lijken. Hoe moet dit? Ik dacht dat ik met mijn ervaring in het opnaaien van minuscule lovertjes voor mijn werk al genoeg souplesse in mijn vingers zou hebben, maar wanneer ik haar probeer te volgen en als laatste met mijn duim en middelvinger een O probeer te maken, lijkt het eerder of ik zwaar aan artritis lijd.

Ze laat het me nog een keer zien, extra langzaam. Visueel snap ik wat ze probeert over te brengen, maar mijn hersenen kunnen het signaal niet goed doorgeven aan mijn vingertoppen. Hoe meer ik mijn best doe om haar te imiteren, hoe erger het wordt. Wanhopig zoek ik mijn toevlucht in het cliché dat ik me voorstel hoe ik een lichtpeertje uit de fitting draai om de draaibeweging goed te krijgen, maar zodra ze daar een heffende of zakkende beweging van de arm aan toevoegt, lijkt mijn routine meer op Hansje Pansje Kevertje.

Staat Dan daar te lachen? O, dit is echt niet iets wat je wilt doen wanneer je indruk probeert te maken op een vent – ik sta naast iemand die slanker en sexyer is dan ik en die iets doet wat mij maar niet lukt.

Gelukkig besluit Maria de handbewegingen maar even te laten voor wat ze zijn en gaan we verder met de Beierse serveerster op het oktoberfeest – vooroverbuigen, een keer klappen en dan op de dijen slaan. Ik heb het idee dat we nu een spelletje handjeklap gaan spelen, maar zolang het maar geen elegantie vereist, ben ik er helemaal voor in.

En dan gaan we met het belangrijkste deel van de dans aan de slag: het stampen met de voeten.

Haar voeten raken de vloer als een harde zweepslag. Ze knikt dat het nu mijn beurt is. Ook al leg ik meer gewicht in de schaal, mijn gestamp maakt amper geluid. O. Ze zegt dat ik harder moet stampen. Ik doe het, en probeer al mijn razernij die ik ooit gevoeld heb maar nooit tegen een man uitgesproken, in mijn voeten te stoppen. Nog amper een geluid, en Maria kijkt me vragend aan alsof ze wil weten: '*Waar zit je vuur?*'

'Opnieuw!' roept ze stimulerend, dit keer bijna joelend. 'Je bent *mujere! Je bent een vrouw!*' Alsof vrouwen het sterkste geslacht zijn.

Ik kijk naar mijn spiegelbeeld in een poging daar kracht uit te putten, trek mijn kaak naar beneden, knijp mijn ogen dicht en probeer boos te kijken. Ik probeer het meest kwaadaardige, meest tartende gevecht tussen spijkers en houten vloerplanken uit te lokken, maar knipper verbaasd naar wat ik in de spiegel zie: is dit wat mannen zien wanneer ze naar me kijken? Ik denk dat ik uitdagend en brutaal kijk, terwijl ik er eerder uitzie als *een mak lammetje.* Dat moet veranderen.

Wanneer we even stoppen om wat water te drinken, probeer ik erachter te komen waarom ik dit zo moeilijk vind. Wat me als eerste opvalt, is dat ik bang lijk te zijn om te hard mijn best te doen. Wat ironisch is, omdat me dat vaak in mijn gezicht werd geslingerd ten aanzien van mijn relaties met mannen. Ik ben enorm inschikkelijk: hoe kan ik iets beter maken? Ik verander wel, zodat jij dat niet hoeft te doen. Kijk eens hoe goed ik in jouw schema pas. Laat mij weten wat je deze week op de agenda hebt staan, zodat ik mijn afspraken daaromheen kan plannen. Dat is prima, volgens mij, als de man in kwestie dat ook voor jou doet. Maar ik ben in mijn hele leven nog nooit iemand tegengekomen die dat deed. Waarom zou hij ook?

'Opnieuw!' Maria nodigt me weer uit de dansvloer op te stappen en legt heel geduldig en aardig alles weer uit – *'bien'* en *'muy bien'* – en ze lijkt zelfs onder de indruk wanneer ik de nieuwe vierdelige draai helemaal goed doe. (Ietsjes trots.)

Daarna gaan we weer terug naar het begin en herhalen we de hele routine keer op keer. Dit is de saaie, slopende kant van dansen. De enige manier om het goed te doen, is door het steeds maar weer, en weer en weer te doen. Ik sta flink te zweten en mijn haar is gaan kroezen.

Eerlijk gezegd is de hele ervaring een stuk intensiever dan ik had verwacht: bij een privéles als deze kun je je nergens achter verbergen. Ik begrijp amper hoe die sterren van *Strictly* dagen, weken achtereen kunnen blijven dansen. Dat gegiechel? Pure vermoeidheid en hysterie, daar ben ik van overtuigd.

Wanneer Maria even stopt en me vol verwachting aankijkt, denk ik even dat het uur voorbij is, maar dan hoor ik de gevreesde woorden: 'En nu met muziek?'

Dat detail was ik bijna vergeten, zo hard concentreerde ik me op de bewegingen. Ik vraag haar of ze het nog een keer helemaal wil voordoen, wil laten zien hoe met moet, en krijg kippenvel van haar interpretatie van de muziek. Ze weet precies wanneer ze van zacht naar sterk moet gaan! Dit is zeker geen gemakkelijke routine, en bepaalde stukken zijn nu veel sneller, waardoor ik even moet schakelen. Terwijl ik sta te dansen, kan ik mijn ogen niet van haar spiegelbeeld houden; wanneer ik mezelf probeer te volgen in de spiegel, raak ik direct de draad kwijt. Als ze daarom voorstelt om het solo te doen, piep ik bijna: *'Ben je gek geworden?'*

Ondanks de taalbarrière is mijn weerstand duidelijk voelbaar. Maar toch lijkt ze blij te zijn eindelijk wat echte emotie te zien, en laat ze me gaan. Ze zegt dat we het morgen weer gaan proberen, zodat ik wat tijd krijg om mijn flamencohouding te oefenen. Om die te demonstreren gaat ze staan, gooit ze haar schouders naar achteren en steekt haar kin naar voren. Ik doe hetzelfde en ze knikt goedkeurend, alsof ze wil zeggen: zo moet je je vanaf nu gedragen.

Het voelt goed, een beetje hooghartig, om zo te staan en te lopen, maar ik weet dat ik het niet kan volhouden.

'Zo ben ik gewoon niet,' leg ik na de les uit aan Lucy. 'Ik ben gewoon geen sterke *mujere.*'

'Zou je dat willen zijn?'

'Grapje zeker?' joel ik. 'Natuurlijk!'

'Echt?'

Ik knik enthousiast. 'Zo'n vrouw die een man met één blik kan vermorzelen? Die respect afdwingt en een duidelijke boodschap afgeeft dat er niet met haar kan worden gesold?' Ik staar in het luchtledige. 'Dat is mijn droom!'

23

'Hoe ging het? Hoe voel je je?'
Weer terug in onze hotelkamer willen Beth en ik allebei graag weten hoe het met de ander gaat.
Mijn vriendin glimlacht en vertelt dat ze heerlijk heeft geslapen en daarna drie bolletjes perzik-*helados* (ijs) heeft gegeten, en nu op een veel fijnere manier misselijk is.
Ik vertel haar over de farce van de eerste les en de intense tweede, en probeer haar dan de routine te laten zien die we morgen gaan perfectioneren. (Ze is al veel beter in de handbewegingen dan ik, omdat ze de hele dag in bed heeft liggen oefenen.) Maar nog voordat ik aan de dijenkletsers toe ben, gaat de telefoon en laat Lucy ons weten dat we nog tien minuten hebben voor we een afspraak hebben met de nieuwe – en vrijgezelle – matador in het park.
'Jemig! Ik moet nog douchen, ik laat je de rest later wel zien.' Ik draai me weer om. 'O, zou ik toch bijna vergeten: Simon gaf me een briefje voor je.'
Wanneer ik de badkamerdeur dichttrek, zie ik Beth op de rand van het bed zakken; even later ligt ze plat op haar rug naar het plafond te staren.
'Wat zegt hij?' vraag ik, wanneer ik een traan over haar wang zie lopen.
Ze gaat rechtop zitten en veegt over haar gezicht.
'Waarom doet hij dit nou?'
'Wat? Wat heeft hij gedaan?' Ik kan me niet voorstellen dat het iets ergs is.
'Waarom zo lief?' jammert ze. 'Nu sta ik helemaal voor joker!'
Ik glimlach naar haar en ze geeft mij het briefje.
Lieve Beth,
Het is moeilijk om excuses aan te bieden, omdat ik weet dat ik daarmee juist weer de aandacht vestig op mijn domme gedrag.
Maar ik weet niet hoe ik het anders goed kan maken.
Ik had nooit zo mogen reageren bij de estancia. Ik denk dat het kwam omdat ik je probeerde te beschermen, maar ik zie nu dat het juist erg onbeleefd was, en dat het totaal indruiste tegen de waardering die ik voor je heb.
Het ergste van mijn blunder is dat we nu niet meer met elkaar kunnen praten. Onze gesprekken waren het fijnste van de dag. Ik mis ze erg.
Terwijl ik dit schrijf, luister ik naar Too late to apologize van Timbaland. Ik hoop dat dat voor ons niet het geval is. Het spijt me echt heel erg.
Je domme maar berouwvolle geluidsman,
Simon
'Mooi,' knik ik. 'Niet te emo…'
Voordat ik mijn analyse kan afmaken, gaat de telefoon weer – het is tijd om te vertrekken.
'Wacht!' Beth trekt me terug uit de hal. 'Wat moet ik tegen hem zeggen?'

'Je kunt beginnen met een eenvoudig dankjewel en hem dan vragen om te vergeten en vergeven wat jij tegen hem hebt gezegd.'

'Dat zei ik alleen omdat hij het zei!' protesteert ze.

'Je hoeft jezelf niet tegenover mij te verdedigen,' zeg ik. 'Ik denk alleen maar dat het fijn is om het misverstand uit de weg te ruimen. Het is niet alsof hij je hiermee in bed probeert te krijgen. Hij wil gewoon dat het weer zo wordt als ervoor.'

Ze gromt even, alsof hij het met opzet moeilijk voor haar maakt. Ik zou bijna denken dat ze liever boos op hem blijft. Nou ja, misschien is ze nog niet klaar voor zijn romantische avances, maar in elk geval praten ze weer met elkaar.

Of niet.

Als puntje bij paaltje komt, besluit Beth Simon volledig te negeren en kijkt ze overal, behalve naar hem. Ze is druk aan het rommelen in haar handtas en bladert door de foldertjes van bezienswaardigheden in de buurt. Ik besluit dat ik hetzelfde maar ga doen, zodat hij niet de kans krijgt mij te vragen of ik het briefje wel aan Beth heb gegeven en hij nog even in de waan kan blijven dat ik het ben vergeten en ze het briefje nog niet heeft gelezen. Jemig! De rare dingen die we doen om de gevoelens van anderen te sparen! (Zeker anderen van wie je hoopt dat ze in de toekomst het hart van je beste vriendin weten te winnen...)

Ik wil niet beweren dat ik een autoriteit ben op het gebied van parken en plantsoenen, maar ik kan wel zeggen dat het Parque de Maria Luisa een van de mooiste ter wereld is. De veertig hectare in prachtige tuinen getransformeerde jungle – met brede boulevards, ommuurde tuinen en schitterende bloemperken – is al geweldig, maar dan zie ik de Plaza de España: een zwierig gewelfd gebouw met sierlijke betegelde nissen met daarin mozaïeken waarop alle Spaanse provincies zijn afgebeeld, van Catalonië tot waar we nu zijn in Andalusië.

Vandaag wordt deze vorstelijke locatie opgesierd met een zeer ongebruikelijk sieraad: onze nep-matador, Lorenzo. In vol ornaat staat hij op een bruggetje op ons te wachten. De toeristen geloven hun ogen niet en staan druk foto's te nemen. Ik neem het ze niet kwalijk. Hij is inderdaad zo magnifiek als Lucy heeft beloofd: sluik blauwzwart haar, donkere ogen met lange wimpers en een krachtige, voorname *hombre* kaaklijn.

Er is echter één probleempje: hij is alleen.

'Waar is Felipe?' wil Rick weten. 'Zou hij hier ook niet zijn?'

Met veel handgebaren en mimewerk komen we erachter dat onze zo belangrijke vertaler hem hier naartoe heeft gebracht en toen weer is vertrokken. Iets met een noodgeval in de familie.

Rick ziet eruit alsof hij zijn hoofd het liefst in de gracht steekt totdat er geen luchtbellen meer omhoogkomen. Ondertussen rent Lucy, die altijd overal een oplossing voor weet te vinden, van het ene reisgezelschap naar het andere, op zoek naar een tweetalige gids die een uurtje kan bijspringen.

Maar ik heb een beter idee.

'Kun jij het niet doen, Simon?'

'Wat?' Hij kijkt me stomverbaasd aan, zich afvragend hoe ik hem zo heb kunnen verraden en zich niet realiserend dat ik hem een gunst probeer te verlenen.

'Als je niks zegt, zijn we hem kwijt.' Ik wenk naar Lorenzo, die druk in zijn mobieltje staat te praten. Zelfs zonder ondertiteling is het duidelijk dat hij niet blij is met de organisatie en op het punt staat de benen te nemen.

Simon kijkt Rick berouwvol aan, haalt diep adem en begint dan met een kunstig uitgesproken verontschuldiging: 'Con permiso, senor. Perdone nuestro desorden.'

Beth knippert een paar keer met haar ogen. 'Ik wist niet dat hij Spaans spreekt!'

Ik haal mijn schouders op en kijk Rick aan. 'Zal ik de geluidsapparatuur even aannemen?'

Hij snuift. 'Dit is geen stoelendans!'

'Maak je geen zorgen,' zeg ik minzaam. 'Het is niet zo dat jij moet gaan dansen.' Voordat hij kan antwoorden, voeg ik eraan toe: 'Toe maar. Ik heb Simon al een week in actie gezien, ik weet hoe het werkt en hij kan tussen de scènes door alles even controleren.'

'Toe maar!' zegt hij spottend. Maar hij zegt geen nee. 'Volgens mij hebben we nog wel wat extra beeldmateriaal van jou van vanochtend…'

'Jij stiekemerd,' mompelt Beth, die zich realiseert dat ik me heel handig uit de armen van de matador heb gewurmd.

En dan komt het mooiste. Wanneer Dan terugkomt van het filmen van de sfeerbeelden, slaat Rick hem op zijn rug: 'Het lijkt erop dat je een nieuwe partner hebt.'

Terwijl Lorenzo met ons terugloopt naar het park, voel ik trots in me opwellen. Het woord partner had voor mij altijd een nare bijsmaak, zeker in relaties, omdat het zo emotieloos voelt, zo strategisch. Maar nu hoor ik het in een nieuwe context: twee mensen die samen werken aan een gezamenlijk doel. Misschien zou ik Dan niet moeten zien als een mogelijk vriendje, maar meer als een partner met wie ik door het leven kan dansen… Misschien dat we vanavond wat verticale standjes proberen?

Ik probeer discreet naar hem te knipogen, wat gemakkelijker is nu we naast elkaar moeten lopen, maar merk dat hij me nu al veelbetekenend aankijkt.

'Niet te zwaar?' Hij trekt even aan de riem van de apparatuur. 'Ik wil maar zeggen, met die gouden pijl en boog die je mee moet torsen.'

'Wat?' zeg ik gniffelend.

'Ik weet wat je van plan bent, mevrouw Cupido.' Hij knikt naar Beth en Simon, die nu onder een pergola staan die vlamt door de felroze bougainville. 'Laat Rick maar niets merken. De hoge pieten thuis hebben alweer een vergadering gepland.'

Ik heb ook zo mijn plannen, denk ik bij mezelf. Maar ik krijg geen kans om te antwoorden, omdat we al op de plek zijn aangekomen waar we gaan filmen.

'Ah, Bécquer!' Lorenzo stelt ons voor aan een standbeeld dat om een boom heen lijkt te lopen, neergezet ter ere van zijn favoriete negentiende-eeuwse dichter, Gustavo Adolfo Bécquer. Beth kijkt een beetje onzeker wanneer de danser haar hand beetpakt en deze niet tegen het beeld, maar tegen de bladderende bast van de cipres houdt.

'Deze boom werd geplant in 1870, het jaar waarin hij overleed, toen hij vierendertig was,' vertaalt Simon.

'O,' knikt ze plechtig.

'Deze bronzen beeldjes aan zijn voeten staan voor twee van de meest voorkomende thema's in zijn werk: gekrenkte liefde en krenkende liefde.'

Ook al hoeft hij alleen maar de woorden van de matador te herhalen, Simon lijkt zich pijnlijk bewust van het feit dat hij praat tegen de vrouw die hem nog maar zo kort geleden zo heeft gekwetst. Ik weet zeker dat het romantische onderwerp ook niet helpt. Het doet mij in elk geval even nadenken, die zin: *Gekrenkte liefde en krenkende liefde.* Ik kan me bijna geen beter bijschrift voorstellen voor een foto van mij en Lee. In dat geval waren we zeker een perfect stel. Beide versies van de liefde, alleen niet echt gezonde.

Terwijl Rick de twee neerzet waar hij ze wil hebben en Simon zegt dat hij zich wat moet ontspannen, zie ik een lachend stelletje op een bankje in de buurt zitten en vraag me af waarom de liefde niet gewoon goed kan zijn. Als het goed is, voelt het ook goed. Maar als je 'gekrenkt' bent, en ik plaats Beth ook in die categorie, dan voelt de liefde eerder aan als een mijnenveld dat je maar beter kunt mijden. Hoe aantrekkelijk degene ook is die om je aandacht vraagt...

'Oké,' Simon schraapt zijn keel en gaat verder. 'Hij draagt een gedicht voor, dat als volgt gaat:

Ik zag je een moment, je zweefde voor mijn ogen... jouw aanblik bleef op mijn netvlies gebrand als die donkere vlek, omgeven door vuur, die je verblindt wanneer je naar de zon kijkt.'

Ik heb medelijden met hem. Op de dag dat hij een brief schrijft, niet zozeer een liefdesbrief maar een liefdesverontschuldiging, wordt hij geconfronteerd met de woorden van een van Spanje's populairste dichters. Terwijl hij tegenover zijn genetische tegenpool staat.

En het is allemaal mijn schuld.

Ik begin me af te vragen of ik mijn eigen verontschuldiging moet schrijven, wanneer Lorenzo verdergaat:

'Tranen welden op in haar ogen
woorden van vergiffenis lagen op mijn lippen
trots won en ze droogde haar ogen
en de woorden bleven onuitgesproken.
Ik ging mijn weg, zij de hare.
Maar wanneer ik denk aan onze liefde,
zeg ik nog steeds: waarom heb ik die dag niets gezegd?
En zij: waarom heb ik niet gehuild?'

Ik heb het idee dat ik de scène in slow motion voor me zie afspelen; er gebeurt iets intrigerends in hun ogen. Lorenzo spreekt dan wel tegen Beth, maar terwijl zij kijkt naar Simon voor de vertaling, kijkt hij langs haar heen naar Lucy. Die zich weer vast moet houden aan een hekje om niet om te vallen. Beth keurt haar danspartner amper een blik waardig en staart naar Simon.

'*Venido conmigo.*' Lorenzo neemt ons mee naar de andere kant van de boom, naar een wit marmeren beeld van drie vrouwen die bij een bal op een bankje lijken te zitten: gekleed in korset en baljurk, met hun haar in prachtige pijpenkrullen met een kaarsrechte middenscheiding.

'Dit zijn de drie stadia van de liefde,' legt Simon uit.

Lorenzo wijst naar de eerste: de ogen vol verwachting, de handen tegen haar wangen.

'Hoopvolle liefde.'

Dan de tweede: ogen gesloten, handen tegen het hart.

'Vervulde liefde.'

En ten slotte de derde: gezicht omlaag gericht, handen gekruist in haar schoot.

'Verloren liefde.'

We horen een collectieve zucht. Wie kan zich daar nou niet in vinden?

En dan maakt Lorenzo een diepe buiging en nodigt hij Beth uit om te dansen.

Zijn timing is perfect, dat moet ik toegeven.

Terwijl we ons klaarmaken om naar de danslocatie gaan, blijf ik nog even achter en neem ik snel een foto van de drie vrouwen, als een visuele herinnering aan mijn eigen reis van verloren liefde naar hoopvolle liefde. Voor ik hier kwam, had ik niet gedacht dat zoiets mogelijk was. Wie weet, misschien slaag ik er op deze reis in die ongrijpbare fase van vervulde liefde te bereiken!

Ik zoek Dan om te zien of hij ook zo denkt, maar die is druk in gesprek met een groep Amerikaanse studenten die nieuwsgierig zijn naar de reden waarom we hier filmen. Hij legt alles geanimeerd uit, wijst eerst naar Beth en dan naar mij. Ik zwaai even naar de groep, denkend aan toen ik jong was en hoe enthousiast ik zou worden als ik een filmcrew zou zien. Het feit dat ik nu onderdeel uitmaak van het programma voelt nog behoorlijk onwerkelijk.

Ik ben allang blij dat ik nu niet voor ze hoef te dansen, zoals Beth en Lorenzo.

Natuurlijk bloeit zij altijd op als ze een publiek heeft en ook hij blijkt een uitstekend showman: als opening plukt hij een rode bloem en steekt hem achter haar oor. Hij past perfect bij haar over de schouder vallende top. Ze kijkt preuts naar de grond maar trekt tegelijkertijd haar witte rok omhoog, zodat hij een glimp opvangt van haar gespierde dijen.

En zo begint het.

Dit is een heel andere presentatie dan mijn zenuwachtige confrontatie met Juan José Padilla. Beth vertrekt geen spier. Hoe hard Lorenzo ook stampt of hoe hard hij ook tart alsof hij een stier probeert uit te dagen. Hoewel ze sterk genoeg is om hem te overbluffen en even wild is als hij, kiest ze er juist voor om zijn extreme mannelijkheid te pareren met de vrouwelijkheid van een ballerina, vooral in de manier waarop ze haar rok hoog opzwiept en haar armen uitstrekt. Ik herinner me dat bij deze dans de vrouw altijd naar de man toe moet gaan, maar wanneer Beth haar verleidelijke vingerbewegingen doet, komt hij als in trance op haar af lopen. Om dan te worden afgestraft: hij maakt een fatale sprong en de dans eindigt, zoals bij alle paso dobles het geval lijkt te zijn, met de genadestoot.

Het applaus laat de geluidsnaald helemaal naar rechts doorslaan. Zelfs Rick lijkt onder de indruk.

En dan gebeurt er iets verrassends: ook al zijn de Amerikaanse studentes vooral meisjes, ze beginnen te roepen om een solovoorstelling van Beth. Lorenzo is de eerste die het begrijpt. Rick knikt goedkeurend. Maar Beth twijfelt.

'Wat zal ik doen? Ik kan niet in mijn eentje de paso doble doen, en bij de flamenco improviseer ik ook maar wat.'

'Doe wat je wilt.'

Het is echt een cadeautje – ze mag doen wat ze wil – maar Beth blijft onzeker kijken. 'Ik heb geen muziek…'

'Je kunt een nummer van mijn iPhone kiezen…,' zegt een van de tienerjongens, duidelijk tot over zijn oren verliefd. 'Er staan zo'n drieduizend nummers op.'

Beth bladert door de lijst; ze voelt zich duidelijk onder druk gezet. Maar dan kijkt ze naar Simon. 'Kun jij iets voor me kiezen?'

Zijn gezicht licht op. 'Met plezier.'

Hij neemt zijn taak zo serieus dat hij niet eens opkijkt als ze haar rode shirtje uittrekt, waaronder ze een wit hemdje draagt, en dan haar enkellange rok verruilt voor mijn zachtroze pashmina. De ballerina in haar komt nu naar buiten. Ze wil laten zien wat ze kan, haar expertise, haar elegantie tonen.

Ik draai me om naar Simon om te zeggen dat hij los kan, maar hij is me al voor; hij heeft de iPhone al aan de geluidsapparatuur gekoppeld en gekozen voor het etherische *Halo* van Beyoncé.

Terwijl de eerste lichte klanken van de piano te horen zijn, begint Beth op een sierlijke en bevallige wijze te dansen. De stem van de zangeres wordt lager, dus doet ze een hoge arabesk. Ik verwacht dat ze klassiek blijft dansen, maar het is alsof de woorden van het nummer ook bij haar binnenkomen: het idee van ontwaken, regels overtreden, risico's nemen… Haar bewegingen worden steeds vloeiender en zijn een interpretatie van de muziek. Ze was nooit echt een liefhebber van lyrische dans, maar ze laat zich nu echt leiden door haar gevoelens en ontdekt nieuwe vormen en expressies, combineert moderne dans met ballet en integreert zelfs een beetje flamenco in de dans met haar vingertoppen.

Terwijl het koor 'halo-halo-halo' zingt, draait zij rond, rond, rond; drie foutloze pirouettes. Ze herhaalt dit tot we er bijna duizelig van worden en danst het pad af. Het zonlicht dat door de bomen valt, geeft haar een nog mystieker en ongrijpbaarder uitstraling.

Wanneer Beyoncé zingt over hoe ze verslaafd is aan het licht van een persoon, staat ze weer in het volle zonlicht.

Ik moet denken aan hoe tragisch en bedrukt Beth eruitzag toen ze de tango danste op de pampas, en hoe optimistisch en gevleugeld ze nu lijkt.

Zeker wanneer we op een pleintje komen waar honderden witte duiven lopen te scharrelen op zoek naar vogelzaad en rondspartelen in een ondiep bassin. *En pointe* danst ze tussen de vogels door. En dan, wanneer het nummer zijn hoogtepunt bereikt, springt Beth hoog de lucht in, waardoor ook de duiven opvliegen.

In mijn koptelefoon hoor ik het geluid van fladderende vleugels op de warme lucht en de stokkende adem van de bewonderend toekijkende toeristen.

'*Que Linda!*' Lorenzo is gebiologeerd door het dansende visioen dat hij voor zich ziet. 'Wat mooi!'

De muziek wordt zachter en ze draait zich met een stralend gezicht naar hem om.

Snel schudt hij zijn zware, met edelstenen bezette jasje uit en Lucy bevrijdt hem van zijn overhemd en stropdas. Haar handen trillen wanneer ze zijn glimmende, gebeitelde bovenlichaam ontbloot. Zijn strakke satijnen leggings lijken net een balletmaillot, nu hij geen bovenkleding meer draagt. Hoewel ik weet dat Lucy hem het liefst direct de bosjes in zou sleuren, laat ze hem los.

Met uitgestoken armen loopt hij naar Beth, de muziek zwelt weer aan en ze weet instinctief dat ze naar hem toe moet rennen. Hij tilt haar hoog op, zijn armen kaarsrecht en sterk. Hij draait haar rond en laat haar weer langzaam zakken zodat ze deels cape, deels engelachtige verschijning lijkt, zwevend boven de grond.

Als het nummer is afgelopen, heeft hij haar in zijn armen gesloten en zweeft zijn bruine hand over haar glinsterende, blonde haar. Geen genadestoot, dit keer. Dit keer een beschermende liefkozing.

Zodra de artiesten een buiging hebben gemaakt, hun applaus in ontvangst genomen en hebben geposeerd voor foto's met de studenten, geeft Simon Beth een enkele, witte veer. 'Als aandenken.'

'Dank je.' Ze maakt een reverence.

'Je zag eruit als een engel op blote voeten.'

'Zei hij dat?' Beth knikt naar de matador.

'Eigenlijk, nee.' Simon vermant zich. 'Hij zei dat je er *hot* uitzag.'

'*Muy caliente!*' Lorenzo rimpelt provocerend zijn wenkbrauwen.

Terwijl ze haar danspartner lachend aankijkt, zie ik dat Simon verslagen zijn schouders laat zakken. Maar ik ken Beth. Ik weet wat zij het belangrijkst vindt. Lorenzo heeft dan misschien een deinende borstkas en sterke armen die haar kunnen optillen, maar dat is niets vergeleken met een man die exact weet welk nummer hij voor haar moet uitzoeken.

En als Simon zou opkijken in plaats van naar het stof op zijn schoenen te turen, zou hij zien dat Beth nu naar hem lacht.

24

Eventjes lijkt de wereld perfect en zo zoet geurend als de sinaasappelbomen waar we tussen staan: Beth staat weer te kletsen met Simon, ik kijk uit naar, mijn volgende geheime opdracht met Dan, Lorenzo staat heftig te flirten met Lucy... en Rick staat alleen.

En ja, alles is zoals het zou moeten zijn.

Voor ons laatste interview die dag heeft Rick besloten dat we de neorenaissancistische architectuur van het Archeologisch Museum moeten gebruiken, dat ook in het park staat. Wacht even, zei hij laatste interview van de dag?

'Ja!' zegt Rick bevestigend. 'Ik wil jullie meisjes tot morgen om twaalf uur niet meer zien.'

'En wij jou ook niet!' joelt Beth voordat ze mij aan de kant trekt.

'Luister, Simon heeft gevraagd of ik met hem langs de rivier wil gaan wandelen. Wat denk jij?'

'Klinkt onschuldig genoeg.'

'Vind ik ook,' zegt ze vol zelfvertrouwen. 'Maar jij dan?'

Ik kijk haar glimmend aan.

'Dan?' vraagt ze, terwijl ze een wenkbrauw optrekt.

'M-mm.'

'Nou, veel plezier. Je hebt het verdiend!'

Plezier, ja, maar misschien dit keer wat minder sangria. Dit keer wil ik hem tussen het zoenen door in de ogen kunnen kijken om te ontdekken wat voor gevoelens er tussen ons spelen. Ik wil optimaal kunnen genieten.

Ik sta bijna te kwispelen wanneer ik naast hem ga staan om af te spreken waar we elkaar gaan ontmoeten.

'Sorry, schat,' zegt hij teleurgesteld. 'Rick wil het beeldmateriaal vanavond bekijken, en dat kan wel de hele avond duren.'

Mijn staart zakt omlaag. 'Echt?'

'Het is vreselijk, ik weet het. Morgen?'

Ik knik dapper en voel dan een brok in mijn keel. Dat krijg je als je te brutaal bent. Ik voel me net een klein bootje op een woelige oceaan, maar bedenk me dan dat dit niet een slap excuus is – en ik zie hem morgen echt.

Misschien is het maar beter zo. Ik ben eigenlijk te moe voor een intense nacht, en zo kan ik even goed bijslapen en ben ik weer fris en aantrekkelijk voor ons volgende afspraakje...

Op weg terug naar het hotel kijk ik vol bewondering naar de geanimeerde gesprekken tussen mensen in de tapasbars aan de *Calle Mateos Gago*. Ik trek de stoute schoenen aan en ga op een klein houten krukje zitten in het drukke *La Sacristía*. Voor deze ene keer vind ik het niet erg om alleen te eten, omdat ik weet dat het niet zo blijft. 'Heb maar geen medelijden met mij!' wil ik zeggen. 'Mijn man moet overwerken.'

Terwijl ik wacht op mijn gebakken vis en *espinacas con garbanzos* (spinazie met kikkererwten – wat denk ik wel niet?), heb ik even de kans om de folders door te kijken die ik vanochtend uit het hotel heb meegenomen, waaronder die voor het Arabische badhuis Aire de Sevilla. Dat is echt perfect: een toeristische attractie en heerlijk ontspannen ineen! Voor twintig euro is dit de perfecte activiteit om lekker loom van te worden, en nog mooier is dat het op een steenworp afstand ligt…

Zodra ik het zestiende-eeuwse paleis met zijn sprankelende fontein en vredige binnenplaats binnenstap, voel ik hoe mijn geest zich direct ontspant.

Nadat ik de equivalent van een douchemuts om mijn voeten heb getrokken, loop ik de krakende trap op en sluip ik over het balkon naar de kleedkamer, waar ik mijn badpak en badjas aantrek. Ik adem nog dieper uit wanneer ik de marmeren voorkamer inloop, waar oude lantaarns geometrische schaduwen werpen op zachtgele muren.

Er mag alleen maar worden gefluisterd, en na een dag vol lawaai en rumoer genieten mijn oren van de verzachtende stilte.

Een medewerker vraagt me haar op mijn plastic sokken te volgen door mysterieuze gangen die leiden naar een lager gelegen zaal met bassins, waaronder een rond bad met waterstralen die zo hard zijn als het water uit een brandweerslang en een donkere, claustrofobische stoomkamer waar ik uit kom glibberen om bij te komen in een koud bad dat me de adem beneemt.

Na dit alles geniet ik van het warme thermale water van een enorm bad met allemaal verschillende zithoekjes – zo weldadig en veilig. Ik beweeg mijn handen heen en weer, laat mijn voeten onder mijn lichaam door glijden en drijf op mijn rug, terwijl het water de contouren van mijn gezicht streelt. Ik denk aan hoe Dan mijn wangen en nek kuste en zucht. Ik zou willen dat die kussen nooit vervlogen. Ik zou willen dat er een manier was om ze te bewaren en opnieuw te beleven. Het enige dat ik kan doen, is uitkijken naar de volgende.

Natuurlijk is uitkijken geweldig, maar ik moet zeggen dat het nog fijner is om naar iets uit te kijken terwijl je ook van het nu geniet. Net als ik denk dat ik amper gelukkiger kan worden, golft het water onder me doordat er nieuwe gasten het bad in stappen.

Ik open mijn ogen en zie een ouder echtpaar voorzichtig het water in lopen, hand in hand. Plotseling besef ik dat ik nog een lange weg te gaan heb. Plotseling is één nacht samen met Dan en eentje in het vooruitzicht niet genoeg; ik wil dit echtpaar zijn, ik wil twintig of veertig jaar getrouwd zijn en het gevoel hebben dat je de rest van je leven samen zult doorbrengen.

Hoe moet het voelen om te leven zonder dat eeuwige gespannen en onrustige gevoel, de angst dat het allemaal zo van je af kan worden gepakt? Verdwijnt die angst ooit, vraag ik me af? Natuurlijk is het ironisch dat Lee de enige persoon was die me nooit zou verlaten en ook de enige persoon met wie ik niet meer verder kon leven.

Terwijl ik weer rechtop ga staan, besluit ik een ander hoekje op te zoeken om daar weer dat tevreden gevoel terug te vinden, maar een jonger en duidelijk speelser stel zit in de weg. Het voelt bijna vies om in hetzelfde water te zwemmen als waarin zij aan het knuffelen zijn – zij met haar benen om zijn middel geklemd, zijn handen in haar natte haar, haar tegen zich aan trekkend, zijn lippen in haar nek. Misschien is het omdat die gevoelens voor mij nog zo vers zijn dat het zo onbetamelijk aanvoelt. Hoe dan ook, terwijl ik het stelletje in gedachten naar het ijsbad verban, buigt het meisje zich achterover en gaat de man staan.

Ik sla zelf ook bijna steil achterover, ik herken hem. Het is Dan.

25

Het is maar goed dat het water me ondersteunt, omdat mijn benen volledig onder me worden weggeslagen. Ik zie dat het meisje dat bij hem is, een van de Amerikaanse studentes is die eerder bij de opnames was. Het geruis in mijn hoofd suggereert dat ik op het punt sta flauw te vallen, maar de schok is te groot om mezelf in het niets te laten verdwijnen. Hoe kan dit: die man was mijn redding!

En dan realiseer ik me dat, ook al hebben ze me nog niet gezien, ik geen onzichtbare toeschouwer ben. *Ik moet hier weg!*

Verteerd door schaamte draai ik me om naar de trap en probeer ik op mijn buik het bad uit te schuiven; ik glibber naar de deur om maar niet op te vallen. Maar dan zie ik mijn ineengekrompen spiegelbeeld in het glimmende marmer en denk: is dit wat een flamencodanseres zou doen?

Dan stop ik. Ik hoef me nergens voor te schamen. *Hij wel.*

Ik voel een golf van woede in me opkomen. Alles wat hij gisteravond zei, al die spannende beloftes over '*als we weer in Londen zijn...*' Hoe heeft hij me zo om de tuin kunnen leiden, terwijl hij weet wat ik heb meegemaakt? Hoe *durft* hij zo met mijn hart te spelen?

Ik heb geen rok om mee te zwieren, geen metalen hakken om mee te stampen; mijn voeten zijn bloot, mijn lichaam drupt. En toch ga ik staan, duw mijn schouders naar achteren, steek mijn kin in de lucht en zet mijn handen op mijn heupen, mijn lichaam dit keer niet verbergend.

'Ik ben *mujere*!' zeg ik tegen mezelf, terwijl ik me naar hen omdraai.

'O shit!' Dan laat in paniek het meisje los wanneer hij me ziet.

Terwijl ik hem daar in het water zie spartelen, voel ik me voldaan – het is me gelukt! Ik heb een blik op weten te roepen die volwassen mannen doet huilen! Maria zou trots op me zijn!

'Carmen, wacht!' Dan krabbelt het trapje op, maar in zijn haast glijdt hij uit en valt hard op het marmer. Nu ligt hij plat op zijn buik.

Hij kijkt naar me op, zoekend naar medeleven – bij het meisje dat er altijd is voor haar vent, wat er ook gebeurt. Maar dit keer maak ik een andere keuze en loop ik schouderophalend naar buiten: 'Liefde doet pijn!'

In de kleedkamer maakt mijn adrenaline plaats voor desillusie. De fantasie dat ik een nieuw type partner had gevonden, is vervlogen. Ik heb dan misschien maar een paar dagen van de fantasie mogen genieten, de euforie was zo enorm en ik was zo hoopvol dat ik amper kan geloven dat het allemaal een leugen was. We pasten toch zo goed bij elkaar? Was het niet perfect? Ik voel me bedrogen – hij kwam naar *mij* met al die onzin. Ik bemoeide me alleen maar met mijn eigen zaken en hij verleidde mij, liet mij geloven dat hij van me hield. Wat dacht hij wel niet? Vertelde mij me alleen maar wat ik wilde horen? Al dat gepraat over die leuke dingen die we samen zouden gaan doen, was dat niets meer dan een trucje om mij te laten denken dat er een toekomst voor ons samen was, zodat ik eerder zou ingaan op zijn avances? Zou hij werkelijk zo geniepig zijn?

Ik sta echt versteld. Wat heeft het voor zin om vrouwen zo te misleiden? We hadden het samen leuk genoeg, al die leugentjes had ik echt niet nodig en hij had ze niet hoeven vertellen.

'Gekrenkte liefde en krenkende liefde,' herhaal ik hardop, denkend aan hoe treffend dit bijschrift nu is voor ons.

Wat nu? Praktisch gezien, wil ik weten hoe ik de rest van de opnames ga overleven als ik elke dag, de hele dag tegen dat gezicht aan moet kijken?

Ik ga op het houten bankje zitten, me afvragend waarom ik niet zit te huilen, wanneer ik iemand achter me voel staan.

Het is het meisje uit het bad.

'Dus om even wat helder te krijgen,' begint ze, 'die jongen heeft iets met jou?'

Ik knik.

'Shit!' vloekt ze. 'Ik had echt kunnen zweren dat ik die vage types er nu wel uit kon pikken!'

Ik snuif ongelukkig. 'Ik ook!'

Eventjes delen we een ogenblik van vriendschappelijke stilte.

'Wist je dat ze hier echt heel lekkere muntthee hebben?' vraagt ze dan.

'Echt waar?' is het enige dat ik kan uitbrengen.

'Ik denk dat we daar wel aan toe zijn. Ik ben Kelly, trouwens.'

Gekleed in onze badjassen loopt ze voor me uit naar het wit geschilderde terras met uitzicht op de kathedraal, dat baadt in de gouden gloed van straatlantaarns. Onze thee wordt uit een zilveren kan met lange tuit in kleine, gegraveerde glaasjes geschonken. We toosten en nemen een slokje van de zoete muntdrank. Ik heb me altijd afgevraagd hoe het zou zijn om mijn krachten te bundelen met een andere Afgewezen Vrouw, maar in plaats van wraak te plannen – Kelly vermoedt dat Dan zichzelf permanente schade heeft aangebracht toen hij viel – deelt ze haar theorie met mij over waarom mannen dit soort dingen doen.

'Nou ten eerste, natuurlijk, omdat het kan. Ze zeggen alles om maar te krijgen wat ze willen hebben. Hoe dan ook.'

'Maar voelen ze zich daar niet schuldig over?'

Ze schudt haar hoofd. 'Hedonisten hebben een slecht ontwikkeld geweten. Ze hebben het te druk met het zoeken naar de volgende seksuele prikkel om te gaan navelstaren.'

'Hoe oud ben jij?' vraag ik, verbaasd dat zo'n jonge meid zo slim kan zijn.

'Drieëntwintig,' zegt ze, en voegt eraan toe: 'Ik heb psychologie gestudeerd.'

'Aha!' Ik knik. En dan kijk ik haar met een schuin hoofd aan: 'Dus je wist waar je aan begon met Dan?'

'Dit is mijn laatste avond in Sevilla.' Ze haalt haar schouders op. 'Ik had zin in een pleziertje.'

'Zo halen ze je binnen...,' mompel ik.

Ze glimlacht vriendelijk. 'Hoor ik hier iemand die teleurgesteld is in de liefde?'

Ik kijk in haar heldere ogen en vraag me af of ze met haar psychologische inzicht kan helpen met de vragen die me ten aanzien van Lee blijven plagen: hoe raakt een meid als ik verstrikt in zo'n relatie? Waarom ben ik nog steeds zo aan hem gehecht? Wat kan ik doen om te voorkomen dat ik a) naar hem terugga of b) niet weer hetzelfde meemaak met iemand anders?

'Nou, ik heb wel wat theorieën over hechting, als je daar interesse in hebt.'

'Vertel,' zeg ik gretig.

'Het belangrijkste is dat bijna geen enkele man die zijn partner misbruikt of mishandelt altijd gemeen of angstaanjagend is. Ik weet zeker dat je vriend ook wel eens teder en lief voor je was, misschien zelfs grappig?'

'Absoluut!' Ik knik.

'Nou, die periodes van goedheid zijn cruciaal om een traumatische band te scheppen,' gaat ze verder. 'Als je dan gedurende een lange periode slecht wordt behandeld, voel je van nature liefde en dankbaarheid jegens degene die deze periode doorbreekt. Maar dit is nou juist het gemene: in zo'n foute relatie *zijn de redder en de treiteraar één en dezelfde persoon.*'

Hoe herkenbaar, ik krijg er kippenvel van. 'Dat klinkt erg bekend. Een beetje zoals het Stockholmsyndroom?'

'Precies,' zegt ze knikkend.

Ik schud mijn hoofd. 'En ik maar denken dat ik gewoon te weinig zelfvertrouwen had.'

'Je zou er verbaasd van staan hoeveel sterke en zelfs succesvolle vrouwen dit overkomt. Soms denk ik wel eens dat de man er een nog grotere kick van krijgt als hij een vrouw weet te domineren die wat pit heeft.'

'Zo heb ik het nooit gezien.' Misschien ben ik niet half zo zwak als ik dacht. 'Is het jou wel eens overkomen?'

Ze knikt. 'Wat ik het ergste vond, was de dagelijkse verwarring; ik kon nooit voorspellen wat hij ging doen. En dat was precies wat hij wilde: al mijn energie was op hem gericht, waardoor er niets voor mezelf overbleef.' Ze gaat iets rechter zitten. 'Maar weet je waarom het goed is dat ik het zelf heb meegemaakt? Je ziet de eerste tekenen al heel snel...'

Nog een uur lang wisselen we ervaringen en horrorverhalen uit en – wat een schok – we moeten zelfs lachen om hoe absurd de situaties waren die we hebben meegemaakt.

'Ik kan niet geloven dat ik zo vrolijk word van zoiets vreselijks,' zeg ik hoofdschuddend. 'Ik voel me gewoon zo opgelucht.'

'De waarheid werkt bevrijdend,' zegt ze met een brede glimlach.

Ik glimlach terug. 'Weet je, deze avond had heel anders kunnen aflopen.'

Ik denk aan hoe ik me voelde toen ik haar zag met Dan. 'Ik zou je graag willen bedanken; ik betaal de thee,' zeg ik, terwijl ik mijn hand opsteek om de rekening te vragen.

'Nou, er is nog wel iets...'

'Echt, wat dan ook.'

'Kun je me die blik leren?' smeekt ze. 'Zoals je Dan aankeek! Zijn wereld stortte in, dat was supergaaf!'

'Met alle liefde!' grinnik ik.

Het effect is heel wat minder op slippers en daarom trek ik mijn flamenco-schoenen aan om Kelly het volledige plaatje te kunnen laten zien.

'Dat is het!' Ze klapt in haar handen en doet me na. 'Vanaf nu ben ik een trotse *Spaanse vrouw!*'

Als we elkaar omhelzen en afscheid nemen, zegt ze grinnikend: 'Het spijt me dat je nu nog zo lang met die idioot opgezadeld zit.'

'O, maak je daar maar geen zorgen over,' snuif ik. 'Ik ben al niet eens meer kwaad; als het niet was gebeurd, had ik nooit dit gesprek met jou gehad!'

Ik blijf nog even zitten nadat zij is vertrokken, en vraag me af of ik mijn gewone schoenen weer aan zal trekken. Ik besluit mijn dansschoenen aan te houden. Ik moet voelen hoe het is om door het leven te stampen, om mensen te laten omkijken, om te genieten van het geluid van mijn klikkende hakken. Ik ben er zo aan gewend om op mijn tenen door het leven te sluipen... geen wonder dat ik het gevoel had dat er niemand was om me te helpen. Nu sta ik hier met opgeheven hoofd. Ik en mijn vrouwelijke kracht. Ik en mij vastberadenheid om nooit meer over me heen te laten lopen.

Terwijl ik met de sterrenhemel boven me over de keien klikklak, voel ik een rust op me neerdalen. Plotseling weet ik precies hoe ik de rest van de opnames ga overleven. *Waardig!*

26

Ik lig op mijn rug te staren naar de houten balken tegen het plafond, nog steeds onder de indruk van de aardverschuiving van gisteravond.

Als ik het glaasje water op het nachtkastje wil pakken, fluistert Beth: 'Ben je wakker?'

'Ja.' Ik draai me naar haar om, blij dat ze bij me is.

'Je ziet er anders uit.' Ze steunt op één arm en kijkt me aan.

'Jij ook,' antwoord ik. Haar gezicht ziet er zachter uit, bijna ontwapenend. Tot ze de volgende vraag stelt: 'Heb je Dan gezien?'

'Ja,' antwoord ik met een zucht. 'Maar niet op de manier waarop ik had verwacht.'

'Was hij met een ander?'

'Hoe weet jij dat?' Ik knipper een paar keer met mijn ogen.

'O Carmen!' Ze gaat rechtop zitten. 'Simon heeft me gisteravond veel over hem verteld. Dat hij Don Juan wordt genoemd omdat hij altijd op vrouwenjacht is. Ik maakte me zo'n zorgen om je!'

'Nou,' ik haal diep adem. 'Het is allemaal goed gekomen.'

Terwijl ik haar in het kort vertel wat er is gebeurd, verandert de blik op haar gezicht van schrik in woede en dan van medelijden in fascinatie en uiteindelijk triomf.

'Dus het heeft zo moeten zijn!' zegt ze blij. 'Ik voelde me zo vreselijk. Als ik gewoon met Simon was blijven praten, was ik eerder de waarheid over Dan te weten gekomen en had ik je kunnen waarschuwen...'

Ik schud mijn hoofd. 'Het is al goed.'

'Echt?'

'Echt,' zeg ik nadrukkelijk. 'Het is net alsof de duivel is uitgedreven: Lee zit niet meer in mijn hoofd!'

'Dat is het!' Beth klikt met haar vingers. 'Dat is er anders! Je ziet er weer uit als jezelf!' Ze leunt naar voren en omhelst me alsof ik de hoofdprijs heb gewonnen. 'Het is alleen wel even balen dat we nu nog met Dan zitten opgescheept.'

'Ik weet het,' zeg ik instemmend. 'Weet je wat me het meest dwarszit: dat ik in mijn eentje de flamenco moet dansen waar hij bij is...' Ik begin te huiveren. 'Ik wil niet dat hij me op mijn zwakst ziet. Ik wil sterk blijven.'

'Wanneer is die les ook alweer?'

'Twaalf uur.'

'En hoe laat is het nu?'

Ik draai me om naar de wekker. 'Acht uur.'

Zodra ik het gezegd heb, slaat Beth de dekens terug. 'Kom, dan gaan we oefenen!'

Ik begin te grinniken. 'Ik denk niet dat de kamers onder ons erg blij zouden zijn als...'

'Niet hier,' onderbreekt ze me. 'We gaan naar de rivier.'

'De rivier?'

'Ik wil je iets laten zien...'

De melkgroene Guadalquivir ziet er zo bekoorlijk uit met zijn borders vol bougainville en palmbomen dat ik me afvraag waarom Christoffel Columbus zo nodig vanaf hier naar de Nieuwe Wereld wilde zeilen! Persoonlijk zou ik er tevreden mee zijn om heen en weer te varen in een van de glimmend witte rondvaartboten, die nu knikkebollend aan de steigers liggen.

'Water heeft iets rustgevends, vind je ook niet?' mijmert Beth, terwijl we langs de rivier rijden. 'Het stromende water herinnert ons eraan dat we door moeten blijven gaan.'

Vervolgens spreekt ze zichzelf tegen door de chauffeur te vragen om te stoppen. Precies naast de arena.

'Echt?' Ik kijk haar fronsend aan.

'Kijk eens naar de overkant,' zegt Beth.

'Weer een standbeeld?' Ik kan mijn verbijstering niet verbergen. Daar zat ik nou echt op te wachten.

Ze pakt mijn hand en trekt me ernaartoe. 'Lees de plaquette.'

'Carmen. Carmen!' roep ik. 'Dat ben ik!'

Beth lacht. 'Ik denk dat Lucy dit door al dat geren en gevlieg helemaal is vergeten.'

Ik doe een stap achteruit en kijk naar de vrouw die de hartstochtelijke opera van Bizet heeft geïnspireerd. In plaats van een soort Salma Hayek met weelderige boezem zie ik een relatief eenvoudige vrouw in een morsige rok en omslagdoek met franjes. 'Ze ziet er nou niet echt uit als een verleidelijke zigeunerin.'

'Nou ja, misschien zat haar aantrekkingskracht hem meer in haar bewegingen; zelfs de gewoonste vrouw kan provoceren door de juiste manier van lopen.'

Beth demonstreert de theorie en loopt als een ietwat te vroeg opgestaan straathoertje terug naar de rivier.

'Nu jij!' zegt ze uitdagend.

Ik probeer er stoer en verleidelijk uit te zien, maar ik ben bang dat ik eerder als een Jack Sparrow over straat zwalk.

'Ik weet wat je nodig hebt!' Beth zet haar iPod en speakers op een bankje. 'Simon heeft deze er gisteravond op gezet: de Habanera, het lijflied van Carmen.'

'Dat ken ik!' roep ik, wanneer de muziek begint.

'Kom aan! Zwaaien met die heupen!' Beth moedigt me aan om nog wat driester te doen en het wordt bijna leuk.

'Nu weet ik waarom mensen het zo geweldig vinden om op toneel te staan!' lach ik.

Ik vind het niet eens erg als er vanaf een voorbij varende boot naar ons wordt gefloten.

'Dat was het!' Beth zet haar serieuze stem op wanneer het nummer plotseling stopt. 'Nu wil ik dat je die houding in je dansnummer gebruikt.'

Ik haal diep adem. Dat moet lukken.

'Begin maar!' zegt Beth.

Ik begin met het klappen. Dan het dijenkletsen. En dan het stampen.

'Toe maar!' zegt Beth enthousiast. 'Hier kun je alleen maar vissen wakker maken!'

'Ik denk niet echt dat het goed is voor je knieën.'

'Harder!' overstemt ze mijn bezorgdheid.

Geleidelijk aan voel ik een verandering. Naarmate de passen steeds meer een tweede natuur worden, kan ik me beter richten op het verbeteren van mijn houding, dan mijn armen, en dan het draaien met mijn polsen...

Beth wil nog meer. 'Meer passie! Meer flair! Meer Carrrrrrrmen!' Ze laat haar r'en rollen voordat ze roept: 'Nog een keer! Vanaf het begin!'

Tegen de tijd dat we klaar zijn, sta ik zo te zweten dat ik bijna in het water wil springen.

'Je hebt hard gewerkt vanochtend,' realiseert Beth zich wanneer ze me een fles water geeft die ze in haar tas mee heeft genomen. 'Goed gedaan.'

Ik ben te druk met drinken om te kunnen antwoorden.

'Weet je, ik herinner me plotseling iets wat Simon gisteravond zei.' Beth wenkt dat ik naast haar moet komen zitten. 'We hadden het over de zigeunercultuur; hij zei dat als een stel dan uit elkaar gaat, ze elkaar – omdat ze zo'n sterke sociale band hebben – vaak nog dagelijks tegenkomen. Het is niet zoiets als Londen waar je gewoon in de massa kunt opgaan, en ze dus een manier moeten zien te vinden om beschaafd met een ex om te gaan.'

'Net zoals ik beschaafd moet zijn tegenover Dan.'

'Niet dat hij het verdient,' zegt ze, 'maar voor de groep.'

'Oké.' Ik luister naar wat ze zegt en kijk haar dan aan. 'Je realiseert je wel dat je nog helemaal niet hebt verteld wat jullie gisteravond hebben uitgespookt!'

'O, er is niet zoveel te vertellen.' Ze kijkt weg, maar niet snel genoeg om een glimlach te kunnen verbergen.

'Beth! Vertel!' Ik geef haar een por.

Ze kijkt me meelevend aan. 'Daar wil je nu vast niets over horen.'

Ik zucht. 'Juist wel! Misschien is het cruciaal dat ik nu hoor dat het toch goed kan gaan tussen een man en een vrouw.'

Ze kijkt me een minuut aan en haalt dan schuchter haar schouders op. 'Nou ja, we hebben niet gezoend ofzo.'

'Maar ik wil wel weten hoe het voelt om met hem alleen te zijn!'

Ze denkt even na en fronst dan haar wenkbrauwen. 'Vreemd maar fijn! Weet je, ik had niet verwacht dat het mogelijk was na wat er gebeurd was, maar hij leek echt geen verborgen agenda te hebben. Gewoon gezellig wandelen en kletsen en genieten van de zonsondergang.'

Met nog wat aanmoediging vertelt ze dat ze bij een café aan het water wat zijn gaan drinken, waar kleine houten roeibootjes aan land zijn getrokken en als bankjes fungeren. Wanneer ze beschrijft hoe ze daar op kussens lagen, kijkend naar de sterren, pratend over al die plekken waar ze naartoe zouden willen, voel ik toch een steek van jaloezie. Of is het gewoon verlangen? Verlangen om me aangetrokken te voelen tot een leuke vent. Verlangen om iemand aan te trekken die met mij naar mijn dromen wil roeien en me niet overboord gooit voor de eerste de beste zeemeermin die we tegenkomen 'Weet je wat het leukste aan hem is?' gaat Beth verder. 'Dat hij me niet de hele tijd zat te *bekijken*.'

Ik tik haar aan met de lege waterfles. 'Ik heb er nooit bij stilgestaan, maar het is grappig dat jij het niet erg vindt als er een hele zaal naar je zit te kijken, maar wanneer één man echt naar je kijkt...'

'...dan word ik zenuwachtig!' Ze huivert. 'Ik weet het.'

Ik houd mijn hoofd schuin. 'Misschien komt het omdat je voor publiek "optreedt", maar wanneer je privé bent, dan ben je gewoon jezelf.'

'Dat is één aspect,' geeft ze toe. 'Maar het zit meer in de *manier waarop* mannen naar me kijken. Ik heb het gevoel dat ze ofwel gewoon aardig zitten te doen totdat ik met ze het bed in duik of, in het zeldzame geval dat ik ze leuk vind, het meer een soort auditie lijkt!' Ze streelt de blaadjes van een gevallen bloesem. 'Bij Simon had ik dat gevoel niet.'

Ik glimlach veelbetekenend. 'Dat komt omdat je de baan al hebt!'

Als we weer terug zijn in het hotel laat ik Beth eerst de badkamer in gaan, omdat ik even een paar minuten wil gaan liggen. Wanneer ik mijn schoenen uitschop, voel ik kort de behoefte om met mijn vader te praten, iets wat niet vaak gebeurt. Een sms'je is de snelste manier om direct een antwoord van hem te krijgen – hij houdt wel van het korte en onpersoonlijke van deze manier van communiceren. Ik pak mijn telefoon en typ: 'Vandaag heb ik een beeld van mijn naamgenote gezien in de stad waar ze is geboren!'

Hij geeft direct antwoord: 'Wat doe jij in Brooklyn?'

Wat? Ik kijk vragend naar het schermpje.

'Ik ben in Sevilla, Spanje,' antwoord ik.

'Je bent niet naar die Carmen vernoemd. Je moeder was een groot fan van Rita Hayworth.'

Ik ben bijna bang dat hij seniel wordt wanneer ik nog een berichtje krijg: 'Haar eigen naam was Margarita Carmen Cansino.'

Ik glimlach even. Dat wist ik niet!

'Moet gaan. Wedstrijd begint zo.'

Mijn hart zakt in mijn schoenen. Is dat het?

Ik wuif mijn teleurstelling weg en typ snel: 'Ik hoop dat je greyhound zijn neus als eerste over de finishlijn duwt!' en pak dan mijn laptop om Rita Hayworth te googlen.

Ik krijg niet vaak de kans om me zo verbonden te voelen met mijn moeder, maar nu verslind ik de informatie op internet alsof de woorden direct uit haar eigen geheime dagboek komen. Wat had deze filmster uit de jaren veertig dat mijn moeder zo fascineerde? Waarom zij en niet bijvoorbeeld Lana Turner of Jane Russell?

Terwijl mijn ogen over het scherm vliegen, zie ik dat mijn vader gelijk heeft wat haar echte naam betreft en dat ze, heel toevallig, ooit een film in Sevilla heeft gedraaid die *The Loves of Carmen* heette, waarin zij de titelrol speelde. Nog beter: haar vader was een beroemd flamencodanser uit Sevilla! 'Wie had dat ooit gedacht?' Ik glimlach terwijl ik de lijst met films doorkijk, van *Gilda* tot *Pal Joey*. Dan lees ik de beschrijving van *You Were Never Lovelier* met Fred Astaire. 'Buitensporige musical die zich afspeelt in Buenos Aires!'

Kijk nou eens. Het enige dat ik nu nog zoek, is een filmset op Cuba en ik heb *full house*. Ik zie dat ze in *You'll Never Get Rich*, haar andere musical met Astaire, met hem danste voor een geschilderde achtergrond met daarop de beroemde Maleconboulevard in Havana! Hoe zeggen ze dat ook alweer: waar rook is, is vuur. En ik ruik toch echt een geurige Cubaanse sigaar!

Ik wil Beth vertellen dat dit allemaal geen toeval kan zijn, dat deze reis blijkbaar toch een soort lotsbestemming is waar ik me niet bewust van was, maar ze staat nog onder de douche. Dus lees ik verder over Rita's privéleven. Nu wordt het verhaal een stuk intenser. Ze is vijf keer getrouwd geweest: haar eerste man was een dominante oudere man die haar manager werd maar haar berooid achterliet. Ze scheidde van prins Aly Khan omdat ze ernstig door hem werd mishandeld. Haar vierde echtgenoot, de Argentijnse zanger Dick Haymes, zou haar ooit in het openbaar in het gezicht hebben geslagen in de Cocoanut Grove-nachtclub in Los Angeles. Haar vijfde en laatste huwelijk was met filmproducent James Hill. Opnieuw werd ze wreed behandeld, wat door Charlton Heston werd bevestigd in zijn autobiografie. Heston en zijn vrouw gingen met het echtpaar uit eten toen hij in Spanje was om *El Cid* te filmen. Hij omschreef de manier waarop Hill de vrouw die in Hollywood de 'godin van de liefde' werd genoemd, als 'obsceen misbruik', tot ze 'met haar hoofd in haar handen zat te huilen'. Heston durfde het zelfs een 'dodelijk huwelijk' te noemen en zei dat hij 'erg de neiging had om hem een dreun te verkopen', maar in plaats daarvan zijn geschokte echtgenote meenam naar huis. Als laatste schreef hij nog dat 'ik me schaamde dat ik wegliep voor mevrouw Hayworths vernedering. Ik heb haar nooit meer gezien'.

Mijn hart klopt in mijn keel. Vreemd dat ik me zo moederlijk voel over een vrouw die ik nooit heb ontmoet. Ik wil afmaken wat Charlton Heston nooit begon...

'Carmen, gaat het?' Beth kijkt me vragend aan wanneer ze weer de slaapkamer binnen komt lopen.

'Het moet stoppen,' zeg ik. 'Die idiote strijd tussen mannen en vrouwen.'

Voordat ik het verder kan uitleggen, gaat de telefoon.

Het is Lucy, die ons laat weten dat het tijd is om onze flamencojurken aan te trekken voor de opnames.

Hoewel Beth zucht dat ze dat nou al een keer heeft gedaan, vind ik het geweldig om nog een keer mijn stippeltjesharnas aan te trekken, omdat het me een kans geeft weer in contact te komen met mijn verborgen, sterke alter ego. Om de transformatie te vervolmaken, kam ik een scheiding in mijn haar, trek mijn haar naar achteren in een knotje en steek ik er een kammetje in. Met mijn gezicht dicht bij de spiegel trek ik een lijntje om mijn ogen, plak valse wimpers op en stift mijn lippen rood. Geen sepia gezicht voor mij vandaag. Daarna wissel ik accessoires uit met Beth: haar blauwe voor mijn witte – zodat ze toch het idee heeft dat ze iets anders draagt.

'Klaar?' vraagt Beth als we op het punt staan ons bij het team te voegen.

Ik knik, draai me om en bots tegen Dan aan.

'Mijn hemel!' Ik slaak een kreet wanneer ik de enorme paarsblauwe plek op zijn kin zie. 'Je ziet eruit alsof je door Charlton Heston te grazen bent genomen!'

Niet echt de opmerking die hij van me verwacht.

Zelfs Beth kijkt me vragend aan en besluit dat het beter is om me maar vooruit te duwen, in de richting van nog een gezicht dat er anders uitziet dan gisteren...

Er is zoveel gebeurd sinds we Lucy voor het laatst in het park zagen, dat ik alweer was vergeten dat ze met Lorenzo had staan flirten. Ik hoef niet te vragen of die twee het hebben gedaan – ze kijkt wazig uit haar ogen en speelt met een klein goudkleurig kwastje.

'Jij stiekemerd... is dat een zuigplek?' roept Beth uit als we dichterbij komen.

'Wat?' Lucy's hand vliegt naar haar nek. 'Ik dacht dat je er niks meer van kon zien.'

'Met alleen concealer krijg je dat echt niet weg,' zeg ik, terwijl ik mijn omslagdoek afdoe en om haar nek sla.

'Als we nou ook wat kunnen doen aan die zwoele ogen van je!' zegt Beth plagerig.

Lucy zet snel haar zonnebril op en probeert zakelijk te kijken wanneer Rick op ons af komt lopen. 'Oké!' Ze schraapt haar keel. 'De plannen voor vandaag zijn iets veranderd – Maria heeft iets speciaals voor ons geregeld.'

'Iets speciaals?' Ik voel me een beetje ongemakkelijk.

Speciaal betekent anders. Speciaal betekent iets anders dan een les in het flamencomuseum. Iets anders dan waar ik me op heb voorbereid.

'Ze wil dat jullie eens een *tablao*-voorstelling meemaken.'

'Een wat?' Beth kijkt haar fronsend aan.

'Het is een soort flamencoshow met live muziek. Nog beter, tijdens het kijken kunnen we genieten van een heerlijke maaltijd.'

Kijken! Ah, wat geweldig! Vanuit een stoel, waar ik thuishoor!

'Is het leven niet geweldig?' zeg ik wanneer Beth haar arm door de mijne steekt. 'Net wanneer je klaar bent om je met je ergste angst te confronteren, hoeft het plotseling niet meer.'

El Arenal heeft een van die deuren waar je 'drie keer moet kloppen en een geheim wachtwoord moet fluisteren'. Ik heb hier een paar andere flamencoclubs gezien – eentje die heel rustig was, met een binnenplein begroeid met klimop, en de lawaaierige voormalige kolenbunker La Carboneria. Maar dit is een voorbeeld van het raffinement van de Oude Wereld, met prachtig gedekte tafels en Andalusische kunst, waaronder een aantal bronzen beelden. Hier zitten geen busladingen toeristen, maar wel in het net gestoken families en echtparen. Ik hoop alleen dat we met onze televisiecamera het niveau niet te erg naar beneden halen. Ik heb een naar voorgevoel dat op de tafel helemaal vooraan en in het midden een bordje RESERVADO staat.

Ik zoek Lucy om te vragen wat het plan is wanneer ik een bekend gezicht zie; een gezicht dat ik amper herken zonder de kwastjes…

'Lorenzo!' Lucy slaakt een kreetje wanneer ze hem ziet.

'*Hola, mi amor!*' gromt hij wellustig.

'Wat doe jij hier?'

'Ik wilde je zien,' vertaalt Simon.

Door zijn directheid weet ze even niet wat ze moet zeggen. 'O-o, oké, het zit namelijk zo, ik ben aan het werk '

'*Debo estar cercano a usted.*'

'Ik moet bij je in de buurt zijn.'

Haar mond gaat open en dicht. Ze kijkt gespannen naar Rick, die ons allemaal verrast door op Lorenzo af te lopen en hem de hand te schudden.

'Goed werk, Lucy,' zegt hij terwijl hij naar haar knipoogt.

'Pardon?' Ze begint te blozen. Wat weet hij hiervan?

'Deze jongen heeft ons tot nu toe de meeste YouTube-hits opgeleverd! En dat zijn nog maar de trailers van gisteravond! Ik wilde je vragen of we nog een sessie met hem konden regelen, maar ik zie dat je er al bovenop zit.'

'Bovenop! Zit! Zij!' giechelt Beth in mijn oor.

Wanneer Rick daar nog aan toe voegt: 'Probeer zijn shirt weer uit te krijgen, als het lukt!', gieren we het echt uit van het lachen en moeten we ons omdraaien.

'Het is maar goed dat we vanavond vertrekken,' sist Lucy wanneer hij weer wegloopt. 'Ik kan niet veel meer hebben!'

'*We vertrekken?*' roepen Beth en ik geschrokken in koor.

'Zo snel al?' zeg ik nog, met pijn in mijn hart.

'De show doet het veel beter dan ETV had verwacht, dus willen ze dat we wat eerder afronden in Spanje, zodat we een tussenstop in Londen kunnen maken voor een persconferentie.'

'Als in interviews door professionele journalisten?' Ik trek wit weg.

'Het is een geweldige kans om onze kijkcijfers omhoog te krijgen voor het salsagedeelte,' legt Lucy uit. 'Het zijn alleen maar de kranten en de radio, en misschien een paar weekbladen die de volgende dag naar de drukker gaan.'

Terwijl Beth ongetwijfeld denkt aan foto's voor op de bladen, denk ik aan moeilijke vragen. Als ik mezelf aan de natie zou presenteren, zou ik mezelf het liefst laten zien als een gezellige meid die het voor elkaar heeft, in plaats van het werk in uitvoering dat ik nu nog ben.

Beth knipt haar vingers voor mijn ogen. 'Niet doen!'

'Wat?'

'Niet negatief denken! Geniet nog van de laatste uurtjes hier, in plaats van je zorgen te maken over wat er komen gaat.'

Ze heeft gelijk. Als ik iets moet doen, is het meer genieten. Morgen wordt mijn kennis van de flamenco misschien getest en ik wil deze dans, die me al zoveel heeft gegeven, recht doen.

Ik adem diep door: als ik nog maar zo weinig tijd heb, telt elke minuut.

27

Ze zeggen wel dat je om de flamenco echt te ervaren, je er zo dicht op moet staan dat de zweetdruppels van het voorhoofd van de dansers je kunnen raken en je de planken onder hun voeten kunt voelen schudden.

Aangezien het blad van onze tafel op hetzelfde niveau ligt als het podium, voorspel ik dat ons schaaltje met pimentolijven binnen de kortste keren ook zal staan te dansen.

'Is dit niet spannend?' Beth probeert me nog wat extra op te beuren.

'Ontzettend!' Ik kijk haar breed glimlachend aan, me erg bewust van de camera die Dan op me gericht houdt.

Het is al erg genoeg wanneer je op hetzelfde feestje bent als je ex, en probeert te doen alsof je het gezellig hebt elke keer wanneer hij naar je kijkt, maar hier kan ik niet aan zijn ogen ontsnappen!

Gelukkig word ik direct gehypnotiseerd door de eerste magische klanken van de melodische Spaanse gitaar. Daar komen de zangers bij met hun supersnelle handgeklap – een stop-startritme zo wreed en wispelturig dat ik mezelf hoor tutten: 'Je kunt niet echt lekker mee klappen, zoals bij een Neil Diamond-concert.'

De waarheid is dat ik de enigmatische kwaliteit van de muziek prachtig vind, vooral de donkere, rokerige zangstemmen – zo rauw en geladen en hartverscheurend dat het meer op een bezwering lijkt.

'Ik vraag me af wat eerder kwam?' fluistert Beth tegen me. 'Zing je flamenco omdat je van nature een hese stem hebt of veroorzaken de liedjes een lichte keelontsteking?'

Ik weet het niet zeker, maar het kost zo te zien nogal wat inspanning. Eén man ziet eruit alsof hij een epileptische aanval krijgt; zijn lichaam trilt en schokt terwijl hij het laatste restje pijn uit zijn ziel probeert te knijpen.

'Je kunt de Arabische invloeden echt goed horen in het gejammer, vind je niet?'

Ik wenk Simon om erbij te komen en vraag hem om een paar zinnen voor me te vertalen, zodat ik wat meer begrijp van de pijn die ik voor me zie. Ik ben vrij verrast wanneer hij zegt: 'Wanneer ze loopt, dwarrelen kaneel en rozen op de grond.'

Maar misschien heeft hij het gewoon weer over Beth.

Terwijl de dansers het podium op komen lopen, arriveren bij ons de eerste borden met eten: een hele reeks mysterieuze kleine hapjes. Na Beths onfortuinlijke avontuur met de stierenballen, durf ik niet zo goed een heel hapje in één keer in mijn mond te stoppen, dus snijd ik er eerst een doormidden. Mijn mes schiet echter uit, waardoor het toastje dat eronder hoort, het toneel op schiet.

'Nee!' Ik schaam me kapot voor mijn culinaire onhandigheid.

'Maak je geen zorgen,' zegt Beth geruststellend. 'Dat stampen ze zo kapot, wees maar blij dat het niet zo'n gladde witte asperge was, want dan had je er misschien al snel eentje onderuit gehaald.'

Naarmate het voetenwerk sneller en gehaaster wordt, bedenk ik dat dit echt de ideale manier zou zijn om schnitzels plat te slaan.

Ik betwijfel of eten en flamenco eigenlijk wel samengaan. Het is vrij zenuwslopend om zo dicht bij die ratelende hakken te zitten; mijn maag is van streek en met mijn darmen is het niet veel beter. Erger nog, wanneer de danseres met de lange kunstnagels naar de rand van het podium loopt en daar een dramatische pose aanneemt, zie ik haar neusgaten zich wijd opensperren, mijn nog dampende vis opsnuivend. Ik verwacht bijna dat ze zich naar me toe buigt en vraagt: 'Zeebaars?'

Het komt als een opluchting wanneer het eten is afgeruimd en we ons op het dansen kunnen concentreren.

Of specifieker gezegd, de gezichtsuitdrukkingen die erbij horen. De vrouw lijkt te puffen alsof ze aan het bevallen is. Een andere vrouw klemt haar kaken stevig op elkaar, om haar mond weer open te doen wanneer ze haar voeten verzet.

'Ik heb nooit gehoord van een dans waarbij je het tempo met je kaken aangeeft,' zeg ik knipperend.

'Het zijn in elk geval erg ritmische mensen.'

Alles is slechts een onderdeel van het geheel. Ik herinner me dat Maria zei dat flamenco uit vier elementen bestaat: *cante* (stem), *toque* (gitaar), *baile* (dans) en *jaleo*, wat grofweg kan worden vertaald als 'ruzie schoppen' en bestaat uit 'klappen met de handen, stampen en *aanmoedigend schreeuwen.*'

Wanneer de andere artiesten '*allez!*' roepen, is het bijna alsof ze willen zeggen: 'O, ik *weet* het! Ik weet precies hoe je je voelt!' Het doet me denken aan de gesprekken die Beth en ik altijd hebben in de bar – wanneer we elkaar vertellen over iets wat ons zo idioot en emotioneel onderontwikkeld maakt, en wanneer de ander dan 'o, ik ook!' roept en we beginnen te giechelen van opwinding.

'Wauw, kijk die vent eens gaan!' Beth kijkt met open mond toe hoe een slungelige man met een halsdoekje de dansende vrouwen probeert te overtreffen en zo extatisch staat te dansen dat zijn zweet inderdaad van zijn voorhoofd spat, over ons op de eerste rij heen. Je zou denken dat hij zijn jasje uit wil trekken, maar in plaats daarvan tilt hij het aan de punten op, zoals de vrouwen hun rokken optillen zodat iedereen hun voeten kan zien. Niet dat zijn jasje over zijn voeten hangt, maar ik neem aan dat het symbolisch is: kijk niet naar mijn nu vloeibare haar of de felheid in mijn ogen, maar richt je blik omlaag naar waar mijn benen als een razende tekeergaan.

Mijn oren zijn in shock door het geklepper van zijn hakken; het voelt net als wanneer iemand je met een houten liniaal op je knokkels slaat. Ik kijk om of Simon ondanks zijn koptelefoon ook zijn gezicht vertrekt en zie dat Dan nu Lucy's schouder gebruikt als statief, omdat hij duidelijk moeite heeft om hem zelf omhoog te houden. Interessant. Ik vraag me af wat voor blauwe plekken hij nog meer onder zijn kleding verbergt?

'Het gebeurt niet vaak dat karma zo snel toeslaat,' zegt Beth knipogend, om mijn aandacht dan weer naar het podium te trekken met de woorden: 'En dan de grand finale, een grande dame!'

Tot nu toe hadden alle danseressen ravenzwart haar, jurken in primaire kleuren en perfecte ronde billen. Deze *señora* is een stuk ouder, heeft goudblond haar en draagt een lavendelkleurige zijden jurk die als water over haar heupen golft. Zelfs haar make-up is anders: in plaats van de zwarte eyeliner worden haar ogen omrand door glittertjes en ze is de enige met gelakte nagels – om ons nog beter te kunnen betoveren met haar vingertoppen...

Ik weet niet wat voor flamencostijl zij vertegenwoordigt, maar het voelt heel anders en ik kijk gebiologeerd toe hoe ze haar sierlijke Godzilla-staart rondzwiept en dan castagnetten tevoorschijn tovert, om daar vervolgens zo'n wonderlijk geluid mee te maken dat ze bijna lijken te spinnen als een kat. De lange zanger met de witte baard lijkt even betoverd als wij en kijkt haar eerbiedig aan.

Ik zou gewoonlijk iets hebben gezegd over haar betoverende aanwezigheid, maar Beth is me voor. Ze vertelt dat in de flamencowereld een dergelijk transcendent optreden wordt toegeschreven aan '*duende*', een term die lastig te omschrijven is, maar kan worden vertaald als 'bezieling'. In plaats van een '*bravo!*'-reactie zoals die bij ballet wordt opgewekt, krijgen toeschouwers hier eerder het gevoel 'alsof er iemand over hun graf loopt'. We hebben al gezien hoe de mannelijke artiesten als boorhamers op het podium staan te schudden en trillen in een poging dit fenomeen te veroorzaken, maar de aardse sensualiteit van deze vrouw heeft mijn voorkeur. Ze lijkt niet zo verwoest en teleurgesteld door het leven als de anderen – het is eerder alsof zij over deze teleurstelling heen is gegroeid en een hoger niveau van wijsheid, van kennis heeft bereikt. Maar misschien heeft ze wel jaren van emotionele bezweringen moeten doormaken om hier te komen? Wie weet.

Flamenco lijkt echt een kunstvorm te zijn waarbij 'liever eruit dan erin' geldt. En Beth en ik gaan zo te zien nu ervaren hoe therapeutisch dat kan zijn.

'Zeg alsjeblieft dat Maria ons niet net heeft gevraagd op het podium te komen!' zeg ik geschrokken.

'O, wauw, we mogen optreden met live muziek, wat een eer!' Beth is al onderweg.

Ik wist dat het naïef was om te denken dat het een middagje alleen maar kijken en eten zou worden. Terwijl ik mijn eerste stappen op het podium zet, vraag ik me af of het arme publiek wel weet wat ze straks te zien krijgen. Hoewel ik vanochtend als een bezetene heb geoefend, zegt het kleine stemmetje in mijn hoofd dat ik met een gitaar nog een betere voorstelling zou kunnen geven.

En dan is er nog dat detail dat Dan staat te kijken. Ik zou er heel wat voor over hebben als ik mijn laatste sinaasappelmousse op zijn cameralens zou kunnen smeren, maar de ober heeft net onze tafel afgeruimd.

'Kan Beth met me meedansen?' smeek ik, ervan overtuigd dat zij de routine na vanochtend wel helemaal uit haar hoofd kent.

'We gaan alle drie dansen!' zegt Maria.

'O, gelukkig!'

'Na je solo.'

O nee, nee, nee. Ik probeer niet in paniek te raken, en vraag me af hoe ik in hemelsnaam de 'sterke vrouw' kan spelen als ik sta te trillen op mijn benen. 'Doe gewoon je ogen dicht,' is Beths advies. 'Vergeet Dan en al die mensen in de zaal, en stel je voor dat je weer bij de rivier staat.'

Ik wil haar advies net opvolgen wanneer ik de *señora* in de lavendelkleurige jurk naar me zie kijken. Iets in haar doordringende, zelfverzekerde blik doet me besluiten het helemaal anders te doen...

In plaats van Dan te negeren vergroot ik hem, stel ik me voor dat alle mannen die me ooit hebben vernederd, die ik heb gesmeekt van me te houden, die ik als een hondje ben gevolgd en met wie ik niet kon breken ook al wist dat ik het fout-fout-fout was, op de eerste rij zitten.

De laatste keer dat ze me zagen, huilde ik, smeekte ik om 'nog een laatste kans'. Nu wil ik dat ze me zien als een sterke, zelfverzekerde vrouw. Ik wil het gevoel dat ik krijg als ik aan ze denk veranderen. Ik wil de schaamte laten varen en erop vertrouwen dat ik me nooit meer zo zal gedragen.

Tot die groep behoren ook een paar van Rita Hayworths echtgenoten.

En dan, als laatste, mijn vader.

Als ik het handgeklap hoor, wetende dat dit voor mij is, begint mijn hart op een veel positievere manier hard te bonken. Wanneer de zanger raspend begint te zingen, is het alsof zijn stem vanuit mijn ziel komt. Mijn voeten beginnen aan hun dans.

'Hassar!' roept Beth wanneer ik met mijn heupen begin te zwaaien.

Ik klik met mijn hakken, zwiep mijn schouders heen en weer en eindelijk hebben mijn handen hun souplesse gevonden. Voor ik het doorheb, is de routine klaar, maar ik ga door – mijn voeten stampen op de grond alsof ze het laatste restje schaamte willen verbannen. Ik weet niet eens wat voor passen ik dans, maar ik ben niet meer bang.

Wanneer het nummer is afgelopen en het publiek me verrast met een daverend applaus, voel ik iets wat ik amper herken – een enorm, zwellend, overweldigend gevoel van trots!

28

Wanneer ik wakker word en buiten de grijze wolken zie, Britse accenten hoor en bacon ruik, denk ik even dat het allemaal één grote droom was.

Maar dan zie ik de castagnetten die aan mijn bedstijl hangen en herinner ik me weer hoe Beth en ik, na onze vlucht gisteravond van Sevilla naar Londen, direct naar een hotel in het West End werden gereden, zodat we niet te laat zouden komen voor de persdag die ETV heeft georganiseerd.

Schijnbaar zijn er vanochtend een aantal fotoshoots en interviews, en dan is er vanmiddag om drie uur een persconferentie in de balzaal.

'Bucks Fizz?' Beth houdt me een glas champagne voor.

'Is dat wel verstandig?' vraag ik nog een beetje wazig, ook al zijn we aangekleed en staan we voor het ontbijtbuffet.

'Nou ja, het staat er, en als iemand zich een beetje moed zou moeten indrinken, dan zijn wij het wel.'

'Ben jij zenuwachtig dan?' Ik kijk Beth fronsend aan. 'Ik dacht dat je er helemaal klaar voor was!'

'Totdat ik me realiseerde dat ik misschien wel word gelyncht! Ik ben de leugenaar, weet je nog? De bedrieger! Het dunne meisje in het fatsuit!'

'Oei, dat is inderdaad niet best,' bedenk ik me.

'Ik weet dat ETV het probeert te verkopen als "de laatste kans voor de vergeten danseres", maar het kan alle kanten opgaan. Jij bent in elk geval de onschuldige partij.'

'Niet echt!' snuif ik, terwijl ik een worstje op mijn bord kwak. 'Ik heb dat pak gemaakt, naar mijn eigen lichaam, weet je nog? Niet dat ik me daar zorgen over maakte, tot nu…'

Ik word nog zenuwachtiger wanneer ik zie wat het idee is van de fotoshoot: Beth in een glinsterend jurkje, op een verhoging, met mij knielend aan haar voeten, terwijl ik haar zoom inneem. Dit is voor mij natuurlijk een bekende pose, maar ik vraag me af of de styliste nou echt zo'n armoedige outfit voor mij had moeten uitzoeken.

'Heb je niets vrolijkers bij je?'

Ik heb echter te vroeg gesproken. Bij het volgende scenario ben ik degene die een ballroomjurk draagt met kanariegele veren, wijde citroengele mouwen van chiffon met hardroze lippenstift op mijn lippen. Ondertussen staat Beth erbij als een iets te bruine bikinibabe.

'Vergeleken met jou zie ik eruit als Dame Edna!' jammer ik.

'Nog eentje voor de interviews,' zegt Lucy bemoedigend.

Wanneer ik Beth zich in een strakke satijnen maillot zie wurmen om de vrouwelijke matador te spelen, krijg ik een sprankje hoop.

'Je weet dat ik mijn flamencojurk bij me heb, hè?' bied ik aan.

Maar ze hebben een beter idee: ik mag de stier spelen, compleet met neusring.

'Ik begin een beetje een idee te krijgen wat mensen van me denken,' mompel ik tegen Beth wanneer we even pauze hebben en een donut oppeuzelen.

'Ach, denk maar zo dat de mensen die met deze ideeën kwamen ons flamenco-optreden van gisteravond nog niet hebben gezien.'

'Dat klopt.'

'Als ze dat hadden gezien, dan hadden ze jou in een rood pvc-jurkje gestopt, terwijl de vonken van je schoenen afspatten.'

Ik grinnik bij het idee.

'Trouwens, je wilt toch niet een domme Barbie spelen?'

Ik schud mijn hoofd. 'Ik wil gewoon een betere versie zijn van mezelf.'

Terwijl Beth haar valse wimpers lostrekt, verzucht ze: 'Kun je je voorstellen hoe het voelt om tevreden te zijn met jezelf, gewoon zoals je bent?'

Ik kijk haar aan.

'Ik dacht altijd dat als ik het meisje op de cover van een tijdschrift zou zijn, ik me anders zou voelen dan nu.'

'Hoe dacht je dat je je zou voelen?'

'Zo perfect als ik eruit lijk te zien!' Ze glimlacht. 'Ik dacht dat mijn eigen kritische stemmetje dan wel tot zwijgen zou worden gebracht.'

'Maar je hoort hem nog steeds?'

'Ja, hij lacht me hardop uit. Hij zegt dat ik jarenlang een illusie heb nagejaagd. Terwijl ik al die tijd had kunnen genieten van het dansen, was ik er te erg op gebrand om mijn naam op de posters te zien om me dat te realiseren.'

'Is dat jouw telefoon?' Heel nonchalant onderbreek ik haar diepgaande analyse.

Ze pakt haar tas. 'Het is Simon,' zegt ze glimlachend wanneer ze de naam op het schermpje ziet. 'Hij wil weten hoe het gaat.'

'Wat lief.'

Ze knikt. 'Het is fijn om te weten dat er iemand is die aan je denkt.'

'Ja, dat is waar. Dat is het fijnste. De kleine berichtjes die je eraan herinneren dat je niet alleen bent.'

'Zie je, jij weet dat soort dingen. Ik niet.'

'Nou ja, ik weet hoe het in theorie werkt…'

'Nee, jij hebt dit ervaren!' Ze houdt haar telefoon omhoog. 'Jij hebt het gevoeld. Je hebt het aangedurfd.' Ze laat haar hoofd hangen en pakt mijn hand. 'Het spijt me dat ik zo denigrerend deed over het feit dat jij Lee's gedrag zo lang hebt getolereerd. Ik had geen idee hoeveel je te verliezen had.'

'O Beth!' Ik omhels haar, met tranen in mijn ogen, dankbaar voor haar begrip.

'Oké, dames, tijd om je voor te stellen aan de pers.'

De interviews gaan ongeveer volgens plan. We hebben zo vaak onze gevoelens moeten verwoorden dat de clichés er heel gemakkelijk uit rollen. Wat betreft mijn probleem om 'de waarheid te vertellen' realiseer ik me dat ik nooit perfect hoefde te zijn. Trouwens, de journalistes zijn eerder meelevend dan dat ze sarcastische vragen stellen, en in plaats van te blijven hangen bij de verkeerde keuzes qua mannen die ik in mijn leven heb gemaakt, lijken ze die ervaringen graag te willen gebruiken als les voor hun lezeressen.

'Wat zijn de mogelijke voortekenen van een foute relatie waar meisjes volgens jou op moeten letten als ze iets met een nieuwe jongen beginnen?'

Ik kan deze vraag prima beantwoorden na mijn munttheegesprek met Kelly.

'Het begint allemaal met gebrek aan respect,' zeg ik. 'Als hij je kleineert, je mening wegwuift of in het openbaar onbeleefd tegen je is, dan zijn dat belangrijke waarschuwingssignalen. Als hij over het algemeen negatief denkt over vrouwen, ook: praat hij op een neerbuigende manier over zijn ex-vriendinnen? Als alles altijd haar fout was, dan kun je er vergif op innemen dat jij in deze nieuwe relatie ook overal de schuld van krijgt.' Ik neem een slokje water en ga verder, ik ben op stoom. 'Je moet ook letten op controlerend gedrag. Dat kan beginnen met subtiele opmerkingen over je kleding, je gewicht, je vriendinnen enzovoort. Vaak geeft hij je te veel adviezen over hoe jij je leven moet leven en wordt hij ongeduldig als je zijn voorstellen niet lijkt op te volgen.'

'Bezitterigheid?' vraagt een journaliste.

'Ja, zeker. Hoewel Lee dat niet echt was. Hij was echter al wel heel vroeg een leven voor ons samen aan het plannen. Natuurlijk kan dat in een wereld waarin mannen vaak problemen hebben om zich te binden heel strelend zijn, maar als hij jouw wens om het rustig aan te doen niet respecteert, is de kans groot dat het fout loopt.'

'Je klinkt echt als een liefdesgoeroe!' zegt een van de jongere vrouwen plagerig.

'Nou ja, ik heb een zeer intensieve cursus gevolgd!' giechel ik, verbaasd dat ik er nu zelfs al grapjes over kan maken.

'Is er nog iets waar we echt op moeten letten?'

'Intimidatie: als hij zich groot maakt en tegen je schreeuwt. Als hij te dicht bij je gaat staan als hij boos is, je duwt, je de weg blokkeert of je vasthoudt. Als hij tegen deuren of muren slaat of met dingen gaat gooien, ook al gooit hij niet naar jou. Eigenlijk alles wat hij doet waar jij bang van wordt.'

'Bijvoorbeeld je veiligheidsriem losklikken terwijl hij als een gek over de weg scheurt?'

'Dat kan echt niet, nee,' bevestig ik.

'Of "stap maar uit!" roepen,' grapt een van de mannen.

'Precies,' knik ik. 'Natuurlijk is het gemakkelijker gezegd dan gedaan als je van iemand houdt, maar kennis is macht. Hoe meer je weet over hoe emotioneel misbruik eruitziet, hoe groter de kans dat je je op tijd kunt losmaken.'

Het is duidelijk niet genoeg voor een van de oudere vrouwen. 'Jij hebt het hoofdstuk zo te zien nog niet helemaal afgesloten,' zegt ze. 'Ik heb al met Rick gesproken over een confrontatie met Lee, nu jullie hier toch zijn.'

'O, nee, nee, nee!' protesteer ik. 'Dat is geen goed idee.'

'Zie je wel!' joelt ze. 'Je bent nog bang voor hem.'

'En met reden!' snuif ik. 'Die man heeft een vreemd soort macht over mij. Dat had hij in elk geval. Hoe dan ook, ik wil niet het risico lopen hem nu te zien. Ik heb geen idee wat er dan zou gebeuren. En schrijf dat alsjeblieft niet op. Ik wil niet dat mensen het verkeerde idee krijgen.'

'Wat zijn jouw ideeën over een nieuwe relatie?' Een mannelijke journalist verandert gelukkig van onderwerp.

'Eerlijk? Ik ben behoorlijk angstig. De gedachte dat er iets mis kan gaan...' Mijn stem trilt. 'Maar tegelijkertijd,' ik denk even aan Simon en Beth om mezelf weer op de rails te trekken, 'heb ik vertrouwen dat echte liefde bestaat en dat wanneer twee mensen voor elkaar gemaakt zijn, ze echt het beste in elkaar naar boven kunnen halen. Dat is nu mijn doel: liefde die je boven jezelf uit laat stijgen!'

'Hoe vond je het?' vraag ik Beth wanneer we elkaar weer zien.

Ze rolt met haar ogen. 'Alle vrouwen wilden weten waarom het niet klikte met de dansende matador en of ik zijn telefoonnummer heb.'

'Echt?'

Beth knikt. 'Ik denk dat die meid van *Cosmo* hem in hun Naakte Mannen-nummer wil hebben.'

'En de mannen?'

'Eentje vroeg of ik nog romantische plannen had voor Cuba, en zo ja, of we dat dan dit keer konden filmen.'

'Hè bah.'

'En dan nog die oude vent die zei dat hij me zag als een blonde Catherine Zeta-Jones en die me verzekerde dat er voor mij een carrière in Hollywood lag.'

'Nou, da's toch zeker wel een mooi compliment.'

'Om me daarna te vragen of het waar was dat ik een stripper ben geweest.'

'O hemeltje.'

'Het is al goed – alle publiciteit is goede publiciteit, toch?'

'Klopt!' bevestigt Rick, die in de deur van de kleedkamer staat. 'Jullie moeten je nog één keer omkleden voor de persconferentie.'

'Daar gaan we!' Ik zet mezelf schrap, omdat ik nu al weet dat ik degene ben die de fruitmand op zijn hoofd krijgt.

Maar dan geeft Rick Beth een laag uitgesneden balletpakje, zwarte netkousen en een gouden riem, terwijl ik een zachtroze korte broek en bijpassend topje krijg.

Beth en ik kijken naar elkaar en dan naar de kleren.

'Denk jij wat ik denk?'

Wanneer Beths haar wordt opgeföhnd en het mijne een zijscheiding en krullen krijgt, worden onze vermoedens bevestigd.

'Dus, als jij Penny bent...,' begin ik.

'En jij Baby...'

'Waar is Johnny dan?' roepen we in koor.

'De rotzak!' Rick gooit zijn mobieltje tegen de muur.

O-o.

'De lookalike komt niet! Ik kan het niet geloven – de persconferentie begint over *negen minuten.*'

'Doe even rustig!' Beth probeert hem gerust te stellen. 'Als je een knappe danser nodig hebt, dan heb ik genoeg telefoonnummers van jongens die je kunt bellen.'

'En die dan hier op magische wijze voor mijn neus kunnen staan binnen…,' hij kijkt weer op zijn horloge, *'acht minuten?'*

'Nou, als je me een uur geeft…'

'Die mensen wachten niet!' Hij wijst naar de andere zaal. 'Om vier uur wordt Cheryl Cole onthuld in Madame Tussaud. Daar kunnen wij niet tegenop.'

'Weet je,' de kapper loopt om Rick heen. 'Ik heb een geweldige Swayzepruik. Ik denk dat die jou…'

'En jij?' Rick draait zich om naar de kapper. 'Zou jij het willen doen?' Hij kijkt naar Rick alsof hij gek is geworden. 'Ik ben Chinees!'

'Rick,' kom ik tussenbeide, voordat hij straks nog de brede kleerkast bij de deur naar binnen trekt. 'Het is alleen maar voor de foto, toch?'

'Ja.'

'Niemand hoeft te weten dat jij de producent bent.'

'Maar als ik dit doe, wie doet dan het praatje?' sputtert hij tegen.

'Lucy, natuurlijk.'

'Ik weet niet of ze wel in het openbaar durft te spreken.'

'Dat kan ze best,' zegt Beth sussend. 'Dat meisje kan veel meer dan je denkt.'

Hij kijkt weer op zijn horloge, slaakt een gefrustreerde zucht en trekt dan zijn shirt open.

'Wauw! Ricky!' Beths mond valt open wanneer ze zijn sixpack en spierballen ziet. 'Ga je vaak naar de sportschool?'

'Ik was profzwemmer voor ik bij de tv ging werken.'

'Aha! Maar kun je ook dansen?' plaagt ze.

Zodra Ricks nieuwe haar vast zit, doet Beth even een paar basispasjes voor.

'Zo moet het! Achter, twee, drie, voor, twee, drie… stevig vasthouden. Geen spaghetti-armen!' Ze geeft me een knipoog.

'Klaar?' Lucy steekt haar hoofd om de deur en ziet pas na een paar keer knipperen wat er aan de hand is. 'Rick?! Ben jij dat?'

'Je kent me niet!' blaft hij, terwijl hij haar een vel papier in de handen duwt. 'Lees dit gewoon maar voor zodra het doek opgaat.'

Eventjes zie ik Lucy twijfelen; raakt ze in paniek, of blijft ze koel en kalm. Maar dan wijst ze naar het podium en zegt ze: 'Jullie moeten nu klaar gaan staan!'

Rick gaat tegenover me staan en pakt me net wat te hard vast. 'Au, doe even voorzichtig!' jammer ik, terwijl Beth achter me staat, een hand op mijn rug, de andere op mijn heup.

Ik voel hoe haar handen me leiden, maar Rick heeft dat voordeel niet en raakt al snel de draad kwijt. En de moed.

'Dit kan ik niet!' blaat hij, met angstige ogen naar het gordijn kijkend.

We kunnen het publiek aan de andere kant horen; het verwachtingsvolle geroezemoes en het klikken van camera's en recorders.

'Straks ruïneer ik de hele show!'

'Nee hoor, dat doe je niet.' Beth legt haar koele handen op zijn zwetende vingers. 'Ik wil dat je me de hele tijd aankijkt, dat je gewoon naar voren en naar achteren blijft stappen, naar voren en naar achteren. Precies,' zegt ze bemoedigend wanneer hij het ritme weer heeft gevonden. 'Laat je niet afleiden. Behalve ons drieën is er niemand. Dit is jouw wereld. Gesnopen?'

Hij knikt, zo mak als een lammetje.

Lucy schraapt haar keel en spreekt dan vol zelfvertrouwen in de microfoon: 'Dames en heren, hier zijn Beth en Carmen,' erachteraan mompelend, 'en een speciale gast...'

Het gordijn schiet omhoog en daar staan we dan met zijn drieën. Het publiek klapt enthousiast en vol herkenning, vooral de vrouwen in de zaal. De meeste mannelijke journalisten hebben volgens mij geen idee welke filmscène we hier na proberen te doen, maar zolang Beth maar sensueel met haar heupen heen en weer blijft wiegen, klaagt niemand.

'Wie is dat stuk?' roept een vrouw vanuit de zaal, en Beth en ik onderdrukken een glimlach.

Zelfs Rick is gevlijd en mompelt: 'Het is alweer even geleden dat iemand mij een stuk noemde.'

Wanneer het nummer voorbij is, heb ik het gevoel dat er iets speciaals is gebeurd. We hebben wat spannende momenten meegemaakt sinds we elkaar leerden kennen, maar nu staan we hier als een team, en hebben we het samen geflikt.

Wat we nu nog nodig hebben, is dat Lucy een goede draai geeft aan de mysterieuze aankondiging.

'Oké, jullie zien in de persverklaring die we nu uitdelen dat Dirty Dancing de musical was waar deze meiden elkaar hebben leren kennen. En als jullie onze show al hebben gezien, dan weten jullie inmiddels dat Beth net naast de rol van Penny greep toen een danseres uitgleed en boven op haar viel.'

Het publiek voelt haar pijn.

'Wij van Experience TV geloven dat Beth echt talent heeft en wij willen graag dat ze haar potentieel bereikt. Daarom hebben wij ervoor gezorgd dat wij op Cuba worden bijgestaan door een zeer getalenteerde choreograaf.'

Het licht wordt gedimd en we zien een filmprojectie: een montage van prachtige dansscènes, allemaal onder choreografie van de legendarische Miriam Gilbert.

Beth kijkt geschokt en verward. 'Wat is hier aan de hand?'

'Is ze hier?' De journalist van het tijdschrift Dansen kijkt om zich heen. 'Ik probeer haar al jaren voor een interview te strikken!'

'Volgens mij hangt ze nu ergens in de lucht.' Lucy kijkt naar haar schema.

'Ze wilde alvast vooruit reizen, zodat ze wat Cubaanse danspartners voor de meiden kon selecteren.'

'Wil je zeggen dat...,' Beths mond valt open.

'Ja. Miriam Gilbert wordt jullie persoonlijke danscoach!'

Even ben ik bang dat Beth flauw gaat vallen: dit is haar grote idool! Ik moet me schrap zetten om haar overeind te houden. Terwijl ik haar weer rechtop zet, zie ik een traan over haar wang lopen.

'Is het echt waar?' Ze kijkt me vragend aan.

Voor ik antwoord kan geven, willen de journalisten een reactie van Beth. Ze schudt vol verwondering haar hoofd. 'Ik kan niet zeggen dat dit een droom is die uitkomt, omdat ik zoiets nooit had kunnen dromen.' Ze kijkt weer naar het scherm. 'Ik bewonder haar werk al jaren en nu ga ik haar ontmoeten? Dit is meer, zoveel meer, dan ik ooit had durven hopen.'

'En jij, Carmen?'

'Ik weet niet wat ik moet zeggen,' lach ik, nog steeds stomverbaasd. 'Tv is mijn nieuwe goede fee!'

Er wordt gelachen in het publiek, maar dan vraagt één eenzame stem: 'En jouw wens dan?'

'Wat?' Ik knijp mijn ogen samen.

'Nou, Beth krijgt de kans van haar professionele leven. Hoe zit het met jouw droom?'

Even weet ik niet wat ik moet zeggen. Mijn grootste wens van de laatste tijd was loskomen van Lee. Niet echt een hoogdravende ambitie.

'Ik denk dat ik nog steeds in een overgangsfase zit,' zeg ik tegen de verslaggever die nu is gaan staan. 'Ik heb nog niet veel verder gedacht dan wanneer alles weer normaal is en ik mezelf weer ben.'

'Is dat het?'

Ik denk even na. Als ik ergens op hoop, wat is het dan?

Wanneer ik een antwoord weet, kijk ik direct naar de persoon die het vroeg. 'Eerlijk gezegd? Als ik iets zou willen, dan zou het die ene perfecte dans zijn; die dans waarbij jij en je partner zo gelijk bewegen dat je elkaars ademtocht wordt.'

Ze glimlacht naar me. 'Ik ook.'

'En ik ook.'

'Ik ook.'

Terwijl steeds meer vrouwen hun hand opsteken, voel ik de spanning van de dag van me af glijden. Ik ben geen miskleun. Ik ben een avonturier. Namens alle vrouwen ben ik op een missie om te zien of ik in het Oude Havana het geluk kan vinden.

Cuba

29

Havana is alles wat je ervan verwacht.

Zodra we de luchthaven uitstappen, worden we verwelkomd door een strakblauwe lucht, palmbomen en klassieke auto's, waarvan sommige glimmen van de metallic lak, terwijl andere juist dof zijn geworden door decennia aan de zon. Ze rollen stuk voor stuk naast vrachtwagens vol bananen en paard-en-wagens over de wegen.

De meeste mensen gebruiken hier echter de benenwagen.

'Mens, wat zijn Cubanen ontzettend knap!' Ik draai het taxiraampje naar beneden om ze beter te kunnen bekijken.

We zien hier zeker iets meer bloot – veel ontblote spierballen, blote buiken en gebruinde benen in afgeknipte spijkerbroeken.

'De manier waarop ze lopen is prachtig,' valt Beth op. 'Schouders naar achteren, borst naar voren...'

'En dat zijn nog maar de mannen!' zeg ik.

'We kunnen heel wat leren van die vrouwen hier,' zegt Beth, terwijl ze wijst naar een paar voluptueuze meiden in hotpants met grote ringen in hun oren. 'Lijken ze niet enorm tevreden met hun lichaam?'

'Echt wel!' knik ik, genietend van hun schaamteloze zelfvertrouwen.

'Dus, als je je eerste indruk van Cuba in één woord moest omschrijven?' vraagt Lucy, net wanneer we langs een ontzettend knappe man rijden met een witte vilthoed op zijn hoofd waar kleine dreadlocks onder vandaan pieken.

Hij draait zich om en glimlacht naar ons – zijn ogen zijn zo zwart als git, glinsterend als edelstenen.

'SEXY!' kirren Beth en ik in koor.

Zelfs de oude, afbladderende gebouwen zien er mooi uit.

'Kun je je voorstellen hoe het er hier vroeger uitzag?' verzucht ik.

'O! Ik kan de zee zien!' Beth leunt gretig naar voren.

'Dat is de beroemde Malecon.' Lucy wijst naar de betonnen balustrade die de stad beschermt tegen het water en waar ook de lokale jeugd graag rondhangt. We zien vissende mannen, zoenende verliefde stelletjes, kletsende groepjes tieners en een eenzame trompettist, die de vroege avondlucht begroet met een melodietje. 'Cubanen zien de boulevard als een extra kamer.'

'Eentje waar je regelmatig een zeedouche kunt nemen,' zegt Beth, terwijl een golf omhoog spat en een regen van schuimdruppels op de mensen neerdaalt.

Ik wil net voorstellen de hele boulevard af te lopen – ook al is die zeven kilometer lang – wanneer de auto met Rick en de rest van de crew naast ons komt rijden. Beth zwaait vriendelijk naar haar aartsvijand. Hij weet het nog niet, maar ze heeft hem omgedoopt tot Ricky Ricardo, naar de Cubaanse echtgenoot in *I Love Lucy*.

'Hé!' Beth grijpt mijn arm. 'Ik realiseer me net dat we ook een Lucy hebben!' Ze moet er enorm om lachen, maar het fijnste vind ik het nieuwe gezicht achter de camera. Blijkbaar moest Dan 'zijn verwondingen laten nakijken', dus kon hij niet met ons mee voor de laatste etappe van onze reis. Wat het excuus ook is, ik ben dolblij dat hij vertrokken is. Zeker sinds hij als laatste afscheid moest toekijken hoe ik op het flamencopodium de vloer aanveegde met zijn leugens. Het voelt goed om iemand uit te zwaaien op een hoogtepunt, in plaats van zielig in een hoekje te blijven zitten.

'Ik ben Guy.' De vervanger stelt zich voor wanneer we uitstappen, op een paar sigarenpufjes van het hotel vandaan.

'Nou, dat is makkelijk te onthouden: *camera guy*, de cameraman,' zegt Beth plagerig.

'Of *camera gay*, zoals ik ook vaak word genoemd.'

'A!' Beth werpt me een 'daar gaat het kwartetje'-blik toe.

Misschien wisten zij meer over de hele situatie met Dan dan ik dacht.

'Dus hier zitten we de komende week.' Lucy kijkt naar het Hotel Santa Isabel. 'Is het niet geweldig?'

Het is inderdaad geweldig.

Het elegante gebouw, dat wordt gekenmerkt door een zuilengang met twaalf pilaren ervoor, is misschien maar drie verdiepingen hoog, maar doordat het zo breed is, domineert het een hele zijde van een groot, lommerrijk plein. Het lichte goudkleurige zandsteen steekt prachtig af tegen de kobaltblauwe kozijnen en zelfs vanuit deze hoek kan ik zien dat het dak één groot terras is. Ik kan niet wachten om de trap op te rennen en ons nieuwe koninkrijk in ogenschouw te nemen.

Beth wordt ondertussen afgeleid door de vele boekstalletjes op het plein – met voornamelijk afbeeldingen van Che Guevara – en niet te vergeten de cafés en restaurants met terrassen en muzikanten. Dit is de *Plaza de Armas*, een van de gezelligste pleinen van Havana. Als we niet met zulke zware koffers hoefden te zeulen, hadden we allang aan de ananasrum gezeten, maar Lucy leidt ons als een ware reisgids naar de receptie.

Terwijl ik de lobby rondkijk met zijn bescheiden kroonluchters, fluwelen banken en prachtige kanten onderleggers, slentert Beth tussen de potten met palmbomen op de binnenplaats en bestudeert een foto van Jack Nicholson, die haar met een tevreden blik toelacht.

Het is echt een prachtig, romantisch hotel, met zijn slechts zevenentwintig unieke kamers bijna een 'boetiekhotel' te noemen. Het enige dat ons even van ons à propos brengt, is wanneer we horen dat tot een paar jaar geleden Cubanen hun eigen hotels niet binnen mochten, tenzij ze er werkten. Alleen als ze op huwelijksreis waren, mochten ze – wel twee hele nachten – overnachten in een door de overheid aangewezen hotel. Dan is het nog specialer als je je mag inschrijven als meneer en mevrouw Jansen (of in dit geval meneer en mevrouw Perez).

Lucy vertelt ons dat een van de manieren waarop we iets terug kunnen doen, is door onze zeepjes en shampooflesjes op te sparen, omdat de Cubanen zich graag wassen en geurtjes gebruiken maar die hier moeilijk te krijgen zijn.

'Ik geef ze het parfum dat ik in het vliegtuig heb gekocht,' besluit ik.

'Dat parfum in dat mooie flesje waar je van gaat stinken als een openbaar toilet?' Beth trekt haar neus op.

'Ik durf te wedden dat het bij iemand anders hemels ruikt,' antwoord ik nurks.

Wanneer we onze kamer hebben gevonden en de sleutel in het slot steken, zien we dat Simon hetzelfde doet bij de tegenoverliggende deur.

'Handig,' zeg ik.

'O, niet doen!' zegt Beth ongemakkelijk, terwijl ze met het slot blijft hannesen.

Net wanneer ik dacht dat niks een prachtige romance meer in de weg kon staan, ontdekte Beth een nieuw probleem; eentje waar ze in het vliegtuig over begon. 'Hoe is het om te vrijen met een aardige jongen?' vroeg ze heel nonchalant toen we onze filmpjse kregen.

Ik dacht even aan de partners die ik had gehad en gaf daarna mijn definitieve antwoord: 'Ik heb echt geen enkel idee.'

'Ik bedoel, hoe doe je het als ze zo aardig en geduldig zijn?' Ze keek op dat moment even afkeurend naar Simons achterhoofd.

'Ik dacht dat je het geweldig vond dat hij je alle tijd geeft.'

'Is ook zo. Maar tja, eigenlijk is het dan aan mij om te bepalen wanneer het moment is aangebroken.'

'En dat is een probleem omdat…'

'Ik maak me zorgen dat ik die *gaucho*-passie niet voor hem zal voelen. Ik bedoel, ik miste hem die dag in Londen, en ik moet toegeven dat mijn hart wat sneller ging kloppen toen ik hem vandaag weer zag…'

'Dat is een geweldig teken!' zei ik bemoedigend. 'En vergeet niet dat je de aantrekkelijkste nepmatador ter wereld voor hem hebt afgewezen. Dat moet toch wel iets betekenen.'

'Misschien wel,' gaf ze toe. 'Maar dat warme gevoel dat ik voor hem heb, zit hier,' ze legde haar hand op haar borst, 'in plaats van hier,' en ze wees naar haar kruis.

'Ik denk dat je die twee plekken met elkaar in contact kunt brengen door te zoenen.'

'Maar wat als ik nooit zin zal krijgen om hem te zoenen?'

'Gelukkig is er dan iets wat altijd helpt: alcohol.'

'Nou, dat is allemaal geweldig op het moment suprême, maar hoe zit het de volgende ochtend? Ik wil hem niet laten proeven aan iets wat ik daarna weer voor zijn neus weghaal.'

Ik pakte het verkreukelde ijspapiertje uit haar zenuwachtige vingers. 'Dat is heel nobel van je, Beth, maar je denkt misschien te ver vooruit, aan dingen die jullie allebei niet kunnen voorspellen. Trouwens, jullie hebben toch geen haast?'

'Ik weet het niet. Ik heb het gevoel dat ik iets in te halen heb.'

Ik zuchtte. 'Dus hij voelt wat meer voor jou dan jij voor hem. Hij lijkt het prima te vinden om het rustig aan te doen, zodat jij hem kan inhalen. En echt, is dat niet het ultieme teken van respect: dat je je eigen gevoelens kan ontwikkelen, in je eigen tempo?'

'Ja, ja, erg fijn,' mompelde ze voordat ze haar koptelefoon opzette en deed alsof ze geïnteresseerd een science-fictionfilm aan het bekijken was.

'Carmen!' met een schrille stem haalt Beth me weer naar het heden. Ze is nog aan het rommelen met het slot van onze hotelkamer. 'Kun jij me uit mijn lijden verlossen en alsjeblieft deze deur open zien te krijgen?'

Gelukkig wordt haar humeur er een stuk beter op zodra ze de kamer binnen stapt.

'O, wat een snoepje!' Beth draait een rondje tussen de antieke meubels, streelt over het bureau, tikt de schommelstoel aan en wrijft dan over het koper van het sprookjesachtige smeedijzeren bed.

Nog beter is ons balkon, waar je een klein feestje zou kunnen geven en waar, op het moment dat wij naar buiten stappen, net een paard en wagen onderdoor ratelt voor wat extra effect.

'Is dat onze telefoon?' Beth rent naar binnen en roept dan naar me dat we van Lucy direct naar het dakterras moeten komen.

We waren slim genoeg om eerst onze make-up bij te werken voordat we uit het vliegtuig stapten, maar we zijn nu allebei toe aan wat frisse kleren. Ik trek een blauwwit gestreept overhemdjurkje aan en prik een stervormige broche op Beths rode T-shirt, om de kleuren en patronen van de Cubaanse vlag te benadrukken.

'Het is wel duidelijk waarom jij zo goed bent in je werk!' grinnikt Beth terwijl we naar boven lopen.

'O! Je kunt vanaf hier de zee zien!' zeg ik opgetogen.

'En de oude haven met de vuurtoren die we vanuit de taxi zagen!'

'En de was van alle buren.' Ik wijs naar het appartementengebouw direct tegenover ons. 'Kijk eens naar die oude vogelkooi die daar in het raam hangt.'

De laatste keer dat ik een papegaai zag, was in de *Estancia Santa Rita*. Dat was de dag waarop ik onderdeel ging uitmaken van het programma. En kijk me nu eens: ik weet alle *ins and outs* van het televisievak. Ik weet dat we geen zonnebrillen op mogen omdat de kijkers de blik in onze ogen moeten kunnen zien en dat we niet van de mojito's mogen drinken die Lucy voor ons heeft neergezet, omdat dan het vloeistofpeil in het glas tussen de ene en de andere scène te veel kan verschillen.

'Hebben jullie je tekst in je hoofd?' controleert ze nog even als we gaan zitten.

'Ja juf,' antwoorden we.

In het vliegtuig heeft ze ons wat informatie gegeven over de geschiedenis van de salsa en nu wil ze dat we die in onze eigen woorden vertellen. Te beginnen met Beth.

'In het begin was "salsa" een algemene term die werd gebruikt voor een grote groep verschillende muziekstijlen: de merengue, de chachacha, de mambo, de son, de rumba…'

'En het verschil met de rumba die je in *Strictly* ziet,' onderbreek ik, 'is dat de Cubaanse rumba aardser en ouder is en zijn wortels heeft in Afrika. Plus dat het meer wordt uitgesproken als "roomba", je weet wel, die supersonische robotstofzuigers?' Ik kijk weer naar Beth.

'Dus, terwijl je al deze muziekvormen afzonderlijk kunt horen, is de salsa de mix van al die stijlen.'

'Trouwens, het betekent ook "saus" in het Spaans,' voeg ik nog toe. 'Waar ook allemaal ingrediënten in zijn gemixt.'

'Inclusief heel wat kruiden en specerijen,' zegt Beth met een knipoog, 'want, wees eerlijk, salsa is *HOT!'*

Dat was onze slotzin, maar Lucy wil meer weten.

'Zeg, Beth, waar denk je aan bij salsa?'

'Mannen in satijnen overhemden met snelle heupen en vrouwen met glanzende benen en glinsterende jurken.'

Lucy knikt een keer, 'da's genoeg', en draait zich dan om naar mij.

'Carmen, hoe kan salsa volgens jou worden vergeleken met de tango en de flamenco?'

'Nou, het is zeker de vrolijkste van de drie.' Ik denk even en zeg dan als een echte expert: 'Als je de tango ziet als een soort klaagzang en de flamenco als een opstandige dans tegen onderdrukking, dan zegt de salsa: "Ja, we snappen het, het leven is zwaar, maar vanavond vergeten we al onze zorgen en gaan we *plezier* maken!"'

'Daar drink ik op!' Beth pakt haar mojito, we toosten en nemen tegelijk een slok. Om het glas daarna helemaal tot op de bodem leeg te drinken.

'Oké!' Lucy wenkt naar de jongens dat ze kunnen stoppen met de opnames. 'Jullie *chicas* kunnen even genieten van het uitzicht, maar vergeet niet dat jullie om negen uur beneden in de lobby worden verwacht.'

'Negen uur,' herhaalt Beth terwijl ze Simon een discrete 'ik zie je straks'-glimlach toewerpt, om daarna onze glazen bij te vullen.

'Ga je ons nog vertellen wat je vanavond voor ons hebt georganiseerd?' probeer ik wanneer ze weglopen.

'O ja, hoor.' Lucy klinkt heel luchtig wanneer ze zegt: 'Jullie gaan dineren met Miriam!'

We wachten even tot iedereen weg is, en dan vliegt Beth me zo snel om de hals dat we beiden achterover kukelen tegen de ijzeren balustrade en de net weer gevulde mojitoglazen over de arme ziel klotsen die onder ons van zijn balkon zit te genieten.

'O God, het is Rick!' sist Beth, die me naar de grond trekt. We kijken hoe hij zijn gezicht afveegt en dan even proeft van het drankje aan zijn vingers.

'Het regent rum, halleluja!' begint Beth te zingen voordat ik mijn hand voor haar mond kan houden.

'We moeten onze excuses aanbieden!'

'Ben je helemaal gek geworden?'

Ik sta op, klaar voor een tirade, maar wanneer ik naar beneden kijk, is hij verdwenen. Waarschijnlijk om schone kleren aan te trekken.

'We leggen het later wel uit,' zegt ze schouderophalend.

'Ik denk echt niet dat we het zo moeten laten. Je weet hoe chagrijnig hij is na een vlucht; je wilt toch geen gedoe vanavond?'

Beth schudt haar hoofd.

'Trouwens, als iemand weet hoe het voelt om een drankje in je gezicht gesmeten te krijgen...'

'Touché,' geeft Beth toe. 'Maar we hebben nu geen tijd om uitgebreid met hem te gaan staan ruziën. Wat als we een mojito naar zijn kamer laten brengen, met een excuusbriefje erbij?'

'Deal!'

We rennen naar de receptie, waar we ons realiseren dat we Ricks achternaam niet weten. Ons Spaans laat ons bovendien weer in de steek en dus proberen we hem met handgebaren te beschrijven. Even heb ik het idee dat de receptionist denkt dat we een stripper proberen te boeken. Maar dan lukt het Beth hem uit te leggen dat we bij de groep van de televisie horen en geeft hij ons een lijst met namen en kamernummers.

'Daar is hij: Richard Martin, kamer tweeëntwintig.'

'Je maakt een grapje zeker?' grinnikt Beth.

'Wat?'

Beth wacht even tot het kwartje valt.

'O mijn hemel!' gier ik uit, terwijl ik haar hand pak. 'Dit is *La Vida Loca* van Ricky Martin!'

30

'Is dit het beste restaurant van de stad?' Beth kijkt wat bezorgd om zich heen wanneer we door een vervallen straatje lopen waar La Guarida zou moeten zitten.

'Het is in elk geval erg eh... sfeervol,' zeg ik, terwijl Lucy ons door een enorme zwarte deur een hal binnenloodst, die wordt gedomineerd door een enorme oude wenteltrap. De verf bladdert van de muren, het lijkt wel opgesmeerde en verkruimelde suiker, en omlijst een handgeschilderde inscriptie voor Fidel. Ik zou willen dat Simon er was om de tekst te vertalen, maar het blijkt dat het restaurant te discreet is en we er niet mogen filmen, dus blijft de rest van de crew in het hotel. Lucy heeft blijkbaar ook haast en duwt ons de trap op: 'Naar boven, hup, hup!'

Ik krijg kriebels in mijn buik wanneer we over de marmeren trap naar boven lopen, bang dat wanneer ik mijn hand op de verkeerde plek op de smeedijzeren balustrade leg, misschien wel het hele ding naar beneden stort. 'Weet je zeker dat we hier geen helm op hoeven?' wil Beth weten.

'Naar boven!' instrueert Lucy.

Op de volgende verdieping staan we zomaar bij mensen naar binnen te kijken, in kleine flatjes waar de was binnen aan de lijn hangt, waar damp opstijgt van pannen op het fornuis en waar oude mannen in vesten naar de toeristen zitten te kijken in plaats van naar de televisie.

'Nog eentje.' Lucy wijst naar de volgende trap, en dan wenkt ze ons naar een zware houten deur aan de overkant van de overloop. 'Tot over een paar uur...'

We bellen aan. Het duurt even, maar dan gaat de deur krakend open en stappen we een andere wereld binnen.

Wat ooit ook een appartement was, is nu een restaurant met allemaal verschillende eetkamers, met gezellige, krakkemikkige tafels, servies in allerlei kleuren en sierlijke glazen die het zachte kaarslicht breken. Nu snappen we waarom dit La Guarida heet, 'het hol'.

'Het ruikt hier erg lekker.' Beth steekt haar neus omhoog; een wolk met romige champignonsaus en glanzend mangoglazuur drijft voorbij op de koele avondlucht.

'Voel je dat briesje?' Ik kijk naar het balkon en blijf dan stokstijf stilstaan: daar zit Miriam Gilbert.

Beth ziet me staren en staat dan ook met open mond te kijken: 'Ze is het echt!'

De legende staat op, spreid haar armen en omhelst ons hartelijk, alsof we nichtjes zijn die ze al jaren niet heeft gezien. Haar haar is een waterval van witte zijde, haar zestigplusjarige huid is soepel en glanzend, haar kenmerkende pruimkleurige lippen kleuren prachtig bij haar tuniek en broek. Ik herinner me dat ik ooit eens heb gelezen dat ze, als ze niet danst, het liefst een pyjama of huispak draagt. Ik herinner me ook dat Beth me vertelde hoe intuïtief ze is wanneer ze dansers lesgeeft, en krijg inderdaad het gevoel dat zij iemand is die diep in je ziel kan kijken, zelfs wanneer je dat zelf niet kunt.

'Is dit niet een geweldig plekje?' Ze gebaart dat we moeten gaan zitten. 'Toen het restaurant voor het eerst openging, zat de uitbater hier altijd domino te spelen, wachtend tot er gasten kwamen. En kijk nu eens: alle tafels zitten vol!'

'En iedereen zit te genieten,' zeg ik.

'Zodra je de eerste hap proeft, snap je waarom,' knipoogt ze, terwijl ze naar de ober knikt dat hij de cocktails kan brengen.

Ik durf amper meer iets te drinken, omdat Beth en ik na de gemorste mojito's de rest van de fles iets te enthousiast hebben leeggedronken.

'Slaperig, aangeschoten en jetlagged!' observeert ze heel accuraat. 'Precies zoals ik jullie wil hebben!'

We lachen met haar mee en luisteren dan wanneer ze begint met haar eerste, intensieve les.

'Van de beelden die ik heb gezien van jullie allebei, lijkt het alsof jij eerst de passen onder de knie probeert te krijgen, om dan later je stijl en persoonlijkheid toe te voegen. Dat is te vergelijken met een acteur die zijn tekst leert zonder dat hij een idee heeft wat voor karakter zijn personage heeft,' redeneert ze. 'Ik wilde jullie voor de echte dansles ontmoeten, dames, omdat dansen begint *zodra je de studio binnenstapt.*'

Ik voel vlinders in mijn buik.

'Morgen gaan de Cubanen je hun authentieke versie van de salsa leren – en het wordt geweldig: flirtend, brutaal, uitbundig – maar vanavond wil ik de essentie van partnerdansen met jullie bespreken, en dat is: aandacht voor de man. En de man heeft aandacht voor jou.'

Nou tintelt het in mijn hele lichaam!

'Voor jou geldt dat ik wil dat je op de kleinste details gaat letten: de geur van zijn aftershave, de aanraking van zijn katoenen overhemd onder je vingers, de vorm van zijn schouders onder het katoen. Ik wil dat je *aan zijn lippen* hangt,' zegt ze met hese stem. 'Als je na de dans elke nuance van zijn wezen aan me kunt vertellen, dan heb je goed gedanst. Kun je dat niet, dan ben je een solist.' Dan kijkt ze Beth veelbetekenend aan. 'En voor jou wordt het nog moeilijker, omdat jij een getraind danseres bent. Ik heb met zoveel professionele dansers gewerkt die hun partners niet eens kunnen *aankijken,* laat staan dat ze zich laten leiden.'

'Als de helft zou weten hoe ze moeten leiden!' werpt Beth tegen.

'Daar heb je ook gelijk in,' geeft Miriam toe. 'Gelukkig ben je in Cuba, een land van dansers, waar mensen al leren dansen vanaf het moment dat ze kunnen lopen.'

'O Jezus!' zeg ik geschrokken. 'Ik word hier echt in het diepe gegooid!'

'Maar er zijn hier allemaal helpende handen om te voorkomen dat je verdrinkt.'

'Echt?'

Ze knikt. 'Een goede partner geeft een vrouw als jou opnieuw kleur; hij neemt je in je armen en als dat duveltje in je hoofd blijft praten – bijvoorbeeld zegt *"ik kan dit nooit bijhouden!"* of *"dit kan ik niet, ik ben Engels!"* – dan strijkt hij met zijn middelvinger langs je rug omhoog alsof er een rits zit en houd hij je daar vast tot je je ogen bijna sluit en je alle gedachten loslaat, jezelf loslaat, en je aan hem overgeeft en instinctief met hem meedrijft.'

Ik ben verbluft. De manier waarop ze praat – evenzeer met haar stem als met haar lichaam, zo expressief en innemend!

'O, Miriam!' zucht ik zweverig. 'Denk je echt dat iemand als ik zoiets kan ervaren?'

'Absoluut. Je moet alleen al die extra lagen afgooien, zodat je vrouwelijkheid naar buiten kan komen.'

O help. Ik hoor piepende remmen. Vrouw moet lukken, maar vrouwelijkheid is heel iets anders.

'Is dat echt noodzakelijk?'

'Ja,' zegt ze knikkend. 'Je vrouwelijkheid stelt je partner in staat om zichzelf op te pompen en zich een echte leider te voelen. Het geeft hem macht.'

'"Wat hij daarbuiten ook doet of laat, de man is de baas op de dansvloer!"'

Beth citeert een van Penny's zinnen uit *Dirty Dancing*.

'Precies. Het is een concept dat in onze cultuur zo uit het verband is getrokken. Ik heb het niet over de vrouw als sloofje; je laat hem zeker nog hard werken door weerstand te bieden en dan weer te volgen, zodat hij geïntrigeerd raakt en je probeert te vangen. Vertrouw me, ik geniet er altijd met volle teugen van!'

We lachen; daar twijfelen we geen seconde aan.

'Natuurlijk moet hij, om een vrouw een waar gevoel van veiligheid te kunnen bieden zodat ze echt loslaat, haar pijn en frustratie begrijpen. Hij moet haar kunnen lezen als een paardenfluisteraar.'

'Net als bij die *gaucho*!' verzucht Beth, die Miriam uitlegt wat er tussen het wuivende pampasgras gebeurde.

Ze knikt begrijpend en vertelt ons over een pokdalige gangster met wie ze vaak de tango danste. 'We hadden een soort afspraak waarbij we beiden onze grootste demonen konden meenemen naar de dansvloer, die dan de strijd met elkaar aangingen.'

Ik pak mijn glas en probeer nog steeds de kracht en het potentieel van deze krachtmetingen te begrijpen.

'Carmen, je lijkt nog niet overtuigd?'

'O nee! Het klinkt geweldig, maar het is gewoon die ene partnerdans met een man in Buenos Aires; die was zo anders. Hij was de hele tijd aan het klagen en me aan het corrigeren…'

Ze gooit geschrokken haar handen in de lucht. 'Elke man die je ten dans vraagt en dan klaagt over je techniek snapt er niets van!' zegt ze stekelig. 'Ik ken dat soort types: overdag programmeren ze computers en 's avonds geven ze zich uit voor dansexperts! Weet je wat ik zeg wanneer een man mij probeert te intimideren en corrigeren?'

Ik heb nu ogen zo groot als schoteltjes. 'Wat?'

Ze leunt naar voren. 'Als je niet begrijpt dat je een vrouw in je handen hebt die op een bepaalde manier ruikt, op een bepaalde manier beweegt en die je smeekt om haar mee te nemen in je fantasie, dan maakt het niet uit hoeveel danspassen je kent of hoeveel correcties jij *denkt* dat je wilt geven – dan moet je les nemen bij een betere dansleraar en erachter zien te komen waar het *echt* om gaat!'

Ik voel mijn gezicht oplichten: Beth verafgoodt misschien de choreografie van deze vrouw, maar ik ben gevloerd door haar attitude.

De borden met eten komen en gaan, alles is heerlijk, maar ik zou je niet kunnen vertellen wat ik heb gegeten, alleen dat al mijn zintuigen tegelijk werden bevredigd.

We drinken nu een likeurtje en het gesprek gaat nu, onvermijdelijk eigenlijk, over de dynamiek tussen mannen en vrouwen *buiten* de dansvloer... En in het bijzonder die tussen mij en Lee.

'Als iemand die in jouw schoenen heeft gestaan wil ik je iets vertellen,' begint Miriam. 'Houd op met dat psychologische navelstaren!'

'O!' Dat had ik niet verwacht!

'Je bent niet gek. Die mensen zijn heel goed in wat ze doen. Je voelde je eenzaam en dan is het moeilijk om die kleine, fijne dingetjes op te geven die je gelukkig maken. Het is gebeurd, klaar. Het betekent niet dat je alleen maar dat soort mannen aantrekt. Hij was gewoon de enige man in je blikveld op dat moment. Je moet nu door!'

Ik voel weer een zware last van me afvallen. Eerst Kelly, nu Miriam. Hoera voor de wijze vrouw!

'Het enige dat ik wil zeggen,' zegt Beth met een grimas, een beetje voorzichtig omdat ze de sfeer niet wil verpesten, 'is dat ze zich toch vaak aangetrokken voelt tot mannen waar iets aan mankeert...'

Dat kan ik niet ontkennen.

Miriam kijkt me aan. 'Weet je wat ik tegen je zou zeggen als je weer zo'n type tegenkomt?'

Ze klinkt zo moederlijk, zo liefdevol. 'Wat?' zeg ik ademloos.

'RENNEN!' gilt ze.

Beth joelt en klapt in haar handen. 'Precies! Waarom moet ze met zo'n idioot genoegen nemen?'

'Kijk, het is net als ze wel vertellen bij de bijeenkomsten van de Anonieme Alcoholisten.' Miriam leunt achterover in haar stoel. 'Ik loop over straat, ik val in een gat. Het duurt eeuwen voor ik doorheb hoe ik eruit kan komen. Ik loop over straat, ik val in een gat. Dit keer weet ik hoe ik eruit moet komen. Ik loop over straat, ik loop *om het gat heen*. De volgende keer,' ze pauzeert even voor extra effect, 'kies ik een andere straat!'

Terwijl we toosten, voel ik een golf van optimisme door me heen stromen. Ik kijk achter Miriam naar het balkon en verder, en zie een heel andere soort straat. Misschien ben ik al veel verder dan ik denk!

'Ik ga gewoon een hele leuke vent vinden!' kir ik.

'O nee, nee!' Miriam kijkt me geschokt aan.

'Wat? Ik dacht dat je zei...'

'Een leuke man is een even erg hokje als een slechte man. Je moet eerst je eigen principes zoeken, je eigen licht, en je eigen duisternis verkennen. Uiteindelijk wil je iemand tegenkomen die past bij jouw leven, iemand die je niet kwetst. Je wilt iemand met dezelfde doelen en iemand die je beste vriend kan zijn, en dan hopen dat de hormonen ook doen wat ze moeten.'

Ik kijk even naar Beth, die inderdaad hoopt dat haar hormonen iets gaan doen.

Zij vertelt Miriam nu in het kort hoe het zit tussen haar en Simon, en dat ze zich zorgen maakt.

'Ik moet zeggen, het klinkt alsof hij het risico waard is,' zegt Miriam bemoedigend. 'Zeker omdat je *gaucho*-ervaring lichamelijk en zuiverend was – hij was de perfecte sorbet!'

'Sorbet?' herhaalt Beth geïntrigeerd.

'Een vriendin van mij zei dat eens: een man die je smaakpapillen reinigt zodat je daarna de echte liefde kunt proeven.'

Ze legt uit dat de ideale man iemand is die je geen echte toekomst belooft – en je dus ook niet teleurstelt – maar die je zelfvertrouwen een duwtje geeft waardoor je je weer vol optimisme over wilt geven aan de liefde.

'Ik kan niet ontkennen dat de *gaucho* dat allemaal deed, maar er staat zoveel meer op het spel met Simon. En om eerlijk te zijn, ben ik nooit een romantisch iemand geweest. Mis ik echt zoveel?'

Miriam glimlacht begrijpend en leunt dan naar voren, tot haar gezicht bijna het vlammetje van de kaars raakt. 'De laatste keer dat ik in Cuba was, leerde ik een man kennen die echt de knieën onder me vandaan sloeg – letterlijk – en me door de straten van Santiago droeg, terwijl hij gedichten voordroeg! Toen hij me uiteindelijk neerzette, zei hij dat hij mijn gezicht duizend keer wilde kussen, en dat deed hij: "Uno, dos tres... cien... mil" En toen hij me in het Spaans duizend keer had gekust, sprong hij op en schreeuwde hij het uit naar de sterren: "Dit is de nacht van de duizend kussen!"'

Beth en ik kijken haar met open mond aan.

'Als jij op je sterfbed ligt en nooit zo'n nacht hebt meegemaakt...,' ze schudt haar hoofd. 'Dan is dat doodzonde.'

Beth pakt haar glas en spreekt een toost uit: 'Moge elke nacht in Havana zo'n nacht worden!'

31

Wanneer ik wakker word, staat Beth keihard de oude discoknaller *Cuba!* van de Gibson Brothers mee te blèren.

Voordat ik het doorheb, heeft ze me uit bed getrokken en dansen we samen door de kamer, het refrein meezingend en met onze vuisten in de lucht stotend als revolutionairen. Ik dans tot ik duizelig ben en val dan uitgeput weer op bed.

'Denk je dat alle Cubanen zo hun dag beginnen?'

'Absoluut!' zegt ze met een brede grijns. 'Mojito?'

'Grapje zeker?' Ik schiet overeind, bang dat ze dit hedonistische uitstapje iets te ver doorvoert.

'Natuurlijk!' giechelt ze. 'Kom, de badkamer in. We moeten er weer fris en fruitig uitzien voor onze nieuwe danspartners!'

Ik voel even weer die gelukzaligheid van gisteravond – vandaag voel ik de armen van een man om me heen en krijg ik weer een kans om *uit te ademen*... En dit keer hoef ik me er geen zorgen om te maken wat de gevolgen zijn, of dat ik de verkeerde keuzes maak, het is maar een dans. Alleen maar genieten, geen crises. Toch?

Onze lessen worden iets verderop gegeven, in het legendarische Hotel Nacional de Cuba, een historisch monument in Havana dat zijn imposante deuren opende in de jaren dertig en waar talloze beroemdheden hebben geslapen zoals Nat King Cole, Marlene Dietrich en Frank Sinatra.

Lucy laat ons weten dat hier in de jaren veertig ook de beruchte vergadering van gangsters plaatsvond, met bijvoorbeeld Meyer Lansky en Lucky Luciano, zoals te zien in *The Godfather II.* Wanneer we de vorstelijke, met palmbomen omzoomde oprijlaan op draaien, zie ik de mannen al zitten in hun slobkousen en vrouwen met hun rood gestifte lippen om hen heen dansen. Maar tot mijn grote verbazing staat er langs de weg een bord met daarop een trompet met een vette rode streep erdoor.

'Geen trompetten?' joel ik. 'Hebben ze dat hier echt verboden?'

'Het is geen trompet, gekkerd,' corrigeert Beth. 'Dat is een hoorn.'

'Maar toch.'

Ze rolt met haar ogen. 'Als in een claxon, van een auto.'

'Oooo!' Het kwartje valt eindelijk. Na al dat lawaai van de revolutie zijn ze hier duidelijk erg gebrand op rust.

Guy filmt ons terwijl we de trap oplopen naar de ingang, met open mond de lobby en de enorme koloniale binnenplaats bekijken, om dan diep te zuchten wanneer we de koele, frisse balzaal binnenstappen.

We worden begroet door onze nieuwe danspartners, ofwel de drie amigos:

Alexis, Martinez en Russo. Allemaal Cubanen en toch zien ze er stuk voor stuk heel anders uit.

Alexis, de oudste en officiële leider van het trio, is zo zwart als ebbenhout, heeft grote bruine ogen en peroxideblonde krullen die bijna geel lijken. Hij draagt een geruite broek en heeft een brutale glimlach om zijn lippen. Wanneer hij hallo zegt, versterkt het diep raspende gekraak van zijn stem de indruk die ik van hem heb: met deze man kun je plezier maken.

Naast hem staat Martinez, lang en slank, met een huid zo glanzend als een mokkagebakje en – zoals we zien wanneer Lucy vraagt of hij een ander T-shirt aan wil trekken omdat er een logo op staat – een indrukwekkende sixpack. Beth en ik kruipen wat dichter tegen elkaar aan, zodat niemand kan zien hoe we begeerlijk onze nagels in elkaars armen zetten. Hij draagt een bandana over zijn gevlochten haar en zijn lange benen zijn in een paar gigantische sportschoenen gestoken. Hij lijkt de stilste van de drie, en de gevoeligste.

Russo daarentegen is vrij gezet, heeft een kaal hoofd, groene ogen en een bionisch kruis. Ik maak geen grapjes: dat deel van zijn lichaam lijkt een eigen leven te lijden, alsof het een opwindbaar speeltje is dat hem door de kamer heen beweegt. Zodra we even pauzeren, gaat hij los. De grote, glanzende gesp van zijn riem accentueert het 'gebied' alleen maar.

'Die man kan in zijn eentje aan de volledige vraag naar mannelijke lapdansers voldoen, zeg,' besluit Beth.

Hij is in elk geval een vreselijke flirt. Ik weet zeker dat als hij niet dansleraar was geworden, hij dan een geweldige carrière als *jintero* had kunnen hebben; in essentie het Cubaanse equivalent van de straatoplichter, maar dan supersexy.

Dat gezegd hebbende, komt hij ondanks zijn overduidelijke seksualiteit niet als viespeuk over, vooral omdat hij continu grappen staat te maken.

Alexis begint met de basispassen: *uno-dos-tres*, rust, *cinco-seis-siete*, rust – en dan doen we een aantal oefeningen. 'Om de spieren te versterken,' legt Beth uit.

Net wanneer ik een sequentie bewegingen onder de knie heb, beginnen we aan de volgende; elke keer weer iets moeilijker, totdat ik het gevoel heb dat mijn benen in de knoop zitten.

Zoals ik al heb gemerkt, leer ik vrij langzaam en nu is zelfs de basispas al een uitdaging. Ik kan prima iets nadoen als we naast elkaar staan, maar zodra ik daar armbewegingen of een draai aan moet toevoegen, ben ik de draad kwijt.

'Links-twee-drie, rust, rechts-twee-drie, rust,' herhaal ik keer op keer in mijn hoofd om ervoor te zorgen dat ik mijn voeten goed neerzet, anders raak ik direct in de war. Blijkbaar maak ik te grote stappen (een veelgemaakte fout) en huppel ik in plaats van dat ik juist 'door de grond heen' moet trappen.

En Beth? Tja, haar grootste aartsvijand – haar hang naar perfectie – is weer terug.

Alexis legt uit dat de Cubaanse salsa heel anders is dan de ballroomsalsa of de LA-salsa, die erg precies is, met rechte lijnen, sierlijke armbewegingen en duizelingwekkende draaien die de Cubanen juist als lachwekkend ervaren. Hun stijl is minder verfijnd, losser en, natuurlijk, veel *sexyer*. Alexis besluit daarom dat we vooral aan onze heupen moeten werken. En dan krijg ik echt het schaamrood op mijn kaken.

Stel je voor dat je voor een man staat die je echt leuk vindt (als voorbeeld nemen we hier Martinez...) en met je benen uit elkaar en je billen naar achteren geduwd moet gaan staan en dan een cirkel moet maken met je heupen. De Cubanen zijn zo flexibel, ongeremd en muzikaal. Ik besterf het. Ik heb het gevoel dat ik als een robot sta te schokken. Als een ongeoliede robot. Beth moet lachen om mijn rode gezicht, maar ik wil roepen: 'Ik ben Engels! Ik kan dit niet!'

Toch moeten we blijven oefenen. Nu de andere kant op. Ik zie eruit als een gebroken porseleinenpop. Heb ik echt zo weinig gevoel van mijn eigen seksualiteit?

'JA!' roep ik wanneer we even mogen pauzeren. 'Ik voel me zo'n enorme idioot!' leg ik uit aan Lucy. 'Ik bedoel, zij doen het zo natuurlijk – zo soepel en sensueel – maar als ik zo in een club in Londen zou staan heupwiegen en draaien...'

'Dan zou je echt een totaal verkeerd signaal afgeven!' concludeert Beth heel diplomatiek.

'Maar we zijn niet in Londen,' zegt Miriam, om ons daarna warm te omhelzen, voordat ze op het hoekje van het podium gaat zitten. 'Weet je, mijn theorie is dat er evenaarmensen zijn en sneeuwmensen. De mensen die rond de evenaar wonen, zijn erg aanhankelijk, hebben een soepel bekken en zijn eigenlijk heel ontspannen en relaxed. Het is gewoon veel te warm om zo stijfjes te doen!' redeneert ze. 'En dan hebben we Keltische types als jullie... Ik bedoel, kijk eens naar een dans als de Ierse horlepiep: je handen strak tegen je zij geplakt, op en neer springend omdat je het zo koud hebt!'

Beth en ik schieten in de lach; we zien het helemaal voor ons.

'Laten we die heupen maar even vergeten.' Ze springt van het podium en gaat voor me staan. 'Ik wil dat je je ribbenkast optilt als een flamencodanseres, en je je voorstelt dat je ruggengraat aan een draadje hangt en je bekken de pendule is die onder aan die draad hangt. Beweeg dan je knieën losjes heen en weer als een skiër. Goed,' zegt ze bemoedigend. 'Nu wil ik dat je je ogen dichtdoet en denkt aan het volgende beeld...' Haar stem is bijna hypnotiserend en onweerstaanbaar. 'Je staat op blote voeten in het warme water van de zee, vissen knabbelen aan je voeten, er waait een zacht, fris briesje en de golven duwen we een beetje heen en weer. Je hebt al zes mijito's gehad en de band gaat klaarstaan op het strand.'

Op dat moment begint de muziek te spelen.

'Terwijl je heen en weer staat te zwieren, verlies je een beetje je evenwicht op het ongelijke zand, maar dat is niet erg, want er is iemand die je opvangt.'

Ik voel een paar warme mannenhanden op mijn heupen en realiseer me dat mijn heupen inderdaad vanzelf bewegen. Ik weet niet welke man het is, maar iets in de sensualiteit van het moment zorgt ervoor dat ik me wil omdraaien en mezelf wil verliezen in een naar rum smakende kus...

'Tijd om met je partner aan de slag te gaan!' zegt Miriam, geen seconde te vroeg. 'Weet je nog wat ik gisteravond zei?'

'Ik heb *gedroomd* over wat je gisteravond zei!' geef ik toe.

'Oké, ik wil dat je tegenover je partner gaat staan...'

Yes! Ik doe inwendig een sprongetje als ik Martinez op me af zie lopen.

'Neem even een momentje de tijd om de energie tussen jullie te voelen en houd dan je handpalm op.' Ze loopt naar ons toe en gaat naast ons staan. 'Goed, nu laat ik hem jou zoeken.'

Ik kijk hoe Martinez zich volledig op mijn handpalm concentreert. Een eeuwigheid blijft hij daar op dezelfde plek staan kijken.

'Probeer een beetje initiatief te nemen om te zien of ze daar bang van wordt,' zegt Miriam tegen hem.

Hij doet een klein stapje naar voren, niet timide maar respectvol. Ik weet niet wat ik ervan moet denken. Ik weet niet wat ik moet doen om hem 'uit te nodigen'. Ik ken hem dan wel niet, maar ik vertrouw hem, waarom komt hij niet dichterbij?

'Hij wacht op je,' zegt Miriam. 'Je houdt hem op afstand.'

Ik knipper met mijn ogen. Doe ik dat in het echte leven ook? Is dat de reden waarom ik geen liefde kan vinden?

'Het is oké om het toe te laten,' zegt ze, waardoor mijn ogen gaan prikken. 'Het is oké om het toe te laten.'

Ik slik hard, voel me wat onstandvastig, onzeker over wat ik nu zou moeten doen.

'Het zit niet in je hoofd, het zit in je lichaam,' zegt Miriam.

En op dat moment merk ik dat mijn blik van zijn gezicht naar beneden zakt, naar zijn borst. Ik staar naar een plek een paar centimeter onder zijn sleutelbeen en stel me voor hoe die is verbonden met dezelfde plek in mijn lichaam. Ik word me bewust van een verlangen en ik weet niet of het toeval is of dat ik aan het spiegelen ben, maar ik voel iets veranderen en plotseling doet hij een stap naar voren. En nog een.

Wanneer onze vingertoppen elkaar raken, voel ik een rimpeling door mijn lichaam gaan die zo fijn voelt dat, als hij mijn hand pakt, ik hem nooit weer wil loslaten.

'Daar zijn we dan!' glimlacht Miriam. 'Nu wil ik dat je een "duw-vang"-beweging doet om je spanning te oefenen.' Ze doet voor hoe het moet: eerst ons gewicht naar voren duwen, naar elkaar toe, en dan loslaten en elkaars handen weer vastpakken, net voordat we allebei achterover zouden vallen.

'Blijf dit oefenen, dan kijk ik even bij Beth, die wanhopig Russo probeert te leiden.'

'Doe ik niet!' protesteert ze.

'Je kunt er niets aan doen, zo heb je het geleerd. Je realiseert het je niet eens.'

Het helpt niet dat hij te gefascineerd is door haar borsten om tegen te spartelen.

Miriam wenkt naar Russo dat hij een stap opzij moet doen en neemt Beth in haar armen. Terwijl ze Martinez uitlegt dat hij de basispassen met mij moet gaan dansen, houdt ze Beth vast. 'Ik wil dat je helemaal neutraal gaat staan.'

Ik zie Beth steeds rustelozer worden, maar Miriam houdt haar tegen elke keer als ze wil uitstappen: 'A-a-a! Niet doen! A-a-a! Waar ga jij naar toe, jongedame?' alsof ze een jonge hengst probeert te temmen. Pas wanneer Beth helemaal stilstaat en zich overgeeft, doet Miriam een stap naar voren.

'Daar zijn we dan,' zegt ze sussend, voordat ze haar weer teruggeeft, nu aan Alexis.

Ze wil dat we steeds van partner wisselen. Als het is bedoeld om ons alert te houden, dan lukt dat erg goed; net zoals de drie mannen er heel verschillend uitzien, zo verschillen ook hun dansstijlen. Hoewel ik me het meest aangetrokken voel tot Martinez, geeft Alexis me het meeste zelfvertrouwen; hij leidt zo goed dat ik het idee krijg dat ik geen stap fout kan doen, ook al zou ik het proberen. Met Russo is het vallen en opstaan. Hij lijkt behoorlijk last te hebben van ADHD; het ene moment zwiept hij zijn heupen heen en weer en staat hij naar me te knipogen, het andere moment staat hij in het luchtledige te staren en let hij niet op de muziek. Waardoor ik weer blij ben als ik naar Martinez word doorgeschoven...

Terwijl Miriam ons eraan herinnert dat we onze danspartners 'tot in detail moeten bestuderen', realiseer ik me hoe prachtig zijn bruine ogen zijn en geniet ik van zijn bemoedigende glimlach en de subtiele geur van zijn aftershave. Ik had nooit gedacht dat de salsa zo'n elegante dans kon zijn, maar hij houdt me vast alsof ik een kwetsbare bloem ben en er met elke draai een wolkje elfenstof opstuift.

'En nu proberen we het eens met muziek.'

'Oye Como Va!' roept Carlos Santana ons toe vanuit de stereo.

Ik verwacht bijna dat de aantrekkingskracht die ik tot Martinez voel me straks zal laten struikelen, maar een zacht stemmetje zegt me dat ik moet genieten: zo vaak krijg ik niet de kans om met zo'n prachtige man te dansen. En dus word ik naar een hoger niveau getild, waar ik rustig en zelfverzekerd ben, waar ik kan genieten van elke aanraking, van zijn zijdezachte schouder tot zijn koele lange vingers, terwijl ik weet dat mijn lichaam en het zijne als één bewegen.

'Kijk jou nou!' Miriam kijkt vanaf de zijlijn naar ons. 'Zo elegant en vrouwelijk!'

Ik verslik me bijna. 'Dat is de eerste keer dat iemand dat tegen me zegt!' hakkel ik.

'Nou, daarom moet je ook blijven dansen; wij werkende vrouwen kunnen soms wat te stoer zijn.' Ze bestuurt me intensief. 'Je ziet er zo lieflijk uit als je hem volgt, als je je ontspant. Weet je waarom?'

Ik schud mijn hoofd. Ik heb echt geen idee.

'Omdat je op dit moment niet probeert om interessant te zijn, je bent alleen maar geïnteresseerd in hem! En hij vindt het geweldig dat je hem zoveel aandacht geeft!'

Als ik eerder al over de dansvloer zweefde, stijg ik nu op tot boven de wolken.

Als Lucy aangeeft dat het weer even tijd is voor een interview, loop ik verrukt naar haar toe.

'Ik weet dat we nog maar een uurtje bezig zijn, maar echt, dit is een van de fijnste dingen die ik ooit heb gedaan!'

'En zou dat iets te maken hebben met jullie danspartners?' zegt Lucy grinnikend.

'Absoluut!' zeg ik enthousiast. 'Alle drie zijn ze fantastisch, maar Martinez is echt ongelooflijk!'

Lucy kijkt naar Beth, om te zien of die ook zo lyrisch is, maar die kan alleen maar zeggen: 'Je kunt echt merken dat hij een voormalig salsakampioen is.'

Ik vraag me af of ze Simons gevoelens niet wil kwetsen? Ik ben in elk geval blij dat ik me geen zorgen meer hoef te maken over wat Dan denkt. Hij voelt al als voltooid verleden tijd. Dat is een van de voordelen van het leren van een nieuwe dans: je bent zo druk bezig met de nieuwe pasjes en hoe je moet staan en lopen dat je gewoon geen tijd hebt om te rouwen. Ik had dit alleen veel eerder willen weten: dat je ook echt iets kunt doen om liefdesverdriet te verlichten.

De rest van de dag leren we passen met leuke namen als *sombrero* en *caramello*; er is er zelfs eentje die *Coca Cola* heet! Het is grappig dat hoe sneller we die beweging doen, hoe gemakkelijker ik het vind. Ik herinner me de 'erwtensoep'-les in Londen, waar alles in kleine stukjes werd gehakt en we onze voeten heel precies moesten neerzetten. Ik had toen het gevoel alsof ik verticale Twister aan het spelen was, maar hier legt Miriam uit dat zolang je maar ontspannen bent en je openstelt en 'je je energetisch verbonden voelt met zijn krachtbron', je elke beweging kunt volgen die hij inzet.

En ze heeft gelijk.

De problemen beginnen wanneer je hem te strak vasthoudt. Beide partners moeten de vrijheid hebben om te bewegen.

'Dus spaghettiarmen zijn hier een voordeel!' roep ik lachend.

Dan kijk ik naar mijn handen en zie ik dat ik al een tijd tijdens de demonstraties van nieuwe pasjes mijn partner helemaal niet meer heb losgelaten. Daarvoor, als we keken naar de volgende instructie, liet ik hem instinctief los – handen los en een stapje achteruit – omdat je elkaar alleen bij het dansen vasthoudt. Maar geleidelijk aan merk ik dat ik het steeds fijner begin te vinden om toch het contact te houden, ook wanneer we gewoon staan te kijken. Zoals nu, nu ik intensief naar Miriam lijk te luisteren die Alexis' mambo-toevoeging bij de *sombrero* vertaalt, maar ondertussen op en neer zou willen springen van blijdschap omdat ik hier sta, hand in hand met Martinez! Alsof zoiets in het echte leven zou gebeuren!

Ik vraag me af of het ongepast is dat ik dit soort heimelijke lustgevoelens heb, maar ik besluit dat dat een van de voordeeltjes is als je op Cuba salsalessen krijgt.

Het nadeel is dat je er enorm van gaat zweten, dat je rauwe plekken krijgt aan de binnenkant van je dijbenen en blaren op je tenen en dat je elke ochtend met een stijf en pijnlijk lijf wakker wordt.

De volgende drie ochtenden hobbel ik als een wandelend lijk van het bed naar de badkamer. Het warme water van de douche helpt om mijn spieren langzaam te ontspannen, genoeg om weer een dag van danslessen aan te kunnen.

'Eigenlijk is dit erger dan de sportschool!' klaag ik, wanneer ik na weer een zware sessie mijn pluishaar probeer te bedwingen.

'Ja, je bent er goed ingeluisd met die mooie praatjes!' giechelt Beth.

'Ik kan het echt voelen! Je bent zo bezig met al die passen en bewegingen dat je niet eens doorhebt dat je de hele dag hard aan het werk bent! Kijk!' Ik trek aan mijn broeksband. 'Ik kan me de laatste keer niet herinneren dat deze zo los zat!'

Of de laatste keer dat ik zo gelukkig was. Onze dansers begroeten ons elke keer weer met een glinstering in hun ogen en twee warme kussen op onze wangen. Ik geniet van de manier waarop Miriam mijn hoofd – en lichaam – vult met kleurige beelden. En nu ik weet dat ik mijn gehavende voeten van tevoren moet intapen, begin ik zelfs te genieten van de warming-uproutine. Samen met een groep als één man bewegen heeft iets bevredigends. Tot nu toe had ik het gevoel dat Rick constant probeerde ons ergens op te betrappen, maar nu lijkt hij wat meer structuur toe te staan, waarschijnlijk omdat hij wil dat we steeds beter gaan dansen. Lucy vertelt me dat hij opnames van elke les achter elkaar wil plakken, om zo te laten zien hoe we elke dag een stukje beter worden. Wat zijn motieven ook zijn, ik geniet van de vertrouwdheid en ongedwongenheid – ik weet waar Simon en Guy in de zaal zullen staan, ik weet dat Lucy achter de camera met ons mee danst en dat Rick, die zich ongetwijfeld kapot verveelt tijdens de repetities, op het binnenplein zit te bellen.

Alexis roept regelmatig 'wat was dat nou!' wanneer ik een fout maak en dat ik moet glimlachen en ademhalen, wanneer ik me zo hard concentreer dat ik een van de twee vergeet. Ik weet dat Russo zo enorm breed kan glimlachen dat ik zijn gouden vullingen kan zien en dat Martinez mijn hart laat smelten, vooral wanneer hij meezingt met Marc Anthony.

Ik zou willen dat ik beter met hem kon communiceren, want van alle drie spreekt hij het minste Engels. Toch, misschien is het zo wel beter. We blijven zo wel gefocust op het dansen; het voelt zelfs fijn om iemand zo te bewonderen zonder plannetjes te maken voor de toekomst. Hij ziet er geweldig uit op zijn sokkel, dat is zijn plekje en daar wil ik hem graag houden.

Overdag, wel te verstaan. 's Nachts, als ik in bed lig, droom ik over hoe hij me met hartstochtelijke ogen aankijkt. Mijn fysieke beperkingen vallen dan weg en hij laat me weten dat hij altijd al een meisje als ik had willen beminnen. Ja, hij lijkt misschien een type dat houdt van tengere, gespierde meisjes aan zijn arm, maar dat heeft hij geprobeerd en altijd bleef er een leeg gevoel. Hij had alle hoop al opgegeven en toen kwam ik! O ja! Droom, droom, droom!

'Carmen!' Beth geeft me een por. 'We zijn er.'

Ik knijp mijn ogen stijf dicht en probeer vervolgens mezelf wakker te knipperen.

Ik herinner me weer dat we in de minibus zijn gestapt. Ik herinner me dat het donker was en dat de lucht zwoel was. Ik heb echter geen enkel idee waar we naartoe gingen.

Wanneer ik uit het raam tuur op zoek naar een hint, zie ik Martinez op ons af lopen, van top tot teen in het wit gekleed, als een engel.

'Zijn we in de hemel?' vraag ik zuchtend.

'Nee, schat.' Beth trekt me overeind. 'Dit is de *Casa de la Musica...*'

32

We stappen uit in een lommerrijke buitenwijk van Miramar en volgen Martinez naar een schijnbaar vervallen oud landhuis. Hoewel ik niet kan wachten om naar binnen te gaan en te dansen, lijkt Beth wat te aarzelen. 'Het lijkt net een spookhuis, vind je niet?' Ze blijft buiten staan, ze moet blijkbaar eerst even haar angst voor spinnenwebben en versteende harpistes overwinnen.

Martinez lacht wanneer Simon haar bezorgdheid vertaalt en verrast dan iedereen door de deur open te duwen en een bezield spelende salsaband tevoorschijn te toveren. Hij vertelt dat deze groep een spin-off is van de legendarische Los Van Van, wat verklaart waarom de opgedirkte meisjes in het publiek zo naar hen staan te lonken.

'Ze hebben misschien niet veel, maar ze weten wel wat ze ermee moeten doen,' zeg ik.

'Denk je dat er Cubanen zijn die *niet* kunnen dansen?' vraagt Beth zich af, terwijl we kijken naar de zo natuurlijk bewegende menigte. 'Ik denk dat je hier meer concurrentie hebt dan in Londen – kun je je voorstellen dat je hier auditie zou moeten doen?'

Ik schud mijn hoofd. 'Het is een enorme vijver vol met getalenteerde vissen. Waarvan er een aantal straks kunnen genieten van hun kwartiertje in de spotlights…'

Terwijl Rick Simon en Guy aan het werk zet, zijn wij druk bezig met onze Rum Club. Het is hier blijkbaar de norm om een fles Havana Club en een paar blikjes cola te kopen om je eigen Cuba Libres te maken. Nou ja, de norm voor *toeristen*. Aan de lege bar te oordelen, kunnen de Cubanen zelf de drankjes hier niet betalen, waar ook de traditie vandaan komt om rondjes te geven.

Alexis – die een tafel vooraan voor ons bezet houdt – houdt zijn glas omhoog om met ons te toosten en stelt ons voor aan zijn beeldschone echtgenote, Daylin. Zij heeft ook een kortgeknipte bos peroxideblonde krullen en grote, heldere ogen, net als hij, en het figuur van Beth.

'Mag ik de drie blondjes even op de kiek zetten?' Ik rommel met mijn camera.

Wanneer ze gaan staan, lijken ze net een metamorfosefoto: een man met een donkere huid en blond haar, een iets lichter gekleurde vrouw met kort blond haar en een licht gekleurde vrouw met lang blond haar. Alexis moet zo om de foto lachen dat hij erop staat dat Guy hen samen op de dansvloer filmt: hij manoeuvreert perfect synchroon met de twee vrouwen, een aan elke arm.

'O, dat ziet er geweldig uit!' roept Lucy enthousiast wanneer hij van de basispassen overgaat naar *armorigami*: de vrouwen stappen onder en over zijn benen heen en op een gegeven moment staan ze met zijn drieën naast elkaar alsof ze een kozakkendans gaan doen. Een paar tellen later trekt hij ze weer uit elkaar, draait ze een paar keer rond, knielt neer en draait ze weer terug naar hun uitgangspositie door een strategische hand onder hun knie te houden, alsof hij ze als een tol laat ronddraaien!

'Wat cool!' Ik zit met open moment te kijken hoe geweldig hij kan leiden en hoe synchroon ze samen dansen.

Gewoonlijk zou een situatie met twee vrouwen en één man nogal wat jaloezie opwekken, maar hier staan de dames niet tegenover elkaar; het is eerder een geval van 'allen voor één en één voor allen!'

Er komt meer groepswerk aan: zonder ook maar uit de maat te stappen, geeft Alexis Beth door aan Russo en wenkt hij dan naar Martinez dat hij mij ook naar de dansvloer moet brengen. Drie andere stellen komen erbij en voor ik het doorheb, dans ik mijn eerste *rueda* – Spaans voor 'wiel' – en zwieren we in een grote cirkel over de dansvloer.

Nu wordt duidelijk waarom het zo leuk is om een vrouw te zijn: de mannen doen eigenlijk al het werk! Ja, we luisteren naar Alexis die aangeeft wat we moeten doen – *un fly* is bijvoorbeeld één keer klappen, *setenta complicado* is even ingewikkeld als het klinkt.

Maar de mannen beginnen steeds en zij zijn degenen die moeten doorschuiven naar de volgende partner wanneer Alex '*dame!*' roept, uitgesproken als '*Damé*', wat kort is voor '*dame uno!*' en kan worden vertaald als 'geef me een andere!' Soms roept hij '*dame dos!*' en dan rennen de mannen voor je langs naar de tweede vrouw. Maar je staat nooit lang alleen: dit alles gaat zo snel dat ik loop te gillen van plezier terwijl ik word rondgedraaid, heen en weer geschud en in de knoop gelegd… Het is chaotisch maar opwindend, zo heb ik me niet meer gevoeld sinds ik als kind half uit de draaimolen hing.

'Ik denk dat ik een hartaanval krijg,' hijg ik wanneer het nummer eindelijk ten einde komt. 'Echt, voel mijn hart eens!'

'Dat gaat tekeer.' Beth trekt bezorgd haar wenkbrauwen op. 'Maar wat een einde!'

Ik begin te lachen. 'Weet je, als ik negenentachtig ben en ik genoeg heb gehad van het leven, kom ik terug en ga ik met een jonge Cubano dansen: wat een manier om te gaan!'

'Dat moment kan al sneller komen dan je denkt.' Beth wenkt dat ik me om moet draaien.

Er wordt alweer een hand naar me uitgestoken.

Als het iemand anders was dan Martinez, dan had ik geweigerd, maar hoe kan ik zijn open hand niet vastpakken?

Pas wanneer mijn hand de zijne raakt, hoor ik dat de muziek van salsa is veranderd in iets wat hij *reggaeton* noemt: een aanstekelijke staccato mix van reggae en hiphop.

Miriam komt net op tijd om zich over Russo's bionische bekken te ontfermen en dirigeert ons om in twee rijen te gaan staan: de mannen tegenover de vrouwen, behalve dat we nu een man te weinig hebben.

'Simon! Kom! Kom!' Daylin zwaait druk naar hem.

'O nee, nee,' protesteert hij, nerveus naar Rick kijkend.

'Kom, Ricky.' Ze vlijt zich tegen hem aan. 'Het is maar één dans: zo lang kun je zijn apparatuur wel vasthouden, toch?' In plaats van snuivend te weigeren, wat ik eigenlijk verwacht, knikt Rick gehoorzaam. Of misschien wijselijk; iets vertelt me dat het weinig zin heeft om nee te zeggen tegen Daylin, met haar vrolijke karakter overweldigt ze elke man.

'Oké, dames, volg mij, heren, volg Alex...'

Daylin doet dan een paar bewegingen waar zelfs de meest sexy danseressen uit rapvideo's van zouden blozen, terwijl ze op de maat van de muziek met haar voluptueuze billen schudt. We staan allemaal met open mond te kijken. Niet alleen omdat ze zelfs de meest provocerende standjes en bewegingen uitvoert met een enorme brede glimlach om haar lippen.

Daarna gaat Alexis de mannen voor in een soort pauwendans. Ze trillen met hun hele lichaam en zwaaien met hun heupen. Het schaamteloze geflirt ziet er bij hen geweldig uit, maar Simon – in zijn witte sportsokken – ziet er pijnlijk onbeholpen uit. (Ik ken het gevoel.) En niet alleen omdat hij Engels is. Hoewel hij duidelijk gevoel heeft voor muziek, lijkt het alsof zijn oren en zijn lichaam niet hetzelfde nummer horen.

Ik kijk naar Beth, bang dat dit niet echt zal helpen om haar hormonen in actie te krijgen, maar ze lijkt wel betoverd. Hoe meer hij uit de maat staat te schudden en trillen, hoe harder ze hem aanmoedigt. Het nummer bereikt een hoogtepunt wanneer de mannen, met hun kruis voorop, op de vrouwen af schuiven. Schuif, schuif, schuif, gaat Simon, tot hij Beth bijna bestijgt.

Ze is bijna extatisch.

Ik vermoed dat ze bij haar werk niet zoveel mannen slecht ziet dansen; misschien is het de nieuwigheid die haar doet duizelen?

'Was Simon niet fantastisch?' gilt ze wanneer we weer naar onze stoelen lopen.

'Eh...'

'Echt! Kun je je voorstellen dat je met twee linkerbenen je er toch zo harts- tochtelijk in stort?'

Ik moet mijn woorden zorgvuldig kiezen. 'Hij was in elk geval enthousiast.'

'Dat kun je wel zeggen!' joelt ze. 'God, ik kan niet wachten tot ik die heu- pen in mijn handen krijg!'

Ik knipper een paar keer met mijn ogen. 'Je bedoelt om hem even voor te doen hoe het moet?'

Ze kijkt me schalks aan. 'Niet noodzakelijk...'

Ik kan mijn oren niet geloven. Ach, ze was ook altijd al gek op de scène met die ritmisch gehandicapte jongen in *Footloose*...

'O-o-o!' Ik spring plotseling weer op als ik een bekend trompetgeluid hoor. 'Dit is een geweldig nummer!'

'Wat is het?' vraagt Beth fronsend.

'Ik weet alleen dat het *La Vida Es Un Carnaval* heet, wat volgens mij *Het leven is een circus* betekent!' Ik wenk Simon om te vragen of hij het voor me kan vertalen, maar het enige dat hij van de tekst begrijpt is het *'Ahora!'*-geroep, wat 'nu!' betekent, en *'Azucar!'* wat 'suiker!' betekent.

'Ik moet de tekst of kunnen zien, of het moet langzamer worden uitgesproken.'

'Martinez?' Ik draai me om naar mijn favoriete Cubaan, hoewel hij natuurlijk het omgekeerde probleem heeft: hij heeft er moeite mee om de Engelse woorden te vinden voor de boodschap van de zanger.

'Ze wil dat je begrijpt dat je niet alleen bent,' begint hij. 'Je voelt je misschien zo, maar het is niet zo. Er is altijd iemand anders.'

Ik knipper een paar keer met mijn ogen. Ik verwachtte eerder iets als Pink's *Get the Party Started*, dus zo'n diepgaande emotie verrast me enigszins.

'Als je je erg droevig voelt, moet je niet denken dat het voor altijd is,' gaat hij verder. 'Het gaat voorbij. En dan zul je weer gelukkig zijn.'

Mijn hart smelt weer een beetje – hij geeft misschien alleen maar een interpretatie van de tekst, maar ik krijg het gevoel alsof hij me net heeft gezegend.

'Gracias!' zeg ik met hese stem, nog steeds een beetje verdwaasd.

'De nada,' antwoordt hij. En dan vraagt hij me weer ten dans.

Ik kijk een beetje wanhopig naar Beth. 'Ik zweer het, als je Cubaanse energie in een potje zou doen, zouden we geen elektriciteit meer nodig hebben.'

Nog meer reggaeton. Maar mij hoor je niet klagen. Voor mij is dansen op een salsanummer ongeveer even relaxt als afrijden – ik moet me enorm concentreren op de pedalen (het voetenwerk), mijn spiegels in de gaten houden (zodat ik niet achteruit op een andere danser stap), zelf rustig achteruitrijden enzovoort. Maar omdat ik de reggaeton helemaal niet ken, kan ik genieten van de vrijheid die deze freestyle dansvorm mij, in elk geval een paar minuten, geeft.

Wat niet wil zeggen dat ik me niet enorm voor joker voel staan terwijl ik heen en weer sta te springen als een echte 'gangsta', maar Martinez maakt het niets uit. Hij is zelfs een beetje naar het podium geschuifeld zodat we wat meer privacy hebben, weg van de camera.

Maar dat duurt niet lang.

Daylin is wederom op oorlogspad en heeft iedereen weer op een rijtje gezet; ze drukt zich tegen Martinez aan, die daardoor tegen mij aan drukt. Ik kan geen kant op omdat ik tegen het podium sta, en naarmate de druk toeneemt, voel ik zijn heupen, zijn buik, zijn dijbenen, zijn…

'Sorry!' piep ik, in een poging mijn bewegingen te synchroniseren zodat ik hem geen pijn doe.

Maar wat moet ik in hemelsnaam met mijn handen doen?

Terwijl de muziek aanzwelt, drukt iedereen steeds harder tegen elkaar aan. Toch weet Martinez te voorkomen dat ik helemaal wordt verdrukt, hoewel zijn manier om mij te beschermen op het randje van hoffelijk en seksueel balanceert.

Ik zou willen dat ik de moed heb om op een verleidelijke manier te reageren, maar ik ben er gewoon te bang voor. Ik kan hem niet eens aankijken. Hij is gewoon te knap. Het laatste wat ik wil, is flauwvallen en het hoogtepunt van de avond missen. Het enige dat ik nu kan doen, is me overgeven aan zijn pulserende nabijheid...

'Volgens mij heb jij je Sorbet gevonden!' giechelt Beth, wanneer de meute eindelijk de druk van de ketel haalt.

'Eerder een chilipepertje!' grom ik, terwijl ik mijn pluishaar van mijn bezwete voorhoofd veeg.

'Nou, dat klinkt als een heerlijke combinatie!' knikt Beth goedkeurend,'het beste van twee werelden!'

'O, was het maar zo!' Ik kijk vol verlangen naar de man in kwestie, met spieren die bijna ontploffen wanneer ook hij even pauze neemt om een slokje water te drinken.

'Ik denk dat hij echt perfect is,' besluit Beth. 'Spreekt amper Engels, woont in een land met zulke strenge emigratieregels dat je praktisch met hem moet trouwen als je wilt dat hij op bezoek komt in Londen, je kunt hier niet werken...'

Ik steek mijn hand omhoog. 'Op al die handige struikelblokken na heb je gelijk: hij is perfect. Maar wat zou een man als hij met mij willen?'

'Wat, denk je niet dat het wederzijds is?'

'Ik denk dat het meer achterzijds was; hij werd gewoon door een man of tien tegen me aan gedrukt!'

'Nou, volgens mij was het geen toeval dat hij besloot om voor het meest sexy nummer van de avond alleen met jou te dansen.'

'En daarom ben jij nou mijn allerbeste vriendin.'

Ik wil gaan zitten, maar Beth trekt me weer omhoog. 'Wil je niet als een nieuwe vrouw terug naar Londen?' zegt ze vasthoudend. 'Die kerel is echt de belichaming van de "perfecte dans".'

Daar kan ik niets tegen inbrengen.

'We hebben nog maar twee nachten,' zegt Beth. 'Ik wil niet dat je door je eeuwige getwijfel naast de boot valt.'

'Oké,' zeg ik met een pruillip. 'Morgen sla ik mijn slag.'

En dan steek ik als John Travolta in *Saturday Night Fever* mijn hand omhoog en zet de andere op mijn heupen. Om direct spijt te krijgen van mijn actie wanneer ik Martinez naar me zie kijken...

33

'Goedemorgen, dames!'
'Goedemorgen, Lucy!'
'De plannen zijn iets veranderd vandaag...'
Als er iets is waar mijn net gevulde maag van gaat rommelen, dan is het wel zo'n zin.
Ik leg mijn vork neer en bereid me voor op het ergste. 'Niks zeggen: we zijn de nieuwe attractie van het Tropicana en hebben nog maar een paar uur tijd om een nieuwe act te bedenken *en* kostuums te ontwerpen, die helemaal van tabaksbladeren zijn gemaakt.'
'Eigenlijk wilde ik zeggen dat Alexis vandaag jarig is, dus dachten we dat het leuk zou zijn om gezellig naar het strand te gaan.'
Terwijl Beth staat te juichen, voel ik een paniek in me opkomen die ook niet verdwijnt als ik aan een halfnaakte Martinez denk.
'Ik denk dat ik even met Guy moet praten,' zeg ik tegen Beth wanneer we de bus in stappen, dit keer met grote zonnehoeden op en met edelsteentjes bezette teenslippers aan onze voeten.
'Ik zou wachten tot we er bijna zijn,' adviseert Beth. 'Je weet inmiddels dat hij nogal duf wordt van autorijden.'
'Goed idee,' antwoord ik. Dan heb ik nog wat extra tijd om te dagdromen over mijn zwoele dans gisteravond met Martinez. Ik kan zijn lichaam nog steeds tegen het mijne voelen...

De minibus rijdt de stad uit richting woestenij. We rijden langs zoveel liftende Cubanen dat Rick het op een gegeven moment niet meer kan aanzien en een handjevol mensen besluit mee te nemen. Hij probeert zelfs via Simon een gesprekje met ze aan te knopen, wat me doet afvragen wat hij van plan is. Maar dan zien we de glinstering van zeewater en besluit ik dat het tijd is om Guy aan te tikken.
'Duuuuuus... lekker filmen op het strand vandaaag,' begin ik, terwijl ik heel nonchalant naast hem neerplof.
'Ja,' antwoordt hij, zonder zijn bijna gesloten ogen van het langs schietende landschap te nemen.
'Ben je niet bang dat er zand in je camera komt?'
'Niet zo bang als jij bent om je zwempak aan te trekken.'
Verdorie! Hij heeft me door.
'Over zwempak gesproken...'
Hij gooit zijn handen in de lucht. 'Orders zijn orders.'
Ik slaak een wanhopige zucht. 'Kijk, ik kan me voorstellen wat Rick wil, maar ik wil niet met mijn foto in de bladen terechtkomen in het lijstje "lelijk-

ste badpakken van het jaar",' zeg ik met een moeilijk gezicht. 'Kun je er niet voor zorgen dat Beth wat meer in beeld is?'

'Misschien is het voor de kijkers juist fijn om een vrouw te zien met een echt vrouwenlichaam, met alle putjes en bultjes die daarbij horen.'

'Je snapt het niet,' zeg ik hoofdschuddend. 'Mensen vinden cellulitis en buikjes niet zo erg als het om mooie mensen gaat; de actrices en modellen en dansers die perfect zouden moeten zijn. Maar als het om echte mensen gaat, werkt het heel anders. Wij zijn degenen die van straat worden geplukt omdat we een metamorfose nodig hebben en tips krijgen over hoe we onze slechte punten kunnen verbergen.'

'Maar toch…'

'Kom nou!' sis ik. 'Zou het niet veel mooier zijn als ik, in mijn felgekleurde kaftan en Jackie O-zonnebril op, met mijn mooie nog droge haar, de schouders van een beeldschone, blonde Baywatch-babe insmeer met zonnebrandcrème?'

Nu kijkt hij me aan. 'Dat zou bepaalde kijkers zeker erg plezieren…'

'Hebben we een deal?'

'Misschien, als je er ook voor kunt zorgen dat ze even over het strand heen en weer rent.'

Ik kijk hem kwijnend aan, maar ik zie dat hij het meent. 'Wacht even.'

Twee minuten later ben ik terug.

'Nou, ze gaat niet rennen, maar ze wil wel als een Bond Girl uit zee komen lopen; haar haren naar achteren gooien, terwijl het water van haar goddelijke lichaam drupt…'

'Kan ze haar haar ook even goed schudden?'

'Guy!'

We kijken op naar Rick, die uit het raam wijst naar waar de voluptueuze Daylin enthousiast op en neer staat te springen als ze ons busje aan ziet komen. Ze zou er amper sexyer uit kunnen zien dan zo in haar witte blouse, die nauwelijks over haar billen valt, haar goudbruine benen en blote voeten.

'Ik regel het!' zegt hij, terwijl hij zijn camera pakt.

Echt, waar maakte ik me eigenlijk zorgen over? Met al die camerageniek Cubanen kan ik rustig achteroverleunen.

Het strand is één grote mierenhoop – de Cubanen genieten er met volle teugen en met veel lawaai van de zon – maar wij zijn even stil wanneer we de natuurlijke schoonheid zien van het poederzachte zand en het magisch blauwe water.

Ik snuif de lucht op van zilt zeewater en kokosolie.

'Die Cubanen hebben het echt getroffen, hier,' mijmert Beth wanneer we ons eindelijk realiseren dat we op de Cariben zijn.

'*Hola!*' roept Miriam als welkom, wijzend naar de jarige Job, die – gekleed in een feloranje korte broek – een glas bier omhooghoudt.

'*Feliz cumpleaños!*' Beth en ik toosten verbaal met Alexis, het zinnetje herhalend dat Simon ons heeft geleerd.

Hij stelt ons voor aan zijn tienerzoon en Daylins zus Jazbel, die de meest fantastische afro heeft. Ondertussen staat Russo naar ons te zwaaien en te roepen vanaf de waterkant.

'Lieve help,' mompelt Beth. 'Hij draagt een zwemslipje.'

'Dat zijn pas dijspieren,' valt me op.

'Waarom hebben kale mannen altijd van die harige lichamen?' vraagt Beth zich af terwijl hij op ons af komt lopen. 'Ik wil hem hier ter plekke waxen...'

'Waar is Martinez?' vraag ik, me realiserend dat ik hem nog niet heb gezien.

'Hij moest weg,' antwoordt Daylin heel blasé. 'Naar Varadero.'

'Dat is een strandresort een paar uur verderop aan de kust,' legt Lucy uit, die mijn volgende vraag al voorziet.

'O, dus hij komt later weer terug?'

Lucy kijkt naar Daylin. 'Dat hangt ervan af,' zegt ze grijnzend. 'Hij moest zijn vader helpen. Misschien komt hij over een dag of twee terug.'

'Dag of twee?' Ik word een beetje duizelig. Over een dag of twee zijn wij alweer weg...

'Zwemmen?' vraagt Russo, die nu naast ons staat.

'Ik wil het liefst even liggen.' Ik excuseer mezelf snel en leg dan, zoals veel mensen op het strand, mijn omslagdoek over mijn gezicht. Ik moet even stilletjes kunnen huilen zonder dat ik bang hoef te zijn dat anderen het zien.

Na een minuut of vijf komt Beth controleren of ik nog wel leef. 'Gaat het?'

'Nee,' antwoord ik.

Ze piekt onder de doek. 'Misschien komt hij terug...'

Ik schud mijn hoofd. 'Maar de kans is groot dat hij niet terugkomt...'

'Wat is er met je maag?' Ze kijkt naar mijn handen, die ik stevig tegen mijn buik heb gedrukt.

'Ik krijg het vreselijke voorgevoel hoe ik me ga voelen als we straks weer weggaan.' Ik draai me naar haar om. 'Ik bedoel, ik mis hem nu al!'

Beth gaat naast me in het zand zitten. 'Je moet niet vergeten dat het hele punt van de Sorbet is dat de ontmoeting kort maar krachtig is.'

'Ik weet het,' verzucht ik. 'In mijn hoofd begrijp ik dat ook wel, maar mijn hart verlangt naar meer. Ik heb nogal weerbarstige emoties.'

Beth zucht ook. 'Iedereen volgens mij.'

'Ik vind het gewoon zo gemeen dat het alweer voorbij is, we hadden het zo gezellig.'

'Nou weet je hoe die sterren van *Strictly* zich voelen als ze weg zijn gestemd!'

Ik glimlach flauwtjes. 'Je hebt gelijk!' Ik draai me om en veeg wat zand van de wasachtige stof van het strandbed. 'Ik dacht echt dat ik er was – stapelgek op iemand met wie ik geen enkele toekomst heb – maar toch ben ik er kapot van!'

'Och, lieverd.' Beth knijpt in mijn hand. 'Het universum doet zijn best om je vermogen om los te laten te testen. Eerst Lee, toen Dan, nu Martinez.'

'Ach, de mannen worden wel steeds beter,' moet ik toegeven.

Het enige dat ik nu kan doen, is wachten tot dat teleurgestelde gevoel weer verdwijnt. Maar – o nee! – daar komt zijn broertje al: doodsangst, dat vreselijke gevoel dat als ik weer een leuke jongen tegenkom, dat ook weer desastreus zal aflopen.

Ik kijk op en zie Miriam kritisch naar me kijken. 'Ben je een graf aan het graven voor je hart?'

Ik had niet eens door dat ik in het zand aan het krabben was: 'Is dat zo'n slecht idee?' Ik kijk haar met samengeknepen ogen aan.

'Ja,' antwoordt ze kortaf.

'O, Miriam!' jammer ik, terwijl ik iets te snel rechtop ga zitten, waardoor het strandbed begint te wiebelen.

'Ho!' Ze steekt haar hand uit en ik grijp haar vast, smekend om een antwoord.

'Wat moeten we doen met al die onhandige, onbeantwoorde of onderbroken gevoelens die we hebben voor mensen? Het voelt net alsof de berg alleen maar hoger wordt – al die vervelende, oude en ongelegen emoties!' Ik adem diep uit. 'Het enige dat ik wil, is die speciale persoon ontmoeten, zodat ik het goed kan doen! Niet allemaal van die korte romances die alweer voorbij zijn voordat ze zijn begonnen.'

Ze kijkt door haar zonnebril op me neer. 'Je hebt nogal een intensieve periode achter de rug, nietwaar?'

'Ik heb nog nooit zoveel verschillende emoties gevoeld in zo'n korte tijd!'

'Nou,' begint ze terwijl ze naast me neerknielt. 'Wat Martinez betreft, hoef je niet te veel te denken bij zijn vertrek. Het had niets met jou te maken. Hij leeft gewoon zijn leven.'

'Maar waarom hecht ik me toch steeds zo snel aan mensen die...'

'Die wat? Die niet doen wat jij wilt?'

Ik ben direct stil.

'Ken je de uitspraak: "Droefheid is een driftbui tegen wat is"?'

Ik snuif en knik. 'Zo voelt het precies! Het voelt alsof ik een peuter ben die zit te schoppen en schreeuwen omdat ik vandaag geen ijsje mocht.'

'Je sorbet, bedoel je?' vraagt Beth.

Miriam glimlacht en pakt mijn hand. 'Je bent zo dichtbij, Carmen. Geloof me, een fantastische man die op zijn witte paard over het strand naar je toe galoppeert, is echt niet de oplossing.'

'Ik weet het,' geef ik toe. 'Ik heb met de man op het witte paard geslapen en daar werd het alleen maar erger van.'

'Kijk, als goede mensen vreselijke dingen overkomen, dan kunnen ze zich heel zielig voelen. Het is absoluut niet logisch: wat hebben zij nou gedaan om zoiets te verdienen? Plotseling lijkt de wereld op zijn kop te staan en beginnen ze te betwijfelen of ze die liefde ooit zullen vinden. Anderen misschien wel, maar zij niet.'

Ik laat mijn schouders zakken; ik begrijp wat ze wil zeggen.

'Elk boek over spiritualiteit zal je vertellen dat we aantrekken waar we bang voor zijn: afwijzing, teleurstelling in de liefde, het blijft maar komen, waardoor je angst wordt bevestigd. Tot je je instelling verandert.'

'Kan ik niet gewoon verliefd worden op iemand die net zo gedesillusioneerd is als ik?' zeg ik, min of meer als een grapje. 'Zodat we elkaars pijn kunnen compenseren?'

Miriam kijkt me scheef aan: 'Leuk geprobeerd.'

Ik zucht diep. 'Echt, ik dacht dat het zo goed ging...'

'Het gaat ook goed!' zegt Miriam vastberaden, mijn protest afkappend. 'Maar je moet dit niet gebruiken als een excuus om weer in je oude manier van denken te mogen vervallen. Je hebt nu niets aan zelfmedelijden. Omarm waar je nu bent, met je hele hart!'

'En hoe doe ik dat?' vraag ik met een klein stemmetje.

'Ik heb een tweeledig plan,' zegt ze. 'Eerst: kijk en leer.' Ze wijst naar de mensen op het strand. 'Die mensen hebben geen perfect leven, maar je ziet hen niet bij de pakken neerzitten. Niemand die zegt: "Had ik maar een groter huis..." omdat die mogelijkheid er gewoon niet is. Het enige dat ze kunnen doen, is dingen van gelijke waarde ruilen, er is geen sociale ladder om hogerop te komen. Ze kunnen het geluk niet uitstellen tot ze rijk zijn, tot het politieke systeem radicaal verandert, want die dag zal nooit komen. Hun geluk is niet afhankelijk van omstandigheden, het is een keuze. Je hebt gezien met hoeveel energie ze proberen te genieten! En daar hebben ze dan weer profijt van.'

'Ik voel me zo verwend!'

'En wat is stap twee?' wil Beth weten.

'Daarvoor moeten we het water in.' Miriam steekt haar hand uit: 'Beth, de zonnebrandcrème alsjeblieft.'

'Wacht!' roep ik. 'Ik kan het water niet in, ik heb geen zwempak aan en ik kan me nergens omkleden.'

'Ik heb de dag voordat jullie hier kwamen daar een oplossing voor gevonden...' Miriam haalt onze Cubaanse troep erbij en voor ik het weet staan ze in een kring om me heen, met de gezichten naar buiten, als een menselijk strandhuisje.

Ik heb geen enkel excuus meer. Zelfs Guy is ver weg, wat sfeerbeelden aan het schieten, zodat ik geen gevaar loop te worden gefilmd. Ik kan het!

Zwempak omhoog gesjord tot om mijn middel, mijn armen uit de kaftan, halternek over mijn hoofd, laatste diepe hap lucht, en dan kan mijn jurk uit. 'Klaar!'

Op het teken springen we alle drie het water in: warm, koesterend en direct therapeutisch. Helemaal tot onze nek.

'Voelt dat niet veel beter?'

'Jazeker,' geef ik toe, terwijl ik wat zout water van mijn lippen lik.

'En nu wil ik je voorstellen aan een speciale dame, Yemaya genaamd.'

Beth en ik kijken om, alsof er zomaar een vierde vrouw omhoog zal komen.

'Yamaya is de Cubaanse godin van de zee,' legt Miriam uit, terwijl ze met haar armen sensueel naar voren en achteren beweegt. 'De moeder van alles. Ze beschermt al haar kinderen, ze troost ze en neemt al hun zorgen weg.'

'Dat klinkt goed!' zeg ik, me voorstellend hoe al mijn problemen wegdrijven.
'Om er optimaal van te profiteren, wil ik dat jullie jezelf allebei even onderdompelen.'
O! 'Het zit alleen zo, we hebben onze strandinterviews nog niet gedaan...'
'Dus je hebt liever mooi haar dan dat je hart wordt genezen?' vraagt Miriam.
'Genees mijn hart maar,' zeg ik ietwat aarzelend.
'Kom, we gaan samen.' Beth pakt mijn hand, we knijpen met de andere onze neus dicht en op drie laten we ons zakken tot we onder water zijn.
Terwijl Beth rechts naast me drijft, duik ik naar voren en ga ik nog wat dieper, flipperend met mijn voeten en blind over de zachte zeebodem voelend, draaiend en rollend, alsof ik in een wasmachine zit, gewoon om ervoor te zorgen dat ik even goed schoon word.
We komen op hetzelfde moment boven, happend naar lucht, heerlijk verfrist.
'Nou is het tijd om lekker te relaxen en te genieten!'
Eventjes drijven we met zijn drietjes op onze rug op de golven. Ik tik Beth even aan.
'Weet je wat ik me net realiseer?'
'Wat dan?' Ze tilt haar hoofd een beetje op, zodat ze geen water meer in haar oren heeft.
'Ook al hebben we nooit gekust, Martinez was de beste, meest fantastische vakantieliefde die ik ooit heb gehad!'
Beth glimlacht naar me. 'Wie zegt dat jij geen snelle leerling bent?'
Miriam is ook blij en zegt: 'En nu ben je weer open!'
'Wat nu?' vraag ik enthousiast.
'Ik denk dat dit wel genoeg emotionele evolutie is geweest voor één dag,' grinnikt ze. 'Laat me die heupen van je nog eens zien!'
'Wat?'
'Kom! Je zei dat je vloeiender wilde bewegen, toch? Nou, vloeibaarder dan de Caribische Zee is amper mogelijk!'

Terwijl Beth en ik ons best doen om te visualiseren dat we aan het hoelahoepen zijn met enorme inktvisringen, kijk ik naar de kust, waar Russo staat, onze muze met de soepele heupen.
Ik had verwacht dat hij begerig naar de bikinibabes zou zitten kijken, maar in plaats daarvan staat hij met een moeder te praten, die daarna een kind bij hem achterlaat. Blijkbaar heeft hij een soort oppasgen waar ik me niet bewust van was, want hij gaat direct gezellig spelen met het peutertje, houdt de kleine handjes vast en springt lachend met het kind door het water. Hij is verrassend teder, alsof het een tweede natuur is.
'Wat stond je gezellig te spelen met dat jongetje,' zeg ik wanneer ik weer op het droge sta met een warme handdoek om me heen.
'Ik heb er zelf twee.'
'Echt?'

'Een tweeling. Mijn ex woont in Guanabacoa. Het is niet zo ver, ik zie ze elke week.'

Hij pakt zijn portemonnee en haalt er een foto uit. We kletsen even over zijn familie en dan komt het gesprek op zijn tatoeage: een wolf en een *dreamcatcher*, verwijzend naar zijn indiaanse afkomst. Hij laat me een geweven armbandje om zijn pols zien en legt uit hoe de rode en witte draden staan voor de twee kleuren bloed die door zijn aderen stromen, terwijl Alexis bijvoorbeeld door de kleur zwart zou worden voorgesteld. Het is interessant hoe racisme op Cuba absoluut niet bestaat. Ze leven echt in harmonie; waarschijnlijk hebben ze het al moeilijk genoeg om ruzie te zoeken met hun naaste.

'Carmen!' roept Lucy. 'We moeten even een snel interview doen, daar bij het raffia zonnescherm...'

Terwijl Russo opspringt om me omhoog te trekken, realiseer ik me dat ik niet alleen Martinez zal missen, maar al mijn nieuwe Cubaanse vrienden.

De rest van de middag is heel ontspannen. Ik krijg zelfs de kans om wat te schetsen en te werken aan een salsarok met turkooizen zijden ruches en wit lint, als voorstelling van de golven van de oceaan. Ik teken ook een bijpassende outfit voor Martinez – een witte katoenen broek voor zijn lange benen en een aquamarijn zijden shirt dat prachtig kleurt bij zijn glanzend bruine huid. Mijn manier om hem het allerbeste toe te wensen.

Ondertussen zitten Simon en Beth elkaar romantische sms'jes te sturen – ah, hoe men elkaar vandaag de dag het hof maakt! – maar Lucy kijkt geschrokken wanneer haar telefoon begint te rinkelen.

'Het is Lorenzo weer!' vertrouwt ze me toe. 'Hij wil me komen opzoeken in Engeland.'

'Wil jij dat niet?'

'Ik weet eerlijk niet wat ik aan moet met zo'n knappe man!'

'Echt niet?' Ik kijk haar scheef aan.

Ze giechelt een beetje. 'Ik denk dat er grotere problemen zijn! Over problemen gesproken, ik wilde je nog vertellen – je dans gisteravond met Martinez was echt superhot,' kirt Lucy. 'Rick zei dat het bijna al je gestuntel en gebrek aan seksuele escapades op deze reis goedmaakte.'

'Gemenerd!' puf ik, om daarna kaarsrecht te gaan zitten. 'Wil je zeggen dat het allemaal is gefilmd?'

'Absoluut!' Ze kijkt me breed grijnzend aan. 'Een mooi aandenken voor jezelf!'

Het gevoel van opwinding is groter dan dat van schaamte. Zelfs al zie ik Martinez nooit weer voor ik vertrek, dan kan ik een van de meest sexy momenten van mijn leven toch nog zo vaak ik wil herleven, *ad infinitum*, en hoeveel mensen krijgen die kans nou?

Ik zoek Rick, half verwachtend dat hij op het schaduwrijke terras een kantoortje heeft geïnstalleerd, maar in plaats daarvan zie ik hem in het water liggen. Natuurlijk heb ik hem in Londen al een keer met ontbloot bovenlichaam gezien, maar de tevreden blik op zijn gezicht verbaast me toch een beetje. Als ik niet beter wist, zou ik denken dat hij glimlacht. Misschien denkt hij aan vroeger, toen hij nog zwom. Misschien heeft Yemaya hem een dikke vette knuffel gegeven. Of misschien heeft hij net een nieuw programma bedacht dat hij voor veel geld kan verkopen. Met Alexis als hoofdpersoon; die wordt met elk biertje luidruchtiger en grappiger, begint zelfs te zingen en bedenkt strandspelletjes, waarna hij iedereen spontaan uitnodigt 'om met hem mee naar huis te komen'.

Miriam staat erop dat we deze kans grijpen om een authentiek Cubaans feestje mee te maken. Beth staat te trappelen en pakt haar tas alweer in, maar Lucy twijfelt. 'Weet je zeker dat we mee kunnen?'

'Natuurlijk!' roept Miriam enthousiast. 'Wij zijn degenen met alcohol!'

34

We volgen ze van het paradijs naar wat in feite een Cubaanse woonwijk is. De aftandse huurhuisjes worden omgeven door metalen hekken, kale gazons en afbrokkelende cementblokken. Iemand heeft de muur van een schuur opgevrolijkt met tropische vissen, maar de grijsgestreepte hoofdgebouwen zouden zeker wel een metamorfose kunnen gebruiken.

Nadat we zijn uitgestapt, wenkt Alexis ons om in de schaduw van een boom te komen staan, waar hij ons voorstelt aan een hele verzameling familieleden en buren, inclusief een tweejarig prinsesje dat Daylin de reggaeton leert. Geen grapje! Dit kleine meisje met haar roze konijntjes-T-shirt en twee knotjes staat daar met haar handen boven haar hoofd met haar billen te schudden.

'Het is net een mini-Beyoncé!' joelt Beth, haar met grote ogen aankijkend.

'Ik zei toch dat we jong beginnen!' grinnikt Daylin.

Miriam legt uit dat Alexis geweldig kan koken en wijst naar twee buitenkeukens: de eerste bestaat uit een enorme zwarte ketel boven een open vuur, waar soep in staat te borrelen...

'Hier!'

Ik krijg een pollepel in mijn handen geduwd en wordt aangemoedigd om even goed te roeren, alsof ik nog meer hitte nodig heb.

De tweede 'keuken' bestaat uit een oud olievat, dat heel slim is omgebouwd tot barbecue. (Horizontaal neergezet met een scharnierende klep in het metaal uitgesneden.) We snuiven de geur op van geroosterd vlees en lopen dan naar binnen, door een schaars ingerichte woonkamer met een tegelvloer naar de keuken, waar we onze flessen drank neerzetten: drie verschillende flessen Havana Club-rum en verschillende trays bier.

'Waar is het water?' Rick kijkt ongeduldig.

'Sorry!' Camera Gay kijkt hem geschrokken aan. 'Ik wist dat ik iets was vergeten!'

Rick wrijft over zijn keel alsof hij uitgedroogd is. Hij draait zich om en draait de kraan open, maar er komt niets uit. Misschien wel zo goed.

'Dorst?' Alexis slaat hem op zijn rug en geeft hem een Bucanero.

Het blikje ziet er met de rode piraat op het logo uit als kindercola, en daarom besluit Rick in zijn wanhoop de woorden 'cerveza' – bier – en 'fuerte' – sterk – maar te negeren.

Zodra hij het koele schuim op zijn lippen voelt, drinkt hij het hele blikje in één teug leeg. Alexis juicht en geeft hem nog een. Terwijl Rick zijn zoektocht naar een gewone dorstlesser voortzet, realiseer ik me dat dit de eerste keer is dat ik hem alcohol heb zien drinken. Het effect is snel en dodelijk: terwijl hij probeert zijn lichaam van het aanrecht naar de deur te bewegen, struikelt hij over zijn eigen voeten en staat hij plotseling met zijn neus tegen de muur. De

blik op zijn gezicht is er een van 'hoe ben ik hier nou weer terechtgekomen?'
'Rum?' zegt Beth, zich niet bewust van wat er gaande is.
'Blijf maar doorschenken, madam,' antwoord ik.

Vanuit mijn ooghoeken zie ik hoe Rick zich nu op de tast een weg baant naar een stoel, zodat hij kan gaan zitten kijken naar de dansende menigte. De manier waarop hij de stoel vasthoudt, doet vermoeden dat de kamer zelf voor hem nu al behoorlijk aan het draaien is.

Eventjes word ik afgeleid door Russo, die de damespassen van de salsa nadoet – compleet met pruillip en meisjesachtige driftbui – terwijl Daylins broer met een strak gezicht zijn mannelijke danspartner speelt. Voor iemand die zo viriel is, zet Russo een zeer overtuigende vrouw neer; tot in de details van hoe hij zijn harige handen elegant omhooghoudt tijdens de draai.

'Een geboren entertainer,' zegt Miriam, enthousiast fluitend.

Als ik weer naar Rick kijk, zie ik dat hij met zijn voeten meetikt met de muziek en nu een glas pure rum in handen heeft.

'Kom, Ricky!' Daylin probeert hem mee te trekken wanneer een nieuw nummer begint.

'O nee,' protesteert hij. 'Ik dans niet.'

'Dit is Havana! Iedereen danst hier!'

Ze heeft hem uit zijn stoel gekregen en legt haar handen op zijn heupen. 'Echt, het is veel te heet!' Hij probeert weerstand te bieden, maar hij kan niet op tegen haar vrouwelijke krachten. 'Te heet?' herhaalt ze voordat ze zijn shirt opentrekt. Wanneer ze het prachtige bovenlichaam ziet dat eronder verborgen zat, roept ze snel haar vrijgezelle vriendinnen die haar plaats innemen.

Terwijl hij zich realiseert dat hij nu alleen nog maar de schade kan proberen te beperken, beveelt hij Simon en Guy om hun apparatuur uit te zetten.

'Uit-uit?' vraagt Simon nog even voor de duidelijkheid.

Rick denkt even na en kondigt dan aan: 'Vanavond wordt er niet meer gefilmd.' Daarna trekt hij een tengere Janet Jackson-lookalike tegen zich aan.

Iedereen kijkt verbaasd, maar Lucy haalt haar schouders op en giechelt: 'Ik denk dat het eindfeestje wat vroeger is begonnen!'

Iedereen heeft nu een drankje in zijn hand, en Miriam laat ons zien hoe de Cubanen een toost uitbrengen, wat ze demonstreert met behulp van Simon en Beth.

'Eerst tik je tegen de bovenrand van het glas en roep je *"Arriba"*.'

'*Arriba!*' herhalen ze vol enthousiasme.

'Dan tegen de onderkant en roep je *"Abajo"*.'

'*Abajo!*' roepen ze in koor.

'En dan roep je *"El Centro"* terwijl je de glazen tegen elkaar aanwrijft, als twee lichamen.'

'O!' Ze beginnen allebei te blozen en doen een stap achteruit.

'En dan als laatste *"Adentro"*,' rondt Miriam af. 'Als in "naar binnen"!'

Op haar teken gooien we allemaal onze drankje achterover, behalve Beth, die begerig naar Simons lichaam staat te kijken, alsof ze het ineens in een nieuw licht ziet.

'Wat ben je toch een heerlijke onruststoker,' zeg ik plagerig tegen Miriam, terwijl ik haar glas bijvul.

'Dit soort kansen doet zich nooit lang voor,' zegt ze glimlachend. 'Morgen is jullie laatste avond, nietwaar?'

'Ja,' verzucht ik.

'Tijd om te eten!' Ze verandert van onderwerp wanneer Daylin ons allemaal een plastic bekertje geeft met een lichte, dikke soep, waar ze voor we ervan drinken nog wat verse limoen boven uitknijpt.

Ik twijfel even, maar dan... o jeetje!

'Beth! Dit moet je proeven!'

We hebben sinds we op Cuba zijn al een paar vage gerechten voorgeschoteld gekregen, maar deze soep is erg lekker, dus accepteer ik gretig een tweede portie. Dan komt het vlees. De laatste paar stukken vlees die Beth en ik in een restaurant hebben gegeten, waren zo taai dat de tafel ervan begon te schudden toen we het met onze messen doormidden probeerden te zagen. Dit vlees is daarentegen subliem: sappige, tongstrelende reepjes vlees. Ik vind het grappig om te zien dat de vrouwen en kinderen naar een achterkamer worden gedreven om ervoor te zorgen dat zij eerst wat te eten krijgen voordat de mannen aanvallen. 'Wacht even, is dat George Michael?' Beth springt op en trekt me mee de woonkamer in, waar Alexis heeft besloten een spelletje 'Raad het lied' te spelen met een mengelmoes van jaren-tachtigmuziek.

Kool & The Gang. Culture Club. 'Michael Bolton?' roept Beth wanhopig.

Dan horen we het mysterieuze refrein van '*Turn around...*'

Russo, Alexis en verschillende buren herhalen de zin en kijken ons vol verwachting aan.

'B-Bonnie Tyler?' antwoord ik haperend.

'JAAAA!' roepen ze allemaal blij.

Beth en ik gieren het uit van het lachen – dit is wel de laatste plek waar ik dit nummer had verwacht.

Het wordt nog gekker wanneer ik Rick met Miriam in een hoekje zie zitten. Hij, de man van weinig/educatieve/kritische woorden, stort zijn hart, uit terwijl zij over zijn voorhoofd strijkt.

'Heb je dat gezien?' Ik geef Beth een por.

Ze trekt haar wenkbrauwen op. 'Nou, als iemand de ziel van een man kan raken, is zij het wel.'

Nu Daylin haar protegé kwijt is geraakt, richt ze haar aandacht op mij en besluit ze – op haar gebruikelijke onbehouwen manier – dat ik toch echt die flodderige kleren uit moet trekken.

'Wat is dit allemaal?' Ze trekt aan mijn wijde rok. 'Je hebt zo'n mooi lichaam!' Ze maakt een zandloper met haar handen. 'Waarom verstop je het?'

'O, Daylin,' verzucht ik. 'Alleen jij denkt dat het niet hoeft.'

'Pff!' Ze wuift mijn excuses weg en vraagt Simon om erbij te komen en te helpen bij het vertalen.

'Ze zegt dat ze jouw sexy kant wil zien.'
'Geweldig!' zeg ik geschrokken. 'Kun je haar uitleggen dat ik die niet heb?'
'Ze zegt dat iedereen die heeft. Je hebt alleen zelfvertrouwen nodig. Het begint met een blik.'
Daylin pakt mijn handen en kijkt me zwoel en verleidelijk aan. 'Is gemakkelijk!' kirt ze. 'Nu jij!'
En ik dacht dat mijn heupbewegingen al gênant waren. 'Dat kan ik niet!' piep ik.
'Kijk, kijk!' Ze haalt de anderen erbij en vraagt hen om mij hun sexy blik te laten zien: met één klik van haar vingers veranderen ze allemaal van giechelende, kletsende, lachende mensen in een rijtje prostituees, elk met een eigen gelaatsuitdrukking: de Janet Jackson-lookalike kijkt koket, Daylins broer is eerbaar maar hartstochtelijk, Russo is pure lust.
'Ik heb meer drank nodig.' Ik wil naar de keuken sluipen, maar er worden me drie glazen toegestoken, zodat ik geen kant op kan. Tegen beter weten in neem ik de uitdaging aan en drink ze alle drie leeg.
'Nu!' beveelt Daylin.
Ik ga staan als een gewichtheffer en grom luid. 'Dat was het niet, hoor!' zeg ik snel. 'Zo spreek ik mezelf moed in.'
Ze wachten allemaal geduldig tot ik ga beginnen.
Ik heb geen idee. Dit is erger dan vurige trots uitbeelden voor de flamenco.
'Kijk naar mij!' Russo gaat tegenover me staan, alsof hij mijn minnaar is.
Ik doe mijn best, maar het enige dat ik eruit krijg wanneer ik naar zijn lachrimpeltjes en goudgevlekte ogen kijk, is 'teder'. Dan krijg ik een idee: met Beths techniek om de rest van de wereld buiten te sluiten kijk ik opzij en stel ik me voor dat Martinez daar staat, me uitdagend om al mijn gevoelens voor hem te laten zien. Plotseling zwiept mijn hoofd naar rechts en werp ik hem mijn zwoelste, stoutste blik toe.
'Dat is hem!' Iedereen klapt en begint te dansen.
'Echt?' Ik knipper een paar keer met mijn ogen, niet echt overtuigd.
Russo gromt goedkeurend en loopt op me af, maar Daylin stapt ertussen en zegt dat het dessert klaar is.
'Ik denk dat we wel wat frisse lucht kunnen gebruiken!' Beth trekt me mee naar buiten, de koele nacht in.
'Heb ik mezelf net voor schut gezet?' wil ik weten.
'Helemaal niet!' verzekert Beth me. 'Ik wilde alleen dat je me even knijpt. Je weet wel, soms heb je het gevoel dat je boven je eigen lichaam zweeft en kun je amper geloven dat je echt hier bent.'
'Wil je echt dat ik je knijp?'
Ze knikt en gilt dan wanneer ik het doe.
'Het is dus echt waar,' glimlacht ze, achteroverleunend tegen de ruwe bast van een boom. 'Weet je, voor we hier aankwamen, dacht ik dat het hoogtepunt van de reis een show in het Tropicana zou zijn: al die overdreven kostuums en de glitter en glamour, het spektakel, maar dit...' Ze knikt naar Alexis' bescheiden maar gonzende huisje: 'Dit is pas echt feest!'

'Echt wel!' knik ik instemmend. 'We zijn zo bevoorrecht.'

'Je hebt gelijk!' verzucht ze, nu een beetje verdrietig kijkend. 'En zij hebben zo weinig...'

'... maar ze delen alles samen.'

'Precies!' knikt Beth. 'Ze sparen niets op, kijk eens hoe gul ze zijn met eten, iedereen is welkom, er wordt vandaag niets achtergehouden voor morgen. Ze leven echt in het moment.'

Ik pluk aan een stukje bast. 'Ik schaam me nu nog meer over de manier waarop we thuis leven. Wij willen alsmaar meer. Als ik denk aan hoe vaak ik zit te klagen over de inrichting van mijn flat, wil dat alles bij elkaar past, en dan helemaal alleen tussen al die spulletjes zit... Al die magnetronmaaltijden voor één persoon. Al dat winkelen gewoon om te winkelen. Echt, we hebben het hier zelfs geprobeerd!'

Ik weet dat we allebei terugdenken aan ons uitstapje naar het 'winkelcentrum' in Miramar. Een stuk of tien winkeltjes waar een handjevol oubollige jurkjes in de rekken hing. Ik denk dat als ik Daylin mee zou nemen naar Top Shop ze gewoon flauw zou vallen bij de aanblik van het enorme aanbod.

'Weet je, ik denk dat winkelen mijn grootste hobby is,' geeft Beth toe. 'Ik durf niet eens toe te geven hoeveel uur ik wel niet door Oxford Street heb rondgelopen en hoe weinig het me heeft opgeleverd. Stel je voor wat ik allemaal wel niet in die tijd had kunnen doen!'

'Geen wonder dat we ons zo leeg vanbinnen voelen; onze prioriteiten liggen helemaal verkeerd.' Ik ga op het kleine houten bankje zitten en vraag dan: 'Dus, hoe zorgen we ervoor dat we na deze ervaring niet terugvallen in ons oude gedrag? We voelen het nu wel zo, maar je weet hoe het gaat: binnen een paar weken struinen we weer als zombies door H&M...'

Beth knikt vol begrip en verrast me dan door te zeggen: 'Ik denk dat ik danslessen ga geven.'

'Echt?'

'Ik wil andere meiden niet meer als concurrentes zien. Je hebt gezien hoe ze hier alles samen doen; het voelt gewoon zoveel fijner. Ik wil ook deel uitmaken van zo'n gemeenschap.'

'Dat brengt me op een geweldig idee!'

'Wat dan?'

'Een manier om ze bedanken. Het is maar een gebaar, maar we moeten het samen doen: we hebben morgen vrij, toch?'

'Ja, wat had je in gedachten?'

'Mango?'

Beth en ik kijken op. Simon staat voor ons met een schaal vol prachtig in stukjes gesneden fruit.

'Het spijt me, stoor ik?'

'Helemaal niet!' Ik ga snel staan. 'Ik moet even naar Miriam.'

'Nou, over Miriam gesproken,' hij houdt me tegen, 'Rick werd een beetje emotioneel, dus ze is even een stukje met hem gaan wandelen.'

Beth en ik kijken elkaar verbaasd aan.

'Je hebt niet toevallig gehoord waarom hij moest huilen?' Ik ben best nieuwsgierig.

'Hij wil niet terug naar Engeland.'

Beth knikt begripvol. 'Terug naar de realiteit?'

'Nou, dat is het hem net. Hij zei dat het helemaal geen realiteit is, omdat iedereen daar zich zo anders voordoet dan hij is, terwijl ze hier...'

'O nee, zeg alsjeblieft niet dat hij de Cubanen wil gaan uitbuiten?' piept Beth.

'Integendeel,' zegt Simon. 'Hij wil hier blijven omdat die hele sterrencultuur hier niet bestaat.'

'Wauw,' zucht ik. Ik snap het helemaal. 'Weet je dat je een geweldige spion zou zijn, Simon?'

'Ik weet het!' grinnikt hij. 'Ik ben zo goed als onzichtbaar, zie je!'

'Niet voor mij....,' zegt Beth.

Dat is voor mij het teken om ze even alleen te laten. Terwijl ik wegloop, iets mompelend over meer mango, hoor ik hem hakkelen: 'Wil je met me dansen?'

Ik blijf even bij de deur van het appartement staan. Ik kan mijn ogen niet van ze af houden. Het is zo fijn om eindelijk te zien hoe ze elkaar aanraken. Terwijl ze haar hand op zijn schouder legt, zie ik een glinstering in zijn ogen. Heel voorzichtig legt hij zijn hand tegen haar rug en zie ik hoe ze haar lichaam tegen het zijne vlijt...

Hun aarzelende tederheid contrasteert met Whitney Houston die enthousiast *I Wanna Dance With Somebody* staat te zingen – vast niet het nummer dat Simon voor een eerste dans zou hebben uitgekozen – maar het sentiment zit er niet ver naast.

Hij zegt iets wat ik niet kan horen, misschien iets over hoe haar gezicht straalt in het maanlicht. Hun bewegingen worden trager, ze dansen nu in hun eigen ritme. Ik voel me een beetje een voyeur maar kan me niet omdraaien; ik wil zo graag dat hij haar kust.

'Ja!' hoor ik mezelf fluisteren als hun lippen elkaar raken.

Volgens mij heeft Beth net een manier gevonden om haar leven in Engeland voorgoed te veranderen.

Ik adem opgelucht uit, maar voel me ook een beetje weemoedig. Ik vraag me af waar mijn ware liefde vanavond is? Ik heb geen medelijden met mezelf hoor. Ik ben gewoon benieuwd...

Net wanneer ik de tranen voel prikken, merk ik dat er iemand achter me staat en wordt er een harige arm om mijn middel gelegd.

'Amor!' fluistert Russo, kijkend naar het romantische stelletje verderop.

'Sí!' zucht ik, getroost door zijn aanwezigheid. Maar dan zegt hij, 'un momento!' en laat hij me los, waarschijnlijk om nog een Bucanero te gaan halen.

Een paar tellen later wordt mijn taille weer opgewarmd. Maar wanneer ik achteroverleun en geniet van zijn kracht, voel ik geen donzig borsthaar tegen mijn schouders. Mijn hand pakt zijn onderarm – ook die is glad. Net als...

Ik slaak een gilletje en draai me om. 'Martinez!'

35

Mijn mond staat nog open en ik weet echt niet wat ik moet zeggen. Dit is meer dan ik had durven hopen.

'Carmen!' Zijn glimmende ogen kijken me teder aan. *'Qué tal?'*

'Bien!' antwoord ik. *'Muy, muy, muy bien!'* zeg ik lachend. 'Ik had niet gedacht dat ik je ooit nog zou zien! Daylin zei Varadero...'

Hij knikt. 'Ik moet morgen weer weg, maar vanavond...'

'Ja?' Ik kijk hem hoopvol aan.

'Vanavond is voor jou.'

Mijn hart doet een salto van geluk.

Terwijl we weer terugzoeven naar Havana, met de raampjes open zodat het briesje naar binnen kan waaien, voel ik me dolgelukkig. Zo. Zo. Gelukkig. Ik vind het helemaal niet erg dat we maar één nacht hebben, ik ben al dankbaar voor deze tweede kans om te genieten van Martinez!

Hij vertelt me dat we vanavond naar een ander soort nachtclub gaan, eentje met wat meer *klasse*. Ah. Niet echt een gemakkelijke stijl wanneer je het zand nog uit je kleren moet schudden.

'Kunnen we even tien minuutjes naar het hotel?'

'Natuurlijk,' zegt hij.

Terwijl ik mijn make-up doe, gaat mijn nieuwe Cubaanse stylist mijn klerenkast door.

'Wat denk je van deze?' Hij houdt een van Beths jurken omhoog, een elegant maar flirterig felroze gevalletje.

Ik wil net zeggen dat ik daar echt niet in ga passen, maar dan bedenk ik me dat het topje van stretch is en de zijden rok vrij wijd valt. Ik ben door het dansen ook een paar pondjes afgevallen... Ik kan Daylin bijna horen: 'Hoe strakker, hoe beter!' En dus durf ik hem aan te trekken. Hemel, ik geloof het amper wanneer ik in de spiegel kijk: dit jurkje is behoorlijk flatterend!

'Mag ik kijken?'

'Momentje!' roep ik terug. Ik heb geen tijd om mijn haar te wassen en daarom besluit ik het in een rol te dragen; het zoute water fungeert als natuurlijke haarlak. Met een mooie haarspeld en een fijn kettinkje ben ik er klaar voor.

'Ay dios mio!' Zijn hand gaat direct naar zijn hart. 'Je ziet er prachtig uit,' zucht hij voordat hij me zijn arm geeft.

Na een week zweten in een slecht geventileerde dansstudio en oorverdovende nachtclubs, is de jarenvijftigstijl van het Havana Café adembenemend.

De zaal wordt gedomineerd door twee enorme klassieke auto's en – geloof het of niet – een klein Cubaans vliegtuig dat aan het plafond bungelt! De muren zijn volgeplakt met filmposters en oude zwart-witfoto's en ik giechel even wanneer Martinez wijst naar een levensgrote kartonnen versie van Ernest Hemingway met een drankje aan zijn lippen, dat nog grappiger lijkt omdat hij naast een fel verlichte koelkast vol Red Bull staat, die ons met een enorme cafeïnestoot weer terugbrengt in het heden.

Het allermooiste is de elfkoppige band op het podium: alle muzikanten zijn gekleed in witte smokingjasjes en een zwart vlinderdasje en zitten ons achter turkooizen rostrums *On this Night of a Thousand Stars* toe te zingen. Het nummer brengt het verhaal van Miriam over haar Cubaanse liefde en zijn duizend kussen tot leven en mijn glimlach wordt nog breder: eerlijk gezegd voelt elke blik van Martinez zo goed als een kus. Hij is gewoon zo mooi!

'Gaat het?' Hij kijkt vragend naar mijn zenuwachtige vingers die op het tafelblad tikken, terwijl we zitten te wachten op onze drankjes.

'Ja, ja!' Ik leg uit dat ik dit wel vaker doe. Als ik ergens inspiratie krijg, wil ik het liefste mijn schetsblok tevoorschijn halen en gaan tekenen. 'Weet je wel, tekenen?' Ik doe het voor met mijn hand.

'Aha, ik teken ook graag.'

'Echt?' Mijn gezicht licht op.

Wanneer de serveerster onze cocktails komt brengen, leent hij twee pennen en nodigt hij me uit om de papieren placemat met auto's erop om te draaien en zelf iets te gaan tekenen.

Hoe geweldig ik het ook zou vinden om de showdansers te schetsen in hun fleurige bloemenjurken en witte riemen, mijn oog wordt steeds weer naar Martinez getrokken. Ik kijk even naar zijn vel papier en zie dat hij geen levendige bongospeler of de antieke gaspomp in de hoek heeft getekend, maar mij.

Hij is behoorlijk goed – zijn lijnen hebben iets lichts en nonchalants – en voordat ik het weet, bewijs ik hem een wederdienst en teken ik een portret van mijn nieuwe favoriete kunstenaar!

Het is een verrassend intieme ervaring: we bestuderen de details van elkaars gezichten in het steeds veranderende licht; de hoek van zijn jukbeenderen in roze, zijn opengesperde neusgaten in blauw, alle afzonderlijke wimpers aangestipt met wat goud... De eerste paar keren wanneer ik in zijn ogen kijk voel ik me een beetje onzeker en begin ik te blozen, maar geleidelijk aan word ik rustiger en kan ik me beter concentreren. Ik had nooit gedacht dat tekenen zo sensueel kon zijn. Wanneer ik merk dat hij naar mijn mond kijkt, voel ik hoe mijn zintuigen op scherp staan en wordt mijn ademhaling zwaarder.

Wat zou ik hem nu niet graag kussen – mijn lippen met de zijne laten versmelten.

'Ik ben zo terug!' gooi ik eruit. Ik moet echt even naar het toilet en mijn wangen tegen een koele muur houden.

Wanneer ik ga staan, staat hij ook op, om me van tafel te helpen. Hij is zo dichtbij dat ik hem niet kan weerstaan en zacht op zijn wang kus.

'Bedankt dat je me hier naartoe hebt gebracht,' fluister ik. 'Dit is echt geweldig!'

Hij wil iets zeggen, maar wanneer ik een stap achteruit doe, blijft mijn ketting achter zijn knoop hangen en stuiteren alle glinsterende kraaltjes op de grond.

'O nee!' roep ik, maar hij zit al op zijn knieën en raapt ze tot het laatste kraaltje op.

'Maak je geen zorgen,' zeg ik, vooral omdat de meeste heel handig onder tafel zijn gerold. 'Het is niet erg, hij was niet duur of zo.'

'Ik regel het,' zegt hij, terwijl hij wenkt dat ik gewoon naar het toilet moet gaan.

Ik wil hem niet achterlaten, maar hij verzekert me dat hij alles onder controle heeft. Ik voel me een nog grotere kluns terwijl ik mijn handen sta te wassen naast een indrukwekkende rij intimiderend korte rokjes en prachtig gebruinde benen, maar wanneer ik weer terugloop, is mijn blijdschap snel weer terug: daar, op mijn servet, ligt mijn ketting, niet alleen gerepareerd, maar zo goed als nieuw.

'Gracias!' zeg ik verbaasd, terwijl ik plotseling het gevoel krijg dat dit goedkope kettinkje nu een enorm sentimentele waarde heeft gekregen.

'Mag ik?' Hij houdt het omhoog om het weer om mijn nek te doen. Terwijl hij dat doet, voelt het als een ketting van onbetaalbare diamanten. Ik zie mezelf in Londen de ketting dragen, waar niemand weet hoe waardevol hij voor me is.

En dan zegt hij de woorden waar ik al zo lang op heb gewacht.

'Wil je met me dansen?'

Ik knik, stop de ketting onder mijn jurkje, en kijk weer op. Hij kijkt me begerig aan. O hemel! Waarom is alles wat hij doet zo ongelooflijk opwindend?

Gelukkig is het een langzaam nummer en houdt hij me zo teder vast dat ik mijn lichaam voel ontspannen en reageren met een ongekende bevalligheid. Wanneer we samen draaien, lijkt het of we de weerspiegeling van de glitterbal op de vloer volgen; de witte lichtvlekjes dansen om ons heen als sprookjesconfetti.

Ik kan amper geloven hoe goed dit voelt. Ik weet dat we maar een paar uurtjes hebben, dat hij voor zonsopgang weer weg moet en de kans groot is dat ik hem nooit weer zal zien, maar ik voel me verbazingwekkend sereen. Ik accepteer het. Ik had me geen perfectere sorbet/chili-combinatie kunnen wensen!

'Nog meer?' vraagt hij, wanneer de muziek overgaat in een verleidelijke *bachata*.

Hoewel deze dans nieuw voor me is, zeg ik ja. En dan weer ja, wanneer we onze lichamen tegen elkaar aan drukken en een, twee, drie, zwieren met de heupen, heen en weer schommelen.

Weer. Een, twee, drie, zwier. En weer.

'Esso!' juicht hij wanneer ik het ritme door heb.

Het is alsof Daylins masterclass flirten heeft gewerkt… of misschien is het de rum? Hoe dan ook, mijn lichaam voelt losser en ontvankelijker dan ooit.

Natuurlijk is het moeilijk om de seksuele connotaties van de dans te negeren, maar het gevoel van genegenheid dat ik ervaar, had ik er niet bij verwacht. Ik vlij me dichter tegen hem aan en wanneer we in perfecte harmonie over de vloer glijden, realiseer ik me dat de wens die ik in Londen uitsprak is uitgekomen – mijn danspartner is mijn ademtocht geworden...

36

Beth en ik worden op exact hetzelfde moment wakker, beiden blijkbaar even verrast om de ander te zien.
'Waarom ben jij niet bij Simon?' vraag ik geschrokken.
'Waarom ben jij niet bij Martinez?' kaatst zij terug.
'Hij moest terug naar Varadero,' zucht ik. 'Wat is jouw excuus?'
'Hij heeft me laten zitten.'
'Wat?' zeg ik verbaasd. Is hij van mening veranderd?
'Hij zei dat hij gisteravond vooral wilde genieten van onze eerste kus. Hij was bang dat als we verder zouden gaan hij spontaan zou verbranden.'
'Echt?' giechel ik. 'Wat lief.'
'Ik denk dat het zijn manier was om te zeggen dat ik te dronken was. Misschien was hij bang dat ik halverwege in slaap zou vallen.'
'Hij had waarschijnlijk gelijk,' geef ik toe. Ze ziet er behoorlijk verfomfaaid uit. 'Trouwens, jullie hebben toch geen haast?'
'Niet nu ik weet dat ik hem wil.'
'Echt?' Mijn ogen verwijden zich.
Ze knikt nadrukkelijk. 'Je had gelijk. Die kus deed het hem. Ik krijg al vlinders in mijn buik als ik eraan denk...' Terwijl ze zich op haar zij draait, stopt ze plotseling. 'Heb jij mijn jurk aan?'
Ik gooi de deken van me af en laat zien dat ik inderdaad haar feestjurkje draag. Maar in plaats van me te verontschuldigen omdat ik zo haar kleren heb gepakt, zeg ik: 'Wacht even, wiens kleren heb jij aan?'
Beth kijkt naar beneden en ziet dat ze gekleed is in strakke hotpants en een kort polyester topje.
'Jemig! Geen wonder dat ik het zo heet had vannacht!' Snel trekt ze het topje uit. 'Ik denk dat ik outfits heb geruild met de Janet Jackson-lookalike.'
'Heb je alle maten nog?'
'Wacht.' Beth steekt haar hand in haar beha en haalt triomfantelijk een stukje papier tevoorschijn. 'Tadaaa!'
'Goed gedaan meis.'
Tijdens onze laatste dans *chez* Alexis, waren Beth en ik stiekem met een meetlint in de weer – om de omvang te achterhalen van de borst, taille, heupen enzovoort van onze danstroep, zonder dat ze een idee hadden waar we mee bezig waren. (Dat is het mooie aan reggaeton, je kunt gemakkelijk de beenmaat van een man nemen zonder dat het ook maar enige achterdocht wekt.)
Het plan voor vandaag is om een hele garderobe te creëren voor Alexis en co, zodat ze zich als een echte dansschool kunnen presenteren en echt indruk kunnen maken als ze een avondje uitgaan.
Terwijl ik eerder heb staan vloeken omdat we al onze tango- en flamenco-

kleding mee moesten sjouwen naar Cuba (omdat we van Rick niet even naar ons appartement in Londen mochten), ben ik nu blij dat we zoveel extra stof bij ons hebben.

'We maken één stapel essentiële kledingstukken en één om mee aan de slag te gaan.'

Terwijl we de kleren sorteren, realiseer ik me dat we allebei staan te wankelen en continu tegen elkaar aan botsen.

'Sorry,' zegt Beth verontschuldigend bij de derde botsing. 'Ik denk dat ik nog dronken ben!'

'Ik vroeg me net af waarom ik geen kater had!' zucht ik. 'Ik denk dat hij nog moet komen.'

'Zal ik even beneden wat ontbijt gaan halen, zodat we er klaar voor zijn?'

'Goed idee. En kijk even of je ergens een naaimachine kunt ritselen.'

'Je bedoelt zo'n ouderwets hand aangedreven geval, zoals deze?' Beth wijst naar de machine die voor de deur staat.

'Waar komt die nou vandaan?' zeg ik met open mond.

Beth haalt overdreven haar schouders op. 'Hoe moet ik dat weten?'

Een kwartier later heb ik drie zomen losgetornd en is Beth weer terug met een blad vol eten, inclusief een schaal koude spruitjes.

'Nou ja, ik dacht, we moeten ze toch een keer proberen voordat we weer weggaan,' redeneert ze. En dan vraagt ze me om haar alles te vertellen van mijn avond met Martinez.

'Graag!' antwoord ik, waarna ik in detail de avond weer afspeel.

Blijkbaar ben ik een te goede verteller, omdat Beth nu met beide handen haar croissant tegen haar borst heeft geklemd.

'Wauw,' verzucht ze. 'En was er ook een afscheidskus aan het eind van deze romantische dansavond?'

'De meest magische kus ooit,' zeg ik zuchtend. 'Hij wandelde met me terug naar het hotel en we stonden tegenover elkaar, glimlachend, alsof we gewoon van elkaars gezicht stonden te genieten. En toen keek hij naar mijn mond...'

'Ja?' piept Beth vol verwachting.

'Ik voelde mijn ogen dichtvallen terwijl hij naar voren boog en mijn lippen zo teder kuste, zo respectvol, zo... *liefdevol* dat ik ze niet meer open durfde doen. Ik wilde het moment niet ruïneren door hem weg te zien lopen. Dus ben ik daar blijven staan, onder de sterren, nagenietend van het gevoel tot ik klaar was om te gaan slapen.'

'En hoe voel je je nu?'

'Niet zoals ik had gedacht. Ik dacht dat ik enorm teleurgesteld wakker zou worden, omdat ik zou weten dat het allemaal voorbij is, maar eigenlijk ben ik er nog vol van!' Ik zit van oor tot oor te glimlachen en zeg dan: 'Dus om je vraag te beantwoorden: ik voel me hoopvol.' Ik pak een stukje papaja. 'Weet je, voor we hier kwamen, was ik ervan overtuigd dat er niet genoeg liefde was – als een soort zeldzame natuurbron – en dat ik moest pakken wat ik kon krijgen, maar nu...' Ik laat de zin in de lucht hangen en ga moeizaam staan.

'Wat ga je doen?' vraagt Beth.

'Iets wat ik maanden geleden had moeten doen,' zeg ik, zoekend naar mijn telefoon.

Beth knikt wijselijk. 'Oude sms'jes van Lee?'

'Ja!' antwoord ik, om dan zonder ze ook maar te lezen, herhaaldelijk op *Verwijderen* te klikken. 'En weg!' juich ik. 'Een schone lei.'

'Ik denk dat het tijd is voor een...'

'Zeg alsjeblieft niet mojito!' smeek ik, terwijl ik mijn hand tegen mijn bonkende hoofd houdt.

'Doe niet zo gek,' zegt Beth. 'Mojito's zijn uit: het is tijd voor daiquiri's!'

Daiquiri's zijn best lekker, eigenlijk is het fruitig schaafijs met een flinke scheut alcohol, maar natuurlijk is het hoogtepunt van de dag de modeshow van onze eigen *Project Runway*-outfits met onze Cubaanse modellen.

Voor Daylin en haar zus gebruiken we de ruches van mijn flamencojurk om spiraalachtige, gestippelde minirokjes te maken die prachtig wijd uitlopen en bij elke salsadraai omhoog zwieren. Ook maken we bijpassende bustiers voor wanneer ze er een jurkje van willen maken. (Ik zat eraan te denken om een polkadotbroek voor Alexis te maken, maar toen zei Lucy – die ook kwam helpen – dat hij die waarschijnlijk nog zou dragen ook.) Voor een diva-achtige look hebben we Beths glinsterende rode tangojurk gebruikt om er twee opvallende topjes van te maken. We willen natuurlijk niet dat de jongens zich vergeten voelen en daarom hebben we van de restjes bandana's gemaakt, en ook glitters op de Che Guevara-T-shirts geplakt die we op de markt hebben gekocht, waardoor de matzwarte afbeelding van de bebaarde man met baret is getransformeerd in een glinsterende eyecatcher. Ik heb van een halve castagnet zelfs een nieuwe riemgesp gemaakt voor Russo.

Ze joelen en juichen wanneer ze hun eigen kleren uittrekken en de nieuwe outfits passen, zo te zien vooral blij met de stapel zakdoeken met individueel geborduurde monogrammen. (Het valt niemand op, maar op de zakdoek die ik hen vraag aan Martinez te geven heb ik een klein hartje geborduurd.)

Hoewel we in de minibus naar onze laatste danslocatie zitten, wordt er uitgebreid geknuffeld – Daylin omhelst ons zo stevig dat we amper meer kunnen ademen, al helemaal wanneer ze ziet dat ik mijn eigen topje schuin heb afgeknipt en mijn rok heb ingekort.

'Ja! Ja!' zegt ze goedkeurend. 'Veel beter! Laat jezelf zien!'

Blijkbaar interpreteer ik dat als 'laat je achterwerk zien!', want wanneer Russo me uit de minibus helpt, blijft mijn voet haken en val ik zo hard naar voren dat ik boven op hem val en op zijn – gelukkig onverwoestbare – kruis terechtkom.

'Hè hè! Carmen is eindelijk voor iemand gevallen!' juicht Rick.

'Wat?' Ik kijk op en zie hoe hij Guys camera op ons richt.

'O nee!' Ik verberg mijn gezicht in Russo's nek, verlegen over hoe dit straks weer wordt uitgelegd.

'Het is al goed!' zegt Russo sussend, om daarna naar de lens te knipogen. 'Ik ben haar dansleraar!'

'Hé! Genoeg met die horizontale spelletjes!' Beth helpt me overeind en laat Russo liggen. 'Kijk eens om je heen!'

Club 1830 (als in het jaar, niet de leeftijdsgroep) ligt op een prachtige plek aan het einde van de Malecon. Met de ruisende, glinsterende oceaan naast ons en een prachtige zonsondergang aan de horizon kan ik Rick wel bijna zoenen.

'Sorry dat het zo lang heeft geduurd tot ik je eindelijk heb gegeven wat je wilde!' zeg ik plagend wanneer we naast elkaar aan de bar zitten.

'Een grapje zeker? Je was geweldig.'

'Wat?' sputter ik.

'Heb je enig idee hoe moeilijk het is om mensen te vinden die echt niet met hun gezicht op televisie willen?'

Ik giechel.

'Weet je, als je ooit besluit voor de televisie te gaan werken als kleedster, geef dan een gil,' biedt hij aan. 'Het verdient vast een stuk beter dan de theaterwereld...'

Ik kijk hem aan. 'Waarom ineens zo gunstig gestemd?'

Hij trekt zijn schouders op en leunt achterover op zijn ellebogen. 'Ik denk dat het iets te maken heeft met het feit dat ik voor de rest van mijn leven geen televisieprogramma's meer ga maken.'

Ik kijk om me heen, op zoek naar Lucy, benieuwd of hij dit altijd zegt aan het eind van een shoot, maar dan komt Miriam aanlopen en stelt ze ons voor aan een tengere vrouw met geelbruin haar: als Sylvia tegen mij en 'je nieuwe hospita' tegen Rick.

'Ze heeft een *casa particular* te huur,' legt Miriam me uit terwijl de twee zitten te praten. 'Hij kan er zo lang blijven als hij wil.'

'Dus hij is echt klaar met de televisie?' Ik kijk hem met open mond aan.

'Maar wat gaat hij hier dan doen?'

'Ik denk dat hij hier gewoon een tijdje wil *zijn*,' antwoordt Miriam. 'Hij heeft al zo lang zo'n hekel aan zijn werk dat hij is vergeten hoe het is om een dag niet te klagen en te mopperen. Hij moet weer in contact komen met zijn oude, niet-cynische, niet-materialistische ik.'

Ik probeer me voor te stellen hoe die Rick eruitziet, en kan me geen betere plek bedenken om daar aan te werken.

'En jij?' vraagt Miriam. 'Weer terug naar het theater?'

'Eigenlijk is de show waar ik aan had willen werken uitgesteld, dus ik weet niet zeker wat ik ga doen. Rick stelde voor om iets voor de televisie te gaan doen...'

'Het is vast een lastige tijd in het West End,' zegt Miriam knikkend. 'Maar je weet dat het in Hollywood nog nooit zo goed is geweest, toch?' En dan kijkt ze me met twinkelende ogen aan. 'Als je nou iemand kende in Los

Angeles die connecties heeft in de filmwereld...'

Ik knipper een paar keer. Zegt ze wat ik denk dat ze zegt?

'Er zit iets aan te komen waar jij volgens mij geknipt voor zou zijn.'

'Meen je dat serieus?' Ik ben overdonderd. Over nieuwe dromen gesproken...

Ik wil net vragen wat het is wanneer Russo aan komt rennen met een urgent probleem – hij heeft een partner nodig voor de *rueda*.

Terwijl hij mijn hand pakt, steekt een zeer aantrekkelijke man de zijne uit naar Miriam. Hij kijkt haar diep in haar ogen.

'Je hebt het nog,' knipoog ik naar haar wanneer we klaar gaan staan.

En daar gaan we.

'*Dame!*' roept de leider, waardoor we van partner wisselen en ik aan Simon word doorgegeven. Blijkbaar heeft Lucy hem even pauze gegeven.

Terwijl we onze wiebelige versie van de *caramello* doen, fluistert hij 'dankjewel!' in mijn oor.

'Waarvoor?'

Hij glimlacht naar me. 'Ik weet dat je zo graag wilde dat Beth en ik voor elkaar zouden vallen.'

Ik glimlach terug. 'Nou, ik had inderdaad wel een beetje bijbedoelingen – ik wist dat je haar gelukkig zou kunnen maken!'

'*Dame!*'

'Oeps, daar ga ik weer!' zeg ik lachend, terwijl hij van plaats wisselt met Miriams knapperd.

O, wat is hij goed! Subtiel en teder en wanneer hij mijn hand loslaat, kijkt hij omhoog alsof hij net een ballon heeft losgelaten. Het is daarom nog pijnlijker wanneer mijn volgende partner een echte linkspoot is. Ik doe mijn best om mee te doen, ook omdat ik weet dat Alexis straks aan de beurt is, maar na hem word ik doorgegeven aan iemand met zulke zweethanden dat ik hem amper vast kan houden. Ik glijd veel te vroeg weg en bots tegen een bekend lichaam. De dansvloer begint te draaien wanneer ik langs zijn borst omhoog kijk en in zijn afgetobde donkerblauwe ogen kijk.

'Lee!' roep ik uit.

Ik wil zijn naam direct weer inslikken, maar het is te laat. Hij is hier. In Havana. In levenden lijve. Op mijn dansvloer.

Mijn ogen schieten heen en weer op zoek naar Beth, maar ze is in geen velden of wegen te bekennen.

'Carmen.'

Wanneer hij mijn naam zegt, voel ik de eerste haak in mijn rug slaan. Ik wil hem bevriezen, zodat ik even kan nadenken of wegrennen, maar hij begint alweer te praten.

'Kunnen we praten?'

Ik weet niet wat ik moet doen, dus loop achter hem aan de dansvloer af, naar de door golven overspoelde Malecon. Ik ben bijna boos dat de zonsondergang nu een betoverende koperkleurige gloed heeft, alsof die met hem samenspant.

'Hoe heb je ons gevonden?' hoor ik mezelf vragen, voornamelijk als uitsteltactiek – natuurlijk zijn er hier geen tientallen cameracrews die een paar Engelse, dansende meisjes volgen, maar dan vertelt hij dat hij een beetje hulp heeft gehad van een bepaalde Britse krant... de gemeneriken!

Ik ben geneigd om veilig over koetjes en kalfjes te blijven praten en stuur het gesprek richting klassieke auto's, maar aan de andere kant wil ik ook niet té gezellig doen, omdat ik weet waar het toe kan leiden Ik moet emotioneel afstand bewaren, ik moet onthouden dat ik degene ben die bepaalt wat er gaat gebeuren, zoals bij de *milonga*. Ik hoef niet te doen wat hij wil omdat hij de dansvloer naar mij is overgestoken.

Of in dit geval de Atlantische Oceaan.

'Je weet dat ik je al miste, maar toen ik je gezicht op televisie zag... je stem hoorde...' Hij slikt, probeert zich groot te houden, maar in werkelijkheid ziet hij er daardoor nog kwetsbaarder en gebroken uit.

Mijn hart breekt en ik wil hem omhelzen. *Niet doen!* Ik houd mezelf tegen, probeer wanhopig om sterk te blijven. Mijn eigen kern te vinden. Wat moest ik ook alweer doen? O ja, ademhalen. Blijven ademhalen...

'Ik kan het niet, Carmen,' zijn stem breekt. 'Ik kan niet leven zonder jou.'

'Niet doen...' Ik wil niet dat hij meer zegt.

'Ik weet dat ik je slecht heb behandeld,' gaat hij toch verder. 'Ik weet dat je beter verdient.' Hij doet een stap dichterbij. 'Laat mij beter worden. Laat mij de man worden die jij wilt dat ik ben.'

Ik kijk hem aan. Ik zie de man van wie ik zo hield en de man die ook de grootste bedreiging is voor mijn geluk en welzijn. En ik herinner me Miriams woorden over hoe ik mannen die me pijn doen, moet mijden...

'Ik, ik kan het niet,' stamel ik. Dan herinner ik me mijn flamencohouding en til ik mijn kin op. 'Het spijt me. Het is te laat.'

'Zeg dat toch niet...'

Ik klem mijn kaken op elkaar en probeer sterk te blijven. Het is zo moeilijk om hem niet tegen me aan te trekken; hoe kun je geen medeleven voelen als iemand zijn hart aan je voeten legt? Het enige dat ik hoef te doen om zijn pijn te verlichten, is mijn armen om hem heen slaan en fluisteren dat we het nog een keer kunnen proberen. Maar ik heb dat eerder gedaan en het werkt niet. Ik weet nu beter: ik herinner me dat Kelly uitlegde hoe dit gekwetste gedrag alleen maar spel is, een manier om mijn zwakke plek te raken en de controle weer terug te krijgen. Ik heb al deze extra kennis nu. Ik moet het alleen nog gebruiken.

'We kunnen niet meer terug,' zeg ik vastberaden.

'Dus dit is het?' snuift hij. 'Ik ben helemaal hiernaartoe gekomen en dat is alles wat je tegen me te zeggen hebt?' De woede en afkeer in zijn ogen bevestigen dat ik de juiste beslissing heb genomen.

Hoe snel kan hij omschakelen. Mijn medelijden verandert in opstandigheid.

'Ik heb je alles gegeven, Lee. Alle liefde die ik had. En jij heb het verspeeld. Ik zou je nooit meer mijn hart kunnen toevertrouwen.'

'Als je bang bent...'

'Ik ben niet bang meer,' zeg ik. Instinctief leg ik mijn handen op mijn heupen, alsof ik het mentale plaatje van een ruisende matadorcape zie.

Dit keer kijkt hij me licht verbaasd aan. 'Nou, als je van mening verandert...'

'Doe ik niet,' zeg ik, terwijl ik mijn hand op de kralenketting leg, alsof ik zo contact kan maken met Martinez – en me weer herinner dat het niet erg is om te wachten op iets wat echt goed is.

'Dus dit is het.'

De woorden klinken zo definitief dat ze nog even hard aan mijn hart trekken. Maar ik blijf sterk. Tot op het moment dat hij zich omdraait en wegloopt. Wanneer ik deze verslagen man weg zie lopen als een gewonde stier, komen de tranen naar boven. Mijn mond gaat open om hem te roepen. Mijn borst gaat op en neer en de paniek neemt toe. Laat ik hem echt weglopen, helemaal alleen in een vreemde stad?

Ondanks alles wat ik nu weet en ondanks de blijdschap die ik voelde, merk ik dat mijn voeten in beweging komen.

En dan krijg ik de moeder aller waarschuwingen: een enorme golf slaat over de Malecon en doorweekt me tot op mijn ondergoed, van top tot teen. Ik slaak een kreet en kijk geschrokken, kletsnat en knipperend tussen mijn zoute haren door hoe hij wegloopt, zich nergens van bewust.

'O mijn God!' fluister ik, me realiserend dat ik bijna de grootste fout van mijn leven had gemaakt. En dan draai ik me half lachend om naar de mysterieuze oceaanmoeder en roep: 'Dank je wel!'

Ik veeg mijn natte haren uit mijn gezicht. Ik heb het gedaan. Ik ben de confrontatie aangegaan met mijn grootste angst. Ik sta nog na te trillen, maar voel me vol vitaliteit en verfrist.

'Carmen!' Ik draai me om en zie Beth op me af rennen. 'Wat is er in hemelsnaam gebeurd?'

Nog een beetje verdoofd schud ik mijn hoofd. 'Ik ben net ritueel gereinigd.'

'Ge-wat?' Ze kijkt me fronsend aan. 'Miriam zei dat ze jou zag weglopen met een jongen, klonk als Lee.'

'Het was Lee ook.'

'WAT?!' brult ze.

'Het is al goed,' zeg ik geruststellend. 'Hij is weg. Voorgoed.'

'Weet je het zeker?'

Ik knik.

Ze zucht diep en vraagt dan: 'Waarom ben je zo nat?'

'Een enorme golf...'

'Carmen! *Que pase?*' Russo snelt op ons af. Behendig veegt hij de mascara onder mijn ogen weg met zijn nieuwe zakdoekje. 'Waarom ben je hier?'

Ik moet lachen: de vraag lijkt zo existentieel! Ik heb misschien nog geen definitief antwoord, maar één ding weet ik zeker. Ik ben niet op deze aarde gekomen om me op mijn ziel te laten trappen door foute mannen. En anders ben ik daar nu wel mee klaar. Ik heb het gedaan en het kan van het lijstje.

'Ik denk dat ze even moest afkoelen na die hartstochtelijke *rueda!*' zegt Beth.
Russo kijkt me schuin aan. 'En daarom ging je even douchen bij de oceaan?' Hij knikt alsof het heel logisch klinkt.
Ik kijk hem glimlachend aan. 'Ik en Yemaya kunnen heel goed met elkaar.'
Hij kijkt trots dat ik de naam van een Cubaanse god ken, maar niets brengt hem lang van de wijs. 'Mag ik ook onder de douche?' vraagt hij met een twinkeling in zijn ogen.
'Natuurlijk,' zeg ik. 'Beth, kom je er ook bij?'
Eventjes kijkt ze naar haar jurk, en dan zegt ze: 'Wat maakt het uit!'
We houden elkaars handen vast en gaan met de rug tegen de muur van de Malecon staan.
'Daar komt een grote,' waarschuwt Russo ons, wanneer hij even naar de zee omkijkt. 'Klaar?'
Terwijl Beth al staat te gillen voordat er iets gebeurt, hoor ik mezelf roepen: 'Ik ben er helemaal klaar voor!'
En dat meen ik. Ik ben klaar voor een leven zonder Lee, zonder angst. Ik ben klaar voor de liefde, misschien zelfs wel klaar voor Hollywood!
Ik weet dat ik mijn mond eigenlijk dicht zou moeten doen, maar het lukt niet. Ik glimlach van oor tot oor.

Interview met Belinda Jones

Wat was de inspiratie voor je boek?

Ik zat zelf behoorlijk in de put en merkte dat als ik naar *Dancing with the Stars* (de Britse versie van *Dansen met de sterren*) keek, ik me altijd een stukje gelukkiger voelde. Het beurde me altijd erg op, niet alleen het dansen zelf maar ook Bruno's opmerkingen en enthousiasme. Ik genoot van de dromerige, zwierige muziek en dacht steeds 'zo wil ik me ook voelen!' Koppel dat aan mijn onverzadigbare liefde voor reizen en het idee voor *Living La Vida Loca* was geboren.

Hoe ben je tot je keuzes voor de dansen gekomen?

Nou, ik was eerst van plan om er tien te doen! Ik wilde walsen in Wenen, de foxtrot dansen in New York – ik had zelfs visioenen van een kozakkendans in Moskou! De dromen heb ik nog, maar één dans waar ik onderzoek naar deed (maar die het boek niet haalde) was de *beguine*, die uit het zo romantische nummer van Cole Porter, *Begin the Beguine*. Ik ben ervoor naar het Franssprekende eiland Martinique geweest; als ik onderzoek doe, doe ik het ook goed! Het waren fascinerende dagen, met zwierige rokken en hartstochtelijke muziek, maar uiteindelijk besloot ik dat het beter was om wat dieper in te gaan op een kleiner aantal dansen. De tango, paso doble en salsa waren al mijn favoriet en ook vond ik het een leuk idee dat deze drie allemaal uit Spaanstalige landen komen en toch elk een eigen identiteit hebben. Plus dat ze perfect passen bij Carmens groei in het boek en me hielpen om haar verhaal te vertellen.

Heb je deze dansen zelf ook gedanst?

Absoluut! Ik was tien jaar lang journaliste bij een tijdschrift voordat ik romans ging schrijven, en weet hoe belangrijk het is om de dingen waarover ik schrijf zelf mee te maken.

Als eerste ben ik naar Argentinië geweest om de tango te leren, nou ja, dat was het plan... Mijn reisgenoot James (die je je misschien herinnert van *Op weg naar Mr. Right*) had net *Happy Feet* gezien en stond erop dat we de pinguïns in Patagonië gingen bekijken, dus zijn we daar eerst naartoe gevlogen. We hadden nog een ochtend over voor onze vlucht terug naar Buenos Aires en besloten te gaan paardrijden met een paar *gauchos*. Grote fout. Terwijl we zo door het land galoppeerden, tegen de bitterkoude wind in, zag ik een ijsmeer zo magisch blauw dat ik er een foto van moest maken. Ik weet niet of het de klik van mijn camera was of iets anders, maar mijn paard begon te steigeren, gooide me in de lucht en ik kwam hard neer op de bevroren grond. Ik had mijn been behoorlijk bezeerd en kon er de rest van de reis amper op lopen. Ik heb nog wel wat lessen genomen in Londen, maar verder hebben we dus in Argentinië alleen maar sfeer geproefd!

Voor de flamenco heb ik lessen gehad in Sevilla, en mijn ervaringen staan eigenlijk letterlijk in het boek! Het is echt veel moeilijker dan het eruitziet en al snel bleek hoe lang het duurde voordat ik de passen kon onthouden. Tango is geïmproviseerd, dus er is geen vaste routine, maar als ik bij een dans echt iets uit mijn hoofd moet leren, verkramp ik en gaat het helemaal mis. Zeker als ik ook nog moet draaien. Ik heb geen idee hoe ze dat op televisie doen, echt niet!

Van de drie dansen was de salsa de dans die mij het meest raakte. Ik ben naar Havana gegaan met een dansreis, terwijl ik nog aan het schrijven was aan *Out of the blue* [red.: nog niet in het Nederlands verkrijgbaar], en tussen de alinea's over Griekse mythologie door was ik druk aan het zoeken naar salsapasjes op YouTube. Ik was echt geobsedeerd. Het enige dat ik wilde, was kunnen dansen zonder hardop mee te tellen. Het is echt de moeite waard om door te zetten! Ik zal nooit een briljant salsadanseres worden en ben nog steeds binnen de kortste keren buiten adem en duizelig, maar die paar minuten zijn het echt waard. Dansen is de beste therapie!

Je bent drie jaar met het boek bezig geweest, dans je nog steeds?
Wanneer ik maar kan. Er zijn geweldige Cubaanse salsascholen in Londen en mijn favoriete dansleraar, Karel Duvergel, zit in Leamington Spa. Ik ben twee keer op een salsaweekend geweest naar Bournemouth en naar een ruedafestival in San Francisco, maar in Los Angeles – waar ik momenteel woon – ligt de nadruk (niet echt verrassend) op de LA-stijl. De draaien zijn veel te snel voor mij, dus staan mijn suède dansschoenen helaas stof te vergaren in de kast, wachtend op hun volgende trip naar Havana!

Zou je een dansvakantie aanbevelen?
Ja! Ik ben drie keer op salsavakantie naar Cuba geweest, met Dance Holidays. Het is niet echt goedkoop, maar de ervaring is onbetaalbaar: elke ochtend drie uur dansles, dan eventueel 's middags excursies en dan 's avonds uit dansen. Het mooiste is het feit dat je met Cubanen danst omdat dit, los van het feit dat het geweldige dansers zijn, je de mogelijkheid biedt hun cultuur en levenslust van dichtbij te ervaren. Het andere voordeel is dat het een van de weinige vakanties is die je prima in je eentje kunt doen; ik heb twee keer alleen gereisd en de rest van mijn gezelschap was zo gezellig dat het superleuk was. Het nadeel is dat mijn voeten na de vakantie echt kapot waren!

Hoe is het reality-tv-idee erbij gekomen?
Dat kwam later pas, nadat ik een week in Virginia was geweest voor *Dirty Dancing: The Time of Your Life* van Living TV: een danswedstrijd die op zoek was naar de nieuwe Johnny en Baby! Het hele team verbleef op locatie bij Kellermans – oftewel het Mountain Lake Hotel – inclusief de jury: Kelly

Brook, choreograaf Sean Cheesman en de fenomenale Miranda Garrison, die je misschien nog kent als Vivian Pressman ofwel Bungalow Bunny uit de originele film. Ze was mijn grote inspiratiebron. Ik hing altijd aan haar lippen als ze praatte! Terwijl ik daar was, leerde ik de crew kennen en interviewde ik de deelnemers. Het was ongelooflijk om te horen wat er ze allemaal voor over hadden om maar te kunnen dansen. Ik bewonder hun talent en had echt met hen te doen in hun pogingen om door te breken in zo'n moeilijk vak. Ik heb toen ik twintig was een tijdje samengewoond met een meisje dat danste en zij moest helaas stoppen omdat ze niet genoeg werk kreeg. Mijn hart brak om te zien hoe haar droom in rook opging. Die twee ervaringen deden me nadenken over wat een danseres ervoor over zou hebben om beroemd te worden...

We voelen mee met Beth, maar Carmen heeft het ook moeilijk gehad...
Ja. En dat was het lastigste om over te schrijven – ik bleef die stukjes over het emotioneel misbruik in Carmens vorige relatie steeds maar uitstellen omdat, ook al is Lee een fictief karakter, het toch wat vervelende herinneringen naar boven bracht. Mijn moeder vroeg me steeds maar weer of het echt noodzakelijk was om het erin te zetten, maar ik wilde niet dat lezers zouden denken dat Carmen zich schaamt voor wat er is gebeurd en er daarom over zwijgt. Er wordt al zoveel verzwegen! Ik was een van die mensen die nooit snapte waarom vrouwen bij een man bleven die ze zo kleineerde en nu, nu ik het zelf heb meegemaakt, wil ik alles doen om het bij anderen te voorkomen. Mijn belangrijkste advies voor iedereen die verward is en wordt gekleineerd is om *Why Does He Do That?* te lezen van Lundy Bancroft. Het heeft mijn ogen geopend; het was alsof ik scènes uit mijn eigen leven op papier zag staan. Ik snapte eindelijk wat er aan de hand was. Je kunt dat op het moment zelf amper geloven, maar je kunt bij hem weg en je zult weer gelukkig worden.

Was het lastig om een goede titel voor het boek te vinden?
Eigenlijk was het best moeilijk: waar mogelijk gebruik ik de locatie in de titel, zoals in *Diva's in Las Vegas*, *Verliefd op Capri*, *Glamour in Californië* enzovoort. Maar dit verhaal speelt zich af op drie verschillende plekken, dus dat maakt het lastig! Gelukkig heb ik geweldige lezeressen: ik heb hun top-tien opgeschreven en daarna een groepsmail rondgestuurd naar mijn mailinglijst en daaruit kwam *Living La Vida Loca* als grote winnaar tevoorschijn! Het grappige is dat de tv-producent al Rick heette voordat we de titel hadden gekozen, maar toen die er eenmaal was, kon ik het niet laten om ook een kleine knipoog naar Ricky Martin toe te voegen (zie hoofdstuk 27).

Wat kunnen we nog meer van je verwachten?
Ik ben nog aan het nadenken over het volgende verhaal, maar het wordt zeker weer een dromerige locatie! Reizen werkt zo inspirerend, het geeft me zoveel nieuwe ideeën. De wereld is mijn muze!

Dankwoord

Ik moet heel veel mensen bedanken, dus om het kort te houden, volgt hier een hele lijst met namen! Maar als eerste moet ik één man heel erg bedanken: Lundy Bancroft voor het fantastische en inzichtelijke boek *Why Does He Do That? Inside the Minds of Angry & Controlling Men*. Dit boek heeft mijn leven veranderd en gaf me een euforische dosis begrip en hoop. Voor zijn bevrijdende wijsheid en medeleven ben ik hem eeuwig dankbaar!

Mijn nieuwe uitgevers
Sara Kinsella, Isobel Akenhead, Carolyn Mays, Sarah Christie, Lucy Hale, Aslan Byrne, James Spackman, Catherine Worsley, Katie Davison, Laurence Festal en Francine Toon.

De mensen bij mijn agent William Morris
Eugenie Furniss, Claudia Webb, Dorian Karchmov en Alicia Gordon.

VS
Miranda Garrison, Edward Arriens en alle dansers van Dirty Dancing van Living TV, vooral James Collins, Pamela Smith, Vincent Viaren, Emma de Vees en Donna Gilkes.

Argentinië
Elsa en Julian Scopinaro, Oscar Moret en Christine Denniston.

Spanje
Gilles Marini, Shirley Ayme, Rocio Galan, Petra Massey en Lesley Margarita.

Cuba
Karel Duvergel, Amanda Maitland, Robert en Jean van Mambo City, Rob en Enrique van Salsa Explosion, Susan en dr. Jim van Salsa Caribe, Roger Hall, Victoria Urmossy, Ysel, Roynet, Merwyn Manson, James Breeds (en Cabbage).

En als laatste, in een geheel eigen categorie, mijn moeder Pamela voor haar enorme toewijding, steun en legendarische hoge kicks.

Over de schrijfster

Na tien jaar te hebben gewerkt als journaliste bij een tijdschrift en redacteur van reisverhalen, begon Belinda Jones geïnspireerd door haar eigen reisavonturen, romans te schrijven. Haar eerste roman, *Diva's in Las Vegas*, werd door *New Woman* op de tweede plek gezet in de lijst van vrouwenboeken, terwijl haar zoektocht naar de ware liefde, *Op weg naar Mr. Right*, in de top tien van de *Sunday Times* belandde.

Belinda verdeelt haar tijd tussen Los Angeles, Londen en de steeds weer veranderende marinebasis van haar vriend. Op een dag hoopt ze lang genoeg ergens te kunnen wonen om een grote, donzig zachte hond aan te kunnen schaffen.

Living La Vida Loca is haar achtste roman.

Ga voor meer informatie naar haar website: www.belindajones.com

Ook van Belinda Jones:

Verliefd op Capri

Kim Rees is tolk geworden voor het glitter & glamour leventje. Hoe komt het dan dat ze vijf jaar later in een kelder in Cardiff Duitse computerspelletjes vertaalt? En dan niet in een galajurk, maar in haar ochtendjas. Gelukkig heeft haar moeder een plan om Kim uit haar dagelijkse sleur te halen: een reis naar het magische eiland Capri. Eerst wil Kim niets weten van deze verandering, maar ze bezwijkt voor de onweerstaanbare combinatie van cocktails op terrasjes en steenrijke mannen. Tot haar verrassing merkt ze dat ze op Capri zélf verandert. En als ze een man ontmoet die zoeter is dan tiramisu, wordt ze verliefd. Maar hoe ver zal ze gaan om haar Romeo te krijgen?

Alleen verkrijgbaar als eBook, €12,50

Parels in het paradijs

Wanneer Amber Pepper door Hugh, juwelier én haar vriendje, wordt meegevraagd op een zakenreis naar het paradijselijke Tahiti, staat ze niet te springen – Amber houdt van grote truien en regen. Ze springt liever tussen de plassen door in Oxford dan dat ze in helderblauw oceaanwater rondspettert. Maar het vooruitzicht om samen met haar vroegere vriendin Felicity van Mai Tais te nippen is de twintig uur durende vlucht waard. Zodra ze het zand onder hun voeten voelen, storten de meiden zich in een verleidelijke nieuwe wereld vol hypnotiserende muziek, exotische zwarte parels en sexy vreemdelingen. En voor de eerste keer wordt Amber overvallen door lust. Om daarna een onverwacht huwelijksaanzoek te krijgen. Zal ze kiezen voor een blootsvoets strandhuwelijk en slaat ze de waarschuwingen in de wind? Geen gemakkelijke beslissing voor een liefhebster van motregen, wanneer het 40 graden is in de schaduw...

Alleen verkrijgbaar als eBook, €12,50

Op weg naar Mr. Right

Belinda houdt van Amerika. Haar beste vriendin Emily houdt van mannen. Dus wanneer ze beslissen dat het tijd is voor wat actie, combineren ze hun twee passies in een fantastische road trip van Eden naar Valentine – via Climax – op zoek naar een Amerikaanse droomman. Er is geen tekort aan mannen – een Casanova uit Casanovia, een mannelijke cheerleader uit Darling en een getatoeëerde trucker uit Kissimmee. Maar is romantiek echt het antwoord op hun problemen? En is het wel zo'n goed idee, twee vrouwen op zoek naar de perfecte man? Hun reis zit vol met onthullingen en verrassingen, van cactus-kussen tot dolende sneeuwschuivers, maar het is vooral een avontuur op zoek naar liefde.

Alleen verkrijgbaar als eBook, €12,50

Liefdescollege in Venetië

Goede manieren leren we van onze ouders. Lezen, rekenen en schrijven leren we op school, sociale vaardigheden van onze vrienden. Maar wie leert ons de subtiele nuances in de verleidingskunst en in de romantiek? Het liefdescollege in Venetië is er om daarbij te helpen. Schrijf je in en je wordt gegarandeerd een subtiel verleidster. Maar zit er misschien meer achter de lessen 'geheimen van het verleiden' en 'de kracht van passie' dan je op het eerste gezicht zou denken? Journaliste Kirsty Bailey gaat undercover om erachter te komen wat er op het programma van het College staat en in twee weken hoopt ze te ontdekken of het hier om oplichterij of ware romantiek draait. Wat zal het zijn? Ze geeft zich over aan het 'Italiaanse leven' en beleeft twee gedenkwaardige weken die haar leven in vuur en vlam zetten.

Alleen verkrijgbaar als eBook, €12,50

Cappuccino in Costa Rica

Koffieliefhebster Ava Langston weet precies wat ze wil: een eigen koffietent in een winkelgalerij in Bath. En een leven zonder gecompliceerde relaties. Haar plannen worden helaas verstoord als haar vader opbelt en vraagt of ze het eerstvolgende vliegtuig naar zijn nieuwe huis in Costa Rica wil nemen om zijn kersverse echtgenote Kiki te ontmoeten. Het vliegtuig naar Midden-Amerika pakken om daar haar nieuwe stiefmoeder te leren kennen, is wel het laatste waar Ava op zit te wachten. Totdat haar vader de mogelijkheid biedt haar eigen café aan een Costaricaanse boulevard te gaan runnen. Het beeld van schuimende cappuccino's in zo'n fantastisch koffieland kan ze niet weerstaan. Ze heeft er alleen niet op gerekend daar Santiago te ontmoeten, haar sexy maar koppige rivaal. Ook is daar Ryan, die denkt dat het romantisch is om om zes uur 's ochtends door de toppen van het regenwoud te slingeren. Van beide mannen krijgt ze vlinders in haar buik, maar wie verovert haar hart...?

Alleen verkrijgbaar als eBook, €12,50

Glamour in Californië

Als Lara Jones in het vliegtuig stapt naar het zonnige Californië, is haar oude vriendin Helen wel de laatste die ze daar verwacht. Haar sullige, slonzige vriendin is veranderd in een elegante, modebewuste surfgodin. Het geheim van haar geweldige nieuwe leven vol glitter en glamour? De mysterieuze California Club. Het aanbod om ook lid te worden van de club – en één wens, die gegarandeerd uitkomt voor ze weer teruggaan naar huis – is voor Lara en haar vrienden te mooi of af te slaan. Zou dit Lara's kans zijn om na tien jaar smachten eindelijk het hart van haar beste vriend Elliot te veroveren? Of betekent het feit dat hij de reis maakt met zijn nieuwe verloofde dat het voor Lara tijd is om een nieuwe droom te bedenken?

Alleen verkrijgbaar als eBook, €12,50

Diva's in Las Vegas

Jamie en Izzy, vriendinnen voor het leven, hebben maar één droom: een opzichtige, schitterende dubbele bruiloft in Las Vegas. Op hun zevenentwintigste besluiten ze dat ze genoeg vage vriendjes hebben gehad en dat het tijd is om te trouwen. Het enige dat nog ontbreekt: een man. En waar kun je die nu beter vinden dan in Las Vegas, waar de lucht bestaat uit 70 procent zuurstof en 30 procent confetti? Maar wanneer ze hun steeds complexere leven in het slaperige Devon verruilen voor het opwindende Las Vegas, wordt al snel duidelijk dat het strikken van een echtgenoot nog helemaal niet zo eenvoudig is. En die probleempjes die ze achter zich dachten te hebben gelaten, zoals Izzy's verloofde en Jamie's allereerste grote liefde, willen maar niet verdwijnen...

Paperback, 284 blz. €14,95